Après la TEMPÊTE

Ce livre est une fiction. Les noms, caractères, professions, lieux, événements ou incidents sont les produits de l'imagination de l'auteur, utilisés de manière fictive. Toute ressemblance avec des personnes réelles, vivantes ou mortes, serait totalement fortuite.

Image de couverture : © Iurii Chornysh - Shutterstock
Couverture : Camille Decoster

Collection dirigée par Franck Spengler
Ouvrage dirigé par Camille Léonard
34-36, rue La Pérouse
75116 Paris
www.hugoetcie.fr

Dépôt légal : juillet 2021
ISBN : 9782755689051
Imprimé en Espagne

Après la TEMPÊTE

LAURA S. WILD

Hugo Poche

NEW ROMANCE®

À toutes celles et ceux qui vivent
cette douloureuse épreuve qu'est le deuil :
que vous veniez tout juste
d'entamer la première étape,
que vous soyez pris au piège à la troisième
ou enfin arrivés à la dernière, sachez une chose :
le soleil brillera de nouveau.
Peut-être pas intensément,
peut-être que ses rayons ne perceront
que légèrement vos nuages,
mais il brillera encore un jour...
C'est une certitude !

PLAYLIST

Parson James – *Waiting Game*
Harry Styles – *Falling*
Taylor Swift – *Getaway Car*
Lewis Capaldi – *Before you go*
Kodaline – *All I want*
The Weeknd – *In your eyes*
Little Mix – *The Cure*

PROLOGUE

RYAN

Atlanta, Géorgie.

Les vendredis soir sont synonymes de fête entre amis pour la plupart des adolescents de seize ans des États-Unis. Pas pour moi. Ce moment de la semaine est celui que je redoute le plus, celui que je déteste par-dessus tout, car il lance les hostilités du week-end. Deux jours interminables…

Le clapotement de mes bottes dans les flaques d'eau commence à m'exaspérer. Il pleut à seaux, la température avoisine les deux degrés et je serai chanceux si je n'attrape pas une pneumonie. Mes vêtements complètement trempés me collent désagréablement à la peau, mais je ne me mets pas à couvert pour autant. Je continue à trottiner pour arriver plus vite à la maison.

Chaque jour, je parcours dix kilomètres aller-retour à pied pour me rendre au lycée. La plupart du temps, je m'en tape, mais pas le vendredi.

Je cours un peu plus vite. La nuit est déjà tombée, ce qui signifie qu'*il* va bientôt rentrer et que le cauchemar va commencer…

Lorsque j'atteins la rue sinistre dans laquelle nous vivons, je repère immédiatement la voiture garée dans l'allée. Mon pouls s'emballe et je sprinte sur les derniers mètres, défonçant presque la porte d'entrée lorsque des cris me parviennent au travers.

– Lâche-le, Randy !

C'est pour éviter *ça* que, chaque vendredi soir, je fais en sorte d'être rentré avant *lui*. Malheureusement, aujourd'hui, j'ai été retenu au lycée par l'un de mes profs, qui m'a reproché mon manque d'investissement… Je savais que les minutes que je perdais étaient précieuses, je le savais… mais je ne pouvais rien faire d'autre que de le laisser terminer son sermon. Et j'ai eu beau courir la majeure partie du chemin de retour, j'arrive tout de même trop tard.

La scène qui se joue devant moi, je la connais par cœur, sauf que d'habitude c'est moi qui me retrouve traîné sur le sol, à la place de mon petit frère.

Austin, six ans, hurle de terreur, le visage rouge, les larmes noyant ses joues d'enfant.

– Ryan, s'écrie-t-il en m'apercevant. Ryan, j'ai peur.

En entendant mon prénom, la brute épaisse qui me sert de beau-père se tourne dans ma direction. Son sourire froid me fait frissonner, mais ça ne m'empêche pas de lui foncer dessus et de le percuter de plein fouet.

– Lâche-le, enfoiré, je hurle en essayant d'arracher le col du pull d'Austin de ses grosses mains.

– Te voilà rentré, petite merde ! réplique Randy avant de me coller un coup de poing dans l'estomac.

Le choc m'envoie au sol. En me tenant le ventre, je m'exclame en toussant :

– Ne le touche pas. NON !

Je me jette en avant, mais trop tard. Austin reçoit une violente gifle du revers de la main, et il chute lui aussi. Mon cœur se brise devant le spectacle de cet enfant innocent qui se recroqueville en position fœtale pour absorber la douleur et pleurer en silence.

Cependant, ce n'est pas ce qui me fait le plus enrager. Ce qui m'est le plus insupportable, ce sont les sanglots de ma mère. Elle se tient dans l'embrasure de la porte du salon, les mains couvrant son visage, et elle pleure à chaudes larmes sans pour autant esquisser un pas dans notre direction, sans essayer de venir en aide à ses fils qui sont en train de se faire tabasser par l'ordure qu'elle a épousée. Elle demeure spectatrice de toute cette violence et je ne comprends pas comment elle peut l'accepter…

– Que des bons à rien, grogne mon beau-père, ivre mort, comme chaque vendredi soir.

À l'écouter, il a des centaines de raisons de boire. Son travail qui le pousse à bout, ma présence ainsi que celle d'Austin, ma mère qui a cramé le repas, la météo, bref, absolument tout et n'importe quoi est une excuse pour se soûler et nous violenter.

Après la mort de notre père, peu de temps après la naissance d'Austin, ma mère, incapable de vivre seule, a rapidement refait sa vie. Il y a cinq ans que cet enfoiré de Randy est entré dans notre vie et bientôt trois ans que mon petit frère et moi sommes ses souffre-douleur. Parmi ses collègues, personne ne le soupçonne d'être un sac d'alcool violent. Avec eux, il se montre sous son meilleur jour et il se garde bien de commettre le moindre écart. Mais quand vient le vendredi, il quitte son job plus tôt pour se réfugier dans un bar et boire jusqu'à se griller les neurones. Ensuite, il revient ici… et s'adonne à son activité favorite. Jusqu'à maintenant, j'ai toujours fait en sorte d'être son seul défouloir. J'en ai pris, des coups, j'ai reçu mon lot d'insultes et de menaces de mort. Au début, cela me terrifiait et j'étais désespéré par tant de haine à mon égard. Mais avec le temps, j'ai appris à ne plus faire attention à toute la merde qui sort de la bouche de cet enfoiré. Je me suis concentré sur mon objectif : être le bouclier de mon petit frère.

Ce soir, c'est la troisième fois qu'il lève la main sur lui, la troisième fois que j'échoue à le protéger.

La fois de trop…

La douleur dans mon estomac se dissipant un peu, je me redresse et prends Austin dans mes bras. Je monte à l'étage, chargé de son petit corps endolori, tandis que l'alcoolique s'égosille depuis le bas de l'escalier :

– Reviens ici, sale merde ! J'en ai pas fini avec toi.

Je m'enferme avec Austin dans la chambre que nous partageons. Il sanglote contre moi, dévasté.

– Hé, regarde-moi, lui dis-je d'une voix douce.

Ses épaules frêles se soulèvent rapidement. Sa lèvre inférieure fendue saigne à cause du coup qu'il a reçu et cette vision me donne envie de hurler.

– Je n'ai rien fait de mal, je te le jure, hoquette-t-il. Je suis resté bien sage et silencieux dans notre chambre comme me le demande toujours maman. Je ne l'ai pas provoqué.

– Je sais, mon grand, je sais. Ne t'inquiète pas, tu n'y es pour rien.

– J'ai mal, gémit-il.

Il se force à chuchoter de peur que quelqu'un d'autre que moi ne l'entende se plaindre.

– Ne bouge pas, dis-je en le déposant sur le lit.

Je me baisse et attrape sous le sommier la petite trousse à pharmacie que j'ai rassemblée au fil du temps. Je prends de quoi soigner Austin, puis je retourne vers lui. Ma gorge se serre quand je le vois combattre ses larmes et tenter d'étouffer la douleur pour ne surtout pas envenimer les choses avec le démon qui nous empoisonne l'existence.

– SORTEZ DE LÀ !

Mon frère et moi sursautons en même temps lorsque deux poings furieux s'écrasent contre la porte.

– Randy, je t'en prie, gémit ma mère.

– La ferme ! Dégage de là et va préparer à bouffer.

Comment peut-elle accepter de se laisser traiter ainsi ? Ça me sidère. Je sais qu'elle est terrifiée par son mari et qu'elle craint de se faire rouer de coups elle aussi, mais tout de même…

Dire que, depuis le début, tous les signes étaient là, devant ses yeux… Mais elle a préféré les ignorer. À peine ont-ils été mariés que Randy a commencé à lui imposer sa volonté, à la rendre dépendante de lui. Il lui a d'abord suggéré de quitter son emploi de réceptionniste, affirmant que son salaire suffisait largement à entretenir le foyer. Puis il a commencé à ne plus aimer les amis qu'elle fréquentait. Ma mère, aveuglément amoureuse, a petit à petit coupé les ponts avec tous ceux qu'elle connaissait. Enfin, Randy a décidé que nous devions déménager à plus de mille kilomètres de Dallas, où nous vivions auparavant… À partir de là, ma mère, financièrement et affectivement sous emprise, est devenue « l'épouse de… » et plus une personne à part entière.

En grandissant, j'ai tenté de lui ouvrir les yeux, en vain. La première fois que Randy a levé la main sur moi, j'ai cru que cela agirait comme un électrochoc sur elle, mais au lieu de s'interposer, elle a fui dans une autre pièce lorsqu'il a menacé de lui faire subir bien pire si elle s'en mêlait.

Bien sûr, un jour est venu où il a fini par s'en prendre à elle aussi.

Pas une fois elle n'a appelé la police. *Moi*, j'ai tenté d'agir. J'avais quatorze ans et ma mère venait de dévaler l'escalier après y avoir été poussée. Ce soir-là, j'ai appelé la police en cachette et une patrouille a sonné à notre porte. J'espérais tant que cela signerait la fin de ce cauchemar… Mais j'ai vu ma mère afficher son sourire des beaux jours, faire face aux policiers, leur dire que j'étais en pleine crise d'ado et que j'avais menti… C'est à cet instant que j'ai arrêté de lui faire confiance, à cet instant que j'ai arrêté de la respecter.

– SORTEZ ! continue de s'époumoner Randy derrière la porte.

Entre ses hurlements, les gémissements de ma mère et les pleurs de mon petit frère, quelque chose se rompt en moi, et je prends une décision radicale. J'attrape le sac à dos rempli d'affaires de première nécessité pour Austin et moi que j'ai préparé il y a quatre mois déjà.

Cela fait des semaines que je n'en peux plus d'encaisser sans rien dire. Dans ma tête, je suis prêt à cette éventualité depuis un moment : partir, quitter ce foyer malsain où règnent la haine et la violence…

Oui, dans ma tête, je suis déjà loin. Mais il est hors de question que je laisse Austin derrière moi. Il est ma seule famille, le seul pour qui je suis prêt à tout.

– Austin, écoute-moi, dis-je après avoir rassemblé d'autres vêtements dans un sac de voyage.

Je m'accroupis pour essuyer ses larmes et caresser ses cheveux noirs identiques aux miens, alors même que le fou furieux continue de tambouriner contre la porte.

– Écoute-moi, je répète pour obtenir l'attention de mon petit frère. On va s'en aller, d'accord ? On va partir d'ici tous les deux et ne jamais revenir. Tu veux bien ?

Sans hésiter, il hoche vivement la tête, puis il se jette à mon cou.

– Je ne veux plus rester ici, Ryan, pleure-t-il contre moi. J'ai trop peur. Et je ne veux plus qu'on me fasse mal.

Ma gorge se serre un peu plus.

– Je suis pas méchant, poursuit-il tout bas. Il dit que je suis méchant mais je sais que c'est pas vrai. Je mérite pas d'être puni tout le temps.

Si j'avais encore une hésitation, elle s'évapore à cet instant. Cet enfant mérite autant de bonheur que je peux lui en apporter.

Je lui dois une belle vie.

– Fais-moi confiance, tu ne seras plus jamais puni.

Je soulève mon matelas pour y récupérer le canif qui appartenait à mon père et que je n'ai jamais quitté.

– Mets-toi derrière moi, dis-je à Austin. Ne t'inquiète pas, il ne te touchera pas.

Les bras de mon frère se serrent autour de ma taille. Je suis prêt à parier qu'il ferme les yeux de toutes ses forces pour ne pas voir ce qui va se passer.

J'attends que les coups contre le battant se calment, puis je déverrouille doucement la porte avant de l'ouvrir violemment. Surpris, Randy recule et titube. Derrière lui se trouve l'escalier et je ne rêve que d'une chose : qu'il le dévale tête la première.

Alors qu'il retrouve l'équilibre, je pointe le couteau sous son visage.

– Fous-nous la paix, sinon je te plante, j'affirme le plus sérieusement du monde.

Mon frère se serre plus fort contre moi, et ma mère, debout à côté de son mari, me regarde avec de grands yeux.

– On va partir, je leur annonce. Austin et moi, on se casse et on vous laisse dans votre merde tous les deux.

– Non ! s'écrie ma mère. Tu ne peux pas emmener mon bébé.

Elle esquisse un pas dans ma direction mais je la menace avec mon arme elle aussi.

– Ton bébé ? Le même qui vient de se prendre une raclée gratuitement ? Celui que tu n'as jamais défendu et à qui tu demandes de rester enfermé en silence dans sa chambre pour ne pas faire de vagues ? Celui-là, de bébé ?

– Où crois-tu pouvoir aller comme ça ? crache Randy. T'es mineur et tu te trimballes avec un enfant. Tu ne tiendras pas un jour sans être ramené ici.

– Ne t'inquiète pas, je me débrouillerai. N'importe où, ce sera toujours mieux qu'avec vous deux. N'allez pas nous chercher ni prévenir qui que ce soit, c'est clair ? J'ai assez de preuves pour vous faire mettre en prison pour des années, alors si vous ne voulez pas que ça arrive, vous nous foutez la paix.

Sur ce, j'entraîne Austin avec moi au rez-de-chaussée. Je passe dans la cuisine et remplis un sac vide d'autant de nourriture que je le peux. Randy et ma mère débarquent sur mes talons, mais je les menace à nouveau de mon couteau. L'alcoolique, qui croit certainement que je bluffe, s'approche de moi, sa grosse main tendue en avant. Sans réfléchir, je lève l'arme et lui fais fendre l'air. L'enfoiré recule et crie de douleur en se tenant le bras.

– La prochaine fois, c'est dans la gorge, t'as compris ? je grogne.

Ma mère tente encore une fois de protester :

– Ryan, tu ne peux pas…

– Si, je peux, et je vais le faire, je réplique. Moi, j'ai l'habitude, maintenant, mais vous n'avez pas le droit de pourrir l'enfance d'Austin. Tu aurais dû dire la vérité à la police quand tu en as eu l'occasion. À présent…

Malgré la colère que je ressens à l'égard de cette femme qui a démissionné de son rôle de mère, une pointe de tristesse m'envahit alors que je m'apprête à lui dire mes derniers mots.

– Tu l'as laissé s'installer avec ses démons, je reprends. Et un jour… un jour, il t'emportera avec lui, maman.

J'attrape nos sacs puis je prends la main d'Austin. Je récupère les clés de la voiture de ma mère dans l'entrée et nous quittons la maison en trombe, mon frère et moi. J'ignore encore où nous allons : je sais simplement que je dois nous éloigner d'ici, et vite.

***

– Qu'est-ce qu'on va faire maintenant, Ryan ? me demande Austin quelques heures plus tard.

J'ai réussi à nous trouver une chambre dans un motel à peine salubre, et mon frère me paraît encore plus petit, assis au bord du lit double que nous allons devoir partager cette nuit. Je tente de me montrer aussi rassurant que possible en lui répondant :

– On va commencer par changer de ville, s'éloigner un maximum de la maison.

– Où est-ce qu'on va aller ?

– Est-ce qu'il y a une ville que tu voudrais découvrir ?

– Je ne sais pas trop.

Austin fronce les sourcils, puis il ajoute :

– Je crois que j'aimerais voir l'océan.

– Alors c'est là qu'on ira.

Je m'approche et m'agenouille devant lui.

– Je ne veux pas que tu t'inquiètes, d'accord ? lui dis-je. Plus personne ne te fera de mal. On va s'en sortir.

– D'accord.

Sa lèvre est encore gonflée. Je déglutis et embrasse son front.

– Je vais te préparer un sandwich, j'annonce en ouvrant le sac de provisions. Ensuite, tu essayeras de dormir un peu.

– Merci, Ryan.

Le regard triste d'Austin me serre le cœur mais je m'oblige à afficher une assurance à toute épreuve.

– Je suis content que tu sois mon grand frère, déclare-t-il avant de retirer ses chaussures.

Ma gorge se noue, mes yeux se remplissent de larmes, mais je garde le dos tourné, me concentrant sur la préparation du sandwich. Je sais que fuir était la meilleure des solutions, mais je sais aussi que l'avenir s'annonce sombre. Je suis encore un adolescent, et j'ai maintenant avec moi un petit garçon dont je dois prendre soin.

À l'extérieur, la pluie tombe, encore plus fort que tout à l'heure. Le vent se lève, sifflant bruyamment lorsqu'il s'engouffre entre les immeubles. On dirait qu'une tempête est en train de se préparer, et curieusement, je trouve cela réconfortant, raccord avec ce qui vient de se passer ce soir, avec la décision que j'ai prise.

En un instant, tout a été détruit.

Maintenant, il ne reste plus qu'à reconstruire.

CHAPITRE 1

ELLA

Dix ans plus tard

Saint-Louis, Missouri.

Mardi 9 janvier

15 h 53 : Un homme immense et une femme aux cheveux roses entrent dans le pub.

15 h 55 : L'homme commande deux bières, ils s'installent à la table le plus en retrait.

16 h 30 : La femme observe les alentours.

16 h 55 : Ils quittent le pub.

Mercredi 10 janvier

15 h 51 : L'homme immense entre accompagné d'un rouquin musclé.

15 h 53 : Le rouquin passe au comptoir pour commander deux bières.

16 h 17 : L'homme immense m'observe.

16 h 56 : Ils quittent le pub.

Jeudi 11 janvier

16 h 30 : Avec plus de trente minutes de retard par rapport à d'habitude, la jeune femme aux cheveux roses arrive au pub. Elle est accompagnée d'une autre femme, brune.

16 h 35 : Elles commandent des boissons. La femme brune me regarde.

16 h 50 : Elles sont rejointes par un homme grand et musclé, aux cheveux noirs. Ils commencent à discuter.

17 h 30 : Ils quittent le pub.

Vendredi 12 janvier

15 h 00 : L'homme aux cheveux noirs d'hier entre dans le pub. Seul.

15 h 02 : Il s'installe à la table la plus reculée.

16 h 00 : Il commande une deuxième bière. Personne ne l'a rejoint.

17 h 00 : J'ai l'impression qu'il m'observe autant que je l'observe.

18 h 00 : Personne ne le rejoint. Je quitte le pub.

***

Samedi 13 janvier

Cela fait des heures que je suis assise dans ce bar à attendre que l'un d'eux se montre. Le temps s'écoule avec une lenteur atroce… La nuit commence à tomber sur Saint-Louis, et aucun de ceux que je surveille ne s'est montré. Il faut que je me rende à l'évidence : aujourd'hui, personne ne viendra. Déçue, je décide de rentrer chez moi.

Les rues sont bondées. Il a fait particulièrement beau pour une journée d'hiver et tout le monde en a profité pour faire les boutiques, se balader en famille ou en couple… Je fais mon possible pour ne pas regarder les visages heureux des amoureux qui se tiennent la main, et je fends la foule en trottinant pour rejoindre une allée beaucoup moins fréquentée.

Dans ma poche, mon téléphone vibre et je pince les lèvres, essayant de résister à l'envie de voir de qui provient le message, même si j'en ai une vague idée.

Je traverse la route en évitant deux ados à vélo quand ma poche s'anime à nouveau. Le cœur lourd, je prends mon smartphone pour lire les deux textos qui s'affichent sur l'écran.

Ça fait plusieurs jours
que je n'ai pas de nouvelles.
Appelle-moi. Ne te renferme pas sur toi
même, ma chérie. Je suis là pour toi.

L'inquiétude de ma mère me fait monter les larmes aux yeux. Mais ce n'est pas le moment de craquer, surtout pas alors que je suis si près du but.

Je lui renvoie un message pour la remercier et lui dire que je l'aime avant de passer au second SMS, qui provient, lui, de Scott :

Il est encore temps de changer d'avis, Ella. On trouvera une solution ensemble. S'il te plaît, réfléchis-y.

C'est faux, je ne peux plus faire machine arrière. Je n'en ai pas envie, de toute façon. Je suis déterminée, poussée par la colère, la haine, la rage… et le désespoir.

Soudain, alors qu'il ne me reste que quelques mètres à parcourir avant d'atteindre la bouche de métro la plus proche, une Volvo noire s'arrête en travers de mon chemin en faisant crisser ses pneus sur l'asphalte. Les quelques badauds présents se retournent en entendant le bruit des freins, mais ils reprennent bien vite leur chemin. Quand on habite dans une ville avec l'un des taux de criminalité les plus élevés du pays, plus rien ne surprend, et surtout pas une voiture qui barre la route d'une jeune femme.

Dans la majorité des cas, c'est chacun pour soi.

La portière côté conducteur s'ouvre et je reconnais l'homme qui descend du véhicule. Grand, les cheveux noirs, le teint hâlé, le regard sombre… C'est lui qui est resté des heures seul au pub hier et qui semblait n'être là que pour m'observer. Son visage est fin, sa mâchoire carrée, et sa stature est plutôt impressionnante.

Il s'adosse à la carrosserie de la Volvo en braquant son regard sur moi. Les manches de son pull sont remontées, découvrant ses avant-bras tatoués.

– Bonjour, prononce-t-il d'une voix claire.

Je me tends. Cela fait des jours que je me rends au pub avec pour seul objectif qu'*ils* me remarquent et c'est chose faite. Mais maintenant qu'ils s'intéressent à moi, que je suis confrontée à l'un d'eux, la peur qui jusqu'à présent était comme endormie au fond de moi commence à se réveiller.

– Et si tu montais dans cette voiture pour qu'on puisse discuter un peu ? me lance l'homme.

Son sourire se veut apaisant mais je ne suis pas dupe, ce n'est qu'une façade.

– Pourquoi est-ce que je vous suivrais ? je rétorque. Je ne vous connais pas.

L'homme ouvre la portière côté passager puis s'approche lentement de moi sans cesser de sourire.

– Vraiment, tu ne me connais pas ? Pourtant, mes amis et moi avons l'air de beaucoup t'intéresser depuis quelques jours…

Une bouffée de chaleur fait battre mon cœur deux fois plus vite. Nier ne ferait certainement qu'aggraver mon cas, alors je reste silencieuse.

– Allez, monte, insiste l'homme. Quelqu'un veut te parler.

Son sourire a disparu et je sais qu'il ne me donnera pas une autre chance de grimper dans cette voiture par moi-même.

Une part de moi est parfaitement consciente du danger qui m'entoure, qui *les* entoure. Je suis lucide sur ce que je peux encourir si je suis démasquée. Mais la colère sourde tapie au fond de mon être, celle qui m'a amenée ici, qui m'a poussée à me lancer dans cette mission, est la plus forte. D'un pas déterminé, je m'approche de la voiture et monte dedans. L'homme claque la portière derrière moi puis contourne l'engin pour venir s'installer au volant.

Ses mouvements sont rapides, précis, gracieux.

Je pose mon sac à dos sur mes genoux. À l'intérieur se trouvent mon précieux carnet de notes ainsi que mon téléphone. Si je vois que les choses commencent à mal tourner, il faudra que je trouve un moyen de prévenir Scott et Jacob…

– Où est-ce qu'on va ? je demande au bout de quelques minutes.

L'homme reste muet, les yeux fixés sur la route. Ses doigts tapotent le volant et je remarque deux anneaux en acier à sa main droite, l'un à son index, l'autre à son majeur.

Tandis qu'il me conduit je ne sais où, je me dis que, cette fois, je me suis officiellement jetée dans la gueule du loup.

CHAPITRE 2

RYAN

Blondinette ne laisse rien paraître de ce qu'elle pense. Son visage est fermé, affichant une apparente sérénité. Pourtant, je sais qu'elle est anxieuse de se trouver avec moi. La manière dont elle triture la lanière de son sac à dos trahit sa nervosité.

Même si elle a joué les étonnées quand elle m'a aperçu, je sais qu'elle est parfaitement au courant de la raison pour laquelle je me suis arrêté devant elle. La preuve : elle ne m'a pas redemandé où je la conduisais, comme si elle ne s'en inquiétait pas. J'ai le sentiment que cette fille sait qui nous sommes, et une chose est sûre, c'est que si elle s'est pointée plusieurs jours de suite chez Bailey's, le pub où nous avons l'habitude de nous retrouver, c'est parce qu'elle voulait qu'on la remarque. Mais pourquoi ?

C'est ce que je compte bien découvrir en l'emmenant dans l'une de nos planques.

Je jette un regard dans sa direction. Elle a lâché son sac, mais à la place, elle tape nerveusement du pied sur le plancher de la voiture.

Nous roulons encore quelques kilomètres avant d'entrer dans un quartier résidentiel de la banlieue de Saint-Louis. Je gare la voiture le long d'un trottoir puis je m'en extirpe, imité par Blondie quelques secondes plus tard. Elle me suit lorsque j'entre dans une ruelle, puis elle se plante à côté de moi tandis que j'ouvre une porte de garage. Nous pénétrons dans un hangar à moitié vide ; je referme aussitôt la porte derrière nous et j'appuie sur l'interrupteur à ma gauche. La lumière qui jaillit des plafonniers éclaire la pièce comme si nous étions en plein jour.

Là, adossée contre un mur, apparaît l'immense silhouette d'Ice [1].

Il se redresse et s'avance dans notre direction, la démarche lente mais assurée. Quand Blondie l'aperçoit, elle sursaute légèrement malgré son visage toujours aussi neutre, et je comprends facilement pourquoi. Ice est la définition même d'une armoire à glace. Aussi haut que large, les cheveux coupés ras, le visage fermé et une cicatrice lui barrant la lèvre inférieure, il fait passer un message clair : ne t'approche pas de moi à moins de vouloir t'en prendre une.

– Tiens, tiens, blondinette, souffle-t-il de sa voix rocailleuse. Je suis heureux de faire enfin ta connaissance.

---

1. « Glace », en anglais.

Ses mots semblent sympathiques mais une menace se dégage de chacun d'eux. Cela ne semble pas impressionner notre invitée, qui lâche calmement :

– Je m'appelle Ella, pas blondinette.

Ice hausse un sourcil et, d'un geste, il ordonne à *Ella* de prendre place sur l'une des chaises installées au milieu du hangar. Elle obéit sans poser de questions. Ice s'installe en face d'elle et je me poste derrière lui, à sa droite. Je fixe Blondie en silence, les bras croisés.

– Qu'est-ce que tu nous veux ? demande Ice, les coudes plantés sur ses cuisses, le buste penché en avant.

– Comment ça ? a-t-elle l'audace de répliquer.

Ice croise les doigts, carrant un peu plus ses épaules massives.

– Écoute, je n'ai pas le temps de jouer à ce petit jeu, décrète-t-il. On ne t'a jamais vue dans le coin mais tu débarques soudain chez Bailey's comme ça, chaque jour, et tu passes ton temps à griffonner des notes sur ton carnet. Ne me prends pas pour un con, tu voulais que je te remarque et c'est fait. Alors qu'est-ce que tu cherches ? Tu ferais bien de répondre si tu ne veux pas que je t'y oblige.

Ella dévisage Ice, s'attarde quelques secondes sur la cicatrice à sa lèvre inférieure, puis elle lève les yeux dans ma direction.

Dis-nous ce que tu veux, Blondie, dis-le-nous vite !

Elle ne semble pas vouloir nier plus longtemps, mais elle a l'air de ne pas savoir comment formuler sa demande. Plusieurs secondes se passent avant qu'elle lâche enfin :

– J'ai besoin d'argent.

– Et ? J'ai la gueule d'un banquier, peut-être ? grommelle Ice.

– La gueule, non, mais puisque ton gang et toi braquez des banques, tu en as pris la fonction.

Putain de…

Une onde de choc s'abat sur Ice et moi lorsque nous réalisons que Blondie *sait*.

Si jusqu'à maintenant nous avons réussi à échapper à la police, c'est parce que nous sommes assez organisés pour toujours avoir un coup d'avance sur eux… alors le fait que cette nana affirme savoir qui nous sommes ne me dit rien qui vaille.

Si elle ne s'était pas remise à triturer la bretelle de son sac à dos, on pourrait croire qu'elle n'a peur de rien. Et franchement, pour tenir tête à Ice, il faut en avoir une sacrée paire dans le pantalon. J'ai vu des mecs baisser les yeux face à son regard glacial en moins d'une minute. Mais cette petite blonde avec ses grands iris bleus le fixe comme si elle en avait déjà vu d'autres.

Ce qui doit certainement être le cas, vu son cran…

– Qu'est-ce que tu me racontes ? reprend Ice, en se retenant pour ne pas exploser.

– Je sais qui vous êtes, déclare Ella en se redressant sur sa chaise.

– Ah oui ? Eh bien, je t'écoute. Qui sommes-nous ?

– Les Seven. Le gang de braqueurs le plus recherché de l'État.

Un silence de plomb s'abat sur le hangar. Je déteste la conviction que cette fille a mis dans ses propos… Je m'approche soudain d'elle et lui arrache son putain de sac à dos. Je l'ouvre en grand et le vide sur le sol. Un téléphone tombe face contre le béton, ainsi qu'un carnet, un stylo et un porte-monnaie.

Je feuillette le carnet. Sur chaque page, les habitudes de mes frères et sœurs d'armes au pub sont consignées. Je tends rageusement le cahier à Ice, qui le parcourt rapidement. Sa mâchoire se contracte, puis il lève les yeux en direction d'Ella. Cette fois, plus question de prendre des pincettes. Il se jette en avant, attrape Blondie par les épaules et la soulève dans les airs. Elle pousse un cri lorsque ses pieds quittent le sol.

– Qui es-tu ? grogne Ice à quelques centimètres de son visage.

Je détaille la scène avec satisfaction. Il est clair que Blondinette comptait parler, mais de cette façon, elle le fera beaucoup plus vite.

– Je ne suis pas là pour vous causer du tort, s'exclame-t-elle.

– Qui es-tu ? répète Ice, plus fort.

La fille commence à se débattre ; à force de gesticuler, elle réussit à mettre un coup de pied dans l'abdomen de mon compagnon d'armes. Il esquive à la dernière minute, mais l'attaque de Blondie est assez surprenante pour qu'il la relâche. Elle atterrit sur ses pieds, le visage rouge de colère, et elle pointe du doigt la montagne qui lui fait face en éructant :

– Ne me touche plus jamais de cette manière.

Abasourdi, Ice met quelques instants à reprendre ses esprits. Lui non plus ne devait pas s'attendre à ce qu'autant de hargne sorte de ce petit corps…

– Pas besoin d'en venir aux mains, je suis tout à fait disposée à vous parler, ajoute Ella.

– Alors on t'écoute, dis-je en m'approchant d'elle.

Elle se rassied sur la chaise et reprend son souffle avant d'expliquer :

– Comme je vous l'ai dit, j'ai besoin d'argent. De beaucoup d'argent, et rapidement. Je vous observe depuis un moment. Je me suis renseignée sur vos braquages, sur votre manière d'opérer… Sur les sommes avec lesquelles vous partez.

Elle jette un rapide coup d'œil à Ice, mais c'est sur moi que son regard s'arrête.

– Je veux faire partie de votre gang, affirme-t-elle.

– Pardon ? lâche Ice.

– J'ai beaucoup d'atouts, je pourrais vous être très utile et…

– Non mais tu te crois où ? À un entretien d'embauche ? grogne mon ami, exaspéré.

– Comment as-tu réussi à nous trouver ? je demande.

– J'ai piraté le système de la police pour chercher des informations sur vous, déclare-t-elle de but en blanc. J'ai récupéré les éléments de leurs enquêtes et je suis partie de ça. Ils ont dans leur dossier l'empreinte de l'une des membres de votre gang, Maxine Spencer. Il était dit qu'elle avait été aperçue plusieurs fois chez Bailey's, alors j'ai commencé par là.

Je garde un visage impassible, mais au fond, je suis sur le point d'exploser. Jusqu'à maintenant, nous avons réussi à mener notre barque de façon magistrale, mais notre dernier braquage en date ne s'est pas déroulé comme prévu… Rain [2], l'une des nôtres, a commis une erreur de débutante. Résultat, si jusque-là nous étions inconnus des services de police, ils connaissent désormais l'identité de l'une des Seven, ce qui n'est pas du tout bon pour nos affaires. Et je ne me doutais pas qu'ils avaient repéré le Bailey's… Pourquoi ne pas encore nous avoir tous coffrés, alors ? Ou au moins Rain ? Ce n'est ni logique ni pertinent de laisser une braqueuse dans la nature lorsqu'on a en sa possession une preuve de sa culpabilité. Cela laisse à penser que les flics cherchent autre chose… ou *quelqu'un* d'autre.

– Je pourrais vous aider, poursuit Blondie, déterminée. Vous donner un coup de main pour un ou

2. « Pluie », en anglais.

deux braquages le temps de rassembler la somme qu'il me faut. Et ensuite, je…

– Tu quoi ? Tu t'évapores dans la nature ou tu vas balancer tout ce que tu sais à la police ? Tu crois qu'entrer dans un gang est un job à temps partiel ? Putain, si tu y entres, tu y restes ! crache Ice.

Je vois dans les yeux d'Ella qu'elle est intimidée, même si elle s'évertue à ne pas le montrer. Rassemblant son aplomb, elle tente :

– Bien, alors dans ce cas je…

Ice lui coupe la parole :

– Pourquoi tu n'essayes pas de bosser pour gagner cet argent qui te manque tant ?

Il l'intimide, mais elle n'est pas du genre à s'écraser. Elle se redresse sur sa chaise, furieuse.

– Je pourrais te retourner la question mais tu connais déjà la réponse, non ? Même en travaillant une vie entière, je ne gagnerais jamais la moitié de ce que vous récoltez en un seul braquage de banque.

Elle n'a pas tort… Putain, cette fille n'a vraiment pas froid aux yeux. Si son apparition dans nos vies ne m'inquiétait pas autant, je serais sous le charme. Mais tant que je ne saurai pas absolument tout sur elle, je ne lui ferai pas confiance.

Manifestement, son argumentaire fait mouche auprès d'Ice. Je le connais par cœur et je peux affirmer sans me tromper que lui aussi pourrait être séduit par Blondinette si elle n'était pas si suspecte.

– Laissez-moi vous prouver que j'en suis capable, plaide-t-elle. Si vous estimez que je ne fais pas l'affaire, alors je m'en irai et je vous jure que je garderai pour moi tout ce que je sais.

– Mais bien sûr, ricane Ice.

– C'est la vérité. Je ne gagnerais rien à vous dénoncer.

– Pourquoi as-tu besoin de cet argent ? je demande, réintégrant la conversation.

Ella hausse un sourcil et réplique :

– Pourquoi vous en avez besoin, vous ?

Ice et moi nous jetons un coup d'œil. Blondie déglutit puis ajoute :

– C'est personnel.

– Quand tu vis dans un gang, rien n'est personnel. On partage tout, on se dit tout.

Elle réfléchit un instant en silence, semblant se demander s'il est bon pour elle de se dévoiler encore plus. Pendant ce temps, je cogite à toute vitesse, essayant d'accrocher à nouveau le regard d'Ice pour lui faire comprendre que j'ai besoin de m'entretenir seul avec lui. Il hoche la tête et me fait signe de le suivre. Nous sortons du hangar. Blondinette ne peut pas s'enfuir : la porte devant laquelle nous nous tenons est la seule issue par laquelle il est possible d'entrer et sortir du bâtiment.

– Qu'est-ce que tu en penses ? me demande mon frère d'armes à voix basse.

– Je ne lui fais pas confiance, dis-je.

– Moi non plus. Elle apparaît comme ça et elle serait la recrue idéale ? On ne recrute même pas…

– Des bras de plus ne feraient pas de mal à nos affaires.

– Hors de question de lui donner une chance.

Je le sens extrêmement tendu et je le comprends. Cette fille ne me rassure pas non plus, mais maintenant qu'elle est là, on ne peut plus la laisser partir. C'est ce qu'il faut qu'Ice comprenne…

– Elle a piraté le système informatique de la police, nous a trouvés et a vu nos visages, je lui rappelle. Qu'on lui fasse confiance ou non, la renvoyer dans la nature n'est pas une option.

– Qu'est-ce que tu proposes ?

Ice s'est toujours fié à mon jugement et c'est ce qui fait que nous formons une aussi bonne équipe depuis toutes ces années.

– On l'emmène avec nous, je déclare, sûr de moi. Elle restera au loft jusqu'à ce qu'on soit certains qu'elle est digne de confiance, ou que c'est une traîtresse. On avisera ensuite. En attendant, on la garde à l'œil, on scrute ses moindres faits et gestes et on ne lui donne jamais l'occasion de récolter trop d'informations.

Ice tique.

– J'ai l'impression qu'on va laisser entrer le loup dans la bergerie… soupire-t-il. Tu t'occuperas d'elle ? Que comptes-tu faire ?

– La pousser dans ses retranchements. On va vite se rendre compte de sa réelle capacité de résistance…

En terminant ma phrase, je rouvre la porte du garage. Ella est toujours assise sur sa chaise. Ice passe devant moi et lui fait signe de nous rejoindre.

– Par ici, grogne-t-il.

– Où est-ce qu'on va ? demande-t-elle après avoir ramassé ses affaires et les avoir remises dans son sac.

Elle sort du hangar. Je grimpe derrière le volant de la Volvo tandis qu'Ice s'installe à l'arrière avec elle.

– Tu crois avoir ce qu'il faut en toi pour entrer dans notre gang ? lâche-t-il. Eh bien c'est ce qu'on va voir.

Je démarre la voiture, direction le loft. Dans le rétroviseur, les yeux bleus de la jeune femme croisent les miens et elle se remet immédiatement à triturer la bretelle de son sac à dos.

CHAPITRE 3

ELLA

L'homme aux tatouages gare la Volvo à l'intérieur d'un large garage dans le quartier huppé de Lafayette Square, à côté d'un SUV aux vitres teintées. Je suis terriblement nerveuse. Ni lui ni son acolyte ne m'ont adressé un mot de tout le trajet. L'armoire à glace a regardé le paysage défiler à travers la fenêtre, tandis que le tatoué, qui semble très remonté, a passé son temps à me dévisager en silence dans le rétroviseur.

Je n'ai aucune idée de la raison pour laquelle ils m'emmènent ici, je ne sais pas ce qui m'attend, qui je vais rencontrer ni quelles questions on va me poser. Mais étrangement, j'ai le sentiment que je vais réussir à garder mon sang-froid. Parce que j'ai choisi de me trouver ici et qu'il est hors de question que je laisse ma peur ou quoi que ce soit d'autre me faire dévier de mon objectif.

Nous traversons tous les trois le garage et accédons à ce qui me paraît être… une maison. Oui, nous avons débouché dans une grande pièce à vivre claire et lumineuse. Au milieu, un escalier mène à un étage d'où proviennent des bruits de conversation et des rires. Les deux hommes s'engagent dans les marches, je les suis, et une fois en haut, je me retrouve face à cinq personnes confortablement installées dans des fauteuils : deux femmes et trois hommes. Quand ils m'aperçoivent, les discussions cessent et un silence pesant emplit la pièce. Il s'agit des autres membres du gang, j'en suis convaincue… d'autant que je les ai déjà quasiment tous vus chez Bailey's. Chacun d'entre eux me passe au crible, m'étudie, m'analyse, me juge. Ils se font leur propre opinion de moi et je dois dire que face à leurs regards inquisiteurs, ma confiance s'essouffle un peu.

– Les gars, je vous présente Ella, dit la montagne de muscles. Ella, voici Rain, Thunder, Sky, Night, et Snow [3].

Il se tourne vers l'homme aux cheveux noirs à ses côtés et ajoute :

– Lui, c'est Ryan. Quant à moi, je suis Ice.

L'avalanche d'informations est difficile à ingérer, mais je m'efforce de rester concentrée. Rain est une jeune femme brune dont le débardeur laisse

3. Respectivement, « Pluie », « Tonnerre », « Ciel », « Nuit » et « Neige », en anglais.

apparaître des bras recouverts de tatouages. Thunder est un rouquin musclé au regard vert perçant, Sky une petite femme filiforme aux cheveux rose pâle et au nez percé d'un anneau. Night est un grand mec à la peau noire avec de longues dreadlocks. Enfin, Snow n'est ni plus ni moins qu'un gamin. Je ne l'ai jamais vu au pub durant mes journées d'observation. Je lui donne seize ans, pas plus… Il porte un jean troué et un bonnet sur la tête, et c'est le seul qui me sourit.

Mon Dieu, que fait-il ici ? Où est sa famille ?

Je pivote et mon regard croise soudain celui de Ryan. Son attitude me fait penser à celle d'un protecteur. Vu la façon qu'il a de coller Ice, il doit être une sorte de garde du corps, même si j'imagine assez mal l'armoire à glace avoir besoin de qui que ce soit pour garantir sa sécurité. Mais cela expliquerait pourquoi il m'observe avec autant d'attention et surtout pourquoi il est le seul à ne pas avoir de surnom.

Le silence s'éternise, et je décide d'essayer de briser la glace. Reportant mon attention sur les braqueurs assis dans les fauteuils, je leur fais un signe de la main en lançant :

– Salut.

Aucun d'entre eux ne me répond.

Bon, apparemment, personne ne m'adressera la parole tant que je ne les aurai pas convaincus de ma bonne foi…

– Ella va rester quelque temps avec nous, annonce Ice en s'asseyant. Il nous reste bien une chambre de libre, non ?

Vivre avec eux ? Ce n'est pas du tout ce que j'avais prévu. J'ai peur d'être incapable de réussir à donner le change vingt-quatre heures sur vingt-quatre. Ils vont me garder à l'œil, ils sauront exactement ce que je fais et quand je le fais. Je cherche à protester, mais Rain, la fille aux tatouages, me devance.

– Je suppose qu'on n'a pas notre mot à dire… soupire-t-elle.

– Je ne peux pas rester, je l'appuie du bout des lèvres.

Ryan se tourne vers moi, plissant ses yeux noirs.

– Enfin, je ne peux pas vivre ici, j'ajoute. J'ai un appartement, je n'ai pas besoin de…

– Oh, madame a un appartement, ricane Rain, amère.

Thunder, le rouquin, et Night, l'homme aux dreads, sourient en coin. Le feu tapi en moi se réveille. Dans la vie de tous les jours, une première impression se doit d'être bonne, mais j'imagine que dans un gang comme celui-là, elle doit être spectaculaire. Il ne faut surtout pas donner l'impression d'avoir peur, ni qu'on est manipulable. Faible.

Une chose est sûre, je ne me laisserai pas rabaisser.

– Oui, j'ai un appartement, ça te pose un problème ? je m'exclame, cinglante.

Quelques sifflements s'élèvent, mais je ne m'en préoccupe pas. Je fixe Rain droit dans les yeux, et j'ai même l'audace de la détailler des pieds à la tête. En un éclair, elle se lève. Thunder l'imite, mais simplement pour la retenir.

– Qu'est-ce que tu viens de dire ? crache-t-elle en pointant un doigt dans ma direction. Non, mais je rêve. Pour qui tu te prends, espèce de pétasse ?

À mon tour de voir rouge. Mise hors de moi par l'insulte, je fais un pas en avant, mais Ice me bloque le passage.

– On se calme, les filles, dit-il.

– C'est toi qui choisis, Ella, ajoute Ryan. Personne ne te retient prisonnière…

Je ne sais pas pourquoi, mais j'ai l'impression que sa nonchalance cache une menace voilée. Et il me donne raison quand il poursuit :

– Mais si tu pars, alors ce n'est plus la peine de revenir. Tu as dit avoir besoin d'argent, de beaucoup d'argent, et il est clair qu'on est les mieux placés pour t'en apporter. Si tu veux t'en aller, on ne te retiendra pas… mais je te croyais déterminée. Combative. Apparemment, tu n'es rien de tout ça.

La façon dont il me parle a quelque chose d'hypnotisant. Il sait y faire, aucun doute là-dessus. Il me fait penser à un charmeur de serpent, de ceux qui, selon la légende, n'ont qu'à jouer un petit air de flûte pour amener l'animal où il veut tout en lui donnant l'impression que c'est sa décision.

Je comprends rapidement que je n'ai pas vraiment le choix. Je vais devoir m'installer avec eux et je sais que ça ne plaira pas à Scott. Oh mon Dieu, et ma mère ? Elle m'appelle chaque jour pour prendre de mes nouvelles, comment vais-je lui expliquer qu'elle ne peut plus venir me voir quand elle le veut ?

Je commence à paniquer. Et si c'était une erreur ? Et si j'avais agi trop vite ? Et si…

Stop, arrête ça. Reprends-toi.

J'inspire pour me ressaisir, et je lâche :

– Très bien. J'accepte.

Ryan sourit puis me dit :

– Bienvenue, Ella.

Un à un, les membres du groupe me saluent à leur tour. Ils n'ont pas vraiment l'air heureux de m'accueillir, mais au moins ils ne m'agressent pas verbalement. Seule Rain reste silencieuse, ainsi qu'Ice, qui me dévisage intensément.

Bordel, ce mec est terriblement impressionnant. Je m'épate encore de lui avoir tenu tête tout à l'heure dans le hangar.

Finalement, Rain se lève et se plante devant moi avant de me lancer :

– On n'en a pas fini, crois-moi.

Puis elle me bouscule violemment l'épaule avant de descendre l'escalier à toute allure. Quand elle est partie, je me frotte discrètement le bras. Cette folle dingue va être un vrai problème… Mais je n'ai pas le temps d'y penser davantage, car Snow, le plus jeune des membres du gang, s'approche de moi à son tour en souriant.

– Ta chambre sera près de la mienne, me dit-il. Je peux t'aider à t'installer, si tu veux.

– Merci.

– Mais avant, nous avons quelques petites choses à faire, intervient Ice. Suis-moi, Ella. Et prends tes affaires.

Je me crispe. Tout cela ne me dit rien qui vaille… Cependant, j'ai bien compris qu'il était préférable que je ne fasse pas de vagues pour l'instant. Je récupère mon sac à dos et emboîte le pas à Ice tandis qu'il rejoint le rez-de-chaussée, flanqué de son acolyte Ryan. Thunder, Sky et Snow nous accompagnent également. Une fois en bas, nous empruntons un nouvel escalier, qui descend dans un sous-sol aménagé. La pièce est bien éclairée, spacieuse, et des tapis de sport recouvrent le sol.

– Ton téléphone, m'ordonne Ice de sa voix rauque.

Mon sang se glace dans mes veines. Certes, j'ai pris soin de supprimer toutes les conversations que j'ai eues avec Scott et Jacob et de faire un nettoyage complet de mon portable, mais je ne sais pas de quoi ces gens sont capables.

– Pour quoi faire ? je réplique.

– Donne-le-moi, c'est tout.

Je n'ai pas le choix : je tends l'appareil à Ice. Dans sa grosse main calleuse, l'objet semble si fragile… Il le détaille un instant, puis il relève la tête, sourit, et le jette de toutes ses forces à travers la pièce. Il s'écrase violemment contre le mur, et son écran se brise en mille morceaux. Abasourdie, je fixe les morceaux de plastique qui jonchent le sol sans trouver quoi dire.

– Nous t'en donnerons un nouveau très bientôt, me dit Thunder. Il contiendra les numéros de tous les membres de notre gang et seulement ceux-là. Tu ne te serviras de rien d'autre pour nous contacter ou échanger des informations avec des personnes extérieures.

– Comme ça, on évite tout risque de fuite d'informations ou de trahison, ajoute Sky. Tu possèdes un appareil que nous connaissons et que nous surveillons… et toi avec.

Leur démarche est logique, mais ça n'arrange pas mes affaires. Scott va péter les plombs s'il ne reçoit pas rapidement de mes nouvelles.

Il faut à tout prix que je trouve un moyen de le contacter sans éveiller les soupçons.

– Tu auras certainement besoin d'autres affaires, reprend Ice. Ryan t'accompagnera dans quelques jours chez toi pour y récupérer ce que tu veux. Ce sera la seule et unique fois, alors assure-toi de ne rien oublier.

Je jette un œil en direction de l'intéressé, qui s'adonne à son activité préférée, me dévisager.

– Snow va te faire faire le tour du propriétaire, lâche ensuite l'armoire à glace.

L'adolescent s'approche de moi en souriant et me fait signe de le suivre. Je passe à côté des débris de mon ancien téléphone portable, encore sous le choc de ce qui vient de se passer. Nous remontons au rez-de-chaussée, que je prends cette fois le temps de détailler. C'est une immense pièce sans murs et sans portes, qui contient à elle seule une cuisine, une salle à manger et un salon.

– C'est ici que nous prenons les repas la plupart du temps, m'informe Snow. Tu peux venir te servir quand tu veux et autant de fois que tu veux.

– Merci.

– Au fond, il y a une pièce avec un billard et les consoles de tout le monde. C'est notre salle de détente.

– Vous êtes tous très jeunes, je constate.

– C'est vrai. Ice et Rain ont vingt-huit ans, Ryan en a vingt-six, Sky vingt-quatre, Night et Thunder trente, et moi j'en ai seize. Et toi ?

– J'ai vingt-quatre ans, comme Sky, dis-je en essayant de prendre des notes mentales à propos des âges de tout le monde.

Snow hoche la tête et m'entraîne à l'étage, où se trouvent les chambres. Il me montre celle qui sera désormais la mienne. Elle est grande et confortable, mais neutre, sans saveur. J'apprends qu'elle se trouve entre celles de Snow et de Ryan, le garde du corps. L'adolescent m'ouvre la porte de la sienne avec une étrange fierté dans la voix.

– C'est ici que je passe la plupart du temps, déclare-t-il.

Je dois dire que je suis subjuguée par ce que je découvre. Une immense bibliothèque s'étend sur trois des quatre murs de la chambre, ses étagères débordant de livres en tout genre. En la voyant, je ne peux m'empêcher de ressentir un petit peu de ce bien-être qui m'était autrefois familier lorsque je me perdais entre les ouvrages… Cela fait si longtemps que je n'en ai pas ouvert un seul, je ne sais même plus quand j'ai mis le pied dans une librairie pour la dernière fois.

J'ai l'impression que c'était dans une autre vie…

– Waouh… quelle belle collection, je m'exclame.

– Tu aimes lire ? me demande Snow avec intérêt.

Il paraît encore plus jeune à cet instant… Ce gamin a l'air si gentil, si doux. Putain, mais que fait-il ici ?

Je hoche la tête, puis je le questionne en passant le bout de mes doigts sur les tranches de livres qui dépassent de la bibliothèque :

– Lequel est ton préféré ?

L'adolescent hésite un instant, puis il me répond avec désinvolture :

– Je ne pourrais pas choisir. Ils sont tous importants pour moi.

Ma main s'arrête soudain sur *Autant en emporte le vent*, l'un de mes romans préférés, l'un de ceux que j'ai lus des dizaines de fois avec toujours la même émotion.

– Qu'as-tu pensé de celui-ci ? je demande à Snow. C'est une histoire incroyable, pas vrai ?

L'adolescent reste silencieux. Je lève le regard vers lui. Gêné, il baisse les yeux et soupire :

– En fait, je…

Mais Ryan entre soudain dans la chambre, l'empêchant de poursuivre et jetant un froid dans la pièce.

Je ne vais pas mentir, me retrouver au milieu d'un gang ne me rend pas tout à fait sereine, mais je sais que je vais réussir à prendre sur moi. En revanche, s'il y en a bien un qui me met mal à l'aise, c'est Ryan. Ses iris noirs scrutateurs, sa façon de me juger en silence et son air contrarié me donnent l'impression d'être évaluée en permanence.

– Ice veut te parler, il t'attend en bas, dit-il à Snow sans pour autant poser les yeux sur lui.

Toute son attention est rivée sur moi. Je frissonne face à l'intensité de son regard. Je sais que dès que Snow quittera la pièce, il va avoir une petite conversation avec moi… et je la redoute déjà.

L'adolescent sort de sa chambre sans un mot. Lorsque Ryan et moi nous retrouvons seuls, il s'approche lentement de moi, ses yeux noirs d'une profondeur abyssale m'aspirant dans un gouffre sans fond. Cependant, malgré mon cœur qui bat plus rapidement, mes paumes qui deviennent moites et l'angoisse qui enfle en moi, je reste droite, immobile, refusant de lui montrer mes émotions.

– Je ne sais pas qui tu es et je ne sais pas ce que tu veux, commence-t-il.

Il s'avance jusqu'à ce que la pointe de ses chaussures touche les miennes. Son large torse obstrue ma vue, m'obligeant à lever légèrement le menton pour ne pas rompre notre contact visuel.

– Mais sache que je t'ai à l'œil, poursuit-il. Je ne te lâcherai pas d'une semelle, et s'il s'avère que tes intentions envers nous sont mauvaises, je m'occuperai personnellement de toi.

– Je n'ai pas de mauvaises intentions, je réplique.

– Ça, ce sera à moi d'en juger. En attendant, je ne te fais pas confiance et tu vas devoir faire tes preuves.

– De quelle manière ?

Ses yeux quittent un instant les miens pour descendre sur mon cou et le reste de mon corps.

– Tu le sauras bien assez tôt, lâche-t-il en souriant légèrement.

Il se retourne et regagne la porte, me faisant signe de quitter la chambre de Snow.

– Tu ferais bien de manger un morceau et d'aller te coucher, ajoute-t-il. Demain matin, on se lève tôt.

Je n'ai pas le temps de lui demander pourquoi. Tandis que nous traversons le couloir, il souffle à mon oreille :

– Tu crois avoir les atouts qu'il faut pour bosser avec nous ? On va voir ce que tu as dans le ventre !

Sur ce, il descend l'escalier qui mène au rez-de-chaussée, me laissant complètement pétrifiée en haut des marches. Je l'admets, ce mec me colle une trouille bleue. Il y a quelque chose de dangereux en lui. Pas étonnant qu'Ice l'ait pris comme garde du corps…

De ma position en hauteur, je regarde les membres du gang discuter, dîner et rire. Je me sens plus seule que jamais… L'angoisse qui m'est familière depuis quelques mois se réveille et se fraie un chemin dans mon corps, arpentant mes muscles, mes nerfs, s'infiltrant dans mon esprit et s'installant dans mon cœur. J'ai soudain l'impression d'être à fleur de peau, sur le point d'exploser en sanglots ou de hurler de rage.

Je m'empresse de rejoindre la chambre que l'on m'a attribuée. J'en ferme précipitamment la porte puis je sors un second carnet d'une poche intérieure de mon sac à dos. Tremblante, je récupère mon stylo pour griffonner frénétiquement quelques lignes :

Sam,

J'y suis arrivée, je l'ai fait. Je viens d'intégrer les Seven. Après des semaines, des mois de préparation, je suis enfin entrée dans la partie.

Maintenant, il ne me reste plus qu'à placer mes pions et à fixer les règles.

Tu me manques.

Je t'aime tant.

Ella

Je repose le stylo et m'allonge sur le lit en contemplant le plafond. Je ne dois surtout pas m'emballer, je viens seulement de passer la première étape. Je vais devoir m'armer de patience pour la suite, être réfléchie et consciencieuse. Et surtout, il va me falloir mettre la main sur l'Insaisissable, celui qui dirige sa meute d'une main de maître. Le chef des Seven : Storm [4]. Cela ne m'a pas échappé qu'il ne m'a pas été présenté ce soir, il n'a même pas été cité une seule fois. Mais je sais qu'il est là, quelque part. Qu'il agit dans l'ombre.

Je compte bien le faire sortir de sa tanière.

Cela fait six mois maintenant que je peaufine mon plan pour qu'il soit infaillible… et rien ne m'empêchera de le mener à bien.

4. « Tempête », en anglais.

CHAPITRE 4

RYAN

– Je vote non.

– Pareil.

– Moi je vote oui. Je l'aime bien.

– On ne la connaît pas, tu ne peux pas déjà bien l'aimer, Snow, râle Night en levant les yeux au ciel.

– Mais je crois qu'elle est sympa, insiste-t-il.

Accoudé contre le chambranle de la porte, j'observe les autres membres du gang débattre sur l'intégration ou non d'Ella au sein des Seven, tout en jetant des petits coups d'œil en direction de l'étage pour m'assurer qu'elle ne débarquera pas à ce moment-là. Elle s'est enfermée dans sa chambre tout à l'heure et je doute qu'elle en ressorte de la soirée, mais on ne sait jamais.

– Écoutez, Storm nous a demandé de voter et de nous mettre d'accord, alors concentrons-nous un peu, lance Sky pour couper court aux conversations qui fusent de toutes parts.

Elle remonte ses cheveux roses en queue-de-cheval puis pose ses mains sur ses hanches et déclare :

– Moi je vote oui. Je la trouve suspecte, c'est vrai... mais si elle n'a pas menti à propos du piratage des systèmes de la police, ses talents de hackeuse pourraient nous être utiles.

– On a très bien fait sans jusque-là, proteste Rain. Pourquoi cette fille nous serait-elle indispensable tout à coup ?

– Parce qu'elle pourrait nous faciliter la tâche, répond Sky en s'installant sur l'un des fauteuils de notre salle de détente.

Thunder prend place près d'elle et l'appuie :

– Je suis d'accord avec Sky. On en est à notre sixième braquage et jusqu'à maintenant, quand il s'agissait de s'occuper des caméras de surveillance, on se contentait de les exploser. C'est efficace pour nous éviter d'être reconnus, mais ça donne immédiatement l'alerte. Peut-être que si Ella pouvait manipuler quelques petits trucs là-dedans, on pourrait disposer de plus de temps pour rassembler le butin.

– Non mais j'y crois pas... soupire Rain en secouant la tête.

Je décide de les laisser débattre et de grimper à l'étage pour voir ce que fait Blondie. Le degré de confiance que je lui porte se trouve évidemment en dessous de zéro. Je l'ai prévenue que j'allais la garder à l'œil et je compte bien tenir parole. Je m'approche de la porte de sa chambre et colle l'oreille contre le bois. Je perçois des petits bruits étouffés que j'ai du mal à reconnaître au départ. C'est seulement quand j'entends un reniflement que je comprends qu'il s'agit de sanglots.

J'hésite à entrer dans la chambre pour demander à notre invitée ce qui ne va pas, avant de m'en abstenir. Après tout, ce n'est pas mon problème.

– Ryan !

Je redescends au rez-de-chaussée, où je retrouve le reste des Seven. Manifestement, ils ont réussi à se mettre d'accord.

– On lui laisse quelques jours pour voir comment elle s'acclimate, me dit Sky.

– Puisque la question est réglée pour l'instant, on s'est dit qu'on allait refaire un point sur la stratégie du braquage de Richwoods, ajoute Ice.

– Selon moi, on est au point, mais si vous y tenez…

Je ferme la porte de la salle de détente à double tour derrière moi tandis que Rain et Thunder sortent de notre cachette secrète les plans de la banque qui sera notre prochaine cible. Nous nous installons autour de la table de billard et Ice rappelle :

– On en est à J-2 du braquage. C'est un coup qui devrait nous ramener environ deux cent ou trois cent mille dollars.

– C'est peu par rapport à d'habitude, soupire Thunder.

– C'est justement l'idée, reprend Ice. Comme notre dernier braquage était important, Storm a décidé que cette fois on s'éloignerait un peu de la ville et qu'on s'attaquerait à une banque plus modeste. Jusqu'à maintenant, on s'en est pris à des gros poissons, donc les flics ne s'attendent pas à ce qu'on vise une cible de si petite taille. Au moins, ça nous permettra de ne pas perdre la main avant le prochain coup d'éclat.

– Prendre autant de risques pour si peu d'argent… marmonne Rain.

– Ça fera tout de même près de trente mille dollars chacun, dis-je. Tu as perdu le sens des réalités ?

Rain me tire la langue mais finit par sourire.

– On se répartira en deux voitures, j'explique. Thunder, Rain et Night, vous monterez dans la première et vous vous occuperez de l'entrée principale de la banque. Quant à Ice, Sky et moi, on passera par la sortie arrière.

Snow pousse un long soupir. Je lui jette un coup d'œil. Comme chaque fois que nous parlons stratégie, il se renferme.

– La prochaine fois, tu participeras toi aussi, je lui assure.

– Tu as déjà dit ça pour les précédents braquages. Mais je finis toujours sur la touche.

– Tu sais pourquoi tu n'es pas impliqué dans ce genre de choses…

Il hoche la tête bien qu'il ait visiblement envie de me contredire. Sky lui ébouriffe les cheveux avant d'embrasser sa joue et Rain pose sa tête sur son épaule pour le réconforter.

– Dès qu'on sera dans la banque, Thunder et Rain s'occuperont de bloquer les issues, dit Ice en posant sa grosse main sur le plan étalé sur la table de billard. À l'heure où nous passerons à l'action, il ne devrait pas y avoir beaucoup de civils présents. Quoi qu'il en soit, je m'occuperai de donner les directives.

– Sky et Night, vous surveillerez les clients et le personnel pendant que moi… je viderai les coffres au sous-sol, je lance avec un sourire. On ne quitte pas la banque tous en même temps, et surtout, on ne baisse pas notre vigilance avant d'être en sécurité. On rentre les mains dans les poches. Deux minutes plus tard, on sort avec le fric. Et on se tire loin. Tout le monde est au point ?

L'ensemble des membres du gang acquiescent. J'ajoute :

– Comme d'habitude, je protège vos arrières, alors n'ayez crainte.

– J'ai une question, intervient Rain. Pendant le braquage, on en fait quoi, de la nouvelle ?

Ice et moi nous jetons un coup d'œil.

– Dès demain, on va la mettre à l'épreuve, je réponds avec aplomb. Si elle a les reins assez solides pour survivre à ça, alors elle nous accompagnera. Je m'en porterai garant.

Cela semble rassurer tout le monde. Nous rangeons les plans dans la cachette secrète, puis je quitte la salle de détente en faisant signe à Snow de me suivre. Les autres restent en arrière : Sky et Ice décident de s'affronter au billard dans une partie en amoureux tandis que Thunder, Rain et Night s'installent devant les consoles de jeux.

J'attire Snow dans la cuisine, je prends un pot de glace dans le congélateur et je le place sur le plan de travail en granit. Je lui tends une cuillère ; en l'enfonçant dans la crème chocolatée, il affirme :

– Je ne suis pas fâché.

– Je sais… mais tu aurais le droit de l'être, dis-je en prenant place sur le tabouret à côté du sien.

– À quoi ça servirait ? De toute façon, tu ne changeras pas d'avis. Tu ne me laisseras pas participer aux braquages.

Je prends une cuillère de glace et laisse passer quelques secondes avant de déclarer :

– Cette nuit-là, quand on a quitté Atlanta, je t'ai promis que plus personne ne te ferait de mal et que tu aurais une belle vie, Austin.

Mon petit frère lève les yeux dans ma direction, et je ne peux m'empêcher de voir le garçon en larmes et terrifié qui m'appelait, recroquevillé sur lui-même sur le sol de notre maison, après s'être pris un violent coup de la part de notre beau-père. Depuis toutes ces années, cette image ne m'a pas quitté une seconde. Elle me hante encore certains soirs.

– T'enrôler avec moi dans un gang de braqueurs n'est pas vraiment le genre de vie dont je rêvais pour toi, je reprends. Malheureusement, c'est la seule que je suis en mesure de t'offrir pour l'instant. Cela dit, je peux encore te protéger et essayer de te garder éloigné du danger le plus possible.

– Parfois, j'ai juste l'impression que vous avez peur que je vous ralentisse si je participais… réplique Austin. Que vous ne me faites pas confiance pour réussir.

– C'est faux et tu le sais. Tout le monde a une confiance énorme en toi et en tes capacités. Seulement, tu sais qu'on risque de se faire choper par les flics à tout moment. Je ne veux surtout pas que tu te retrouves avec nous si ça devait arriver.

– Je sais, Ryan.

Il ingurgite une grosse quantité de glace avant de repousser le pot devant lui.

– Tu ne trouves pas qu'Ella est jolie ? me demande-t-il soudain.

Je hausse les sourcils.

– D'où ça sort, ça ?

Snow m'adresse un sourire malicieux.

– Je dis simplement qu'elle est jolie. Pourquoi te mets-tu sur la défensive ?

– Sur la défensive ? Mais pas du tout !

– D'accord, d'accord. Si tu le dis…

Il quitte son tabouret pour ranger la glace dans le congélateur, puis il se plante devant moi pour me répéter :

– Bref, au cas où tu ne l'aurais pas remarqué, je t'informe qu'Ella est vraiment très jolie.

Oui, elle l'est, mais ce n'est pas pour autant qu'il ne faut pas être sur ses gardes…

Snow sort de la cuisine en riant. Alors qu'il s'apprête à grimper l'escalier, il me lance :

– Au fait, quand est-ce que Storm va se montrer ?

Je hausse les épaules et rejoins mon petit frère. Nous montons à l'étage côte à côte et je lui réponds :

– Tu le connais… Il n'apparaîtra que quand il l'aura décidé.

CHAPITRE 5

ELLA

– Debout, la nouvelle !

Une voix forte accompagnée de coups contre la porte me tirent de mon sommeil agité. Je me réveille en sursaut, le cœur tambourinant dans la poitrine, et je me redresse immédiatement, déstabilisée. Il me faut une poignée de secondes pour que mon esprit reconnecte les fils et que je me rappelle où je me trouve.

Dans un loft. En compagnie du gang le plus recherché de l'État. Parce que je suis désormais l'une des leurs.

– Tu as trois minutes pour sortir de ta chambre, s'écrie la voix d'Ice derrière la porte.

Je saute du lit et jette un regard au réveil posé sur la table de chevet. 8 h 20. Je fonce ouvrir la porte, refusant de donner une raison à l'armoire à glace de s'énerver.

– Habille-toi, on part, me lâche-t-il dès qu'il m'aperçoit.

– Où…

– Retrouve-nous dans le garage dans cinq minutes. Si t'es pas là, on part sans toi et tu dégages d'ici, c'est clair ?

Je hoche la tête, puis je retourne dans la chambre enfiler les vêtements que je portais la veille. J'espère que je pourrai bientôt aller récupérer d'autres affaires dans mon appartement, parce que mon jean et mon haut ne me dépanneront pas bien longtemps.

Je m'attache les cheveux en vitesse, attrape mon sac à dos et cours à la cuisine prendre la première chose qui me tombe sous la main en guise de petit déjeuner. Une pomme, en l'occurrence. Je m'empare également d'une bouteille d'eau et je fonce en direction de la porte du garage.

– Bonne chance, Ella, me crie Snow depuis l'étage.

Bonne chance ?

Ryan ne plaisantait donc pas hier soir lorsqu'il me parlait d'une mise à l'épreuve…

J'arrive dans le garage, où je retrouve la Volvo noire dans laquelle j'ai été amenée ici. Mais c'est dans le SUV garé juste à côté que les membres du gang sont installés. Au volant, j'aperçois Ryan ; côté passager se trouve Ice. Je me dirige vers l'arrière du véhicule, ouvre la portière… et me retrouve nez à nez avec Rain.

– Déjà pris, grogne-t-elle en me fusillant du regard.

Bon sang. Si je dois prouver ce que je vaux en présence des personnes qui m'apprécient le moins, ce ne sera vraiment pas une partie de plaisir.

Je grimpe de l'autre côté du SUV ; dès que je ferme la portière, la porte du garage s'ouvre et Ryan s'élance dans les rues de Saint-Louis.

Pendant le trajet, personne ne parle, ce qui n'arrange pas mon degré d'angoisse. Plus je réfléchis à ce qu'ils me réservent, plus je suis terrifiée à l'idée d'échouer.

À la pensée de ce qui m'a amenée ici, les larmes me montent aux yeux. Je détourne le regard et me concentre sur la circulation par la fenêtre, mais je ne peux empêcher la douleur de prendre possession de mon corps. Mes muscles se tendent, mes poings se serrent, et malgré moi, une larme roule sur ma joue.

– Hé, je crois que la nouvelle est en train de chialer, ricane Rain à ma droite.

Je reste immobile mais je peux sentir le regard brûlant de Ryan sur moi à travers le rétroviseur.

– Tu peux encore tout arrêter, lance la voix rocailleuse d'Ice. Si tu décides que c'est trop difficile pour toi, Ryan s'arrête immédiatement, tu descends de la voiture et tu rentres chez toi. C'est ce que tu veux ?

S'ils savaient à quel point ils se méprennent sur mes larmes… Bien sûr qu'ils croient que c'est la peur de ce qui m'attend qui les fait couler. En aucun cas ils ne peuvent imaginer qu'elles sont l'expression de la tempête qui fait rage en moi.

Depuis six mois maintenant, un poids sur mes épaules et mon cœur me fait sentir et vivre des choses que je ne connaissais pas jusqu'alors. Mes émotions sont décuplées et je n'arrive pas à les maîtriser, à tel point que, comme maintenant, il m'arrive de me mettre à pleurer sans raison apparente.

– On continue, dis-je en essuyant furtivement mes joues.

À côté de moi, Rain siffle :

– Eh ben, on veut vraiment jouer dans la cour des grands, apparemment.

Je pourrais lui lancer une réplique acerbe, mais je préfère me mordre la langue et garder mon énergie pour Dieu sait ce qu'ils m'ont préparé. Mon silence fait sourire la jeune femme, qui s'imagine avoir le dessus sur moi.

Si ça lui fait plaisir de le croire...

Au bout d'environ vingt minutes, nous nous garons dans une rue. Ryan coupe le moteur du SUV, puis Ice et lui se tournent dans ma direction. Même Rain me fixe à cet instant, semblant attendre quelque chose de moi.

– Je t'explique ce qui va se passer, commence l'armoire à glace. Dans deux jours, on a un braquage de prévu, sauf qu'avant de t'emmener avec nous, il faut qu'on sache de quoi tu es capable. Tu vois la petite épicerie en face de nous ?

J'acquiesce. Il reprend :

– Tu vas aller la braquer.

– Pardon ?

– Tu vas descendre de la voiture, entrer dans l'épicerie, ordonner au gérant de te remettre la caisse et revenir ici.

– Mais je…

Face à leurs visages sérieux, je n'ai pas d'autre choix que de masquer ma stupeur.

Me lancer ? Comme ça ? Seule ?

– C'est ce qu'on fait pour vivre, dit Ryan. Tu étais au courant en débarquant hier, non ?

– Oui, mais…

– Mais quoi ? rétorque Ice. Écoute, on ne va pas tourner en rond : tu veux nous rejoindre, oui ou non ? Décide-toi, on n'a pas de temps à perdre !

Mise au pied du mur, je me force à ravaler ma peur.

– Oui, je veux vous rejoindre, j'affirme.

– Bien.

Ice sort un ordinateur de sous son siège. Il me le tend en me disant :

– Il n'y a qu'une seule caméra de surveillance. Si tu es si douée que ça pour le hacking, ce sera un jeu d'enfant pour toi de la désactiver, ainsi que l'alarme qui y est associée.

Mon pouls s'emballe.

– Un problème ? demande Ryan. Tu nous as bien dit avoir piraté les systèmes informatiques de la police pour obtenir des renseignements sur nous, non ? Alors ce n'est pas la caméra de surveillance d'une épicerie de quartier qui devrait t'arrêter.

Putain ! Effectivement, avec un peu de temps devant moi je pourrais certainement réussir à faire ce qu'ils me demandent, mais je n'ai jamais hacké quoi que ce soit en ayant une pression sur les épaules. Leurs regards posés sur moi ne m'aident vraiment pas. Mes mains deviennent moites et mes doigts commencent même à trembler.

STOP !

Je me mets une gifle mentale pour me reprendre. Quoi qu'il arrive, je vais essayer de toutes mes forces. Je vais prendre le problème étape par étape. D'abord, désactiver cette caméra, et seulement ensuite intégrer que je vais aller braquer quelqu'un. Menacer un être humain.

Et merde !

– Il est neuf heures, m'informe Ice. L'épicerie ouvre dans trente minutes. Deux possibilités : soit tu arrives à désactiver l'alarme avant ça et tu n'attireras pas l'attention pendant que tu convaincras le gérant de te donner son fonds de caisse, soit tu n'y parviens pas… et dans ce cas-là, ton premier braquage va être incroyablement rock and roll.

Je déglutis.

– Alors, blondinette, qu'est-ce que tu choisis ?

Entendre ce surnom débile m'aide à reprendre contenance. J'arrache brutalement l'ordinateur des mains immenses d'Ice puis je l'allume.

– Je vais le faire, je décrète.

Les trois membres du gang sourient de manière satisfaite, ce qui ne fait qu'augmenter mon agacement.

– Mais qu'on soit bien clairs, j'ajoute. Je m'appelle Ella, pas blondinette. C'est la dernière fois que je le précise.

Je me ferme ensuite à tout ce qui passe autour de moi pour me concentrer sur ma tâche.

– Bonne chance, dit Rain d'une voix aussi froide que la sueur qui commence à perler dans ma nuque.

Je ne dois surtout pas céder à la panique, je ne dois surtout pas céder à la panique…

La première chose à faire est de masquer l'adresse IP de l'ordinateur, puis de trouver le signal que la caméra émet. Mes doigts pianotent sur le clavier, j'agis prudemment tout en essayant d'être la plus rapide possible. Hacker un appareil électronique alors que certains paramètres me sont inconnus, c'est un défi qui en temps normal me prendrait peu de temps, mais les conditions dans lesquelles je me trouve sont loin de faire partie d'une quelconque normalité.

Après vingt bonnes minutes, je repère enfin le signal.

– Elle sait ce qu'elle fait, au moins ? lance Rain comme si je n'étais pas là. Qui vous dit qu'elle n'est pas en train de prévenir les flics pour leur indiquer où on se trouve ?

– Ce ne serait pas dans son intérêt, répond Ryan.

– Je maintiens qu'elle n'a rien à foutre ici, réplique la brune, acide.

Leur discussion me déconcentre et le comportement de cette garce me tape sur les nerfs. J'ai autre chose à faire que de l'écouter se plaindre de ma présence.

– Vous voulez parler de moi ? je m'exclame. Parfait ! Mais allez le faire dehors, parce que j'ai du travail et vous me déconcentrez.

Je lève les yeux de l'écran pour dévisager les trois membres du gang et leur montrer que je suis sérieuse. Ice plisse les paupières en me fixant, Rain semble outrée que j'aie eu l'audace de les mettre à la porte, quant à Ryan… c'est un joueur de poker. L'intensité de son regard est la plus difficile à supporter, mais je tiens bon.

– Non mais… commence Rain.

– La ferme ! la coupe Ice. Laisse la nouvelle bosser.

Ah, il y a du progrès, il semble que « blondinette » ait été rayé de son vocabulaire.

Je me remets au travail. Mon angoisse a fait place à l'adrénaline, et je réussis à me connecter au centre de surveillance auquel est rattachée la caméra. Lorsque de familières lignes de données apparaissent devant moi, je prends le temps de les analyser, puis un sourire étire mes lèvres.

Facile !

Le silence dans la voiture est pesant, les minutes défilent. La voix de Ryan perce la brume de concentration qui m'entoure lorsqu'il annonce :

– Plus que deux minutes avant l'ouverture de l'épicerie.

– Encore une petite seconde, dis-je en tapant à toute vitesse sur le clavier.

Un message s'affiche sur l'écran, m'informant de l'extinction de la caméra.

– Et voilà, dis-je avec un sourire.

Ryan démarre la voiture sans un mot et quitte la rue principale pour s'engouffrer dans une allée adjacente à l'épicerie. Il sort du véhicule en me faisant signe de le suivre, puis il dit à Ice, qui le remplace derrière le volant :

– Cinq minutes max à partir du moment où on entre.

L'armoire à glace hoche la tête ; pour ma part, je ne comprends pas vraiment ce que signifient ces paroles. Mais je n'ai pas le temps de me poser la question plus longtemps, car Ryan s'éloigne déjà. Je trottine pour le rattraper. Tandis qu'il me tend une veste noire et des gants, je lui demande :

– Tu es son garde du corps depuis longtemps ?

Les sourcils haussés, il se tourne vers moi. Je précise :

– À Ice.

Il sourit, et me répond :

– Je les protège tous sans exception. Allez, assez papoté, concentre-toi.

Il s'arrête à l'angle de la rue, sort une cagoule de la poche de son sweat et s'approche de moi, me faisant reculer d'un pas. Sans tenir compte de mon hésitation, il passe la cagoule sur ma tête et s'occupe d'y faire entrer mes cheveux.

– Ne joue pas les surprises, lâche-t-il. Tes beaux yeux bleus sont déjà un assez gros signe distinctif, ce n'est pas non plus la peine que le gérant puisse identifier ta couleur de cheveux... N'est-ce pas, blondinette ?

– Je vous ai dit de...

Ryan ricane et remonte la cagoule sur ma bouche, étouffant mes protestations, puis il dissimule son propre visage.

– On va entrer ensemble, mais c'est toi qui t'occuperas du gérant, m'indique-t-il. Moi, je surveillerai l'entrée. Tu auras besoin de ça.

Il sort un pistolet de l'arrière de son jean et me le tend sans ciller.

– Tu vas certainement trembler, mais sous aucun prétexte tu ne baisses ton arme. C'est compris, Ella ?

Je hoche la tête sans être capable de dire quoi que ce soit et je m'empare du semi-automatique. Le métal froid renforce son côté létal et, étrangement, je ressens une sorte de puissance m'envahir, maintenant que j'ai ça entre les mains.

– Tu es prête ? me demande Ryan.

– Autant qu'il est possible de l'être.

– Bien. Essaye juste de ne pas vomir...

Il ouvre la porte de l'épicerie et me pousse à l'intérieur. Derrière la caisse, le gérant ne relève pas les yeux mais ça ne saurait tarder, surtout qu'une petite clochette annonçant mon entrée retentit. Je me fige, le sang battant à mes tempes. Pendant une seconde, je vois flou. Je ne suis pas certaine de réussir ce qu'on me demande. Comment ai-je pu croire qu'intégrer un gang de braqueurs pourrait être facile ? Comment ai-je pu imaginer que j'allais miraculeusement échapper aux travaux pratiques ?

C'est une catastrophe, je suis tétanisée.

– Je suis là, chuchote Ryan dans mon dos.

– Je… je ne…

– Je suis là, répète-t-il plus fermement. J'assure tes arrières.

Il pose une main sur mon bras. Ce geste agit comme un électrochoc sur moi. À ce moment, le gérant lève la tête et nous aperçoit, Ryan et moi. Ses yeux s'écarquillent et lui aussi se fige complètement. Sa réaction éveille en moi un sentiment d'urgence, la sensation que c'est maintenant que je vais pouvoir agir. Je fonce en direction du comptoir, et même si le semi-automatique dans ma main droite pèse une tonne, je le lève en direction de l'épicier, dont les pupilles terrifiées s'élargissent un peu plus.

– La caisse ! je crie.

L'homme ne cherche même pas à essayer de discuter. Comme s'il avait déjà été confronté à cette situation – ce qui ne m'étonnerait pas au regard du taux de criminalité de cette ville –, il tend les mains vers la caisse et l'ouvre rapidement.

Sous ma cagoule, il fait une chaleur infernale et mon souffle est saccadé. Je tente de garder la face ; malgré la peur qui m'habite, ma main qui tient l'arme ne tremble pas. Je sais au fond de moi que je ne tirerai pas sur l'homme qui se dépêche de prendre tout l'argent qu'il peut, mais le fait que ce soit *possible* déclenche en moi un profond dégoût… et je me sens aussi curieusement grisée par un sentiment de puissance.

– Deux minutes, me crie Ryan depuis le fond de l'épicerie.

Je ne sais pas si c'est le temps que j'ai passé ici ou si c'est le temps qu'il nous reste avant de décamper, mais cela me met un coup de pression, et je m'écrie :

– DÉPÊCHE-TOI !

Je m'en veux immédiatement. Parce que le gérant fait déjà tout son possible et surtout parce qu'il est assez pris de panique comme ça. Mon cri ne fait que l'effrayer davantage.

– C'est tout ce que j'ai, me dit-il, tremblant, en me tendant des billets et quelques pièces que je m'empresse de fourrer dans les poches de ma veste.

À cet instant, le tintement de la clochette de la porte résonne. Je tourne la tête une fraction de seconde, le temps de voir une femme âgée avec son panier dans la main mettre un pied dans l'épicerie… puis se figer en m'apercevant.

– SORTEZ D'ICI ! s'écrie Ryan.

La vieille dame s'exécute immédiatement. Je reporte mon attention sur l'épicier et réalise alors qu'une de ses mains est tendue sous le comptoir. Il pianote sur les touches d'un téléphone…

Et merde !

Sans réfléchir, je cours en direction de Ryan, qui comprend qu'il est temps de déguerpir. Nous sortons de l'épicerie et le SUV conduit par Ice s'arrête devant nous à peine quelques secondes plus tard. La portière arrière s'ouvre à la volée et Ryan me pousse à l'intérieur du véhicule avant de s'y engouffrer. Les pneus crissent sur l'asphalte alors qu'Ice redémarre en trombe pour s'insérer dans la circulation. Il roule rapidement pendant quelques minutes avant de reprendre un rythme plus calme.

Peinant de plus en plus à respirer, j'arrache la cagoule de mon visage et passe une main dans mes cheveux en sueur.

Bon sang… Je viens de braquer une épicerie. Je viens de pointer une arme sur un être humain.

– Comment tu te sens, la nouvelle ? demande Ice depuis le siège conducteur.

Encore bien trop déboussolée, je suis incapable de lui répondre pour l'instant. Remarquant mon trouble, Ryan s'improvise mon porte-parole.

– Elle s'en est très bien sortie, déclare-t-il.

Sur le siège passager, Rain ricane. Sa posture est détendue : on dirait presque qu'elle s'ennuie de se trouver ici. Mais d'ailleurs, pourquoi est-elle venue si ma présence la répugne à ce point ?

– Combien as-tu rapporté ? m'interroge Ice.

Je n'ai même pas pensé à vérifier… Je fourre les mains dans les poches de la veste et j'en sors les billets et les pièces de monnaie qui s'y trouvent.

Ryan compte rapidement le butin, puis il annonce, de l'amusement dans la voix :

– Trois cent vingt-huit dollars…

Rain ricane à nouveau, et même Ice sourit. Leur réaction me surprend… et m'exaspère.

– Ça vous amuse ? je grogne. J'ai traumatisé un homme pour quelques centaines de dollars, et ça vous fait rire ?

– Calme-toi, la nouvelle, réplique Rain. Tes leçons de morale, on s'en tape.

J'explose, les nerfs à vif :

– Mais c'est quoi ton problème ? Pourquoi est-ce que tu es venue, d'abord ? Pour te délecter ? Pour passer le temps ?

La brune se retourne et me fusille du regard.

– Tu crois que je vais prendre tes états d'âme en compte ? s'agace-t-elle. Que je vais tranquillement t'obéir et te laisser de l'espace, juste parce que tu préférerais que je ne sois pas là ?

– Ce serait une bonne idée !

– Espèce de petite…

– Bon, ça suffit, toutes les deux, intervient Ryan. Ce n'est pas le moment.

Il se tourne ensuite vers moi et plonge son regard noir profond dans le mien.

– Tu t'en es bien sortie et c'est le principal, me dit-il. La somme qu'on a récoltée n'a aucune importance ; ce qui en a, en revanche, c'est la façon dont tu t'es comportée. Sur ce point, tu as été irréprochable.

Il esquisse un mince sourire, et étrangement, son compliment me touche… parce que j'avais envie qu'il soit content de ma performance, aussi stupide cela puisse-t-il être.

***

Le reste de la journée se déroule dans un calme étonnant. Après le braquage de l'épicerie, j'ai bien cru que les Seven allaient continuer de tester ma résistance en organisant d'autres mises à l'épreuve, mais j'ai pu aller me reposer et simplement découvrir les nombreux recoins du loft.

Ce soir, je dîne seule, installée au comptoir de la cuisine. Cette quiétude me convient. Elle me permet de repenser à ce qui s'est passé aujourd'hui, de tenter de me convaincre que je n'avais pas d'autre choix que d'obéir et de faire ce que les Seven m'ont demandé. Pour autant, le visage du gérant de l'épicerie ne quitte pas mon esprit une seconde. Son commerce doit être si important à ses yeux… même si je n'ai dérobé que trois cents dollars, j'imagine que pour lui, cela représente une somme importante.

Comme je m'en veux…

Mais ce qui est fait est fait. Je ne peux malheureusement pas revenir en arrière. Il faut que j'arrive à passer au-dessus de ça, que je me reprenne et me reconcentre pour ne pas perdre mon plan de vue. Surtout, il faut que je parvienne à garder mon sang-froid, parce que j'ai la nette impression que ma mise à l'épreuve ne va pas s'arrêter là.

Soudain, Ryan débarque dans la cuisine et s'approche de moi d'un pas décidé.

– Prends ton sac, je t'emmène chercher des affaires chez toi, me dit-il.

Ni une ni deux, je m'exécute et le retrouve quelques minutes plus tard dans le garage. Nous grimpons dans la Volvo et quittons le loft en silence. Je m'apprête à lui donner des instructions pour se rendre à mon appartement quand je me rends compte que l'adresse est déjà entrée dans le GPS.

– Comment tu sais où je vis ? je demande.

– Exactement de la même manière que je sais que tu t'appelles Ella Williams, que tu as vingt-quatre ans et que tu possèdes une librairie dans l'un des quartiers à risque de Saint-Louis.

Je déglutis. Repenser à ma librairie me serre le cœur. C'était mon projet, le bébé que j'avais construit et fait grandir au fil du temps. J'en étais tellement fière… Je le suis encore, mais je l'ai délaissée. Ce jour où tout a volé en éclats, où tout a basculé, j'ai tourné le dos à ce qu'était ma vie et j'ai commencé un long et douloureux périple qui m'a amenée jusqu'ici. Mais me balader dans les allées, passer mes doigts sur les tranches des livres, respirer l'odeur du papier me manque terriblement.

– … risques pas d'être dépaysée.

– Pardon ? dis-je en me tournant vers Ryan.

Il profite d'un ralentissement dans la circulation pour poser son regard sur moi.

– À quoi pensais-tu ? m'interroge-t-il.

– À rien qui te concerne.

Nous nous dévisageons un instant, puis il me répète ce que j'ai manqué :

– Je te disais que vu le nombre de livres qui se trouvent au loft, tu ne risques pas d'être dépaysée.

S'ils ont réussi à trouver ça, qu'est-ce qu'ils ont trouvé d'autre sur moi ?

Nous arrivons dans la rue de mon immeuble, descendons de voiture, et bien sûr, Ryan m'accompagne jusque dans mon appartement. Hors de question pour lui de me laisser sans surveillance ne serait-ce qu'une seconde… Cependant, il reste dans la salle à manger tandis que je fonce dans ma chambre. Le savoir ici, entre les murs qui ont un jour abrité mon bonheur, me révulse, mais je m'oblige à mettre mes émotions de côté et je remplis deux gros sacs de voyage de mes vêtements ainsi que de quelques souvenirs de ma vie d'avant, comme un rappel de la raison pour laquelle j'ai décidé de me lancer dans une mission aussi risquée.

Tout en préparant mes affaires, je pense à Scott. Cela fait bientôt deux jours que je ne lui ai pas donné de nouvelles et il doit être en train de préparer une équipe à ratisser la ville entière pour me retrouver… Maintenant que mon téléphone a été détruit, je suis obligée de trouver une autre solution pour communiquer avec lui. Et ce passage à mon appartement pourrait bien constituer une occasion unique d'y parvenir…

– Tu as bientôt fini ? me demande Ryan depuis le salon.

– J'arrive.

Pressée par le temps, j'attrape un crayon et une feuille qui traînent sur mon bureau et griffonne un mot pour Scott à la va-vite, en espérant que lui ou Jacob le trouveront avant que la mission ne tombe à l'eau.

Au moment où j'écris ces lignes, nous sommes le 14 janvier.

Ils ont détruit mon téléphone, je n'ai plus de moyens de te joindre. Désolée.

Prochain braquage dans deux jours, je devrais normalement y participer.

Ne fais rien de stupide. Ne préviens pas tes hommes. Je gère la situation.

Ils commencent à m'intégrer au groupe.

Je te recontacte dès que possible.

Ella

Une fois mon message rédigé, je dépose la feuille de papier sur mon lit en priant pour que Scott vienne faire un tour ici avant d'agir impulsivement… Puis, armée de mes deux énormes sacs de voyage, je retourne dans le salon. Ryan s'empare de mes bagages sans un mot et nous quittons mon appartement.

– Ah, Ella, enfin !

Je me fige, stupéfaite.

Sur le palier se trouve ma mère, qui s'apprêtait à sonner à la porte.

Oh non. Non, mon Dieu, non !

Je n'avais pas prévu de la voir, de tomber sur elle ici alors que Ryan se trouve à mes côtés ! Elle non plus n'a pas eu de mes nouvelles ces derniers temps et je me doute que cela la chagrine beaucoup. Depuis que je me suis lancée dans ma mission, je me suis délibérément éloignée de mon entourage pour les protéger. Moins ils en savent, mieux ils se portent… Mais je sais que ma mère a du mal à accepter mon silence soudain, elle qui m'a toujours incitée au dialogue ouvert. Elle doit penser que mon éloignement est la conséquence de ce qui m'est arrivé il y a six mois… Cependant, me voir avec Ryan va peut-être faire changer ses conclusions. Elle le passe au crible, aperçoit mes sacs et me dévisage. Dans ses yeux, je vois de l'incompréhension, de l'angoisse, de la peur… de la déception. Je sais ce qu'elle s'imagine avant même qu'elle n'ait prononcé un mot.

– Bonjour, maman, lui dis-je en souriant.

J'essaye de la rassurer comme je le peux, de lui montrer qu'elle n'a pas à s'inquiéter, que ce n'est pas ce qu'elle croit. Elle me connaît mieux que ça…

– Je te présente Ryan, un ami, j'ajoute, la gorge serrée.

– Madame Williams, la salue-t-il avec un hochement de tête sec.

Lui non plus ne s'attendait pas à une telle rencontre et je devine qu'elle le contrarie beaucoup.

– Ça fait un moment que je n'ai pas eu de tes nouvelles, je commençais à m'inquiéter, me dit ma mère.

– Oui, je sais… Mon téléphone est cassé. Tu sais ce que c'est, sans les répertoires de nos smartphones on est incapables de se souvenir du moindre numéro, maintenant.

Mon ton est faussement enjoué. Ma mère ne s'y laisse pas prendre et enchaîne en désignant mes sacs pleins à craquer :

– Tu vas quelque part ?

– Oui. Je pars quelques jours histoire de me vider la tête. Ça fait du bien à tout le monde, un peu de vacances.

Je tente de dédramatiser, mais moi-même, je ne me trouve pas convaincante. Ma mère me connaît par cœur. Elle sait parfaitement que la douleur qui me paralyse depuis des mois n'a pas pu s'envoler en un claquement de doigts. Je vois dans son regard qu'elle a compris que je lui raconte des histoires. C'est une femme extrêmement intelligente… Réalisant que la situation est inhabituelle, elle garde son calme malgré tout.

– Tu as raison, ma chérie, me dit-elle. Profite de ces quelques jours pour te reposer.

– Merci. Je reviendrai vite, ne t'inquiète pas.

J'espère tellement avoir raison…

– On devrait y aller, lâche Ryan, tendu à l'extrême.

Ma mère lui jette un regard de travers. Avant que la situation ne dégénère, je ferme la porte de mon appartement à clé. Tandis que le garde du corps des Seven s'approche de l'ascenseur, j'enlace ma mère.

– Je t'expliquerai tout, promis, je lui murmure à l'oreille.

Puis je m'empresse de quitter son étreinte chaleureuse pour éviter de craquer. Tout en suivant Ryan dans l'ascenseur, je lui fais un signe de main auquel elle me répond par un petit sourire triste. Mon cœur se serre douloureusement.

Les portes se ferment devant nous. Côte à côte, Ryan et moi amorçons la descente en réfléchissant à ce qui vient de se produire.

– Je me serais bien passé de cette rencontre, grogne-t-il alors que nous quittons mon immeuble et qu'il range mes sacs dans le coffre de la Volvo.

– Et moi donc… je réplique en m'installant à l'avant.

CHAPITRE 6

ELLA

Lorsque j'ouvre les yeux, le réveil sur la table de chevet affiche près de dix heures. C'est la première fois que je dors autant depuis des mois. L'adrénaline que j'ai ressentie hier m'a épuisée : j'avais besoin de repos.

Après m'être douchée et avoir enfilé mon sweat préféré, celui que Sam portait très souvent, je quitte ma chambre. J'entends des voix au rez-de-chaussée et je descends l'escalier, attirée par l'odeur de nourriture. Mon ventre gargouille. En bas, je trouve Snow, Sky, Night et Thunder attablés autour du plan de travail de la cuisine, en train de dévorer un festin.

– Bonjour Ella, bien dormi ? m'accueille Snow avec la bonne humeur qui le caractérise.

Je lui souris puis je m'installe sur un tabouret et je commence à me servir à manger. Sky, Night et Thunder ne me saluent pas, eux… Du coup, je préfère faire profil bas et rester dans mon coin pour les observer. Je fais bouillir de l'eau pour me préparer un thé, puis je prends une viennoiserie dans laquelle je croque avec appétit.

– On a entendu dire que tu t'en es bien sortie hier, me lance soudain Thunder avec l'air de vouloir engager la conversation.

Ses cheveux roux sont totalement décoiffés, mais bizarrement, cela lui va bien.

– Tu as fait une bonne impression à Ice, ajoute Sky en jouant avec ses longues mèches rose pastel.

– Ce n'est pas donné à tout le monde, renchérit Night, qui sirote son café.

Ses longues dreadlocks lui arrivent jusqu'à la taille et encadrent son visage fin et anguleux. De ce que j'ai vu jusque-là, il me semble le plus réservé du groupe ; aussi, qu'il m'adresse la parole est plutôt positif.

– J'ai juste fait ce qu'on m'a demandé, dis-je, essayant d'être la plus avenante possible.

– Mais tu as géré, déclare Sky. Notre première mise à l'épreuve ne s'est pas si bien passée. Tu te souviens, Thunder ?

– Impossible d'oublier ! s'exclame le rouquin avec un petit sourire.

– Qu'est-ce qu'on vous a demandé de faire ?

Thunder remplit la tasse de Sky et la sienne de café, puis il me raconte :

– Moi, j'ai dû braquer à main armée une boutique de fringues de luxe. Je faisais équipe avec Ice et Ryan, mais ils sont restés en retrait. Ils voulaient savoir si j'étais capable de regarder ma victime droit dans les yeux, si j'avais assez de sang-froid pour m'attaquer à une personne sans défense. On est repartis avec près de deux mille dollars de butin… Et ils ont décidé que j'avais ce qu'il fallait pour intégrer le gang. C'était il y a cinq ans.

– Pour moi, ça a été plus simple, déclare Sky. Ils m'observaient depuis un moment, ils savaient que j'étais du genre rapide au volant d'une voiture. J'ai attendu qu'un mec dans une belle caisse s'arrête à un feu rouge, je lui ai pointé un flingue devant les yeux et j'ai pris son joujou.

Je déglutis.

– Et toi, Night ?

L'intéressé sourit en coin. Il termine sa tasse de café, la pose dans l'évier et dit :

– Je n'ai pas eu besoin d'être mis à l'épreuve. J'ai apporté au gang un avantage suffisamment important pour être dispensé de cette formalité.

Il quitte la cuisine sur ces mots, me laissant perplexe. Qu'est-ce qu'il a bien pu faire pour être immédiatement intégré aux Seven ? Pour l'instant, je me reconcentre cependant sur Thunder et Sky et leur demande :

– Vous aviez déjà volé avant ça ?

– Jamais ! me répond Thunder.

– Souvent, dit Sky au même moment.

Leur réaction fait rire Snow. Je préfère ne pas chercher à savoir quelle a été sa mise à l'épreuve… Son jeune âge me perturbe. J'ai trop peur de découvrir ce qu'il a dû faire, et depuis combien de temps il fait partie du gang.

Son petit déjeuner terminé, Thunder débarrasse sa table et se tourne vers Sky.

– Tu viens ? lui lance-t-il. On doit peaufiner certaines choses pour demain.

Elle acquiesce et se lève prestement. Avant de quitter la cuisine, le rouquin se tourne vers moi et m'indique :

– Ryan passera te chercher vers midi. Il m'a demandé de te dire de mettre des vêtements de sport et de l'attendre dans le garage.

– Je suppose que tu ne sais pas ce qui va se passer ?

Thunder hausse les épaules.

– Tu vas t'en sortir, j'en suis sûr. Mais juste au cas où… bonne chance !

Il quitte la cuisine, suivi par Sky, et je me retrouve seule avec Snow.

– Ne t'inquiète pas, Ella, tout va bien se passer, me dit l'adolescent.

Il engloutit une énorme cuillerée de céréales et je remarque qu'un livre est posé sous son bras.

– Il est bien ? je lui demande en faisant un signe de tête en direction du bouquin.

Snow baisse les yeux sur le livre puis se redresse sur son tabouret en haussant les épaules.

– Pas mal.

– Que raconte l'histoire ?

L'adolescent rougit subitement, comme lors de notre discussion dans sa chambre. Cela m'intrigue. Qu'est-ce qui peut bien le mettre si mal à l'aise ?

– En fait… commence-t-il nerveusement.

Il passe une main dans ses cheveux.

– Je ne l'ai pas lu, souffle-t-il.

– D'accord.

Bon sang, mais qu'est-ce qui cloche ?

– Je ne sais pas lire, m'avoue finalement Snow du bout des lèvres. Ni écrire…

Pendant un instant, je le dévisage, abasourdie, mais je me rends rapidement compte que ma réaction est certainement celle qu'il redoutait. Je m'empresse de reprendre contenance.

– Oh… OK. Eh bien, c'est dommage pour toi, mais il n'y a pas de quoi avoir honte.

Snow me sourit, bien qu'il soit toujours mal à l'aise. Avec ce que je viens d'apprendre, l'idée qu'il ait été enrôlé dans le gang de force me semble encore plus plausible.

– Tu sais, ce n'est pas si difficile, pourquoi n'essayes-tu pas d'apprendre ? je lui demande.

Gêné, il joue avec les céréales qui trempent encore dans son lait.

– Seul, c'est impossible, me répond-il. Et puis, c'est trop tard maintenant, je ne suis plus un enfant, mon cerveau n'a plus la faculté d'emmagasiner de nouvelles choses facilement.

Je fronce les sourcils. Comment peut-il dire ça ? Il est encore si jeune…

– Au fait, ta chambre te plaît ? me lance-t-il pour changer de sujet.

– Oui, elle est très bien.

– Tu pourras la décorer comme tu veux, Storm n'y verra aucun inconvénient.

Je me raidis. Storm ! Le chef des Seven ! Il existe vraiment, alors… C'est la première fois que son nom est prononcé en ma présence. Sans le savoir, Snow vient de me tendre une perche que je m'empresse de saisir.

– Qui est Storm ?

L'adolescent se renfrogne, soudain inquiet d'en avoir trop dit. Je peux presque entendre les rouages de son cerveau se mettre en branle pour déterminer quelle réponse me donner. Après un instant, il met les mains dans les poches de son jean et hausse les épaules en lâchant :

– Un mec bien.

Un mec bien ? Sérieusement ? Un homme qui vole et qui tue est beaucoup de choses, mais certainement pas un mec bien.

Évidemment, je garde mes pensées pour moi… Je me console en me disant que je viens d'obtenir la confirmation que Storm est bel et bien quelque part, à tirer les ficelles dans l'ombre. Mais il ne pourra pas se cacher très longtemps. Tôt ou tard, je le ferai sortir de sa tanière.

***

À midi tapant, je suis dans le garage à attendre Ryan. Vêtue d'un legging de sport, de baskets et d'un t-shirt, je grelotte. J'hésite à remonter rapidement dans ma chambre chercher mon sweat, mais le garde du corps des Seven pointe le bout de son nez à bord du SUV à cet instant. Il ne descend pas du véhicule, restant derrière le volant à attendre que je monte. Quel rustre. Il ne pourrait pas venir me dire bonjour, pour commencer ? S'il croit que je vais obéir docilement à ses ordres…

– Où va-t-on ? je lui demande immédiatement après m'être installée sur le siège passager.

– Tu verras.

– Je préférerais que tu me répondes. Les cachotteries, ça va cinq minutes.

Surpris, Ryan tourne la tête dans ma direction.

– C'est la troisième fois que je suis obligée de monter dans une voiture sans qu'on me dise où je vais, j'explique. Ça commence à m'agacer.

Il fallait que ça sorte. Depuis que Snow a prononcé le nom de Storm devant moi, la colère qui bout en moi a refait surface… et c'est tant mieux. Si je ne fais pas attention, je pourrais perdre de vue les véritables motivations qui m'ont poussée ici.

Il en est hors de question.

– Si tu en as marre de tout ça, tu n'as qu'à te casser, grogne Ryan.

– Je n'en ai pas envie, je dis juste que…

– C'est toi qui es venue nous trouver, Ella, et tu t'imagines bien que ce n'est pas comme ça que ça fonctionne en général. Personne ne te fait confiance, c'est clair ? Donc non, on ne te prévient pas à l'avance de ce qu'on fait et on t'en dit le moins possible. Je me répète, mais si tu as un problème avec ça, alors va-t'en. On ne te retient pas.

Sans que je sache vraiment pourquoi, entendre Ryan me dire que personne ne me fait confiance me contrarie. J'avais le sentiment d'avoir réussi à percer quelques carapaces – et pas seulement celle de Snow, qui se montre sympa avec moi depuis le départ. J'avais l'impression que Sky, Thunder et même Ice commençaient à s'habituer à moi, surtout après le test de l'épicerie hier.

De toute évidence, je me trompais sur toute la ligne.

Ryan s'arrête devant le hangar dans lequel Ice et lui m'ont emmenée il y a deux jours. Celui dans lequel son pote m'a soulevée à la force de ses bras et m'a collé une trouille bleue. À l'intérieur se trouvent plusieurs tapis d'entraînement. Je ne sais pas ce que j'imaginais, mais je me détends un peu. Au moins, on ne va pas me demander de commettre un nouveau vol à main armée.

– J'ai quelques notions de…

Je pousse un cri étranglé. Mes mots meurent dans ma bouche et je me retrouve soudain projetée en arrière, étendue sur le corps de Ryan. Son bras plaqué contre ma gorge m'étouffe. Il me maintient immobile au sol pendant quelques secondes avant de me relâcher. Je roule immédiatement sur le côté et je me redresse pour me mettre en position de défense.

– Règle numéro un : ne jamais tourner le dos à quelqu'un, surtout pendant un braquage, me lance Ryan. Tu cours le risque de te faire attaquer par surprise, ou bien qu'un civil appelle discrètement la police… exactement comme l'épicier était en train de le faire hier. Oui, j'ai vu ça, confirme-t-il devant mon regard surpris. Tu dois constamment avoir l'ensemble des lieux dans ton champ de vision et ne jamais te laisser distraire par quoi que ce soit, c'est clair ?

– Tu étais obligé de m'étrangler pour me faire la leçon ? je grogne en me passant une main sur la gorge.

– C'est clair ? répète Ryan, inflexible.

– Très clair !

Je le dévisage, attendant sa prochaine attaque. Il sourit puis se plante devant moi en écartant les bras.

– Montre-moi ce que tu sais faire, blondinette.

Encore ce surnom débile !

Sans attendre, je lui fonce dessus et je passe ma jambe derrière la sienne pour lui faire perdre l'équilibre tout en projetant mon poing vers sa tempe. Il intercepte ma main et ne fléchit même pas. Il passe son bras autour de ma taille, glisse sa jambe derrière la mienne, et avec son talon, il frappe un petit coup sec dans un tendon de ma cheville. Je m'écroule, mais je roule sur le côté lorsqu'il s'apprête à s'installer sur moi, tout en serrant les dents pour ne rien laisser voir de la douleur qui m'élance le pied.

Je me redresse et reprends ma position initiale : jambes écartées, bras levés et poings serrés, prête à frapper dès que possible.

– C'est tout ? Oh, allez, je suis persuadé que tu peux mieux faire, me nargue-t-il.

Nous tournons en rond en nous dévisageant. Je lance mon poing droit en avant, avant de changer d'avis au dernier moment et de frapper avec le gauche, comptant sur la surprise pour déstabiliser mon adversaire. Je sens mes phalanges effleurer le flanc de Ryan, mais il a le réflexe de bondir sur le côté. Je pousse un grognement de frustration tandis que lui sourit en coin.

– Tu perds déjà patience, blondinette ?

– Ne m'appelle pas comme ça !

Il s'élance dans ma direction, mais moi aussi j'ai de bons réflexes et je me baisse immédiatement, échappant au plaquage qu'il me réservait. Pendant ce qui me semble des heures, nous enchaînons les prises, cherchant à déstabiliser et à immobiliser l'autre. Je me retrouve en nage et à bout de souffle alors que Ryan a seulement de la sueur qui perle sur son front.

– Tu cherches juste à me faire mal et c'est ça ton erreur, me dit-il. Je vois à l'avance ce que tu projettes de faire, où tu comptes frapper. Tu devrais plutôt essayer de trouver comment me déséquilibrer ou me déconcentrer.

Frustrée, je tente de me composer un masque de joueuse de poker pour le prendre par surprise. Mais Ryan est toujours à l'affût, aucun de mes gestes ne lui échappe, c'est incroyable.

– Tu peux laisser tomber, Ella, tu t'es bien battue, lâche-t-il.

Je suis énervée et épuisée, mais je refuse de m'arrêter et de lui concéder la victoire.

– Jamais, je réplique.

– Écoute, il est clair que tu ne réussiras pas à me faire tomber aujourd'hui. J'en ai certainement trop attendu de toi, je comprends que…

Je me jette sur lui, lance mon poing gauche et feinte au dernier moment pour lui enfoncer mon poing droit dans l'estomac. Cette fois, l'impact a lieu, je le sens, mais au lieu de s'écrouler au sol, Ryan se venge en enroulant à nouveau son bras autour de ma gorge pour m'étrangler. Nous basculons au sol ; il libère ma trachée pour laisser passer l'air mais s'installe à califourchon sur moi, m'empêchant d'effectuer le moindre mouvement.

Haletants tous les deux, nous nous observons. Compressée entre le tapis dans mon dos et le corps de Ryan au-dessus de moi, je vois ses iris noirs de près pour la première fois. Je me rends compte qu'ils sont parsemés de minuscules touches de brun, ce qui rend son regard encore plus intense.

– Qui t'a appris à te battre, blondinette ? me demande-t-il.

Je reste muette, le souffle court. Il poursuit :

– Peu importe qui c'est, il ou elle ne t'a appris qu'à attaquer. Vouloir frapper, c'est bien, mais cogner tout en parant les coups et en se protégeant, c'est encore mieux.

Tout en parlant, Ryan me détaille aussi sérieusement que je le fais. Ses yeux glissent sur mon visage, s'arrêtant un instant sur mes lèvres entrouvertes, puis ils s'attardent sur ma peau luisante de sueur.

Mon corps se fige sous le sien. Je me sens prise au piège.

Quelque chose se réveille soudain en moi. Notre position, le regard qu'il porte sur moi, celui que je pose sur lui… C'est mal. C'est écœurant.

Je le repousse de toutes mes forces et me redresse avant de reculer, laissant une bonne distance de sécurité entre nous. Il me dévisage, intrigué par ma réaction, puis me nargue :

– Ça y est ? Tu abandonnes ?

– J'ai besoin d'une pause.

– Hors de question.

– Comme tu l'as si bien fait remarquer, je ne réussirai pas à te mettre à terre.

– Tu me déçois, je pensais que tu avais plus de force de caractère…

Plus il parle, plus la fureur grandit en moi.

– Qu'est-ce que tu sais de ma force ? j'explose. Qu'est-ce que tu connais de moi ? De ce que je peux encaisser ou pas ? Le fait d'admettre que je suis trop épuisée pour continuer *aujourd'hui* ne veut pas dire que je vais abandonner.

– C'est l'impression que ça me donne, en tout cas.

– Je n'abandonne pas. Je compte bien réussir à te jeter au sol, mais je sais aussi reconnaître quand je suis au bout de mes capacités physiques.

– Qu'est-ce qui t'arrive ?

– Je suis fatiguée.

– Tu crois qu'en plein braquage tu vas pouvoir dire « je suis fatiguée, j'arrête » ?

– Ça n'a aucun rapport, ça fait des heures qu'on se bat, je n'en peux plus.

Ryan secoue la tête.

– Ce que tu ressentiras demain pendant le braquage, ce sera dix fois plus exténuant. Demain, on va débarquer dans une banque, menacer des gens et prendre tout l'argent qu'on peut en quelques minutes seulement, mais crois-moi, tu auras l'impression que cela va durer des heures. Demain, tu vas comprendre ce que c'est que d'être vraiment épuisée, tes muscles seront tellement noués que je ne serai pas étonné que tu restes figée sur place. Mais tu ne pourras pas dire « j'arrête ». Tu n'en auras pas le droit. Pas en pleine attaque.

Je bous de l'intérieur, mais je comprends que je ne peux pas flancher maintenant. Entendre Ryan parler du braquage de demain me laisse supposer que, si je montre un signe de faiblesse, il pourrait s'en servir pour inciter les autres à me laisser sur le bas-côté. Et je ne peux pas me le permettre. Je dois à tout prix suivre les Seven en pleine action pour obtenir un maximum d'informations sur eux.

Sans dire un mot, je retourne au centre du tapis et je reprends ma position malgré la fatigue que je ressens. Satisfait, Ryan me rejoint et nous reprenons nos assauts, sauf que je n'attaque plus, désormais, je le laisse venir à moi.

Quand, une bonne heure plus tard, je finis par m'écrouler, à bout de forces, il accepte enfin de quitter le hangar. Il attrape mon bras pour m'aider à me relever et m'entraîne jusqu'au SUV avant d'ouvrir la portière et de me faire asseoir à la place du passager. Il s'installe ensuite derrière le volant et quitte la rue dans un crissement de pneus, donnant l'impression qu'il est en colère. Je me demande pourquoi, mais même si je meurs d'envie de savoir ce qui l'agace, je suis assez intelligente pour comprendre que ma question resterait sans réponse.

Ryan roule à toute allure, concentré. Les traits de son visage sont fermés. Nous pénétrons dans l'un des quartiers les plus dangereux de Saint-Louis. Le SUV rutilant fait tache à côté des vieilles Ford et autres cadavres de voitures démembrées abandonnés à côté des mobil-homes. Apparemment pas inquiet pour notre véhicule, Ryan se gare le long d'un trottoir, me fait signe de descendre et va ouvrir le coffre. Je retiens mon souffle lorsqu'il en sort une arme et la planque à l'arrière de son jean.

– Suis-moi, dit-il.

Nous remontons une ruelle sinistre et je ne peux m'empêcher de me demander si mon tour est arrivé. L'ai-je trop poussé à bout ? A-t-il décelé chez moi quelque chose qui lui a mis la puce à l'oreille quant à mon double jeu ? Je m'accroche à l'espoir que j'arriverai à lui faire entendre raison avant qu'il ne commette quelque chose d'irréversible…

Nous parcourons encore quelques mètres quand il s'arrête soudain, m'obligeant à faire de même.

– Écoute, Ryan… je commence.

– Tais-toi, chuchote-t-il.

Il me tire par le bras, me fait reculer contre le mur et sort son arme.

– Non, ne…

Il plaque brutalement sa main sur ma bouche, lève le pistolet face à mon visage, et tout en m'intimant de me taire, le tend dans ma direction.

– Prends-le, chuchote-t-il.

– Pourquoi…

– Prends-le ! insiste-t-il.

Il m'attire près de l'angle du mur et m'incite à pencher la tête. Je découvre alors un groupe de SDF qui se réchauffent autour de gros barils dans lesquels ils ont allumé un feu. À vue d'œil, je dirais qu'ils sont une vingtaine. Désarçonnée, je me tourne vers Ryan, attendant une explication.

– Vises-en un, m'ordonne-t-il.

– Quoi ? Non !

– Vise, je te dis.

– Il en est hors de question.

Perdant patience, Ryan se place derrière moi, attrape l'arme en veillant à ce que je la garde entre mes mains et me contraint à la lever, à la braquer sur un SDF qui souffle entre ses mains pour tenter de trouver un peu de chaleur. Nous sommes planqués derrière ce mur, aucun des sans-abri ne peut nous voir, et pourtant je prie pour que l'un d'entre eux nous remarque et donne l'alerte.

– Tire ! me murmure Ryan.

Je secoue vigoureusement la tête, incapable de croire à ce qu'il me demande.

– Tire ! répète-t-il durement.

– Non !

– Tu veux faire partie des Seven ? Tu veux qu'on te fasse confiance ? Alors fais ce que je te dis.

– Pourquoi ? je demande, des sanglots dans la voix.

– Parce qu'après ça, tu n'auras plus peur de rien. Allez, tire.

En larmes, je secoue à nouveau la tête. Ryan fait pression de ses doigts sur les miens ; je tiens bon. J'y mets toutes mes forces mais j'arrive à l'empêcher d'appuyer sur la gâchette.

– Personne ne le regrettera, fait-il en désignant le vieil homme sur lequel le canon est braqué. Personne ne remarquera qu'il a disparu. Il est déjà inexistant aux yeux de la société. Personne ne cherchera à trouver une explication à sa mort, au contraire, la police sera bien contente de le retirer des statistiques dérangeantes sur la pauvreté dans cette ville.

– Mais c'est un être humain, dis-je, bouleversée au possible.

Je suis en pleurs. Oui, je veux mener cette mission à bien, mais pas dans ces conditions. Je refuse d'être comme eux. Scott m'avait pourtant prévenue qu'on me mettrait à l'épreuve de la pire des façons. Je n'ai pas voulu l'écouter et maintenant je le regrette…

– S'il te plaît, Ryan, laisse-le en vie, je plaide. Il est innocent.

– Qu'est-ce que tu en sais ?

À cause de l'entraînement intensif de tout à l'heure, mes muscles sont faibles et garder les bras tendus commence à me faire souffrir, d'autant que je dois les contracter pour empêcher Ryan de presser sur la gâchette.

– Dernière chance, Ella, murmure-t-il à mon oreille.

– Si c'est ce que je dois faire pour entrer dans votre gang, alors je préfère ne pas en faire partie, je crache rageusement à travers mes larmes.

Ryan fait pression sur mon doigt. Je ferme les yeux de toutes mes forces, refusant de voir la balle se loger dans la tête du SDF, refusant de participer à un meurtre malgré moi.

Pardonne-moi, Sam.

Soudain, Ryan abandonne la lutte. Lentement, il abaisse nos bras et je m'empresse de lâcher le pistolet. Mes mains sont rouges et portent la trace du canon de l'arme tant elles étaient comprimées contre elle. Les joues baignées de larmes, je regarde Ryan la ranger à nouveau à l'arrière de son jean. Il se tourne ensuite vers moi. Il paraît calme, serein… et un peu triste.

– La première règle chez les Seven, c'est qu'on ne touche pas aux civils, quels qu'ils soient, me dit-il. Bravo, Ella, tu as réussi ta mise à l'épreuve.

Oh mon Dieu, je n'y crois pas…

– Hier, le coup de l'épicerie était simplement un petit test, poursuit Ryan. D'abord pour savoir si tu étais capable de désactiver des caméras, ensuite pour voir la façon dont tu gères le stress. Aujourd'hui, je devais m'assurer que toi aussi tu respectes la vie humaine et que tu ne déraperas pas si on t'emmène avec nous sur un braquage. Pourquoi crois-tu que j'ai cherché à t'épuiser ? Je voulais que tu sois à bout de forces, à bout de nerfs, à bout tout court : c'est dans ces moments-là que l'être humain est le plus vulnérable, qu'il prend le plus facilement des décisions dramatiques. Il faut une sacrée volonté pour résister et tu viens de me démontrer que tu faisais partie des rares personnes à la posséder.

Mon souffle se relâche de lui-même et quelques dernières larmes roulent sur mes joues. Ryan lève doucement sa main et en essuie une à l'aide de son pouce.

– Désolé. Je devais le faire, murmure-t-il.

Il a l'air de regretter vraiment… Son doigt suit le sillon humide sur ma joue jusqu'au bas de mon menton. Incapable d'esquisser le moindre mouvement, je le laisse faire. Je déteste cette proximité qu'il m'impose, mais je suis trop épuisée physiquement et émotionnellement pour le repousser. Ce qu'il vient de me faire vivre m'a choquée, alors le voir si doux en cet instant me réconforte.

– Allez, viens, on rentre, me dit-il.

Tandis que nous marchons vers le SUV, le brouillard quitte peu à peu mon esprit, et je m'entends lui demander :

– Ne me fais plus jamais ça.

Il m'ouvre la portière du véhicule et m'incite à monter.

– Promis, dit-il gravement.

Nous quittons le quartier mal famé pour retourner en centre-ville, mais je suis incapable de dire quoi que ce soit.

– Les autres vont être impressionnés quand ils vont savoir ce qui s'est passé, lâche-t-il au bout d'un moment.

Le regard tourné vers la fenêtre, je ne lui accorde aucune attention.

– Au fait, tu ne m'as pas répondu : où as-tu appris à te battre ? ajoute-t-il.

Comprenant après quelques minutes de silence qu'il n'obtiendra rien de moi, il laisse finalement tomber.

CHAPITRE 7

RYAN

Lorsque nous rentrons au loft, perturbée par l'entraînement éreintant et sa mise à l'épreuve, Ella se réfugie dans sa chambre, refusant de se joindre à nous pour le repas du soir. Mes frères et sœurs d'armes et moi dînons dans la cuisine, mangeant ensemble tout en évoquant le braquage qui nous attend demain. Les blagues fusent et l'ambiance est bon enfant, décontractée. Personne n'appréhende, parce que notre façon d'agir est bien huilée.

– Au fait, est-ce qu'on va trouver un nom à la nouvelle ? demande soudain Thunder.

La question reste en suspens. Personne ne sait s'il faut considérer Ella comme l'une des nôtres, ni ce que nous allons faire d'elle dans les semaines à venir. Pourtant, nous sommes sûrs d'une chose, c'est que demain, elle participera au braquage. Même si cela doit être le seul et unique qu'elle fait en notre compagnie, il faut qu'elle ait un pseudonyme, comme le reste du gang.

– C'est à Storm de le choisir, lâche Ice après quelques secondes de silence.

Tout le monde approuve d'un signe de tête. Tout en se servant un verre de vin, Night enchaîne en s'interrogeant :

– En parlant de la nouvelle, vous lui avez fait quoi ? Elle se terre dans sa chambre depuis des heures.

– Ryan l'a emmenée faire un tour, déclare Thunder avec un sourire lascif. Personne ne sait ce qui s'est passé, mais elle avait l'air sacrément perturbée quand elle est revenue.

– Elle doit certainement être en train de chialer, ricane Rain.

– Taisez-vous, s'offusque Sky. Vous avez déjà oublié ce que c'est que d'être mis à l'épreuve ? Ça n'a rien de drôle.

Ice se lève et enlace la jeune femme avant de l'embrasser dans le cou pour la calmer. Ces deux-là sont vraiment faits l'un pour l'autre. Ils méritent l'amour qu'ils se portent, sans aucun doute.

– Et alors, on ne lui a pas demandé de débarquer ici, proteste Rain.

– N'importe qui serait perturbé par tout ce qui se passe au sein du gang, tempère Thunder.

– Elle ne tiendra pas une semaine, décrète Night.

Pendant qu'ils caquettent dans tous les sens, je remplis une assiette de nourriture et je quitte la cuisine pour monter à l'étage. Je toque à la porte de la chambre d'Ella et j'attends qu'elle vienne m'ouvrir. Ce que je lui ai fait vivre tout à l'heure l'a choquée, j'en suis conscient. Je m'en suis voulu de me montrer aussi dur avec elle, mais je devais savoir où se trouve sa limite. Et à présent, je veux m'assurer qu'elle va bien et qu'elle ne nous lâchera pas pour demain.

La porte s'entrouvre. Ella me regarde, méfiante. Elle porte un short en coton et un sweat gris trop large pour elle.

– Je me suis dit que tu aurais peut-être faim, je lui indique.

– Non, ça va.

– Ella… tu dois t'endurcir.

– N'insinue pas que je suis faible.

– Ce n'est pas ce que j'ai dit.

– Tu ne me connais pas, Ryan. Tu ne sais rien de moi. Peut-être que j'ai paniqué quand je me suis retrouvée avec cette arme dans les mains, mais ne pas vouloir tuer un être humain ne fait pas de moi quelqu'un de fragile.

– Tu n'as rien écouté de ce que je t'ai dit ? Chez nous, on épargne les vies humaines à tout prix.

– Oui, mais tu estimes que j'aurais dû prendre ta demande avec plus de recul, plus de sang-froid, je me trompe ?

Je ne la contredis pas. J'aurais aimé qu'elle se contente de me tenir tête sans fondre en larmes. Mais ce n'est pas pour autant que je la considère comme quelqu'un de faible. La preuve : elle a eu les couilles de se présenter à nous et de nous pousser à l'intégrer. Toutefois, ce feu que j'ai vu en elle le premier jour semble s'éteindre à certains moments, et cela suscite en moi tant de questions quant à son passé…

Elle m'arrache l'assiette de nourriture ainsi que les couverts des mains et me fixe, furieuse.

– Oh, en passant : ce n'est pas parce que tu fais joujou avec des armes à feu que ça fait de toi quelqu'un de plus fort que moi, me lance-t-elle. Ça montre juste que tu as besoin de ça pour te sentir puissant et ce n'est franchement pas flatteur.

Elle me claque la porte au visage, me laissant planté comme un abruti derrière le battant.

Putain de merde.

Je voudrais défoncer la porte pour lui remettre les idées en place, parce que personne ne me parle de cette manière, mais finalement je m'abstiens… parce que, justement, personne ne m'a jamais parlé de cette manière et que je ne m'attendais pas à ce que ça me plaise autant venant d'elle.

J'entends soudain un petit ricanement et je pivote pour découvrir Snow, hilare, qui me dévisage depuis le haut de l'escalier. Pris de fou rire, il se réfugie dans sa chambre. Je le suis et ferme la porte ; il laisse alors exploser son hilarité sans retenue. En attendant qu'il se calme, je passe en revue les livres qui décorent sa chambre. J'ai toujours un pincement au cœur quand je pense qu'il n'en a lu aucun.

De tout ce qui s'est passé depuis le jour où nous avons fui Atlanta, ce que je regrette le plus, c'est de ne pas avoir réussi à offrir une éducation intellectuelle à mon frère. Dès que nous avons été plus stables, j'ai essayé de trouver des solutions pour l'inscrire dans une école, mais scolariser un enfant a un coût. Les fournitures, les livres, les nouveaux vêtements… Tout ça, je ne pouvais malheureusement pas le lui offrir, j'avais déjà à peine de quoi payer le loyer de l'appartement insalubre que je nous avais dégoté. Et puis, jamais je n'aurais pu fournir tous les documents que demande une inscription : certificat de naissance, carte d'identité ou que sais-je encore…

Si j'avais été bon élève, j'aurais pu lui apprendre certaines choses moi-même. Mais je n'ai jamais été très brillant en cours et je ne voulais pas qu'il prenne exemple sur moi, qu'il démarre dans la vie avec mes lacunes.

Les années se sont écoulées et si, au départ, Austin parlait souvent d'aller à l'école, cela a fini par lui passer. Nous avons ensuite intégré les Seven et il a grandi au sein du gang. Bien sûr, j'ai essayé d'évoquer le sujet de son illettrisme avec lui un jour… mais lorsque j'ai vu à quel point cela le mettait mal à l'aise, à quel point il en avait honte, je me suis tu. Et puis, il y a un an environ, il a commencé à développer une obsession pour les bouquins au point d'en tapisser les murs de sa chambre et d'en mettre dans toutes les pièces du loft.

Je me doute que cela lui pèse de ne pas savoir lire, mais tant qu'il ne m'en parle pas, je n'ose pas aller vers lui pour tenter de l'aider à remédier à ce problème.

Quand son rire se calme enfin, je prends place sur le lit à côté de lui en levant les yeux au ciel.

– Elle te mène la vie dure, affirme-t-il en essuyant une larme d'hilarité.

– Tais-toi.

– Tu ne sais plus quoi faire depuis qu'elle est là, elle a totalement chamboulé ton petit train-train.

– Mon train-train ? Parce que tu trouves que ce qu'on fait est ennuyeux, peut-être ?

– Non, mais c'est parfaitement rodé. Tellement qu'il n'y a plus de surprises… Et là, paf, elle débarque. Surprise ! s'écrie Snow en ricanant.

Je lui mets une petite claque derrière la tête, mais je finis par sourire moi aussi.

– Avoue… elle te plaît, lâche l'adolescent, soudain plus sérieux.

– Elle n'est là que depuis trois jours !

– Moi, elle me plaît en tout cas.

Je hausse les sourcils. Mon petit frère, s'enticher d'Ella ? Ouais, non, ça n'arrivera pas.

– Amicalement, je veux dire, précise-t-il. Je l'aime bien, elle est gentille.

– Ne t'emballe pas. On ne sait toujours pas si ce qu'elle nous raconte est vrai. Peut-être que c'est une indic' et qu'elle va tous nous faire coffrer.

– Je ne pense pas, déclare Snow en s'asseyant sur son lit. Elle est sincère. Bon, elle est aussi très triste tout le temps, mais c'est un autre sujet.

Lui aussi l'a remarqué…

Quand elle nous a abordés, Ella nous a dit avoir besoin d'argent. A-t-elle des dettes à rembourser urgemment ?

– Ne t'attache pas trop, je conseille à mon frère en m'installant près de lui. Il se peut que demain elle ne supporte pas le braquage et qu'elle décide de quitter le gang.

– Mais c'est impossible ! On ne peut pas la laisser dans la nature avec toutes les informations qu'elle a sur nous !

Snow baisse la voix et reprend :

– Ryan, il y a un risque qu'elle nous dénonce à la police.

– Je croyais que tu lui faisais confiance ?

– C'est le cas, parce que je suis sûr au fond de moi qu'elle va rester avec nous… mais si je me trompais ? Les flics nous tomberaient dessus, ils vous jetteraient tous en prison et ils me placeraient en foyer, ce serait…

– Hé, Austin…

Ses grands yeux, dans lesquels je retrouve l'enfant de six ans apeuré qu'il n'a jamais vraiment cessé d'être, se rivent aux miens. Quand nous avons intégré le gang, mon petit frère est rapidement devenu Snow. Doux, silencieux, pur, comme la neige. Il est rare que je l'appelle par son prénom ; lorsque je le fais, c'est soit pour calmer ses angoisses, soit parce que la situation est dangereuse.

– Ne t'inquiète pas, je lui souffle.

Je le prends dans mes bras. Il est beaucoup trop sensible, beaucoup trop gentil pour ce monde de merde. Dieu sait que tout ce que je fais, je le fais pour lui, pour lui offrir la vie dont il rêve, la vie qu'il mérite…

– Ne t'inquiète pas, je répète doucement. Je suis là, petit frère, il ne t'arrivera rien.

Le jour où lui et moi avons dû quitter le domicile familial, je lui ai promis que je le protégerai toujours quoi qu'il m'en coûte, et je compte bien tenir ma promesse.

Je n'abandonnerai jamais mon sang.

CHAPITRE 8

ELLA

Quelque chose cloche. Une phrase que Ryan a prononcée tourne en boucle dans ma tête.

La première règle, chez les Seven, c'est qu'on ne touche pas aux civils, quels qu'ils soient.

On ne touche pas aux civils… C'est en totale contradiction avec ce que je sais d'eux.

Deux possibilités : soit les informations que j'ai obtenues précédemment étaient mensongères.

Soit Ryan m'a menti.

La seconde option me paraît bien plus plausible. Je n'ai aucune raison de douter de mes sources, alors que les Seven sont un gang de criminels. Mentir, tromper, dissimuler, cela fait partie de leur essence.

De toute façon, il est bien plus important de poursuivre la mission de départ que de commencer à douter.

Je me redresse dans le lit. Ma tête est lourde de fatigue mais je suis bien trop bouleversée pour retrouver le sommeil. Tandis que je reprends mes esprits, mon estomac émet un gargouillement désagréable. J'ai à peine touché à l'assiette que m'a apportée Ryan hier soir, trop contrariée pour penser à manger. Sauf que maintenant, mon ventre me rappelle à l'ordre.

Certaine que cela m'aidera à retrouver le sommeil, je quitte ma chambre sur la pointe des pieds pour me rendre au rez-de-chaussée. Dans la cuisine, j'attrape de quoi me faire un sandwich, puis je m'installe sur un tabouret de bar pour grignoter le tout.

Le silence règne dans le loft, on n'entend pas un bruit, pas une respiration. Les Seven sont profondément endormis, en train de recharger les batteries pour ce qu'ils préparent dans quelques heures.

Je n'arrive toujours pas à croire que je vais participer à un braquage avec eux. Même si ce n'est que pour faire avancer la mission et garder ma couverture intacte, le fait de menacer des gens pour les dévaliser me donne presque envie de vomir. Voler de l'argent que certains ont mis une vie entière à économiser… J'ai du mal à comprendre comment les Seven peuvent avoir la conscience tranquille. Même si, vu le nombre d'années depuis lesquelles ils sévissent, je suis certaine qu'ils ont fini par bâillonner leur culpabilité.

Une fois mon sandwich terminé, comme je ne suis plus du tout fatiguée, je décide de profiter que personne n'est dans les parages pour explorer le loft. Je quitte la cuisine en direction du salon et m'installe sur le canapé, face à l'écran plat accroché au mur. À ma droite se trouve une bibliothèque peu fournie ; je me doute que c'est Snow qui l'a installée là pour essayer d'inciter ses collègues à se passionner pour la lecture.

Je reste assise quelques instants, perdue dans mes pensées, puis je décide d'aller jeter un œil à la salle de détente, celle où les membres du gang se décompressent autour de jeux vidéo, d'après Snow. Après avoir allumé le plafonnier, j'aperçois des fauteuils qui ont l'air d'être très confortables, ainsi que plusieurs consoles, un grand écran identique à celui du salon, une table de billard et même un mini-frigo dans le coin de la pièce. Quelques manettes sont posées sur le sol, comme si une partie en cours avait dû s'arrêter précipitamment.

Curieuse, je m'approche du meuble en dessous de l'écran et j'inspecte ses quelques tiroirs. À l'intérieur, je découvre des dizaines de pochettes de jeux vidéo. Je me dirige ensuite vers une énième bibliothèque placée dans un angle. Je passe la main sur la tranche de chaque livre qui dépasse, lit quelques titres, trouve des noms d'auteurs connus, d'autres qui le sont un peu moins. Tout est en désordre : un polar côtoie un roman historique, un essai de sociologie est posé sur une romance de Noël.

Je hausse les sourcils, et mes vieux réflexes reprennent le dessus.

J'ai besoin de tout ranger.

Cela fait tellement longtemps que je ne suis pas retournée dans ma librairie… L'ambiance et l'odeur des livres me manquent. Le fait qu'il y ait une bibliothèque dans chaque pièce du loft me réconforte beaucoup.

Les livres ont toujours eu un effet apaisant sur moi. Je suis subjuguée par la facilité qu'ont certains auteurs à nous faire rêver, voyager dans leur monde. Il y a tellement de possibilités, tellement de choses à découvrir entre les pages d'un livre… Chaque fois que j'en commence un, c'est comme si j'entrais dans un autre univers, et chaque fois, j'espère m'y sentir bien, à ma place.

Les livres ont bien plus de pouvoir que ce que beaucoup de gens peuvent penser. Ils donnent, pendant quelques heures, l'impression de sortir de notre vie pour en vivre une autre. Si ça, ce n'est pas incroyable… Cela me fascine depuis mon plus jeune âge. C'est la raison pour laquelle j'ai créé ma librairie. J'avais envie de partager ces petits bouts de magie qui m'ont tant aidée au fil des années.

Déterminée, je me mets au travail. Je commence par attraper tous les polars qui me tombent sous la main pour les placer sur une étagère. Je poursuis avec les romans historiques, les biographies, puis les œuvres de fantasy.

Soudain, lorsque j'attrape trois ouvrages tout à droite, je sens que la bibliothèque bouge. Je me fige un instant, puis je réitère mon geste pour être sûre que je n'ai pas rêvé. À nouveau, le bois glisse légèrement vers la gauche.

Je lâche les livres que j'ai en main et tente de le faire bouger davantage… et ça marche. Cette partie de la bibliothèque est posée sur un rail qui permet de la faire coulisser. Je la déplace lentement et une porte apparaît derrière.

Je reste un instant stupéfaite, puis je comprends que cela ne peut signifier qu'une chose : les Seven doivent cacher des preuves derrière cette porte. Sinon, pourquoi l'auraient-ils si bien camouflée ? Excitée, je ne peux m'empêcher d'espérer que, peut-être, j'ai trouvé une faille, un point faible dans leur muraille.

Je tourne la poignée sans trop de conviction. Comme je m'y attendais, la porte est fermée à clé. Mais je ne m'avoue pas vaincue. Scott et Jacob m'ont transmis un petit talent qui pourrait bien m'aider ce soir.

Je sais crocheter des serrures, et rapidement, en plus.

Je réfléchis, cherchant quel objet serait le plus adéquat pour m'aider dans ma tâche. Je retourne dans la cuisine et fouille dans les tiroirs à la recherche de quelque chose de fin et pointu, mais aussi de quelque chose qui pourrait faire office de levier et me donnerait la force de faire sauter les points de sécurité. Je tombe sur un canif doté de lames de plusieurs tailles. Je soupire. Je ne trouverai certainement pas mieux et je n'ai plus de temps à perdre…

Je regagne rapidement la salle de détente, me place devant la porte secrète, inspire profondément, puis glisse lentement la lame la plus fine du canif dans la serrure. Concentrée, je me répète tous les conseils que Scott et Jacob m'ont donnés, et je cherche le premier point de sécurité. Lorsque c'est fait, avec une seconde lame que j'ai dépliée, je tente de faire levier pour le faire sauter. J'agis à la manière d'un chirurgien qui opère et qui doit s'assurer de ne pas perforer une artère ou le tissu d'un muscle sous peine de causer des dommages irréversibles : dans ma situation, si je force trop, je prends le risque que la lame se casse net dans la serrure, ou bien d'endommager cette dernière. Dans les deux cas, elle pourrait se retrouver définitivement bloquée et impossible à ouvrir même avec la clé adéquate. Tout le monde saurait alors que j'ai fouiné…

J'avance la fine lame de quelques millimètres et sens enfin le point de pression lorsque j'entends des pas à l'étage.

Mon corps se fige et mes mains s'immobilisent. Je retiens ma respiration, attendant de voir si quelqu'un va descendre au rez-de-chaussée. Le silence sur lequel mon ouïe se concentre me paraît assourdissant, à tel point que j'ai le sentiment que mes oreilles bourdonnent.

Soudain, les marches de l'escalier se mettent à craquer. Quelqu'un approche.

Tout en essayant de ne pas céder à la panique, je retire la lame le plus délicatement possible de la serrure pour ne faire aucun dégât, puis je fais coulisser sur son rail la partie amovible de la bibliothèque.

J'ai juste le temps de glisser le canif dans la poche arrière de mon pantalon de pyjama avant que Ryan n'entre dans la pièce. Je m'empare d'un livre et je me tourne dans sa direction, m'obligeant à garder l'expression la plus neutre qui soit. Cependant, je n'en mène pas large. J'ai beau paraître décontractée, mon cœur bat à tout rompre dans ma cage thoracique, mes mains deviennent moites et elles se mettent même à trembler légèrement, si bien que je serre le livre plus fermement pour les en empêcher.

– Qu'est-ce que tu fais là ? demande Ryan en s'approchant de moi.

Il est pieds nus et porte un bas de survêtement ainsi qu'un t-shirt blanc qui laisse apparaître les nombreux tatouages sur ses bras. Ses cheveux noirs sont en bataille mais ses yeux sombres sont alertes.

– Je n'arrivais pas à dormir… je réponds.

Je m'éclaircis la gorge et reprends :

– Je suis venue ici pour me détendre, mais j'ai remarqué que la bibliothèque était en désordre, alors j'ai décidé de la ranger. J'ai bientôt terminé.

Ryan me dévisage avec insistance pendant une poignée de secondes, puis ses yeux se posent sur le livre que je tiens entre mes mains avant de détailler les étagères où les ouvrages sont soigneusement triés par genre à présent. Son regard balaye – furtivement – la partie amovible de la bibliothèque, comme pour s'assurer que tout est en ordre, puis il reporte son attention sur moi.

– Tu ranges des bibliothèques quand tu n'arrives pas à dormir ? s'étonne-t-il.

Je hausse les épaules.

– Vous avez fait des recherches sur moi, non ? Vous savez que je possède une librairie. Oui, les livres me passionnent. J'aime être en leur présence, c'est tout.

– Qu'est-ce qui te cause des insomnies ? La mise à l'épreuve de tout à l'heure ? Ou bien tu t'inquiètes pour demain ?

– Les deux.

Je pose le livre que je tenais en main et reprends mon rangement pour me donner une contenance. Ryan reste silencieux, mais même s'il ne prononce pas un mot, son regard perçant que je sens sur moi me déstabilise. À l'instant où je tends la main en direction de la bibliothèque amovible pour y attraper un autre ouvrage, la sienne s'enroule autour de mon poignet et arrête mon geste. Je lève la tête dans sa direction. Un petit sourire étire ses lèvres.

– Je vais te donner un coup de main, déclare-t-il.

Je me dégage de sa prise et je m'empare du livre qu'il me tend. Pendant plusieurs minutes, nous œuvrons en silence, et petit à petit, les battements de mon cœur reprennent un rythme normal.

– Est-ce que tu as été mis à l'épreuve, toi aussi ? je lui demande, parce que, pour une raison qui m'échappe, je n'aime pas le silence qui s'est installé dans cette pièce.

Ryan attrape les deux derniers livres encore mal rangés. Je leur trouve une place, puis il me répond en souriant :

– En quelque sorte.

Je hausse les sourcils.

– C'est à di…

– Tu devrais essayer d'aller te reposer, blondinette, me coupe-t-il.

Je me tourne vers lui, furieuse.

– Je t'ai dit de…

– D'arrêter avec ce surnom, je sais… mais je l'aime bien, moi.

– Pas moi !

Ma colère semble ravir Ryan. Il s'approche de moi et pose le bout de ses doigts sur mon menton pour m'inciter à relever la tête vers lui. Les anneaux à son majeur et à son index reflètent la lumière du plafonnier.

– Est-ce que tu m'en veux encore pour ce que je t'ai fait subir ces derniers jours ? m'interroge-t-il.

– Est-ce que c'est vraiment important ? je grogne, le regard fuyant.

– Regarde-moi, Ella.

Notre proximité est déjà assez difficile à supporter, j'ai bien peur de ne pas réussir à faire ce qu'il me demande.

– Ella…

J'obéis finalement et je plonge dans ses yeux. Ils me paraissent deux gouffres sans fond dans lesquels je risque de tomber à tout moment.

– Je ne l'ai pas fait par plaisir, déclare Ryan. Je n'ai pas eu le choix.

– Je sais. Et je comprends. Vous vous méfiez de moi, c'est normal de vouloir voir jusqu'où je suis capable d'aller.

Son pouce erre sur la ligne de ma mâchoire. Cet effleurement est doux et léger, mais il provoque une flopée de frissons le long de mon échine… Cela me donne envie de le mettre à terre et de le rouer de coups.

– Tu perdrais ton temps, Blondie : tu n'arriveras jamais à me mettre au sol, susurre-t-il comme s'il avait lu dans mon esprit.

Il se dirige ensuite vers la porte de la salle de détente. Avant de sortir, il se tourne à nouveau vers moi et me dit, en faisant un geste de la main :

– Après toi.

Il paraît peut-être détendu, mais je note qu'il prend bien garde à me faire quitter la pièce et surtout à la verrouiller derrière nous…

Nous montons à l'étage. Ryan s'arrête devant la première chambre à droite, juste à côté de la mienne.

– On se voit dans quatre heures, dit-il avant d'entrer et de refermer la porte derrière lui.

Je l'imite et disparais dans ma chambre quelques secondes plus tard. Je m'allonge sous les couvertures, mais soudain, je suis prise de l'envie impérieuse de sortir mon carnet et d'écrire à Sam. Je récupère le cahier, attrape un crayon et griffonne :

Sam,

Je crois que j'ai fait une découverte majeure, ce soir. J'aimerais que les choses avancent beaucoup plus vite, j'essaye de faire de mon mieux, et pour l'instant, j'ai l'impression d'y arriver. Mais ce serait tellement plus simple si tu étais avec moi... Tu me manques.

Je t'aime tant.

Ella

CHAPITRE 9

ELLA

– Rain, Night, Thunder, voiture numéro un, dit Ice, les bras croisés sur sa large poitrine.

Ça y est. Le braquage qu'ils ont planifié va avoir lieu et je me retrouve à devoir y participer…

L'armoire à glace s'approche de moi en souriant. Sa cicatrice déforme sa lèvre inférieure, le rendant encore plus menaçant.

– Salut, Sunshine [5], me dit-il. Toi, tu pars avec Sky, Ryan et moi.

Sunshine ?

Oh… ce doit être le surnom qu'ils ont décidé de me donner. Mais pourquoi *ça* ?

– T'emballe pas, lance Rain, narquoise. Tu fais tout le temps la gueule, t'as rien d'un rayon de soleil… C'est de l'ironie, tu connais ?

Sympa !

5. « Rayon de soleil », en anglais.

– Rain, ça suffit, lâche Ice.

Il se tourne ensuite vers Snow, avec qui il échange un regard. Ils ne prononcent pas un mot, mais l'adolescent hoche tout de même la tête.

– Rappelez vous tous : soit on gagne ensemble, soit on perd ensemble, mais on ne laisse personne derrière, lance Ryan.

Tandis que nous nous dirigeons vers le 4 x 4 qui nous a été assigné, je lui demande :

– Snow ne vient pas avec nous ?

– Jamais, répond-il sobrement.

– Et que va-t-il faire en attendant ?

– Prendre une des voitures dans le garage et foncer droit à Springfield, où on le rejoindra après le braquage. C'est pour ça qu'on t'a dit de prendre toutes tes affaires.

– Alors on ne reviendra pas à Saint-Louis ?

– Pas dans l'immédiat. On va devoir se faire oublier pendant quelques semaines, mais ne t'inquiète pas, on finira par revenir. Saint-Louis, c'est notre ville.

Les choses se corsent. C'est clair que Scott va péter un câble. Je prie de toutes mes forces pour qu'il ait trouvé le mot que je lui ai laissé dans mon appartement, parce que si ce n'est pas le cas, je n'ose même pas imaginer les dégâts que mon silence va causer.

Il faut à tout prix que je trouve une solution pour communiquer avec lui.

Nous nous installons tous en voiture. Avant que nous démarrions, je souffle à Ryan :

– Je vais devoir appeler ma mère pour la prévenir que je m'absente quelque temps.

C'est une demi-vérité. C'est surtout Scott que je compte contacter. Ryan hausse les sourcils mais avant qu'il ne puisse dire quoi que ce soit, j'explique :

– Tu ne la connais pas. Elle m'a vue avec toi il y a deux jours et elle doit se poser des milliards de questions. Si tu ne veux pas qu'elle panique, laisse-moi lui donner de mes nouvelles. Ça l'apaisera.

Le visage déjà fermé du garde du corps des Seven s'assombrit encore plus. Il est clair qu'il déteste ne pas tout contrôler et, depuis mon arrivée, un tas de choses qui n'étaient pas dans ses plans se produisent. Je le déstabilise… et je crois que j'aime ça.

– D'accord, tu pourras l'appeler, mais en ma présence, grogne-t-il enfin. Et pas aujourd'hui.

J'acquiesce, comprenant que je n'obtiendrai rien de mieux. Sur ce, nous démarrons et quittons le loft.

Le trajet jusqu'à Richwoods est rapide. Il est sept heures trente lorsque nous arrivons sur un terrain de chantier abandonné. Sky m'informe que la banque ouvre dans trente minutes, il n'y a pas de temps à perdre.

Ryan attrape un sac à mes pieds et en sort des vêtements pour tout le monde. Nous passons notre uniforme : un pantalon, un sweat, des sneakers et une cagoule, tous noirs et identiques. Sky et moi faisons en sorte que nos cheveux longs ne dépassent pas, et Ryan veille à ce que ses tatouages soient entièrement couverts. Puis il tire sur une petite trappe entre les sièges arrière pour avoir accès direct au coffre. Je retiens mon souffle quand il en sort quatre AK-47, qu'il distribue à la ronde. Il en dépose un dans mes mains et me prévient :

– Il est chargé. Il va terrifier les gens : ils vont te supplier de ne pas leur faire de mal, te dire qu'ils ont des enfants, des parents, un mari ou une femme qui les attendent à la maison… mais il faut que tu gardes ton sang-froid. Jamais tu ne les blesseras, mais ça, ils ne le savent pas et ils ne doivent pas non plus le deviner. Tu dois rester concentrée, implacable. Si jamais il faut en arriver là, tire en l'air. Mais jamais, au grand jamais, sur un civil. C'est clair, Sunshine ?

Je tique en entendant mon nouveau pseudonyme, mais je reste parfaitement concentrée sur ce que me dit Ryan, sur la situation.

– Très clair, dis-je.

– Bien. Tu resteras près de moi à chaque seconde. Surtout, ne prononce jamais mon prénom. Compris ? C'est très important, à partir du moment où on entre dans cette banque, tu oublies comment je m'appelle.

Je hoche la tête. L'angoisse commence à enfler dans mon ventre… Sur ce, Ice me tend un ordinateur portable.

– Coupe les caméras de surveillance, m'ordonne-t-il.

Je n'hésite pas une seconde et me mets au travail. Il y a deux jours, l'épicerie ne disposait que d'une seule caméra ; aujourd'hui il y en a cinq en tout. Cela ne me fait pas peur. Je fais voler mes doigts sur le clavier, concentrée.

– Ce qu'il nous faut, c'est deux minutes. Tu peux faire ça, Sunshine ? Tu peux leur rendre la tâche un peu plus difficile pour deux petites minutes ? me demande Ryan.

– Je vais tout faire pour.

Je décide de glisser quelques virus dans le système de sécurité de la banque histoire de les ralentir le plus possible. Le temps qu'ils comprennent ce qui est en train de se passer et qu'ils envoient des voitures de police, nous serons – je l'espère – très loin.

Quelques minutes avant huit heures, j'annonce enfin :

– C'est bon.

Ice fait un appel de phares au 4 x 4 dans lequel se trouvent Rain, Night et Thunder, et les deux véhicules redémarrent alors en trombe. Le premier fonce du côté de l'entrée principale de la banque tandis que le nôtre s'élance sur le parking jusqu'à la porte de derrière. Ice s'arrête pile avant de la percuter. Les pneus crissent brutalement sur l'asphalte et les quatre portières s'ouvrent à la volée.

Une violente montée d'adrénaline me paralyse au moment où mon cerveau prend vraiment conscience de ce qui se passe. Quand Ryan comprend ce qui m'arrive, il se précipite sur moi, attrape mon visage et le rapproche subitement du sien.

– Concentre-toi, Sun. Et ne me perds pas de vue.

Il dégage une telle assurance, une telle maîtrise de lui que je me calme peu à peu. Enfin, je saute moi aussi du 4 x 4 et, comme l'a exigé Ryan, je lui colle au train alors que nous pénétrons à l'intérieur de la banque.

– Que tout le monde garde son calme, s'écrie Ice de sa grosse voix, me faisant sursauter. Ceci est un braquage, qui se passera sans accroc si vous avez l'intelligence de coopérer. Maintenant, tout le monde à terre !

Sans attendre, les quatre salariés s'exécutent, ainsi que les trois clients présents. Ils se mettent déjà à pleurer, se couvrant la tête comme si quelque chose menaçait d'exploser. Bref, ils paniquent. Je regarde tout cela de manière très détachée, refusant de me concentrer sur ce qui est en train de se produire… parce que sinon, moi aussi je vais me jeter à terre et me mettre à pleurer.

Au loin, j'aperçois Night, armé de son AK-47, qui garde l'entrée principale du bâtiment. Les volets de sécurité se baissent de chaque côté, commandés par Sky qui monte la garde près de ce qui semble être le gérant de la banque.

– Que tout le monde sorte son téléphone portable et le jette devant lui. Immédiatement ! hurle Ice.

Avec son gabarit et sa voix forte, il n'a pas besoin de faire beaucoup d'efforts pour paraître terrifiant… Sans attendre, tout le monde lui obéit sous l'œil attentif de Rain et Thunder. Ryan fonce ensuite en direction du gérant. D'une voix posée mais qui n'admet aucune contradiction, il lui ordonne :

– L'accès aux coffres. Maintenant.

Tremblant, l'homme lui tend un pass ainsi qu'une clé, que Ryan s'empresse de prendre. Il lui attrape ensuite le bras et l'entraîne à l'arrière de la banque. Un premier accès se déverrouille grâce au pass ; nous descendons quelques marches, puis nous faisons face à une gigantesque porte blindée. À nouveau, le pass permet de l'ouvrir et nous découvrons une salle qui contient une cinquantaine de coffres.

– Tu le surveilles, m'ordonne Ryan en me désignant le gérant de la tête.

Sans me poser de questions, je lève mon arme dans sa direction et le vise… mais immédiatement, l'angoisse à l'idée de menacer un innocent me rattrape, comme face à l'épicier il y a deux jours. Je m'en veux de sentir mes yeux se remplir de larmes. C'est une catastrophe, ça ne peut pas m'arriver maintenant… Pour tenter de penser à autre chose, je jette des petits coups d'œil en direction de Ryan. Précis, rapide, serein, il ouvre les coffres un par un et y dérobe tout l'argent liquide qui s'y trouve.

Les billets qui s'amassent dans le grand sac de sport me donnent le tournis. Je n'arrive même pas à imaginer la somme avec laquelle nous allons nous enfuir…

Je réalise alors qu'en plus de Snow, une autre personne manque à l'appel au cours de ce braquage : Storm… Il fait donc partie de ceux qui donnent des ordres mais qui ne se mouillent pas. Qui envoient les autres au front avant d'empocher le pactole… Pathétique, mais pas surprenant venant du chef d'un gang de braqueurs.

Du coin de l'œil, j'aperçois le bras du gérant de la banque bouger. Immédiatement, je reporte mon regard sur lui, juste à temps pour le voir glisser sa main dans la poche intérieure de sa veste. Je ne sais pas ce qu'il cache : ça peut être un téléphone, une arme, ou n'importe quoi d'autre. Je ne peux prendre aucun risque. Je suis là uniquement pour mener ma mission à bien, mais en attendant, je dois jouer mon rôle avec sérieux… Je m'entends hurler à l'homme :

– Lâche ça !

Mon cri se répercute sur les murs de la salle des coffres, faisant réagir Ryan au quart de tour. Concentrée, je vise le gérant, bien campée sur mes jambes. Mon AK-47 ne tremble même pas. Entre mes dents, je répète :

– Lâche ça. Tout de suite.

Lentement, l'homme, atrocement pâle, retire sa main de sa veste.

– Ne me faites pas de mal… sanglote-t-il. S'il vous plaît, ne tirez pas !

– Alors ne joue pas au con.

Impossible de savoir d'où me vient cette réplique. J'aurai bien assez le temps de me poser la question plus tard. Pour l'instant, l'important, c'est de rester concentrée et de ne surtout pas commettre d'impair.

Ryan reprend sa tâche, mais je ne me déconcentre plus : je reste fixée sur ma cible. Quand il ne lui reste plus que douze coffres à vider, la voix d'Ice résonne depuis l'étage du dessus :

– Quarante secondes.

Un sourire étire les lèvres de Ryan et il accélère la cadence, donnant l'impression de voler de coffre en coffre.

– DOUZE SECONDES, s'écrie Ice.

Ryan ferme le sac plein à craquer, attrape le bras du gérant et remonte au rez-de-chaussée de la banque au pas de course. Je le suis aussi vite que possible. En haut, seuls Ice et Sky sont toujours présents, tenant les civils en joue. Les autres sont déjà dans les 4 x 4, qui nous attendent tous les deux à l'arrière de la banque. Quand elle nous voit, Sky s'empresse de rejoindre les voitures, se baissant pour passer sous le rideau de sécurité relevé de moitié.

– Votre coopération a été très appréciée, susurre Ryan en tapotant la joue du gérant. Quand vous verrez la police, vous leur direz que les Seven les saluent.

À cet instant, Ice m'attrape par le bras et m'entraîne avec lui à l'extérieur. Je ne peux m'empêcher de jeter un regard en arrière pour voir pourquoi Ryan ne nous suit pas. Horrifiée, je le vois alors lever son arme et tirer dans les murs de la banque. Le bruit des détonations résonne dans mes oreilles, assourdissant.

Le septième coup de feu retentit au moment où on m'installe dans la voiture. Le premier 4 x 4 a déjà démarré, je le vois s'éloigner. Ryan nous rejoint, bondit à l'arrière du véhicule, qui s'ébranle alors qu'il a encore un pied dehors. La voiture s'élance sur la route à une allure telle que je suis projetée de côté et que j'atterris contre le garde du corps des Seven.

Ce dernier me retient et m'aide à me redresser. Nos regards se croisent. Seuls ses yeux sont visibles dans les trous de sa cagoule ; cela ne dure que quelques secondes, mais je sens une sorte de connexion se créer entre nous.

Mon corps ne tient que grâce à l'adrénaline… et à la force que m'a communiquée Ryan du début à la fin. Mais maintenant que c'est terminé, maintenant qu'il me regarde avec cette intensité qui me déroute depuis le premier jour… je me sens sur le point de craquer, ce que je me refuse à faire devant lui.

Remarquant mon trouble, il détourne les yeux et lance à Ice :

– Springfield. Pas d'arrêt en chemin.

Et c'est à cet instant que je prends conscience d'une chose : je suis une hors-la-loi, à présent.

CHAPITRE 10

ELLA

Le trajet jusqu'à Springfield dure un peu moins de trois heures, pendant lesquelles personne ne parle. Il est encore trop tôt pour crier victoire, selon les propres mots d'Ice. Nous ne serons en sécurité que lorsque nous atteindrons la maison qui nous servira de planque pour les prochaines semaines…

Quand nous atteignons la ville, Sky appelle Thunder dans le second 4 x 4. Leur conversation est brève :

– Vous y êtes ? On arrivera dans cinq minutes, vous devrez avoir quitté les lieux avant. On vous rejoint rapidement.

Sky repose son smartphone et se tourne vers Ryan.

– Ils ont fait l'échange de voiture, dit-elle.

– Bien, répond-il, parfaitement calme.

Ice entre à l'intérieur d'un parking souterrain et descend jusqu'au dernier étage. Seulement quelques voitures y sont garées, dont le 4 x 4 de Thunder, Rain et Night. Les deux premiers ne sont nulle part en vue, mais le dernier nous attend au volant. Ice se gare à côté de lui puis il jette un regard à Ryan à travers le rétroviseur.

– On vous rejoint dans deux heures, lâche-t-il.

Sky saute du 4 x 4, Ryan m'attrape le poignet en l'imitant. Je les suis, perdue, tandis que nous grimpons dans la berline rutilante qui se trouve quelques places plus loin. Sky s'installe sur le siège du conducteur, fait vrombir le moteur en souriant comme une enfant un matin de Noël en attendant que Ryan et moi soyons attachés, puis elle quitte le parking en faisant crisser les pneus.

Ma respiration s'accélère, mon pouls s'emballe, et je sens des sueurs froides me parcourir. Cette berline, je l'ai déjà vue, j'en suis persuadée… Une seule et unique fois, mais si marquante… Beaucoup de mes souvenirs de la nuit du drame sont flous, mais je me rappelle clairement avoir vu une voiture similaire, de couleur noire.

Je pose une main sur ma poitrine pour tenter de me calmer. En un instant, les raisons de ma présence parmi les Seven me reviennent de plein fouet.

– Ella ?

Je me tourne vers Ryan, qui me dévisage. Mon trouble ne passe pas inaperçu, mais je n'ai aucune envie de devoir expliquer quoi que ce soit, et surtout pas à lui.

– Pourquoi Night et Ice ne viennent-ils pas avec nous ? je demande pour détourner son attention.

– Ils vont se débarrasser des voitures dans une casse en dehors de la ville, me répond-il. Ils y resteront pour s'assurer qu'il n'en reste rien mis à part un gros cube de taule.

Sky fonce à toute vitesse à travers Springfield. Elle quitte rapidement la ville, traversant des banlieues où les habitations sont de moins en moins présentes. Enfin, elle tourne à droite et emprunte une route qu'elle seule semble voir, à travers un bois. La berline nous secoue, tant le petit chemin de terre est cabossé. Mais bientôt, une grande bâtisse apparaît devant nous, entourée par un immense grillage en fer qui la protège des étrangers. Elle s'élève sur trois étages, sa façade imitant le style victorien est recouverte de briques grises et son toit garni de tuiles noires. Mais ses nombreuses fenêtres et portes vitrées cassent son côté ancien, lui donnant une pointe de modernité sans dénaturer son charme. Des colonnes blanches magnifiques l'ornent à l'avant, et j'en aperçois aussi à l'arrière quand la voiture s'approche pour se garer.

À l'intérieur, des lumières sont allumées, laissant supposer que les autres membres du groupe ont déjà pris possession des lieux.

– Ella ?

Je suis tirée de ma contemplation par la voix de Ryan. Je remarque alors que Sky et lui sont descendus de voiture et qu'ils m'attendent. Ils me fixent avec un petit sourire aux lèvres, certainement amusés par mon air ébahi. Je descends de la berline et les suis vers la porte d'entrée. Ryan l'ouvre et, en faisant quelques pas en avant, je découvre de hauts plafonds ainsi qu'un imposant escalier. Snow est en train de le descendre à l'instant même ; il sourit largement en nous apercevant.

– Ah, enfin, vous êtes là !

Il s'approche de nous en trottinant et me prend dans ses bras, me surprenant tellement que je reste bêtement immobile.

– Je suis content de voir que tu n'as pas pris la fuite, dit-il. Bienvenue chez nous, Ella.

Comme lors de mon arrivée dans le loft de Saint-Louis, Snow me rend les choses plus faciles. Je viens de braquer une banque, je suis officiellement recherchée par la police, mais à ce moment, le doux sourire de ce gamin me donne l'impression que ce n'est pas si grave.

– Laisse-la respirer un peu, le tempère Ryan. Les autres sont tous là ?

– Oui, tout le monde est arrivé à bon port.

S'adressant de nouveau à moi, l'adolescent ajoute :

– Tu t'en es très bien sortie, d'après ce que j'ai entendu dire.

– Oh, je…

– Ouais, en même temps, elle n'a pas eu grand-chose à faire, lance Rain en apparaissant dans l'entrée pile à cet instant.

Elle s'arrête devant moi, me détaille avec cet air hostile dont elle me gratifie chaque fois que je suis dans son champ de vision, puis elle hausse les sourcils.

– Tu comptes braquer une autre banque dans les prochaines secondes ou quoi ?

Je cligne des yeux, ne comprenant pas ce qu'elle veut dire. Mais Ryan s'esclaffe, s'approche de moi et retire la cagoule que j'avais oublié d'enlever…

– À ma décharge, dis-je à Rain, c'est ma première opération avec vous et je suis encore un peu déstabilisée par ce à quoi j'ai participé. Tu veux bien me laisser le temps de redescendre ?

– Mais bien sûr, princesse. Tu voudras aussi qu'on vienne te border cette nuit ou qu'on te tienne la main pour monter l'escalier ?

– C'est gentil de proposer. Tant que tu y es, tout ça m'a creusé l'appétit. Va me préparer un sandwich, tu seras mignonne.

Rain fulmine et fait un pas dans ma direction.

– Hé, ne commencez pas, toutes les deux, s'interpose Sky.

La folle dingue prend sur elle et s'éloigne, faisant grincer le parquet sous ses pas. Snow et Sky la suivent, si bien qu'il ne reste plus que Ryan et moi au milieu de l'entrée.

– Alors, comment tu te sens ? me demande-t-il, tout en me détaillant intensément.

– Ça va, je réponds. Je n'ai étonnamment pas paniqué à l'intérieur de la banque, alors que j'étais persuadée que ce serait le cas.

– Snow a raison, tu t'en es très bien sortie. Tu m'as même épaté. La plupart des membres de ce gang ont connu un premier braquage bien plus chaotique que le tien.

Je ne sais pas vraiment comment je dois prendre le fait d'avoir été à l'aise au milieu de ce chaos...

– Tu m'avais bien préparée, je finis par répliquer.

Même si je n'oublie pas que Ryan fait partie de mes ennemis, je dois avouer qu'il a agi comme un vrai leader. Le savoir près de moi et le voir maîtriser à ce point la situation a réussi à me rassurer.

Il me sourit, puis me surprend en sortant un téléphone de sa poche et en me le tendant.

– C'est pour toi, me dit-il. On va rester ici environ trois semaines. Si tu veux appeler ta mère maintenant, tu peux le faire.

– Mais je croyais que…

– Le braquage s'est bien passé, il n'y a pas de risque que la police nous retrouve. Tu peux reprendre une vie « normale », fait-il en mimant les guillemets.

Il s'éloigne, et je ressens le besoin de lui dire quelque chose. C'est bête, mais le fait qu'il m'ait félicitée, qu'il m'ait donné ce téléphone, signe que je gagne sa confiance, et qu'il m'autorise à contacter ma mère me fait éprouver une bouffée de sympathie à son égard.

– Ryan !

Il s'arrête et pivote dans ma direction.

– Toi aussi tu t'en es bien sorti aujourd'hui, je lui lance.

À peine ai-je refermé la bouche que je me trouve complètement stupide. Premièrement, il fait partie du gang le plus recherché de l'État, organiser des braquages lui est certainement aussi naturel que de respirer. Et puis surtout… il n'a clairement pas besoin de mes encouragements. Cet homme déborde d'assurance.

Alors que je m'attends à ce qu'il me rie au nez, il semble étrangement ravi de mon compliment. Il s'approche même de moi et me tend la main.

– Bon boulot, *Sunshine*.

Je la lui serre tout en me plongeant dans son regard sombre. À nouveau, je ressens une sorte de connexion se créer entre nous deux.

– Je te souhaite officiellement la bienvenue chez les Seven, Ella.

Il lâche ma main mais alors qu'il s'éloigne, il s'arrête à nouveau et ajoute avec un clin d'œil :

– Oh, au fait, appelle-moi Storm, désormais.

CHAPITRE 11

ELLA

Six mois plus tôt

– Storm ! C'est lui ta cible.

J'acquiesce, écoutant Scott avec attention.

– On n'a pas grand-chose sur lui, ajoute Jacob. On sait juste que c'est le chef du gang.

– Comment l'avez-vous appris ? je demande.

– En recoupant les témoignages des gens présents sur le lieu des braquages. Les autres s'en remettent souvent à lui, donc on en a déduit que c'est lui le cerveau.

– D'accord, mais il y a quelque chose que je ne comprends pas, je réplique. Dans les documents d'enquête, il est dit que vous avez réussi à avoir l'empreinte de l'un des membres du gang, une certaine…

Je feuillette les comptes rendus étalés devant moi jusqu'à retrouver le nom que je cherche.

– … Maxine Spencer. Pourquoi ne pas l'avoir convoquée au commissariat pour l'interroger ?

Jacob et Scott se lancent un regard, puis le second attrape une chaise, s'installe face à moi et me révèle :

– Maxine Spencer a été déclarée morte il y a six ans.

Mes yeux s'écarquillent.

– Comment…

– La seule explication plausible, c'est qu'elle a simulé son décès, déclare Jacob. Pour quelle raison ? Ça, c'est un mystère. Tout ce qu'on sait, c'est qu'elle fait partie des Seven à présent.

– S'ils sont capables de se faire disparaître, ce ne sera pas simple de les coincer, rebondit Scott. On ne veut pas leur faire peur. Si on convoque cette femme au commissariat, ses petits copains comprendront tout de suite qu'on a une piste et s'évaporeront dans la nature avec toutes les preuves. Maxine n'est qu'un petit poisson. Nous, ce qu'on veut, c'est la tête pensante de tout ça.

– Et je vais vous aider à l'avoir, j'affirme.

Ils hochent tous les deux la tête, avec plus de conviction chez Jacob que chez Scott cependant. Depuis le début, ce dernier est contre mon intervention dans cette affaire. Mais j'ai pris ma décision, et il ne me fera pas changer d'avis.

– OK, quoi d'autre ?

– Je pense que c'est déjà assez pour aujourd'hui, me dit Scott. Rentre chez toi, intègre ces informations et repose-toi. Les jours qui viennent vont être épuisants.

***

– Est-ce que tu as déjà eu à te battre ? me demande Jacob.

Nous sommes face à face sur un tapis d'entraînement. Je sais que je vais devoir apprendre quelques techniques de combat, et pour être tout à fait honnête, j'éprouve une pointe d'excitation à cette idée.

– Non, jamais, mais ça ne doit pas exiger beaucoup de…

Avant que j'aie pu terminer ma phrase, je me retrouve projetée au sol, un bras fermement serré autour de mon cou.

– Putain, Scott ! je m'exclame, outrée, après avoir repris mes esprits.

– Tu dois rester sur tes gardes en permanence, c'est important, dit-il en me fixant sévèrement. Tu ne m'as pas entendu arriver, tu n'as même pas fait attention à ce qui se passait autour de toi, trop prise par ta conversation avec Jacob. C'est une erreur que tu ne peux pas te permettre de commettre.

Je saisis la main qu'il me tend pour m'aider à me redresser tandis qu'il ajoute :

– On n'est pas là pour rigoler, Ella. Tu n'as aucune idée de ce dans quoi tu te fourres… S'il te plaît, reviens à la raison. Ne fais pas ça.

Je secoue la tête. Renoncer ne fait pas partie de mes plans. Résigné, Scott se place au centre de la pièce.

– Retire ta veste et tes chaussures, lâche-t-il.

J'obéis, puis je le rejoins en trottinant. Il me tend une lame fine d'une dizaine de centimètres et m'ordonne en me montrant une porte en acier à l'autre bout du hangar :

– Première leçon. Tu me crochètes cette serrure en moins de vingt secondes.

Moins de vingt secondes ? Je me dis d'abord je n'y arriverai jamais, avant de me rappeler que de toute façon, je n'ai pas le choix.

Je dois réussir, pour Sam...

Quatre heures plus tard, mon meilleur temps plafonne à vingt-huit secondes. Scott et Jacob ont dû me montrer les bons gestes à plusieurs reprises. Je me suis améliorée, mais j'aurais pu faire mieux...

– Comment tu sais tout ça ? je demande à Scott alors qu'il remet le matériel en place. Tu es censé combattre la délinquance, par la connaître par cœur.

– Tu ne peux pas combattre ce que tu ne connais pas, Ella. Si tu ne sais pas ce qu'ils font, comment ils pensent et quelles méthodes ils utilisent, alors les criminels ont toujours un coup d'avance sur toi. Toute la brigade a été formée à ce genre de techniques. Et toi aussi, tu en sauras assez pour t'en sortir et faire illusion.

– Est-ce que Sam aussi savait faire tout ça ?

– Il était même bien meilleur que moi.

La nostalgie dans la voix de Scott ravive la blessure qui me barre la poitrine. Les larmes me montent aux yeux et ma douleur se réveille. Mon cœur est à vif, complètement perdu. Mais c'est cette souffrance qui va me donner la force d'aller au bout de mon entraînement. Crocheter des serrures de plus en plus sécurisées, m'échapper, ne laisser aucune trace, effacer mes empreintes… Bientôt, je saurai faire tout ça.

Je vais me transformer en criminelle.

***

Les semaines s'écoulent, les mois passent et je deviens de plus en plus performante. Mon corps se muscle et gagne en endurance, ma détermination ne fait que s'accroître… Cependant, il y a une chose qui ne change pas : j'ai mal.

Sam me manque tant…

– Quinze secondes, annonce Jacob lorsque je finis de crocheter trois serrures différentes l'une derrière l'autre. Cinq secondes par serrure. Parfait.

Je me rends ensuite au milieu du tapis d'entraînement et j'enchaîne attaque sur attaque à la fois contre Jacob et contre Scott. Je ne me fatigue plus aussi rapidement qu'au début. Mieux, ces techniques de combat m'aident à apaiser – rien qu'un peu – ma colère.

Quand vient la fin du cours, Jacob me salue et quitte les lieux, me laissant seule dans le hangar avec Scott. Ce dernier boit une gorgée d'eau puis il me fixe un instant en silence. Je sais déjà ce qu'il va dire et l'émotion commence à me gagner.

– Je n'ai plus rien à t'apprendre, annonce-t-il finalement. Tu pourrais encore te perfectionner, mais c'est au-delà de mes compétences.

– Tu m'as déjà beaucoup appris, dis-je en me levant pour me mettre face à lui. Merci.

Il m'attire soudain contre lui.

– Sam détesterait ça mais putain, je sais qu'en même temps il serait fier de toi, me souffle-t-il. Je le suis aussi, Ella. Je sais que tu fais tout ça pour lui et j'ai confiance en toi… Je veux que tu te souviennes que je serai toujours là.

Il se recule un peu pour pouvoir me regarder.

– Tu devras me faire des comptes rendus tous les jours, et dès que j'estimerai avoir assez d'informations, tu quitteras le gang. Est-ce que c'est bien clair ?

– Oui, ça l'est.

– Bien. Oh, et une dernière chose : dès que tu as la moindre information sur Storm, le chef du gang, tu me la communiques immédiatement. Il est notre priorité.

– Compris.

Scott soupire, puis conclut :

– Bon, eh bien, tu es prête, on dirait. Bonne chance, Ella.

Je serre l'ancien coéquipier de Sam dans mes bras, prenant un peu de sa force au passage. La rage qui m'anime muselle toute peur en moi, mais cela ne veut pas dire que je me fais des illusions à propos des difficultés que je devrai affronter.

Cependant, une chose est sûre : ma détermination n'a aucune limite.

Ce gang de braqueurs et leur chef insaisissable n'ont aucune idée de ce qui les attend.

CHAPITRE 12

ELLA

Storm...

Il me faut une poignée de secondes pour réaliser ce que Ryan vient de m'annoncer. Il est *Storm*. Le chef des Seven.

– Qu'est-ce que…

Je m'élance à sa suite et le poursuis à travers la maison. Il s'arrête dans le salon, et bien que mon esprit soit totalement embrumé par la révélation qu'il vient de me faire, je lui demande :

– Pourquoi ? Je veux dire… pourquoi ne pas me l'avoir dit depuis le début ?

Ryan – *Storm* – fronce les sourcils et se rapproche de moi.

– Tu te poses vraiment la question ? Enfin, Ella ! Tu as débarqué ici en affirmant que tu avais hacké le service de police pour nous trouver, tu avais des informations sur nous… Tu t'attendais vraiment à ce que je te dévoile mon identité ? Avant ça, il fallait que je détermine si je pouvais te faire confiance.

– Donc tu m'as menti, je réplique, sans comprendre pourquoi cette idée me blesse autant.

Il soupire et s'approche encore un peu plus.

– Non, Ella, je ne t'ai pas menti. Tu as fait tes propres déductions à propos de ma position dans le gang. Je ne t'ai pas contredite, c'est tout.

– C'est faux, tu…

– M'as-tu un jour entendu admettre que j'étais le garde du corps d'Ice ? M'as-tu un jour entendu te dire mot pour mot que c'était mon rôle ?

Devant mon air figé, il répond à ma place.

– Non, jamais. Alors ne m'accuse pas à tort. J'ai beaucoup de défauts, mais je ne mens pas.

– Mais…

Je me sens flouée. Depuis mon entrée chez les Seven, j'ai passé tant de temps avec Ryan, cet homme qui me déstabilise par son regard intense mais qui, en parallèle, a réussi à me mettre en confiance… Cet homme sur lequel je me suis appuyée pendant le braquage de l'épicerie ainsi que pendant celui de la banque aujourd'hui, pour puiser en lui de la force et du courage…

Remarquant mon trouble, il lève la main et caresse ma joue du bout des doigts. Aussitôt, je déclare :

– Je refuse de t'appeler Storm. Ce n'est pas… ce n'est pas celui que tu m'as montré ces derniers jours.

– Alors continue à m'appeler Ryan. Je ne comprends pas, Ella. Pourquoi est-ce que ça te bouleverse autant ? Tout le monde ici a un pseudonyme.

– Mais pas toi. Toi, tu es Ryan depuis le début et je…

Je me suis attachée à Ryan... pas à Storm. Parce que Storm est ma cible, mon ennemi. Et que je refuse d'accepter que vous soyez la même personne.

– Peu importe, dis-je en retirant sa main de ma joue.

Mais ses doigts se referment sur les miens et m'attirent près de lui.

– Je ne t'ai pas trahie, Ella, et je ne comprends pas pourquoi tu réagis comme si c'était le cas. Mais si ça peut te rassurer, je n'ai pas envie d'être quelqu'un d'autre que Ryan en ta présence.

Il dépose un baiser sur mon front. Un geste empreint de douceur et de délicatesse qui envoie pourtant une violente décharge électrique dans mon corps.

Puis il s'éloigne, et je reste immobile au milieu du petit salon. Je le regarde disparaître, choquée par la stupidité dont j'ai fait preuve. Comment n'ai-je pas compris plus tôt que c'était *lui* ? Il est le seul que l'on m'ait présenté par son prénom et non par son surnom, cela aurait dû me mettre la puce à l'oreille. Et quand j'ai évoqué son prétendu statut de garde du corps d'Ice, son air surpris aurait dû m'alerter… Sa réponse – « Je les protège tous » – prend désormais tout son sens.

Je réalise que, depuis le début, ses interventions auprès de moi ont été savamment calculées. Il se contente de me laisser faire mes propres conclusions et d'agir en conséquence. Ce n'est pas moi qui ai fait fausse route, c'est *lui* qui m'a laissée croire qu'il était quelqu'un d'autre. C'est sa façon de rester dans l'anonymat. Insaisissable. Je comprends maintenant sa stratégie : il est là, présent à chaque étape dès qu'une potentielle nouvelle recrue se pointe, et il ne se dévoile que lorsqu'il juge la personne digne de confiance.

La sympathie que je ressentais pour lui s'évapore soudainement. Parce que je sais désormais qui il est vraiment… et quelles horreurs il est capable de commettre.

Sortant de ma léthargie, je serre le portable qu'il m'a donné et quitte la maison. Les mains tremblantes, je commence à taper le numéro de téléphone du commissariat de Scott, avant de m'arrêter. Je dois être stratégique, sur ce coup-là. Oui, il faut à tout prix que je contacte mon allié pour lui dire que, premièrement, je vais bien, et deuxièmement, que je sais qui est Storm. Mais je dois me rappeler que ce smartphone que j'ai dans les mains n'est pas le mien. J'ai peu de doutes quant au fait que des logiciels espions doivent être installés à l'intérieur. Composer le numéro de la police est donc une très mauvaise idée.

En plus, je suis prête à parier que je suis épiée depuis l'intérieur. Je suis loin d'être naïve : je me doute que je n'ai pas encore tout à fait gagné la confiance des Seven.

Je sens une bouffée d'angoisse m'envahir mais je me force à réfléchir posément à la meilleure des solutions. Finalement, je décide d'appeler ma mère, avec la ferme intention de lui demander de faire passer un message à Scott.

– Allô ? dit-elle en décrochant.

– Salut, maman.

– Oh, ma Ella.

Le soulagement dans sa voix me serre le cœur. En l'entendant, je me rends compte moi aussi à quel point j'avais besoin de lui parler… Sans réussir à me contrôler, je fonds en larmes. La plupart des gens le diront : quand on est au plus mal, le simple fait d'entendre un parent, un ami ou une personne qu'on aime ouvre les vannes. Parce qu'à l'instant où notre oreille reconnaît le timbre de voix qui nous est cher, il se crée une sorte de bulle de protection, d'espace de sûreté dans lequel on peut laisser libre cours à ses émotions sans crainte d'être jugé. Et à cet instant, la digue que je tente de consolider depuis le départ de Sam se rompt.

– Comment vas-tu ? me demande ma mère. Et où es-tu ? Pourquoi est-ce que tu ne m'appelles plus ? Je suis là pour toi, pour t'écouter et…

– Maman… je suis désolée.

Ma gorge se noue subitement, m'empêchant de poursuivre.

– J'imagine à quel point tu souffres de l'absence de Sam, dit-elle en parlant à toute vitesse, comme si mon coup de téléphone était notre unique chance de communiquer et qu'elle avait peur que je ne raccroche trop tôt. Je sais à quel point il t'est difficile de continuer à te projeter dans l'avenir maintenant qu'il n'est plus là mais…

– Maman…

– … tu n'as pas à traverser ça toute seule, et je sais que tu le sais. Je t'ai toujours poussée à parler, à te confier, à surtout ne rien garder sur le cœur…

Je fonds en sanglots.

– Oh, ma chérie… fait-elle.

– Je suis perdue, j'avoue. Et je me sens seule.

– Mais tu ne l'es pas. Papa et moi sommes là pour toi. Il a d'ailleurs prévu de prendre des congés pour passer du temps avec toi, comme vous le faisiez quand tu étais petite.

Mes larmes redoublent. C'est étrange : alors que j'imaginais que cette conversation m'aiderait, me réconforterait un peu, c'est en fait tout le contraire. Plus elle se poursuit, puis j'ai envie d'y mettre fin.

Quand je suis avec le gang, c'est différent. Eux ne savent pas que Sam a existé, qu'il n'est plus là et que j'en crève… alors qu'inévitablement, la première chose que fait ma mère, c'est de parler de lui.

– Je ne vais pas rentrer tout de suite à Saint-Louis, dis-je en essuyant mes joues du revers de la main.

– Pourquoi donc ? Ça a un rapport avec l'homme qui t'accompagnait l'autre jour ?

– Maman, s'il te plaît, écoute-moi. Je ne peux rien t'expliquer pour l'instant, mais il faut que tu me fasses confiance. Si je me suis éloignée de toi, c'est parce que j'en avais besoin. Ce n'est pas définitif, mais il faut que tu me laisses ce temps pour moi.

Après un court silence, ma mère dit :

– Bien sûr, si tu penses que c'est ce qu'il te faut, alors je ne m'y opposerai certainement pas. Je veux ce qu'il y a de meilleur pour toi, ma chérie. Si tu as envie de t'éloigner un peu, j'espère vraiment que cela t'aidera. Mais s'il te plaît, fais attention à toi. Et je t'en prie, fais attention à ceux que tu rencontres. Il arrive que des personnes malintentionnées profitent du chagrin des autres. Je ne veux pas que tu souffres encore plus…

– Promis, je serai prudente.

Un autre silence s'installe. Je finis par le rompre en demandant :

– Parle-moi de toi, de papa. Qu'est-ce que vous avez fait ces dernières semaines ?

– Eh bien, figure-toi que ton père et Cécilia se sont remis ensemble. Ça a l'air de bien marcher entre eux, espérons que ça dure, cette fois.

J'esquisse un mince sourire. Je suis probablement l'une des rares enfants dont les parents divorcés se retrouvent un soir par semaine autour d'un dîner en tête à tête, prennent des verres ensemble et s'entendent bien mieux maintenant qu'ils sont séparés qu'ils ne l'étaient en étant mariés. Ils étaient faits pour être très bons amis, pas amants, voilà tout.

Avoir grandi avec une mère psychologue a ses bons comme ses mauvais côtés. Devoir sans cesse répondre à la question : « comment tu te sens ? » fait partie de la seconde catégorie. Cependant, cela m'a aidée à mettre des mots sur mes émotions en grandissant, si bien qu'aujourd'hui, je n'ai pas peur d'exprimer ce que je ressens. Quant à mon père, comptable de métier, il m'a transmis très tôt sa passion pour l'informatique, le traitement des données, le hacking… C'est grâce à lui que je connais ce monde aujourd'hui.

– … mais je l'avais pourtant prévenu. Ton père n'a jamais eu l'âme d'un romantique, c'est ce qui lui fait défaut.

Ma mère continue son monologue, ne se rendant pas compte que je ne l'écoute que d'une oreille. Je la connais par cœur : lorsqu'elle parle sans cesse, c'est parce qu'elle s'inquiète. Quand elle finit par se taire, je laisse passer quelques secondes avant d'avouer du bout des lèvres :

– Il me manque tellement…

Des torrents de larmes refont surface. Incapable de prendre sur moi, je les laisse couler. Si les autres membres du gang m'épient, ils se demanderont sans doute ce qui peut bien me mettre dans un état pareil.

Peut-être que cela les désolera pour moi, peut-être que cela les agacera ou les poussera à se méfier à nouveau de moi. Là, tout de suite, je m'en fiche. J'ai besoin de me libérer de la douleur et de la détresse qui m'assaillent et je les laisse s'écouler, assise sur les marches du porche.

– Ma puce…

– Qu'est-ce que je fais de tous ces souvenirs qui me hantent, maintenant ? dis-je. Est-ce que c'est à ça que va ressembler mon existence désormais ? Revivre sans cesse les meilleurs moments de ma vie tout en sachant que je ne les retrouverai jamais ? C'est une torture…

– Je le sais, Ella. C'est terrible. Déchirant. Mais c'est inévitable, malheureusement.

– Je veux que ça s'arrête, maman, je veux retrouver ma vie d'avant. Je veux retrouver Sam…

Ma mère ne répond rien et je comprends moi-même qu'il n'y a rien à dire. Ce que je demande est impossible… mais ça ne m'empêche pas de l'espérer de toutes mes forces.

Un mouvement attire mon regard derrière l'une des vitres du salon. Cela a le don de me ramener à l'instant présent et m'incite à me recentrer, à ne pas perdre de vue mon objectif principal. Je me redresse, fais quelques pas pour m'éloigner de la maison et débite à voix basse dans le combiné :

– Maman, je vais devoir te laisser, mais écoute bien ce que je vais te dire, je t'en prie. C'est très important.

– Oui, bien sûr. Je t'écoute, Ella.

– Contacte Scott par téléphone et dis-lui que je vais bien. Dis-lui ensuite de se rendre chez moi, il trouvera dans ma chambre un mot que je lui ai écrit.

– D'accord, mais…

– Dis-lui enfin que je maîtrise la situation et que j'ai trouvé l'insaisissable. Tu entends, maman ? Répète-lui exactement ce que je viens de te dire : je sais qui est l'insaisissable. Je t'en supplie, n'oublie rien.

– Je n'oublierai rien, je te le jure. Mais, Ella… tu me fais peur.

– Non, ne t'inquiète pas. Je te promets que je prends soin de moi et que je vais bientôt revenir. C'est juste que je cherche des réponses et que j'ai besoin de les trouver seule, d'accord ?

– Oui, mais…

– Il faut que je te laisse, maman, dis-je en entendant la porte d'entrée s'ouvrir derrière moi. Je te rappellerai dès que possible. À bientôt, je t'aime. Embrasse papa pour moi.

Je raccroche avant qu'elle puisse poser d'autres questions. Aucun doute : dès qu'elle l'aura au téléphone, elle va cuisiner Scott pour qu'il lui dise ce qui se passe. J'espère que ce dernier saura tenir sa langue… Je ne tiens pas à ce que ma mère apprenne que j'ai infiltré un gang de braqueurs.

– Tout va bien, Ella ?

Ryan – je sais que je ne pourrai jamais l'appeler Storm – s'approche de moi d'un pas qui se veut tranquille.

– Oui, oui, je lui réponds d'un ton aussi léger que possible. Ma mère et moi sommes un peu émotives. Chaque fois qu'on se parle, ça se termine dans les larmes.

Ryan me détaille intensément pendant près d'une minute. Il ne gobe pas mon mensonge, je le sens… Mais pour je ne sais quelle raison, il fait semblant de me croire.

– On passe bientôt à table, tout le monde t'attend pour fêter notre réussite, lance-t-il en m'indiquant la grande maison victorienne.

Il se détourne et s'éloigne vers l'entrée. Je monte les quatre marches qui mènent au porche pour le rejoindre. Alors que je m'apprête à franchir la porte, sa main attrape mon bras et me rapproche doucement mais fermement de lui, instaurant entre nous une proximité qui me déstabilise. Mon pouls s'emballe tandis qu'il me dit :

– Si tu as besoin de te rafraîchir un peu, ta chambre se situe à l'étage, deuxième porte à droite.

– Merci, dis-je en me dégageant doucement.

Et je m'éloigne en direction de l'escalier.

CHAPITRE 13

RYAN

– Combien ?

Je finis de compter les liasses de billets étalées sur la table de la bibliothèque du second étage, puis je lance, souriant :

– Deux cent vingt-huit mille dollars. Félicitations à tous !

Tout le monde se congratule et nous commençons à faire les comptes.

– Divisé par huit, cela fait un peu plus de vingt-huit mille dollars chacun, dis-je.

– Par huit ? s'exclame Rain.

Je hausse les sourcils.

– Oui, huit ! je confirme. Tu y vois un inconvénient ?

– À ton avis ? *L'autre* va vraiment toucher la même somme que nous ?

– Elle s'appelle Ella et elle a participé comme nous au braquage, rappelle Sky.

– Mais elle n'a pas contribué aux semaines de réflexion qu'il a fallu pour le préparer.

– Moi non plus, et pourtant je touche ma part, intervient Snow en haussant les épaules.

– Toi, c'est différent, réplique Rain. Toi, je t'aime.

Tout le monde sourit, et mon petit frère passe son bras autour des épaules de la brune en lui glissant :

– Arrête de faire ta grincheuse, Rainy.

– Moi, je suis plutôt d'accord avec elle, déclare Ice.

Nous nous tournons tous vers lui. Sky penche la tête et fronce les sourcils pour montrer sa désapprobation. Ice l'attire contre son large torse pour prévenir ses protestations et dit :

– Je suis pour qu'elle touche sa part… mais pas la même que nous.

– Elle a besoin d'argent ! j'indique, mécontent.

– Et nous aussi, lance Thunder en passant une main dans ses cheveux roux, signe de nervosité chez lui.

– Au fait, on sait pourquoi elle en a besoin ? demande Rain. Elle ne nous a rien dit, je me trompe ? Et je ne suis pas la seule à l'avoir vue pleurer au téléphone tout à l'heure, non ? D'ailleurs, elle est où, là ? Pour quelqu'un qui manque d'argent, c'est étrange de ne pas venir réclamer sa part ! Cette fille cache quelque chose de louche, c'est évident.

– Elle avait besoin d'un moment après avoir appelé sa mère, j'explique.

– On est sûrs que c'est bien sa…

– Bon, ça suffit, maintenant. J'ai déjà vérifié le numéro qu'elle a composé et il appartient bien à sa mère. Vous pouvez la lâcher une minute ? Et me lâcher aussi par la même occasion ?

– Storm, admets tout de même que notre raisonnement est juste, tempère Ice. Ella fait désormais partie des Seven, alors à partir de maintenant elle touchera la même part de butin que nous… mais pour ce braquage, je suis désolé de te dire qu'elle ne mérite pas encore d'être traitée à égalité.

Je sais que ce que dit mon frère d'armes est logique, mais je ne peux pas m'empêcher de penser que c'est injuste par rapport à Ella. Je lui ai fait vivre pas mal de sensations fortes ces derniers jours et j'estime qu'elle devrait être récompensée pour les avoir encaissées aussi dignement.

– Il est obnubilé par elle, il n'est plus objectif, ronchonne Rain.

– La ferme ! je m'écrie. Vous commencez tous à me gonfler à me donner votre avis alors que je ne vous l'ai pas demandé.

– On est quand même concernés, Storm, dit Thunder.

– Putain, mais…

– J'ai faim, me coupe alors Snow qui, comme d'habitude, s'efforce de désamorcer le conflit. Je pense que tout nous paraîtra plus clair quand on aura le ventre plein.

Il ne supporte pas que nous élevions la voix, cela lui rappelle beaucoup trop la violence que nous avons subie dans notre enfance. Pour couper court à la conversation, il attrape la main de Rain et celle de Sky et les incite à le suivre hors de la bibliothèque. Thunder leur emboîte le pas et Night me donne une tape sur l'épaule avant de sortir lui aussi. Ice, lui, s'attarde dans la bibliothèque, ce qui ne m'étonne pas. Il a encore des choses à me dire, mais putain, je n'ai pas du tout envie de les entendre.

– Storm…

– Ne te fatigue pas. Je ne suis pas d'humeur à écouter tes leçons de morale. Je sais parfaitement ce que je fais avec Ella.

– Et qu'est-ce que tu fais exactement ?

Je réfléchis un instant, rechignant à admettre ce qui me semble de plus en plus évident : je ressens une attirance pour Ella.

– Je prends ce qui vient, finis-je par dire.

– Écoute, Storm, je sais que depuis un petit moment tu envisages sérieusement de passer à la vitesse supérieure, de concrétiser un autre coup, un *dernier* coup qui nous offrira à tous une putain de place au soleil. Mais je sais aussi que si tu veux ça, ce n'est pas seulement pour mettre tout le monde à l'abri : c'est aussi parce que tu commences à être fatigué de cette vie. Et honnêtement, c'est compréhensible. Se cacher, être sur ses gardes, s'assurer de ne laisser aucune trace… On est d'accord pour dire que sept années sans s'être fait choper, c'est déjà dingue. Certes, on a commencé à réfléchir à ce coup du siècle, mais tu sais aussi bien que moi que l'organiser demandera toute notre concentration. Toute *ta* concentration. T'es un mec intelligent, tu sais que mélanger les histoires de cul et le business, ce n'est pas bon.

Je ricane.

– Enfoiré. Tu oses me dire ça à moi ? Alors que tu es avec Sky ?

– C'est différent !

– Comment ça, différent ? Vous êtes tous autorisés à vous construire une vie en dehors des Seven mais pas moi ? Ça fait plus de sept ans que je me consacre à ce gang, à vous. Sept ans que je suis sur mes gardes et que je fais attention à ce que tout le monde soit en sécurité. Pour une fois que j'ai peut-être la possibilité de vivre autre chose, tu viens me faire chier avec tes grands discours ?

– Ne t'emballe pas. Sky faisait déjà partie du gang quand on s'est mis ensemble, on connaissait ses ambitions et on était certains qu'on pouvait lui faire confiance. Et je savais qu'entre elle et moi, ce ne serait pas un flirt ou un plan cul. Entre nous, c'est solide et vrai et ça fait plus de deux ans que ça dure. Cette femme, c'est la chose la plus belle, la plus pure que j'ai dans ma vie et je vais m'y accrocher comme un fou. Et putain, mec, je te souhaite de trouver ça toi aussi, mais en tant qu'ami, en tant que frère d'armes, je suis obligé de te mettre en garde. Ella n'est peut-être pas celle que tu cherches.

Je me plante devant Ice. Il a beau être plus grand que moi, il ne m'intimide pas pour autant.

– Je ferai ce que je veux, j'affirme.

– Sans penser aux conséquences ?

– Mais quelles conséquences ? Vous partez tous du principe qu'Ella est le diable en personne, ça commence à me gonfler. Ces derniers jours, je suis celui qui a passé le plus de temps avec elle. Je ne peux pas prétendre la connaître parfaitement, mais j'ai vu des choses en elle, des choses qui m'inspirent, qui m'attirent, qui me donnent envie de…

Je jure et soupire, déboussolé par les pensées qui se bousculent dans ma tête.

– Storm… Ce qu'on veut c'est que tu sois heureux, me dit Ice. Si tu sens que tu as une ouverture avec cette fille, alors vas-y. Mais je t'en prie, réfléchis avant de te lancer. Ella a l'air d'avoir un sacré bagage affectif. Peut-être que tu as envie de te rapprocher d'elle, mais t'es-tu demandé si c'est ce dont *elle* a envie ? Je ne voudrais pas que tu te brûles les ailes… qu'on se les brûle tous. Que tu le veuilles ou non, tu es responsable de notre groupe. On t'a toujours suivi et on continuera. On te fait confiance. Mais tes actes ont des conséquences directes sur nous. Je ne dis pas qu'Ella est une mauvaise personne. Honnêtement, je ne le pense pas. En revanche, ce qui est sûr, c'est qu'elle cache quelque chose. Et tant qu'on n'aura pas trouvé ce que c'est, je pense qu'il faut que tu restes loin d'elle émotionnellement parlant. Désolé, mon frère.

Mon bras droit abat sa grosse main sur mon épaule et quitte la bibliothèque. Resté seul, je prends le temps de réfléchir à ce qu'il vient de me dire. Entre nous, la franchise a toujours été de mise et je sais que s'il a tenu à me parler, c'est parce que le reste du groupe partage son inquiétude…

Je suis d'accord sur le fait que je suis responsable des Seven. Bien sûr, ils sont individuellement assez adultes pour ne pas avoir besoin de moi, mais collectivement, nous supportons beaucoup trop d'enjeux, beaucoup trop de risques pour tout foutre en l'air à cause d'une attirance.

Et pourtant…

Pourtant, même si je vais tout faire pour refréner ce que je ressens, je n'arrive pas à rester de marbre face à Ella.

Quelque chose en elle m'appelle.

Quelque chose chez elle me désarme.

Quelque chose qui peut se révéler dangereux pour tout le monde, mais aussi salutaire pour mon âme solitaire.

CHAPITRE 14

ELLA

Lorsque je rejoins les Seven dans la salle à manger, ils sont déjà tous attablés. J'imagine qu'ils ne savaient pas si j'allais redescendre après ma crise de larmes au téléphone et qu'ils ont préféré ne pas prendre le risque de m'attendre en vain…

Lorsque je m'installe, personne ne cherche à me parler, certainement de peur que je ne craque à nouveau. J'ai séché mes pleurs, pourtant. Je sais que je ne m'effondrerai pas.

Je remplis mon assiette de nourriture en silence et j'écoute les conversations sans pour autant y participer. La pression liée au braquage redescend et tout le monde est de bonne humeur, même Ryan. Lui qui depuis mon arrivée m'a toujours paru sur ses gardes est désormais souriant. Peut-être que m'avoir révélé sa vraie identité l'aide aussi à se détendre…

Je n'ai pas envie d'être quelqu'un d'autre que Ryan en ta présence...

Ce qu'il m'a dit plus tôt me laisse penser que Storm et Ryan sont deux personnes différentes qui cohabitent en lui.

Depuis mon arrivée chez les Seven, je n'ai pas eu affaire au chef de gang insaisissable, mais à un homme à l'écoute, bien que complexe. C'est à lui que j'ai envie de parler, c'est avec lui que je veux être en contact, pas avec Storm… Lui, je le hais de tout mon être. Parce qu'il m'a volé Sam. Mais pas Ryan… Je ne *veux* pas le haïr.

Storm est le chef de gang. Ryan est l'homme.

Et ce dernier me désarme totalement.

Quoi qu'il en soit, il semble maintenant que j'ai fait mes preuves aux yeux des Seven. D'ailleurs, depuis que j'ai pris place à table, ils se remémorent des anecdotes de leur vie ensemble, osant se livrer en ma présence. Je vois cela comme une opportunité à saisir. Je décide, mine de rien, de poser des questions qui me permettront d'en apprendre plus sur eux.

– Au fait, pourquoi avoir choisi d'utiliser des surnoms ? je demande en intégrant la conversation.

– Quand on a formé le groupe, il nous a paru clair qu'on ne pouvait pas se permettre de laisser filtrer nos véritables identités, m'explique Ryan. L'idée de pseudonymes s'est rapidement imposée à moi. J'en ai parlé au reste du groupe et ça leur a plu. Chacun s'en est trouvé un et nous avons pris l'habitude de ne plus utiliser nos vrais prénoms.

Il prend une gorgée de vin, puis commence à faire un tour de table pour une présentation « officielle » des Seven.

– Blake a choisi Ice parce que, au cas où tu ne l'aurais pas remarqué, il est aussi froid et dur que la glace. Maxine est Rain, parce que tu ne la verras jamais pleurer, elle sait maîtriser ses émotions. Sasha a décidé d'être Thunder tout simplement parce qu'il y a eu un violent orage le soir où il a intégré le gang. Ensuite, Isaac et Alice ont choisi respectivement Night, parce qu'il est souvent morose, et Sky parce qu'elle adore contempler les étoiles. Austin est Snow : discret, doux, calme. Quant à moi, j'ai laissé de côté Ryan pour devenir Storm.

Comme il ne donne aucune explication, je demande :

– Pourquoi ?

Ryan sourit en coin mais c'est Ice qui répond :

– Parce qu'il est l'œil du cyclone, l'instigateur de toutes nos décisions… et parce qu'à chaque braquage il détruit tout sur son passage.

J'emmagasine les informations, et surtout une en particulier.

Maxine est Rain.

C'est donc son empreinte qui se trouve dans le dossier d'enquête. C'est elle qui est censée être morte depuis des années, elle qui a paniqué après avoir abattu un bijoutier.

La première règle chez les Seven, c'est qu'on ne touche pas aux civils, quels qu'ils soient.

Je ne comprends plus rien… Malgré la règle que le gang prétend s'imposer, Rain a tué un homme pendant un braquage. Il est possible que Ryan m'ait menti à propos des valeurs que les siens respectent, mais d'après ce que je sais des Seven, c'est la seule et unique fois où ils ont laissé une victime derrière eux sur le lieu de l'un de leurs crimes. Préméditation ou simple accident ?

Il faut à tout prix que je puisse contacter Scott ou Jacob pour leur faire part des informations que j'ai rassemblées et leur demander leur avis. Pour l'heure, désireuse de profiter de la légèreté de ce repas, je demande :

– Si vous vous êtes tous choisi un pseudonyme, pourquoi est-ce qu'on m'a imposé le mien ?

Mon regard s'arrête sur Ryan, parce qu'après tout, c'est lui le chef du gang.

– Tu aurais voulu un autre pseudo, *Sunshine* ? me renvoie-t-il.

– Non, il me plaît assez, mais c'est simplement pour comprendre.

– Eh bien, chaque membre ici présent a été recruté pour faire partie de ce gang, le choix de nos noms nous revenait donc. Toi, tu as déboulé chez nous à l'improviste. Tu étais loin d'être attendue et désirée. Alors c'est moi qui ai trouvé un nom pour toi.

La conversation se poursuit, les membres du gang me racontant l'expérience de leur premier braquage. Je me laisse embarquer dans leurs histoires… et l'espace d'un instant, j'ai l'impression de faire partie intégrante des Seven.

– Je crois que c'est le moment le plus drôle de cette opération, s'écrie Ice, hilare. Thunder était là, avec son arme dans les mains, à nous regarder comme si un troisième bras venait de nous pousser au milieu du front…

Alors qu'il était jusqu'à maintenant complètement froid et distant, c'est un nouvel Ice que je découvre. Plus léger, plus drôle aussi. C'est agréable de le voir ainsi.

– C'était mon premier braquage, se justifie Thunder en se resservant du vin. Et là, ces deux brutes d'Ice et Storm visent les murs et se mettent à tirer. Je n'avais encore jamais tenu de pistolet et ce bruit… je ne m'y attendais pas.

– Il est resté la bouche grande ouverte pendant deux minutes au moins, ajoute Ice en riant.

– Jusqu'à ce qu'ils aient fini et qu'ils soient obligés de me traîner par le col de mon sweat pour me faire sortir.

Les deux amis se regardent en souriant avant de se donner une brève accolade.

– Tirer dans les murs, c'est notre marque de fabrique, m'informe Ryan. On tire sept fois, un coup pour chaque membre.

Je hoche la tête.

– Et toi, Sky ? je demande. C'était comment, ton premier braquage ?

– Perturbant. Grisant. Mais surtout éprouvant.

– Elle a fini avec une cheville foulée, me révèle Thunder en souriant.

– Parce que j'ai trébuché en quittant précipitamment la bijouterie, avoue-t-elle nerveusement. Je me suis étalée de tout mon long, je me suis tapé la honte devant les otages et j'ai morflé pendant quelques semaines ensuite.

Ice se penche vers la jeune femme et embrasse ses lèvres pour la réconforter. Sky, toute menue, se réfugie dans ses bras et sourit tranquillement. Le regard que l'armoire à glace pose sur elle dégage une admiration pure, et elle le lui rend bien. Elle lève sa main, caresse rapidement la cicatrice sur la lèvre inférieure d'Ice avant de l'embrasser. Ces deux-là sont faits pour être ensemble, ça crève les yeux.

Ayant la désagréable impression de violer leur intimité, je détourne le regard.

– Et toi, Snow ? je demande en me tournant vers l'adolescent.

Ryan m'a déjà dit que le plus jeune des Seven ne participe jamais aux braquages, mais j'aimerais savoir pourquoi. Parce qu'en restant en retrait, il n'est d'aucune utilité au gang… S'ils le gardent auprès d'eux, c'est qu'il doit y avoir une très bonne raison à cela.

– Moi, je vis tout ça à travers eux, admet Snow en haussant les épaules.

– Et tu n'as jamais eu envie de participer ?

– Je ne sais pas trop…

– Jamais.

La réponse de Ryan a fusé en même temps que celle de Snow, sans appel. Ils se jettent un coup d'œil rapide et cela ne fait qu'attiser ma curiosité.

– Et toi, alors ? me demande Night en relevant ses dreads en chignon. Comment as-tu vécu ce premier braquage ?

– Étonnamment… bien. J'ai beaucoup appréhendé, mais ça s'est mieux passé que je l'imaginais. Grâce à Ryan.

J'en rajoute, je le brosse dans le sens du poil. J'essaye de l'attendrir pour qu'il finisse par me faire totalement confiance et qu'il me livre tous ses petits secrets.

– Il m'a bien guidée et m'a rassurée, j'ajoute.

Thunder siffle exagérément, ce qui lui vaut une petite claque de la part de Sky.

– Ah oui, il t'a rassurée, relève Rain, acerbe.

C'est la première fois qu'elle m'adresse la parole depuis le début du repas, et évidemment, c'est pour être désagréable. Bon sang, est-ce que cette fille sait se comporter autrement que comme une garce ? Comment font les autres membres du gang pour la supporter ?

– Ça te pose un problème ? je lui lance.

– C'est toi qui me poses un problème, tu poses un problème à tout le monde, d'ailleurs. Combien de temps encore on va devoir jouer la comédie ? Personne ne veut de toi ici. Tu devrais prendre tes affaires et dégager.

– Rain, laisse-la tranquille, dit Sky.

– Hors de question. Je vous vois là, à discuter tranquillement avec elle comme la bande d'hypocrites que vous êtes. Mais vous avez déjà oublié qu'on a voté « non » quand Storm a décidé de la ramener ? Est-ce qu'on va vraiment tous continuer à faire comme si on n'était pas persuadés qu'elle va finir par nous trahir ?

Un goût amer envahit ma bouche. À la suite du braquage, j'ai eu l'impression que la majorité des Seven m'avaient acceptée... Je n'étais pas totalement naïve quant à leur capacité à me faire confiance, mais entendre Rain admettre qu'ils voient tous plus ou moins clair dans mon jeu fait augmenter ma pression sanguine.

Le chemin qui m'attend est encore terriblement long...

Rain se tourne à nouveau vers Ryan, le regard flamboyant.

– Pourquoi tu tiens à nous l'imposer ? grogne-t-elle.

– Je ne vais certainement pas te répondre ici, et encore moins parce que tu l'exiges, déclare-t-il, calme mais intransigeant.

– On est tous concernés, Storm. Si elle fait un pas de travers, c'est fini pour nous tous.

– J'en suis conscient.

Je devrais m'offusquer de les entendre parler comme si j'étais totalement invisible, mais à la place, je décide de rester silencieuse et d'écouter. Des informations utiles pourraient surgir au cours de cette confrontation… C'est une opportunité dont il me faut profiter.

– Excuse-moi, mais tu n'en as pas l'air, si tu veux mon avis, lâche Rain.

– Ça tombe bien : je n'en veux pas, réplique Ryan. Jamais je ne vous mettrais en danger, tu le sais parfaitement. Mais je n'ai de conseils à recevoir de personne, c'est compris ? Ta crise d'hystérie est complètement malvenue.

Sur le point de perdre patience, ses épaules se contractent tandis que Rain insiste :

– Tu te trompes, Storm, on ne peut pas faire confiance à cette fille.

– C'est à moi d'en décider.

– Elle nous trahira tous.

– Ça n'arrivera pas ! assène-t-il en tapant du poing sur la table.

Je sursaute. Surprise, je dévisage Ryan. Ai-je réussi à l'amadouer ?

– Elle sait que si elle fait ça, c'en est fini d'elle, dit-il d'une voix menaçante.

– Je n'ai aucune intention de vous trahir, j'assure avec aplomb.

Rain éclate d'un rire sec, puis elle se lève, prête à quitter la pièce.

– Je ne comprends pas, je lui lance avant qu'elle ait pu s'éloigner. Qu'est-ce qui te gêne ? Pourquoi est-ce que tu me détestes tant ?

– Parce que tu n'es pas comme nous, s'écrie-t-elle en faisant volte-face. Tu ne sais rien de ce qu'on a traversé pour en arriver là, tu n'as aucune putain d'idée des merdes qu'on a affrontées avant de pouvoir vivre cette vie privilégiée. Toi, tu débarques un jour, tu lances un « j'ai besoin d'argent » et tu t'attends à ce que tout te soit dû. Tu veux un scoop, *Ella* ? Tout le monde a besoin d'argent, des millions de gens dans ce pays crèvent parce qu'ils n'en ont pas, des milliards de personnes dans le monde feraient n'importe quoi pour vivre plus décemment et ils le méritent certainement bien plus que toi.

– Pourquoi est-ce que tu pars du principe que je ne le mérite pas ?

Elle s'approche jusqu'à se trouver face à moi. Je reste droite, prête à défendre ma cause.

– Parce que tu as un appartement, une mère, peut-être même un père aussi, et qu'avant de venir ici tu avais un travail que tu as lâché. Je me trompe ?

Je ne trouve rien à répliquer. Rain sourit tristement.

– C'est plus que tout ce qu'on a toujours eu avant de rejoindre les Seven, soupire-t-elle. Si on avait pu éviter de devoir voler pour vivre, on l'aurait fait. Si on avait rien qu'un semblant de famille quelque part, crois-moi, on serait près d'eux. Et c'est ça qui me dérange le plus ! C'est que tu as *choisi* de quitter tout ça pour entrer dans l'illégalité, quand pour nous ça n'a jamais été un choix mais une question de survie.

Rien ne me vient pour me défendre. Même si Rain ignore tout de la douleur qui me ronge, elle a raison sur un point : j'ai *choisi* de faire prendre un tournant à ma vie, choisi de m'éloigner de mon quotidien, de ma famille, de ce que je connaissais et aimais, pour mettre en place une vengeance qui n'aboutira peut-être même pas. J'aurais pu, comme des milliers d'autres personnes, choisir d'embrasser ma souffrance, de l'accepter plutôt que de la mettre dans un coin de mon esprit en espérant que je finirai par l'oublier. J'aurais pu avoir le courage de me laisser submerger par tout ce que le départ de Sam me fait ressentir, mais j'ai *choisi* de ne laisser à la tristesse que peu de place.

J'ai *choisi* de fuir et il est aujourd'hui trop tard pour revenir en arrière.

Je réalise alors que Rain n'est plus là et qu'un silence pesant s'est installé dans la pièce. Les membres du gang me regardent tous, guettant ma réaction. Vais-je leur en apprendre plus sur moi ? Sur mon passé ? Vais-je craquer ? C'est ce qu'ils espèrent, je suis prête à le parier. À la place, je me contente de les regarder droit dans les yeux pour leur montrer que je suis là et que je compte bien rester, peu importe ce qui se passe, ce qu'ils me disent.

– Je ne vous trahirai jamais, j'articule en insistant bien sur chaque mot, alors que je plonge mon regard dans celui de Ryan.

Il hoche la tête, puis il quitte la pièce à son tour. La déception que je ressens en le voyant me tourner le dos me surprend.

Il doit me croire. Pour le bien de la mission, il le doit.

Mais étrangement, j'en ai aussi *envie.*

– Je te crois, lance alors Snow en se levant.

Il s'approche de moi et pose ses mains sur mes bras, les yeux emplis de gentillesse.

– Pour info, j'ai voté oui, ajoute-t-il.

– Et moi, je le referais si on me demandait de voter à nouveau, lance Sky.

Je leur souris, reconnaissante. Night, Thunder et Ice, eux, restent silencieux, ce que je comprends. Je sais qu'ils ne me font pas encore pleinement confiance et je ne m'en formalise pas.

Je me réinstalle à table, mais j'ai l'appétit coupé. Quelque part au fond de moi, je me sens coupable de créer la discorde entre eux tous, même si c'est précisément pour ça que je me suis infiltrée dans le gang…

Après de longues minutes de silence pesant, je demande :

– Est-ce que vous savez où est parti Ryan ?

– Tu le trouveras certainement à la salle de sport au sous-sol, me répond Thunder. Mais laisse-le se défouler un peu avant d'y aller.

Je hoche la tête avant de quitter la pièce sans tenir compte de son conseil.

CHAPITRE 15

RYAN

Je ne suis pas le genre d'homme qui craque pour le premier beau sourire qu'il voit. Je ne me laisse pas non plus séduire facilement, et c'est ce qui fait que je ne comprends pas pourquoi j'ai tant envie qu'Ella soit sincère. Si au départ l'esclandre de Rain m'a énervé, j'ai fini par la comprendre, par vouloir entendre les réponses que notre nouvelle recrue aurait à fournir.

Merde, une part de moi lui fait confiance, veut connaître chacune des facettes de sa personnalité. Et une part de moi se méfie d'elle comme je me suis rarement méfié de quelqu'un.

Je jette mon t-shirt par terre et m'installe sur le banc de musculation pour commencer à soulever des haltères. Faire du sport m'aide à me vider l'esprit, à relativiser. En général, je m'entraîne avec Ice, mais là, j'ai besoin d'être seul.

Sans attendre, je démarre avec les poids les plus lourds que je trouve, ne cherchant qu'une chose : faire descendre la pression qui a pris place dans mon corps. Quelques minutes s'écoulent, mais soudain, une silhouette apparaît dans l'entrebâillement de la porte. Ella entre dans la pièce, l'air presque timide, puis elle s'approche doucement de moi. La tension qui avait commencé à me quitter reprend vite sa place dans mon corps. La voir me met dans tous mes états, et ça m'emmerde.

Bien décidé à rester concentré, je l'ignore, même lorsqu'elle s'assied sur le banc de musculation à côté du mien. Elle me dévisage en silence, et j'ai l'impression que l'atmosphère change peu à peu. Quelque chose commence à crépiter dans l'air, une sorte de connexion qui semble se mettre en place entre elle et moi chaque fois qu'on se trouve à proximité l'un de l'autre. Je ne comprends rien à ce qui se passe et je ne sais même pas si elle aussi ressent cette espèce de lien, mais pour ma part il me rend de plus en plus dingue.

– Est-ce qu'on peut parler ? demande-t-elle d'une petite voix.

Je continue de soulever les haltères en silence, le dos bien collé contre le banc de musculation, de la sueur coulant le long de mes tempes. Mais Ella me dévisage toujours, ce qui me déconcentre beaucoup trop pour que je continue à faire quoi que ce soit. Je me redresse, attrape la serviette à ma droite et la passe sur mon visage. Sans la regarder, je lui lance :

– Je t'écoute.

Sur ce, je me lève, attrape une bouteille d'eau dans le frigo installé au fond de la pièce, en avale une grande gorgée puis prends place sur un tapis de course, mû par une envie subite de m'éloigner d'Ella… qui vient se planter pile devant moi, les bras croisés sur sa poitrine.

– Je sais que tu doutes de moi, dit-elle.

– Je ne t'ai jamais fait croire le contraire.

– Mais j'aimerais savoir ce que je dois faire pour te prouver ma bonne foi.

J'accélère la cadence. Mes pieds martèlent le tapis avec force, mon regard se perd au loin. J'ai besoin de tout, sauf de croiser ses yeux aussi bleus que le ciel un jour d'été.

– Ryan…

Et merde. Ça fait des années que je suis devenu Storm, que je n'entends plus que ce nom à longueur de journée. Mais avec Ella, j'ai dû cacher mon identité, et ironie du sort, lui révéler mon véritable prénom pour passer inaperçu. L'entendre m'appeler ainsi a fini par me plaire…

En lui dévoilant que je suis Storm, j'étais certain qu'elle utiliserait désormais ce pseudonyme, comme les autres, mais il semble qu'elle est bien décidée à continuer de m'appeler par mon prénom. Et j'aime ça. Putain, ce n'est pas normal de ressentir autant de choses en entendant son nom dans la bouche de quelqu'un d'autre, si ? Je suis vraiment en train de perdre pied…

– On en parlera tout à l'heure, dis-je, essoufflé, sans pour autant ralentir le rythme de ma course.

– Hors de question. Ce qui s'est passé avec Rain m'a beaucoup contrariée, et j'ai bien vu que tu l'étais aussi, alors j'aimerais qu'on parle pour qu'on puisse…

Sans crier gare, j'arrête le tapis de course et j'en saute pour atterrir devant Ella.

– Pour qu'on puisse quoi ? Parler de ce qui t'a poussée à te tourner vers nous ? De la raison pour laquelle tu étais déjà préparée à toute éventualité en débarquant chez Bailey's ? Ou est-ce qu'on va enfin pouvoir évoquer la raison pour laquelle tu es sans cesse sur le point de fondre en larmes ?

Le doux visage d'Ella pâlit. Elle est venue ici dans l'intention de me faire avouer mes doutes et mes craintes, mais ce n'est certainement pas ainsi que va se dérouler cette conversation. C'est moi qui ai besoin de réponses et puisqu'elle a décidé de se pointer devant moi, elle ne quittera pas cette pièce sans m'en avoir donné au moins quelques-unes.

– C'est personnel, dit-elle à voix basse.

– Évidemment… Tu sais, Ella, on a tous une histoire *personnelle*. Tous les membres des Seven ont un parcours chaotique, une bonne raison pour avoir choisi la voie du crime. Je ne suis pas d'accord avec la façon dont Rain t'a parlé, mais je la rejoins sur un point : il est difficile de se fier à quelqu'un qui a décidé de quitter sa vie paisible pour foncer tête baissée dans un monde dangereux. Tu vois, c'est *ça* qui nous empêche de te faire totalement confiance. Parce que, si tu as tourné le dos à ta famille, alors tu peux très facilement tourner le dos à une bande d'inconnus.

– Mais je ne le ferai pas.

– Je ne te croirai pas tant que tu ne m'auras pas dit pourquoi tu as voulu nous rejoindre. Je veux la vraie raison.

– J'ai réellement besoin d'argent, se défend-elle.

– Je te crois. Mais *pourquoi* en as-tu besoin ?

Ella déglutit avec peine. Son visage est blanc comme un linge désormais, et ses yeux se mettent subitement à briller. J'ai envie de la réconforter, de la serrer contre moi – bordel, j'en ai tellement envie ! –, mais elle en profiterait certainement pour se dérober à mes questions. Non, je dois la pousser dans ses retranchements pour qu'elle craque.

– Parle, Ella.

– Et si je refuse ?

– Alors tu peux monter prendre tes affaires et te casser sur-le-champ.

– Tu me mettrais dehors ? souffle-t-elle.

– Sans aucune hésitation. Parce que les secrets, dans notre milieu, ça finit toujours par tout détruire. Je pars du principe que si tu ne veux rien me dire, c'est que tu caches quelque chose de louche et que je ne peux pas te garder avec nous car tu es susceptible de tous nous mettre en danger.

Bien sûr, elle ne sait pas que je bluffe et que la laisser partir maintenant me serait impossible.

Elle connaît beaucoup trop de choses sur nous désormais… Inenvisageable.

Je fais deux pas dans sa direction, deux pas qui m'approchent si près d'elle que je sens son souffle accélérer. J'attrape son menton entre mes doigts ; aussitôt, je la sens se tendre.

– Dis-moi, j'insiste. Pourquoi nous ?

– C'est personnel, mais ça ne veut pas dire que je vais vous trahir.

– Pourquoi nous ? je répète, à quelques centimètres de son visage.

– Ne m'oblige pas à te le dire, murmure-t-elle.

Ses yeux sont sur le point de laisser déborder les larmes qu'ils contiennent.

– Pourquoi ? Ella, dis-moi pourquoi !

Tout en exigeant une réponse, je la fais reculer contre un mur. Lorsqu'elle n'a plus aucune issue de secours, j'approche encore mon visage du sien et je reprends :

– Qu'est-ce qui t'est arrivé ? Qu'est-ce que tu cherches ?

– Ryan, laisse-moi.

– Hors de question. On restera ici tant que tu n'auras pas répondu. Pourquoi, Ella ?

Elle secoue la tête, tant pour marquer son refus que pour tenter de se défaire de ma poigne. Je plaque alors mon corps contre le sien. Faite prisonnière de cette manière, elle ne peut plus chercher à fuir, de quelque façon que ce soit. En réaction, elle attrape mes poignets entre ses mains.

Plongé dans son regard, je vois qu'elle est sur le point de craquer, qu'il ne lui manque plus grand-chose. Je l'encourage :

– Parle-moi.

– S'il te plaît, arrête, murmure-t-elle.

– Dis-moi pourquoi.

Elle fond en larmes, baissant la tête pour tenter de cacher sa faiblesse. Je m'en veux de me montrer aussi insistant, mais je ne le regrette pas. Nous devons avancer, je dois la pousser à bout, l'obliger à lâcher ce qu'elle s'évertue à contenir.

– Ella… je souffle en tentant de capter à nouveau son regard.

– Je l'ai perdu, hoquette-t-elle.

– Qui ? Qui as-tu perdu ?

Elle relève la tête, nos yeux s'accrochent à nouveau et elle m'avoue enfin :

– L'homme que j'aimais. Il est mort et je n'ai plus rien aujourd'hui.

Pendant une fraction de seconde, je reste muet, me contentant de la dévisager, puis je reviens à moi et je lâche son menton. Alors que je m'attends à ce qu'elle me repousse brusquement et qu'elle me hurle dessus pour l'avoir obligée à parler, elle reste très calme… bien plus que je ne le suis, à vrai dire.

Jamais je ne me serais attendu à ce que son aveu me perturbe de cette manière. D'abord, parce que je me rends compte que je l'ai dès le départ mal jugée. Le peu de recherches que j'ai faites sur elle m'ont laissé supposer que sa vie ne pouvait pas être aussi complexe que l'a été la mienne ou celle des autres membres du gang.... Je me trompais.

Ensuite, parce que l'entendre parler de « l'homme qu'elle aimait » fait naître un point douloureux dans ma poitrine.

Je me sens d'un égoïsme écœurant. Cette pauvre fille a perdu son mec, et moi, la seule chose à laquelle j'arrive à penser, c'est qu'elle ne sera jamais prête à aimer quelqu'un d'autre...

Malgré ce que je viens d'apprendre, je lève à nouveau ma main près de son visage et j'essuie tendrement les larmes qui roulent sur ses joues douces. Les yeux brillants, elle me dévisage, s'attendant certainement à ce que je continue à la harceler de questions, mais je n'en ai plus envie. J'ai eu ma réponse, je *sais*, maintenant, et force m'est de constater que, comme nous tous, Ella a des blessures profondes qui l'ont poussée à laisser sa vie entière derrière elle pour en commencer une nouvelle. Pas par choix, mais par désespoir.

– Depuis sa disparition, j'ai une dette à honorer, ajoute-t-elle.

– Je suis désolé, lui dis-je en continuant d'essuyer ses pleurs.

Elle ne m'en empêche toujours pas. Cela ne doit pas me conduire à espérer que, peut-être, elle *apprécie* ma caresse. Non, elle est certainement bien trop bouleversée par ce que je l'ai obligée à me révéler pour réagir.

– J'aimerais que tu gardes cette information pour toi, s'il te plaît, me demande-t-elle. Je ne veux pas que les autres l'apprennent.

– Bien sûr, tu peux me faire confiance.

Un sourire triste étire ses lèvres.

– C'est là tout le problème, n'est-ce pas ? me renvoie-t-elle. C'est à cause de ça qu'on en est là… Tu me demandes de te faire confiance alors que tu ne m'accordes pas la tienne, malgré tout ce que je fais pour te prouver que je la mérite.

Je secoue la tête.

– J'avais besoin que tu t'ouvres, j'avais besoin de comprendre tes intentions. Je n'ai pas envie que tu sois bouleversée ou encore plus triste que tu ne l'es déjà, alors je ne te demanderai rien de plus concernant… cet homme. Je te le promets. Pour ce qui est de la confiance, on va dire que tu as fait un peu plus de la moitié du chemin, ce qui est déjà énorme, si tu veux mon avis.

Ella ferme les yeux et, petit à petit, elle se replie à nouveau sur elle-même. Je suis persuadé qu'elle va tenter de mettre un peu de distance entre nous à présent, alors avant qu'elle ne m'échappe totalement, je fais ce dont j'ai envie depuis ce matin… je la prends dans mes bras.

Pur réflexe ou volonté de sa part ? Toujours est-il que ses bras m'enlacent et que ses mains se posent sur mon dos nu. Et puis elle fait une chose à laquelle je ne m'attendais pas : elle soupire. Comme si elle laissait échapper un peu de sa douleur bien trop à l'étroit dans son petit corps.

– Je suis désolé, dis-je en enfouissant mon nez dans ses cheveux.

Je respire son parfum, son odeur, tout en la tenant serrée contre moi. Notre étreinte dure une poignée de secondes, pendant lesquelles je me sens bien. Mais très vite, trop vite, le corps d'Ella se tend, et elle me repousse brutalement. Dans son regard, de la surprise, de la colère, de la peine se mêlent. Beaucoup trop d'émotions pour que j'arrive à toutes les reconnaître.

Elle essuie ensuite ses dernières larmes, se faufile sous mes bras et quitte la salle de gym en courant, comme si elle avait le diable en personne aux trousses.

CHAPITRE 16

ELLA

Sam,

Il me l'a fait avouer. Je ne sais pas comment il a réussi cela, mais j'ai craqué. Je lui ai parlé de toi. De ta disparition. Je ne t'ai pas nommé, je ne lui ai rien expliqué d'autre te concernant, mais j'ai quand même eu la faiblesse de me mettre à pleurer et de parler de ta mort.

Mais tu sais, ce n'est pas ce qui me fait le plus mal. Je regrette de l'avoir laissé m'approcher, me toucher… J'en frissonne rien que d'y repenser. Si tu savais comme je m'en veux qu'un autre homme m'ait prise dans ses bras alors que ce sont les tiens que j'ai envie de sentir autour de moi...

Plus que tout, je regrette de m'être reposée contre lui pendant quelques secondes. Je regrette de m'être appuyée sur son épaule, d'avoir partagé un peu de mon fardeau, d'avoir cherché du réconfort auprès de lui.

J'ai tant de regrets, tant de remords, je ne sais plus quoi faire ni penser. Je croyais que cette mission était la meilleure façon de te venger mais j'ai l'impression qu'elle va surtout me faire beaucoup de mal.

Tu me manques.

Je t'aime tant.

Ella

Je repose mon crayon, secouée. Il s'en est fallu de peu que je révèle d'autres informations sur Sam et que ma couverture soit grillée. Pour ma défense, Ryan sait y faire : lorsqu'il s'adresse à moi, j'ai l'impression que c'est avec la volonté de faire tomber toutes mes barrières et de réussir à m'atteindre. Et si j'avais résisté jusqu'à maintenant, cette fois, je lui ai livré une information que je m'étais évertuée à cacher.

Je lui ai – brièvement – parlé du pan le plus douloureux de ma vie… et inévitablement, l'avoir évoqué fait remonter à la surface tout ce que je m'efforce d'étouffer.

***

Six mois plus tôt

Le verre crisse sous les talons de mes sandales. Le trottoir est jonché de milliers d'éclats de ce qu'était la vitrine de mon petit commerce de quartier et je ne peux rien faire d'autre que regarder ce triste spectacle.

C'est la seconde fois de l'année que la librairie dont je suis la gérante est vandalisée. À croire que pour certains, les jolies choses ne doivent surtout pas le rester.

– Oh mon Dieu, quelle horreur.

Je me tourne vers Lauren, la libraire que j'ai employée, qui découvre elle aussi les dégâts. Elle a les mains plaquées contre sa bouche, complètement bouleversée par ce qu'elle voit.

– Ella, est-ce que ça va ? me demande-t-elle. Tu n'étais pas là lorsque ça s'est produit, au moins ?

– Non, ne t'inquiète pas. Je viens juste d'arriver. J'ai déjà appelé la police, ils ne vont pas tarder à arriver… Ah tiens, les voilà.

Une voiture de patrouille se gare devant la librairie. Deux policiers en sortent et s'approchent de nous. L'un d'eux n'est autre que Samuel, mon petit ami. Il me jette un regard furtif pour s'assurer que je vais bien avant de reporter son attention sur la vitrine.

– Vous n'avez rien ? s'inquiète-t-il.

– Non, tout va bien, je réponds, tout de même secouée.

– C'est certainement un de ces foutus gangs, lance Lauren en tirant une cigarette de son paquet. Ils ne peuvent pas s'empêcher de tout détruire.

La réputation de Saint-Louis n'est malheureusement plus à faire : elle compte parmi les villes les plus dangereuses des États-Unis. Passée une certaine heure, les mafias s'approprient les rues. Certains quartiers sont clairement à éviter et malheureusement pour ma librairie, elle est située dans un de ceux-là.

Lorsque j'ai parlé de mon projet à Samuel, il m'a immédiatement mise en garde à propos de la mauvaise réputation du secteur : étant flic, il a déjà dû intervenir pas mal de fois par ici. Mais choisir un quartier sensible m'a permis de louer un local plus grand et pour un loyer beaucoup moins élevé que ce que j'aurais pu trouver ailleurs. Malgré tous les points négatifs qu'on a pu m'exposer, ce projet de librairie me tenait tellement à cœur que j'ai décidé de le lancer en y investissant toutes mes économies.

Je suis intimement persuadée que les livres ont un pouvoir apaisant sur les gens. Depuis que j'ai ouvert, il y a deux ans, j'ai vu déambuler entre mes étagères des personnes d'horizons sociaux, de cultures, de religions très différents, mais rassemblées par l'envie de s'instruire ou de s'évader pendant quelques heures grâce à un bon roman. Et rien que pour ça, j'ai envie de me battre pour maintenir cette librairie à flot.

– Une équipe s'apprête à venir faire un relevé d'éventuelles empreintes, dit Sam. Vous feriez mieux de rentrer chez vous toutes les deux. Il y en a pour un certain temps.

Feignant de ne pas me connaître, il ajoute :

– Qui est la gérante ? Je dois m'entretenir avec elle.

Lauren me désigne d'un coup d'œil avant de s'éloigner et de me laisser en compagnie de Sam et de Scott, son coéquipier depuis plus de quatre ans.

L'idée de garder notre couple secret vient de Sam. À part nos parents et Scott, personne ne sait que nous sommes ensemble. C'est une façon pour lui de me protéger, d'éviter qu'à cause de son métier on puisse me prendre pour cible. Sam investigue sur bon nombre d'affaires sensibles, et dans ce milieu, les criminels ont l'habitude de menacer les familles des policiers pour obtenir d'eux un abandon des poursuites. Alors nous vivons notre histoire clandestinement…

Je mentirais si je disais que je suis à cent pour cent sereine lorsqu'il part au travail. Être policier, qui plus est dans une ville aussi dangereuse que Saint-Louis, c'est risquer sa vie à chaque sortie en patrouille, à chaque intervention. Au début de notre relation, j'y pensais tous les jours, et puis j'ai appris à m'y faire. Cela ne veut pas dire que je n'ai pas peur pour lui ; certains jours, je guette son retour, anxieuse. Mais Samuel sait faire preuve de prudence et il est passionné par son métier. Il est heureux lorsqu'il l'exerce, alors je relativise et je le soutiens.

– Viens, je vais te ramener chez toi pendant que Scott s'occupe du reste, me dit-il.

Il passe un rapide coup de fil au poste, puis lorsqu'on lui confirme qu'une brigade est en route pour établir un premier état des lieux, nous quittons le quartier.

– Est-ce que ça va ? me demande-t-il en caressant tendrement ma joue, à l'abri des regards dans son véhicule de patrouille.

– Oui, ne t'inquiète pas. Ce n'est que du matériel, ça peut se réparer. Personne n'a été blessé.

Sam me sourit tout en secouant légèrement la tête.

– Je sais que je te le répète souvent, mais ton positivisme à toute épreuve m'impressionne.

Je pose ma main sur la sienne avant de lui embrasser l'intérieur de la paume.

Sam et moi nous sommes rencontrés il y a un peu plus de deux ans, à la suite d'un stupide accrochage en voiture. J'ai accidentellement percuté le véhicule de police dans lequel il patrouillait. Il a réussi à m'apaiser et à relativiser, ce qui n'était pas facile : j'ai fondu en larmes et je me suis excusée une bonne cinquantaine de fois… Nous avons rempli le constat et il m'a demandé mon numéro de téléphone, dont il s'est servi pour m'inviter à aller boire un verre. Le temps a passé, et cela fait exactement vingt-six mois et deux semaines que nous sommes en couple.

Non pas que je compte...

Sam me raccompagne jusque chez moi. Nous ne vivons pas encore ensemble, même s'il passe trois nuits par semaine dans mon appartement, et moi dans le sien. Pour l'instant, cela nous convient ainsi, mais nous avons le projet de nous installer pour de bon d'ici quelque temps.

– Je suppose que tu vas devoir contacter ton assurance ? me demande-t-il en posant ses clés sur le petit meuble de l'entrée.

– Entre autres. Je vais me débattre pendant des heures avec l'administration de manière générale… Tu devrais retourner travailler. Je vais bien, vraiment.

– Je te crois, mais je n'ai aucune envie de retourner au commissariat. Je vais demander à Scott de m'apporter les dossiers de mon enquête en cours.

Il s'approche et m'enlace en me murmurant :

– Va savoir pourquoi, je suis toujours plus productif quand je t'entends débattre au téléphone avec des agents d'assurance.

Je souris tout en posant mon front contre son torse.

– Je t'ai déjà dit que je t'aimais ? je lance en plongeant dans ses yeux noisette.

– Une ou deux fois au cours de ces vingt-six derniers mois… et deux semaines.

J'éclate de rire et lui aussi.

– Tu comptes ? je m'exclame.

– Parce que toi non ?

Tout en continuant à rire, il nous conduit dans la cuisine, où il nous prépare deux tasses de café. Il m'aide ensuite à réunir les documents dont j'aurai besoin, jusqu'à ce que Scott lui apporte les dossiers demandés.

Nous passons une bonne partie de la journée le nez plongé dans nos affaires. Quand enfin j'en ai terminé, je me lève, m'étire et me dirige vers mon craquant petit ami, qui fronce les sourcils, concentré.

– Tu avances ? je demande en prenant place sur ses genoux.

Il soupire, fait craquer sa nuque et se laisse aller contre le dossier de la chaise en m'attirant contre lui.

– Cette enquête est un véritable casse-tête. Ça fait plus d'un an que je suis dessus et le moindre indice est extrêmement compliqué à dénicher.

– Ça concerne le gang de braqueurs, n'est-ce pas ?

Il acquiesce en se frottant les yeux.

– Les Seven, grogne-t-il.

– Pourquoi ne bosses-tu pas sur cette affaire avec Scott ? Vous formez une super équipe, vous pourriez avancer plus vite à deux.

– Parce qu'il était occupé sur une histoire de trafic de drogue. Il a réussi à remonter jusqu'au second du réseau, ce qui est énorme, et il a mis un bon paquet de connards au placard pour un petit bout de temps. Cela dit, maintenant qu'il a du temps devant lui, je vais peut-être lui demander un coup de main…

– Non, tu ne le feras pas, parce que même si vous vous adorez, vous avez l'esprit de compétition. Je suis sûre que tu ne lâcheras pas l'affaire des Seven avant d'avoir mis la main sur le cerveau du gang, histoire de faire mieux que Scott.

Sam ricane et m'envoie un clin d'œil.

– Tu me connais si bien…

– Est-ce que tu as besoin de mon aide ? Je pourrais peut-être… je ne sais pas, pirater quelques systèmes ? dis-je en battant exagérément des cils.

Le regard que Sam me lance m'indique clairement qu'il en est hors de question.

– Je te rappelle que tu t'adresses à un représentant de la loi, s'offusque-t-il.

– Hm hm… mais tu as beau râler, je crois que finalement tu aimes être avec une rebelle.

Il s'esclaffe et je ressens immédiatement une bouffée de tendresse à son égard, comme chaque fois que je le vois heureux.

– Si j'avais su que sous tes airs d'amoureuse des livres tu t'adonnais à ce genre d'activités… s'amuse-t-il.

– Tu n'aurais pas attendu deux semaines avant de me demander d'aller boire un verre, tu l'aurais fait bien avant, je me trompe ?

Il rit à nouveau et m'embrasse.

– Tout à fait vrai, mademoiselle Williams. Mais en ce qui concerne mon enquête, je préfère que tu ne t'en mêles pas.

– Comme vous voulez, lieutenant ! Mais dis-m'en plus sur ces Seven.

Pendant quelques minutes, je l'écoute me parler avec passion de son enquête. Il me passe en revue ses recherches, les semblants de pistes qui n'ont pas abouti, les déceptions et l'espoir qui s'amenuise au fil des semaines.

Le flot d'informations me fait tourner la tête. J'ose à peine imaginer l'état de celle de Sam qui bosse sur cette affaire depuis plus d'un an.

– D'après ce que tu me dis, la situation semble plutôt désespérée, je fais remarquer. Alors pourquoi est-ce que tu souris ?

Je passe le bout de mon index sur sa bouche. Il le mordille puis m'embrasse rapidement et dit :

– Les Seven savent se rendre invisibles, mais récemment, grâce à une empreinte qu'on a relevée dans une bijouterie qu'ils ont braquée, un de mes agents a remonté la trace de l'une de leurs membres jusque chez Bailey's, un café dans le quartier de Central West End. Crois-le ou non, mais j'ai le sentiment qu'on touche au but. Si on trouvait l'une de leurs planques, je suis certain qu'on y collecterait assez d'éléments pour les faire tomber.

– Je sais que tu y arriveras, j'affirme en caressant tendrement sa joue.

Sam se lève soudain, ce qui me tire un petit cri de surprise. Il me fait basculer dans ses bras avant de commencer à tourner sur lui-même.

– Je vais les coincer, chérie, et dès que je les aurai mis à l'ombre pour plusieurs décennies, toi et moi, on se fera un grand voyage loin d'ici. Où est-ce que tu aimerais aller ? Hawaï ? Tahiti ? Londres ? Ou alors Paris, la ville de l'amour, articule-t-il avec un accent français fortement exagéré que je trouve hilarant.

– N'importe où. Avec toi, j'irais n'importe où.

Il me repose par terre et déclare, soudain plus sérieux :

– Je t'aime, Ella. Je sais que je ne suis pas toujours présent avec cette enquête qui accapare tout mon temps, mais je te promets que bientôt, ça va changer.

Je passe une main dans ses cheveux cuivrés tout en lui souriant.

– Je sais, ne t'inquiète pas.

Il dépose un doux baiser sur mes lèvres, le prolonge quelques instants, puis me dit :

– Ça te dirait qu'on se fasse un petit resto ce soir, histoire d'oublier cette journée de merde ?

– Avec plaisir. Je suppose qu'on va devoir aller à l'autre bout de la ville ?

– Tu connais la règle. Ne pas sortir là où je travaille et où mes éventuels suspects peuvent me reconnaître.

J'acquiesce. Ce principe est souvent contraignant, mais je sais que Sam l'applique pour me protéger.

J'enfile ma veste pour me préparer à partir ; lorsque je me retourne vers mon petit ami, il fixe son téléphone.

– Et merde, dit-il. Je viens de recevoir un message du stagiaire, il n'est pas certain d'avoir bien enclenché l'alarme du commissariat et il n'arrive pas à joindre Scott.

Sam soupire et fourre son smartphone dans sa poche.

– Ça t'embête si on passe rapidement au poste pour vérifier ? me demande-t-il.

– Non, aucun problème. Ça nous fera faire un détour et je pourrai profiter de toi plus longtemps.

Nous quittons mon appartement main dans la main et grimpons dans ma voiture. Sam s'installe au volant. Pendant le trajet jusqu'au commissariat, il s'évertue à me citer toutes sortes d'endroits pour que je choisisse celui qui sera la destination de notre voyage.

– Je t'ai déjà dit que je m'en fichais, je rétorque après ce qui doit être sa quarantième proposition.

– Bon, c'est plutôt une bonne nouvelle alors, parce qu'il est possible qu'en fait j'aie déjà acheté des billets…

– Quoi ? Tu plaisantes ?

– Pas du tout !

– Mais… tu m'as dit que tu voulais attendre que ton enquête soit bouclée.

– Et je t'ai dit aussi que j'avais le pressentiment que ce serait bientôt le cas. Je suis sûr que tu vas adorer ce voyage.

– Alors c'est concret ? je m'écrie, folle de joie. On va vraiment partir rien que tous les deux, loin de tout ?

– Tous les deux, loin de tout… pendant deux semaines.

Cette fois, je lui saute au cou, ce qui le fait rire. Le fait que je le couvre de baisers ne l'aide pas à garder les yeux sur la route.

– Dis-moi où on part ! je lui demande.

– Surprise.

– Non, Sam, tu n'as pas le droit de me cacher ça.

Il prend ma main et y dépose un baiser.

– Fais-moi confiance.

– C'est le cas.

Malgré tout, je continue d'essayer de le faire craquer, mais Sam est une vraie tombe.

Arrivé près du commissariat, il se gare au bout de la rue et coupe le moteur ainsi que les phares.

– Je reviens tout de suite, me dit-il avec un clin d'œil.

Je le regarde longer le trottoir puis disparaître dans le commissariat. J'en profite pour envoyer un message à Lauren, histoire de l'informer que la compagnie d'assurances évalue à une semaine le temps de réparation de la librairie. Une semaine pendant laquelle je ne percevrai pas de revenus… Je sais déjà qu'à la fin du mois je devrai ponctionner une partie de mon salaire pour m'assurer que celui de Lauren reste intact. C'est un coup dur, mais je préfère rester positive et me dire que les dégâts auraient pu être bien pires.

Au fait, quand est-ce que tu me présentes enfin ton amoureux secret ? me renvoie Lauren. Je vais finir par croire qu'il n'existe pas.

Je souris en lisant ce message. J'aimerais tellement présenter Sam à mon employée, pouvoir sortir sans me poser de questions au bras de mon petit ami, mais c'est impossible pour l'instant...

Je relève la tête et je le vois d'ailleurs devant le commissariat, au téléphone, certainement en train de prévenir le stagiaire ainsi que Scott que le problème est résolu.

Le bruit strident de pneus qui crissent sur l'asphalte attire soudain mon attention. En regardant dans le rétroviseur, j'aperçois une berline noire remonter la rue à vive allure. Elle grille le stop à l'intersection derrière nous et accélère encore en approchant du commissariat.

Mon cœur se met à battre plus vite. Quelque chose ne va pas, je peux le sentir.

La voiture pile devant Samuel. Mon regard se fixe sur lui. Bien qu'étant au téléphone, il plaque directement sa main sur le holster à sa ceinture, prêt à dégainer son arme.

Sauf que c'est trop tard.

Deux coups de feu viennent percer la nuit avec une violence telle que je plaque mes mains sur mes oreilles pour atténuer le bruit. Puis rapidement, l'horreur de la situation m'apparaît et je hurle tout en ouvrant la portière pour m'éjecter de la voiture. Lorsque je m'élance, la berline a déjà disparu à l'angle de la rue… Je trébuche plusieurs fois sur les quelques mètres qui me séparent du commissariat. Je sens des larmes rouler sur mes joues avant même de *le* voir.

Sam est là. Allongé sur le sol. La poitrine couverte de sang.

Le hurlement que je n'ai cessé de pousser depuis le début de la fusillade s'intensifie encore. Mes genoux flanchent et heurtent brutalement le bitume.

– SAMUEL ! Non, non, non, non…

Je soulève sa tête, que je pose sur mes cuisses, et je lui tapote les joues. Mes mains tremblent, mon corps entier tremble, mon cœur bat à tout rompre mais je continue à tenter de le réveiller.

Ce n'est pas possible. Pas ici. Pas comme ça.

– Réveille-toi. Réveille-toi, mon amour, je t'en supplie.

L'impact de balle que je vois sous son menton me fait perdre les pédales. Une balle dans le torse, l'autre dans le cou. Ils ne lui ont laissé aucune chance.

– SAM… je hurle encore et encore.

J'ai vaguement conscience que des gens s'attroupent autour de nous. Que certains appellent les secours et que d'autres tentent de me parler. Mais je n'entends plus rien, je ne vois plus rien.

– Ne me laisse pas. Ne me laisse pas, ne me laisse pas…

– Les secours arrivent, madame.
– Ne me laisse pas, ne me laisse pas…
Samuel reste inerte dans mes bras. Je caresse encore et encore son beau visage, consciente au fond de moi que c'est la dernière fois que j'aurai l'occasion de le faire.
– Réveille-toi, j'exige avec le peu d'espoir qu'il me reste. Réveille-toi, je t'en prie.
Mais il ne m'entend pas.
Sam ne m'entend plus.

***

Six jours plus tard

– Ma chérie, et si tu mangeais un peu ? propose ma mère en déposant un bol de soupe devant moi.
– Non, merci.
– Ma petite fille, viens par ici, fait mon père en m'attirant dans ses bras.
Dès que je suis blottie au creux de son épaule, j'éclate en sanglots. Les jours qui viennent de s'écouler me donnent l'impression d'être prise dans un cauchemar sans fin.
L'enterrement de l'homme que j'aime a eu lieu en début de semaine. J'ai dû me rendre dans le Tennessee, lieu de naissance de Sam, là où sa famille vit encore. J'ai laissé son corps là-bas et je suis revenue sans lui, en sachant qu'ici, à Saint-Louis, je n'aurai pas d'endroit où me recueillir pour le pleurer.

Je ne comprends toujours pas comment j'ai réussi à survivre à une telle épreuve. Me tenir face à son cercueil a bien failli avoir raison de moi. C'était trop. Trop de douleur, trop de larmes, trop de tristesse.

C'est encore trop… Ce sera toujours trop sans lui.

L'une des choses les plus douloureuses pour moi a été de regarder les parents de Sam serrés l'un contre l'autre, complètement détruits par la perte de leur fils. Les pleurs, les cris d'agonie de Nancy, sa mère, résonnent encore dans ma tête.

– As-tu envie qu'on en parle ? demande ma mère en posant une main sur ma jambe.

Sa question rouvre immédiatement ma blessure et j'autorise la douleur à exploser. Je la retiens depuis ce matin, mais je n'y arrive plus… Je la laisse prendre possession de tout mon être, de mes organes, de mes os, de ma peau, et mon Dieu, que ça fait mal. J'ai l'impression qu'un poing serre mon cœur encore et encore, si bien que je sens mon pouls battre jusque dans ma gorge.

Je suis submergée par beaucoup trop d'émotions, au point d'avoir peur d'être engloutie par elles, et à la fois j'ai le sentiment d'être complètement, totalement vide.

– Parle, Ella. Vide ton sac, ça te fera du bien, m'encourage mon père.

– Je… n'y arrive pas…

– À quoi donc ?

– À imaginer… ma vie sans lui.

– Oh, Ella.

Ma mère me serre contre elle et caresse tendrement mon dos. Mais je sens ses larmes se mêler aux miennes et cela ne fait qu'empirer mon chagrin.

– Et moi, je ne sais pas comment t'aider, m'avoue-t-elle. Comme j'aurais aimé que tu ne connaisses jamais ça. Comme j'aurais aimé que tu n'aies jamais à souffrir. Ma petite fille…

Après de nombreuses minutes, mes sanglots se tarissent un peu, assez en tout cas pour que je puisse m'exprimer.

– Il y a tellement de choses qui se passent en moi, dis-je en acceptant le mouchoir que me tend ma mère. Je n'arrive pas à faire le tri, ni à comprendre ce que je dois ressentir. Je veux dire, je suis triste, tellement triste, ça fait si mal. Mais j'ai cette colère, cette haine qui prend de plus en plus de place. Je ne crois pas que tu puisses vraiment comprendre ce qui est en train de se passer en moi. J'en veux à la terre entière. Parce que Sam ne devait pas mourir. Il était jeune et en bonne santé. Il n'a pas eu d'accident : il s'est fait assassiner. Quelqu'un a décidé de lui ôter la vie en sachant parfaitement que d'autres seraient détruites au passage. On me l'a arraché et c'est inacceptable… La personne qui a fait ça mériterait de mourir elle aussi, ou d'être torturée à petit feu comme je le suis… Je n'ai jamais éprouvé ça auparavant et je ne sais pas comment gérer cette rage. Elle est trop forte, j'ai peur qu'elle explose et qu'elle me fasse exploser par la même occasion.

– Ce que tu ressens est tout à fait légitime, Ella. Le deuil est un chemin long et douloureux, et il…

– Maman, s'il te plaît… J'ai besoin de parler à ma mère, là, pas à la psy.

Elle me serre un peu plus contre elle et me répond de sa voix si douce :

– J'ai toujours essayé de jongler entre les deux sans que ça te perturbe trop. Lors du divorce entre ton père et moi, j'ai dû être ta mère mais user de mes compétences pour m'assurer que cette étape n'allait pas te traumatiser… Aujourd'hui, c'est une situation tellement complexe… Si tu n'as pas envie de m'écouter pour l'instant, je le comprendrai parfaitement.

– Je t'écoute, dis-je d'une petite voix.

Mon père prend ma main dans la sienne et ma mère continue de me bercer tout en m'expliquant :

– Il existe cinq étapes dans le deuil. Premièrement, il y a le déni. C'est généralement une étape rapide, mais tout dépend de la personnalité de la personne endeuillée ainsi que du degré de brutalité du décès du proche. Vient ensuite la colère, l'une des étapes les plus difficiles. La troisième est celle du marchandage, la quatrième celle de la dépression, et enfin arrive l'acceptation. Je ne vais pas rentrer dans les détails : tu peux parfaitement te faire une idée de ce qui t'attend. Parce que tu passeras par toutes ces étapes, ma chérie, sois-en sûre. C'est même bizarrement très sain de les traverser. Je ne peux pas te dire combien durera chacune d'entre elles ni ton deuil dans son ensemble. Un an, deux, dix, peut-être une vie entière… C'est une chose qui est propre à la douleur de chacun. Clairement, tu en es à l'étape de la colère en ce moment et il n'y a rien à faire si ce n'est de te laisser aller, et surtout, de ne pas hésiter à en parler, peu importe à qui. Si te confier à moi est trop difficile, je peux t'orienter vers d'excellents confrères…

– Non, ça va aller.

– Parfois, la seule façon de parler à celui qu'on aime et qui nous manque, c'est de lui écrire. Tu pourrais tenir un journal. C'est d'ailleurs souvent conseillé en thérapie…

– J'ai dit non.

Ma mère ne cherche pas à me pousser davantage. Elle a toujours su quand elle pouvait se permettre d'insister et quand il valait mieux me laisser décider par moi-même.

– Merci, maman, j'ajoute pour adoucir mon refus.

– De rien, ma chérie. Et pour ce que ça vaut… Je suis désolée de ce que tu es en train de traverser. J'ai le cœur brisé pour toi.

Pendant l'heure qui suit, je parle peu, restant blottie dans les bras de mes parents. Tous les souvenirs que j'ai de Sam se télescopent et je m'oblige à ne penser à rien d'autre qu'à lui. J'ai besoin que mon cerveau soit occupé par son image pour ne surtout pas devoir me focaliser sur son absence.

Soudain, plusieurs coups résonnent contre la porte d'entrée. Mon père s'empresse d'aller ouvrir pour que je n'aie pas à me lever.

– Bonjour, monsieur Williams.

Je me redresse au son de la voix de Scott. Il s'approche de moi et voir son visage ne fait qu'aggraver ma douleur. Après moi, Scott était la personne avec qui Sam passait le plus de temps. Ils étaient coéquipiers depuis plusieurs années, et ils étaient surtout amis. Scott a fait le déplacement jusque dans le Tennessee, mais je me souviens à peine lui avoir parlé lors de l'enterrement. J'étais sur une autre planète, je le suis encore. Malgré tout, je me laisse aller dans ses bras lorsqu'il m'enlace et je pleure à nouveau pendant d'interminables minutes.

– Ça va aller, Ella, me murmure-t-il à l'oreille.

Venant de quelqu'un d'autre, j'aurais trouvé cette affirmation déplacée. Mais je sais que Scott n'est ni maladroit ni insensible, bien au contraire. S'il me dit ça, c'est pour que je sache qu'il est avec moi et qu'il m'aidera à aller mieux.

– Qu'est-ce que tu fais ici ? je lui demande lorsque j'ai réussi à me calmer.

– Je suis venu t'apporter les affaires de Sam. Nancy pensait que ce serait trop difficile pour toi, alors elle m'a demandé de vider un maximum de choses de son appartement. Je me suis dit que tu voudrais en garder.

– Bien sûr, dis-je en me levant subitement et en me précipitant près de la porte d'entrée, là où il a déposé des cartons.

À peine en ai-je ouvert un que je suis déjà submergée par les larmes. Je découvre un sweat, *le* sweat que je ne cessais d'emprunter à Sam pour sentir son odeur sur moi. Retenant un sanglot, je l'enfile par-dessus mon t-shirt et je remonte le col contre mon nez pour respirer le tissu.

Impossible de maintenir le cap lorsque les effluves de l'odeur de Sam s'insinuent en moi. Je m'écroule au sol et je commence malgré moi à être prise de violents tremblements. J'ai vaguement conscience de m'entendre hurler et de sentir les mains de mes parents et de Scott qui tentent de me ramener sur terre. Je me débats dans leurs bras avant de me laisser tomber contre mon père.

J'ouvre précipitamment les yeux lorsque j'entends la porte d'entrée claquer. Il fait plus sombre à l'extérieur et je comprends que je me suis assoupie ou évanouie après l'explosion de mon chagrin. Je me redresse et je pose une main sur ma poitrine. Je sens mon cœur battre plus rapidement que d'habitude. Il est beaucoup trop sollicité ces derniers temps…

En me rendant dans la cuisine, je réalise que mon appartement est silencieux et je trouve un mot écrit de la main de ma mère posé sur la table :

Ton père et moi sommes allés
chercher à manger pour le dîner
et te faire quelques courses.

Je me prépare une tasse de café puis je retourne dans ma chambre. En balayant la pièce du regard, je découvre les cartons des souvenirs de Sam posés au pied de mon lit. Cette fois, pas de brusquerie, je prends le temps d'inspirer avant de m'asseoir par terre pour les explorer. Dans le même carton que le sweat, je trouve d'autres t-shirts et pulls lui ayant appartenu. Dans le second, je découvre des dizaines de photos de Sam et moi, certaines encadrées, d'autres prises avec le Polaroid dont nous avions l'habitude de nous servir. Je referme rapidement cette boîte, terrifiée à l'idée que ces clichés déclenchent en moi une nouvelle crise.

Le carton suivant est rempli de documents. Contrats d'assurance, relevés bancaires, factures encore non réglées… Je mets de côté tout ce dont je vais devoir m'occuper, les abonnements qu'il va me falloir résilier…

Soudain, au milieu de tout ça, je trouve deux billets d'avion.

Mon pouls s'affole, comprenant que c'est d'eux dont me parlait Sam le jour de sa mort. Il n'avait pas voulu me révéler où nous allions partir ensemble, et je m'en fichais. Peu importe la destination, avec lui, c'est… ça *aurait été* parfait.

Je ne peux pas m'empêcher de regarder où il voulait m'emmener.

Paris.

Le départ est prévu dans deux mois. Mais il n'aura pas lieu.

Je serre les billets un instant contre mon cœur en faisant tout pour combattre les larmes qui commencent à brûler mes pupilles, puis je les mets de côté avant d'ouvrir le dernier carton. J'y trouve les dossiers des cinq dernières enquêtes sur lesquelles Sam a travaillé, y compris celle du gang de braqueurs qui était encore en cours. Des dizaines de documents rédigés de son écriture sont rassemblés, fruits de plus d'une année de recherches. Il se passe de longues minutes pendant lesquelles je détaille ses annotations, ses conclusions. Parce que cette enquête était d'une importance capitale pour lui, parce qu'il a pris le temps de tout écrire lui-même et surtout parce que c'est la dernière affaire sur laquelle il a travaillé, je décide de lire le dossier du début à la fin. Je veux essayer de me mettre dans sa peau rien qu'un instant pour tenter de me sentir proche de lui.

Très vite, je suis captivée. J'apprends à connaître le gang des « Seven » à travers les yeux de Sam. Au fil des pages, j'arrive presque à me retrouver projetée dans sa tête au moment où il éclaircissait certaines zones d'ombre.

Un mot revient souvent, à chaque fois écrit en lettres majuscules et cerclé de rouge : « STORM ».

En avançant dans les notes de Sam, je comprends progressivement qu'il l'associe à un membre du gang. Non, pas à un membre : à la tête pensante des Seven. Est-ce un nom de code ? Est-ce Sam qui le lui a assigné ?

Je commence à me perdre dans toutes ces notes. C'est seulement lorsque la nuit est tombée sur Saint-Louis que j'arrive à la fin du dossier… le cœur brisé. Parce que la toute dernière phrase est laissée en suspens. Sam n'a même pas eu le temps de la terminer, preuve de la brutalité de sa disparition.

Au moment où je m'apprête à refermer la chemise cartonnée, j'aperçois une petite note en bas de page.

Infiltrer les Seven. Enquêter de l'intérieur.

Figée, je fixe ces quelques mots, horrifiée de constater que Sam avait prévu de s'immiscer dans le gang. C'est pour cela qu'il était si sûr que l'enquête allait bientôt être bouclée… En se fondant parmi les Seven, il allait effectivement avoir toutes les réponses à ses questions et trouver des preuves pour les incriminer.

Dans mon esprit, les pièces du puzzle se mettent rapidement en place.

Ils savaient.

Je suis prête à parier que les Seven avaient conscience que Sam était sur leur dos et que son enquête avançait bien. Je revois encore l'homme que j'aime si heureux, si sûr de réussir à les coincer avant que la vie ne lui soit brutalement et injustement ôtée…

Les Seven ont voulu le faire taire, j'en suis certaine.

Bouleversée, je me redresse et commence à arpenter ma chambre, les idées embrouillées, le cerveau emballé.

Depuis la mort de Sam, je ne suis plus qu'une espèce d'entité qui erre sans but, trimballant sa colère sourde sans savoir quoi en faire. Et soudain, tout me paraît clair. Je l'ai trouvée, ma vengeance, ma façon de faire payer les lâches qui ont abattu l'homme de ma vie. J'ai trouvé le moyen de continuer à faire vivre l'esprit de Sam et de finir ce qu'il avait commencé.

J'ai trouvé comment me libérer de la haine sans bornes qui me consume.

Je bondis sur ma veste, prends mes clés de voiture et quitte mon appartement en trombe.

***

– Je veux infiltrer le gang.

– Quoi ?

Scott me regarde, les yeux écarquillés, encore sous le choc de mon arrivée fracassante dans son appartement.

– Les « Seven », dis-je avec détermination. Je veux les infiltrer, trouver des preuves et les faire tomber.

– Mais qu'est-ce que tu racontes, Ella ? Assieds-toi une seconde, tu veux ?

– Tu étais son coéquipier. Toi aussi, tu penses que c'est eux qui l'ont fait assassiner. Je me trompe ?

Scott reste silencieux avant de baisser la tête et d'acquiescer.

– Je ne t'ai rien dit parce que je…

– Laisse tomber tes excuses.

Je colle contre son torse le morceau de papier que j'ai récupéré dans le dossier d'enquête et ajoute :

– Samuel avait prévu de les infiltrer, il l'a écrit noir sur blanc.

Scott me fixe sans prendre la peine de regarder ce que je lui ai donné.

– Et tu le savais, je constate.

– Il m'en avait parlé, oui, mais je lui ai dit que c'était une idée complètement stupide.

– Pas forcément.

– Attends, Ella, j'ai du mal à te suivre. Tu veux bien t'asseoir, s'il te plaît ?

Je prends place sur le canapé en soupirant et je regarde Scott s'installer face à moi. À peine est-il assis que je me lance dans mes explications :

– Je viens de lire l'ensemble du dossier d'enquête rédigé par Sam. Il est clair qu'il avait raison : la seule façon de coincer les Seven, c'est d'enquêter de l'intérieur, de les suivre au quotidien.

– Et tu veux t'en charger ?

– Oui, j'affirme avec aplomb.

Scott me dévisage un court instant avant de secouer la tête.

– Non mais tu t'entends ? Tu veux infiltrer un gang de braqueurs ? L'un des plus recherchés du pays, en plus ? Non seulement il est hors de question que j'accepte, mais en plus, tu es une civile, Ella. Tu ne peux pas faire ce genre de choses.

– Mais si, il suffit juste que j'y passe quelques jours pour…

– Non, Ella, non ! Tu es complètement à côté de la plaque. Premièrement, on n'infiltre pas un gang ou quoi que ce soit d'autre sans être un minimum entraîné.

– Alors entraîne-moi.

– Mais arrête ! s'écrie Scott en se levant d'un bond. Sam n'avait noté qu'une simple idée sans passer à l'acte parce qu'il savait à quel point c'était compliqué et dangereux. Et pourtant il était flic, il était formé à réagir au pire. Est-ce que tu as déjà eu à te battre contre quelqu'un, Ella ? As-tu déjà tiré avec une arme ? En as-tu même ne serait-ce que déjà tenu une dans ta vie ?

Devant mon silence, il reprend :

– Si tu as lu cette enquête, comme tu le dis, tu sais que ces gens sont des criminels. Dois-je te rappeler qu'il y a eu un mort lors de leur dernier braquage ? Un homme qui avait la quarantaine. Sa femme et ses enfants se retrouvent aujourd'hui dans ta situation.

– Justement, raison de plus pour les faire tomber, dis-je en me levant à mon tour.

– Et qu'est-ce que tu crois pouvoir faire ? Les atteindre serait déjà un vrai parcours du combattant. Mais admettons que tu arrives à entrer dans leur gang, qu'est-ce que tu feras ensuite ? Tu crois que tu vas pouvoir donner le change sans te faire démasquer ? Qu'ils vont te confier tous leurs petits secrets parce que tu parais sympa ? Ces gens-là se méfient de tout le monde, ne crois pas que tu feras exception.

– Alors quoi, on abandonne ? On les laisse s'en sortir ?

– Je travaille pour reprendre l'enquête, je suis en train de…

– En train de quoi, Scott ? Sam a fait le tour de tous les minuscules indices que vous avez collectés, il a retourné le problème encore et encore sans rien trouver. Sans vouloir te vexer, je ne suis pas certaine que tu puisses trouver la solution s'il n'y est pas parvenu.

Nous nous taisons soudain tous les deux. Nous avons envie d'honorer la mémoire de Sam, de lui rendre justice chacun à notre façon. Je refuse d'abandonner, c'est beaucoup trop important pour moi.

– J'ai besoin de ça… dis-je calmement.

– De tenter une mission suicide ? C'est vraiment de ça dont tu as besoin, Ella ?

– Tu ne comprends pas.

– Si, je comprends, et je…

– NON ! Putain, bien sûr que non, tu ne comprends pas. J'étais là, Scott. J'étais là et j'ai tout vu. Quelques minutes avant il était près de moi, souriant, heureux, et l'instant d'après…

Je passe rageusement une main dans mes cheveux.

– Il voulait m'emmener à Paris, je poursuis, la gorge nouée. Il voulait qu'on s'éloigne de Saint-Louis pendant quelque temps et qu'on se retrouve rien que tous les deux. J'ai trouvé les billets d'avion dans un carton. Je…

Je tente de contenir mes pleurs. Ce n'est pas en étant larmoyante que j'arriverai à convaincre Scott que je suis capable de mener cette mission à bien.

– Je n'ai plus rien, dis-je. Je me sens brisée. La seule chose qui me fait tenir pour l'instant, c'est la haine que j'ai envers les responsables de la mort de Sam. Alors oui, j'ai besoin de ça. De reprendre là où il s'était arrêté, de poursuivre son travail et de boucler cette enquête. C'est ce qu'il aurait voulu. Il était tellement attaché à la justice… Ça le rendait malade de savoir ce genre de personnes libres.

– Ella…

– Laisse-moi terminer.

Scott se passe la main sur le visage. C'est seulement maintenant que je remarque ses traits tirés, sa mine fatiguée.

– Tu penses que je ne tiendrai pas une heure dans leur cercle avant d'être démasquée, je reprends. Mais sois honnête : toi ou n'importe qui d'autre de la brigade se fera repérer avant même de les atteindre. Laisse-moi honorer la mémoire de Sam et faire ça pour lui.

– Tu ne pourras rien honorer si tu te fais tuer.

– Et je ne pourrai jamais dépasser mon deuil si je ne finis pas ce qu'il avait commencé.

Les épaules de Scott s'affaissent. Il secoue la tête, puis hausse à nouveau le ton.

– Il m'a demandé de te protéger, Ella. Sam savait que notre métier était dangereux et qu'on risquait notre vie à chaque prise de poste. Le jour où c'est devenu sérieux entre vous, il m'a fait jurer de veiller sur toi et de te protéger si par malheur il lui arrivait quelque chose. Et toi, tu débarques ici pour me demander de te jeter dans la gueule du loup ?

Je déglutis tandis que mon cœur se serre douloureusement.

– Je n'ai pas peur, Scott, j'affirme.

– Je sais, et c'est justement ça qui m'inquiète. Tu devrais être effrayée par ce que tu me demandes, tu devrais redouter que j'accepte et que tu te retrouves livrée à toi-même face à une bande de criminels. Ton attitude me laisse à penser que tu es… c'est comme si tu…

– Comme si je n'avais rien à perdre, je conclus à sa place.

C'est la vérité, je n'ai pas peur de l'exprimer. Je *sens* que je n'ai rien à perdre à essayer. Et oui, tout au fond de moi, le peu de raison qu'il me reste sait que c'est une impression dangereuse, qui pousse à faire n'importe quoi. Je sais que je devrais écouter Scott, rentrer chez moi, prendre le temps de me reposer, faire le deuil de l'homme que j'aime et tenter de remettre ma vie sur les rails.

Mais ma lucidité est balayée par la tempête qui fait rage en moi. À ce stade, je ne veux écouter personne. Mon cœur brisé et ma colère me guident et je me fiche de savoir qu'en leur obéissant je risque de me mettre en danger.

– Je sais qu'ils fréquentent ce bar, le Bailey's, dis-je. Il suffirait que je m'y rende et que je les laisse m'approcher.

– Et une fois qu'ils t'auront emmenée avec eux ? Ils te testeront, Ella. Ils te pousseront certainement à faire des choses illégales pour que tu prouves ton dévouement envers eux.

– Je vais le faire, Scott. J'ai assez d'informations pour savoir comment tenter de les rejoindre, et je le ferai avec ou sans ton aide. Si tu me la refuses, je ne t'en voudrai pas, mais quitte à me jeter dans la gueule du loup, j'aimerais être aussi préparée que possible.

– Donc, en gros, que j'accepte ou non, tu ne renonceras pas ?

Je secoue la tête.

Scott se rassied. Ce que je lui demande est terrible : trahir la mémoire de son ancien coéquipier en me mettant en danger ou laisser les assassins de Sam dans la nature, impunis.

Pendant un instant, seul le lourd silence de la pièce s'exprime pour nous. Puis, lorsque je m'apprête à quitter l'appartement et à rentrer chez moi, Scott dit :

– Il va falloir que tu t'entraînes, que tu prennes des cours de self-défense.

Ma respiration se coupe tandis que je réalise qu'il en train d'accepter ma proposition. Il poursuit :

– Tu devras me rendre des comptes, me donner toutes les infos que tu auras aussi vite que possible, et si je sens que tu cours le moindre risque, on arrête tout, est-ce que c'est clair ?

– Très clair.

– Je suis contre cette infiltration, Ella, juste pour que tu le saches. Si j'accepte de t'aider, c'est simplement parce que je sais à quel point Sam a travaillé dur sur cette enquête et à quel point sa mort mérite d'être vengée.

– Merci, c'est…

– Mais puisque que tu sembles avoir perdu tout bon sens, je dois quand même être certain que tu es consciente qu'à partir du moment où tu auras mis un pied dans leur monde, tu joueras avec ta vie.

– J'en suis consciente.

Il ricane amèrement.

– Reviens demain matin à huit heures tapantes, on commencera l'entraînement.

Sur ce, il me fait signe de m'en aller et je m'empresse de rentrer chez moi.

Il y a quelques heures, je n'imaginais pas faire autre chose que me laisser couler, écrasée par ma peine et ma douleur.

Mais tout vient de changer. J'ai toujours mal à en crever, sauf que je compte me nourrir de cette souffrance pour mener à bien la mission dans laquelle je viens de me lancer.

Venger l'homme que j'aime et détruire ceux qui l'ont arraché à moi.

CHAPITRE 17

ELLA

Les yeux fermés, je respire le sweat de Sam depuis quelques secondes. Il a malheureusement perdu son odeur mais si je me concentre bien, je peux toujours la sentir dans mon imagination.

Porter ce vêtement me renvoie inévitablement à tout ce que Sam représentait et représente encore pour moi, aux décisions que j'ai prises pour lui, à la situation dans laquelle je me trouve dans le seul but de le venger.

Les mois ont passé depuis que j'ai forcé Scott à m'entraîner pour rejoindre les Seven, et j'ai mal de l'admettre, mais ma colère s'est un peu éteinte. Elle est toujours présente, grondant au creux de mes entrailles, mais elle ne se manifeste plus avec autant de puissance que dans les semaines qui ont suivi la mort de Sam.

Je me suis habituée à son absence…

Cette constatation me serre le cœur, mais c'est la douloureuse vérité.

Je lâche le col du sweat et rouvre les yeux. Je suis installée sur le canapé du salon face à la télé, dans la belle et grande maison victorienne qui abrite le gang depuis bientôt deux semaines. Je zappe et tombe sur une chaîne d'informations locale.

– Dix jours après le braquage de la banque de Richwoods, l'enquête de police est au point mort. Nous avons interrogé les employés présents sur les lieux au moment de l'attaque pour recueillir leur témoignage exclusif. Un reportage de Camila Leonard…

Je zappe sur une autre chaîne. Entendre des journalistes parler de ce braquage me colle une drôle d'angoisse. J'ai l'impression qu'à tout moment ma tête ou celle d'un autre membre des Seven va apparaître sur les écrans de télé.

Le reste du gang est beaucoup plus détendu que moi. Ils ne donnent pas l'impression d'y penser ou d'imaginer le pire.

La force de l'expérience, certainement…

Je passe d'un canal à l'autre sans réussir à trouver quelque chose qui me plaise. La maison est mortellement silencieuse : Ice et Ryan ont disparu je ne sais où juste après le déjeuner. Quant à Thunder, Night et Rain, ils m'ont bien fait comprendre que je n'étais pas la bienvenue pour me joindre à leur partie de jeu vidéo.

– Avec Snow, on va faire un petit tour en voiture, tu veux nous accompagner ? me propose Sky en entrant dans la pièce.

Je baisse le son de la télé et me redresse. À côté de la jeune femme aux cheveux roses, Snow se tient les mains dans les poches, un grand sourire aux lèvres, impatient de partir en virée.

– Est-ce qu'on peut se le permettre ? je demande. Je veux dire… ce n'est pas risqué qu'on sorte ?

Sky finit de nouer ses cheveux en queue-de-cheval avant de poser ses mains sur ses hanches.

– Rester confinés attirerait bien plus l'attention, crois-moi. Et puis, on va juste sillonner les routes, pas aller parader devant les passants. Alors, tu nous suis ?

Je passe rapidement en revue mes autres options. Le calcul est vite fait…

– Je vais me changer et j'arrive, dis-je en disparaissant à l'étage.

Je retire mon legging pour passer un jean et des baskets, mais je décide de garder le sweat de Sam. Lorsque je redescends, le moteur de la voiture ronronne déjà dans la cour. Snow s'est installé à l'arrière, je prends donc place aux côtés de Sky, qui agrippe le volant avec une excitation visible dans les yeux. À peine ai-je fermé la portière qu'elle démarre en trombe, faisant crisser les pneus et voler les graviers derrière elle. Elle remonte l'allée, emprunte le chemin de terre chaotique puis rejoint le bitume lisse. Sans attendre, elle enfonce la pédale d'accélération et s'élance sur la ligne droite qui s'étend devant nous.

La vitesse ne me fait pas peur, mais là, alors que le compteur affiche cent dix kilomètres heure sur une route de campagne, je suis loin d'être rassurée. Snow, lui, regarde le paysage défiler – à toute allure – à travers la fenêtre, tranquillement installé au fond de la banquette. Il ne paraît pas du tout inquiet de la conduite de Sky. Je remarque qu'elle est d'un calme absolu. Elle donne l'impression d'être sereine, là, derrière le volant. Comme si la route avait un pouvoir apaisant sur elle. Et surtout, elle est parfaitement maîtresse de son véhicule.

– Où as-tu appris à conduire comme ça ? je lui demande, intriguée.

– Nulle part, j'ai appris seule, répond-elle, un petit sourire aux lèvres.

La voiture ralentit. Sky rétrograde en attendant que le véhicule qui arrive en face nous ait dépassés, puis elle accélère de nouveau, double le conducteur devant nous – qui nous klaxonne, nous prenant certainement pour des fous – et retrouve sa vitesse de croisière.

– Cela fait longtemps que tu fais partie du gang ? j'enchaîne.

– Environ quatre ans.

– Et comment…

– Et si tu répondais aussi à quelques-unes de mes questions ? réplique-t-elle, m'empêchant de terminer.

Je comprends alors pourquoi Snow et elle m'ont proposé de les accompagner : pour essayer de me faire parler. Je ne m'en offusque pas. J'ai moi-même accepté de les suivre parce que c'était une occasion de collecter des informations sur eux, il est normal qu'ils cherchent à faire de même. Je vais simplement devoir être attentive aux réponses que je donne si je ne veux pas tout faire foirer.

– Je t'écoute.

– Qui t'a appris à hacker ? Je sais à quel point c'est un milieu d'hommes, très peu de femmes peuvent se vanter d'être des pros dans ce domaine, mais toi tu as l'air d'être vraiment douée. Ça m'intrigue beaucoup, je dois dire.

– Mon père s'est passionné pour l'informatique à l'université et n'a jamais arrêté de pratiquer une fois lancé dans la vie active. Avec deux de ses amis, ils avaient l'habitude de se retrouver pour se lancer des défis, comme pénétrer dans le système de telle ou telle entreprise le plus rapidement possible. La vie faisant son œuvre, ils se sont un peu éloignés, ont construit leur vie chacun de leur côté. Mon père a rencontré ma mère, ils m'ont eue, ont divorcé peu de temps après et m'ont élevée en alternance. Quand j'ai grandi, mon père a commencé à me transmettre sa passion pour l'informatique, à me montrer quelques petits trucs… J'y ai très vite pris goût, et il m'a carrément formée à craquer n'importe quel système de sécurité.

– Ton père a l'air cool, lance Snow, à l'arrière.

– Il l'est !

– Et ta mère ? demande Sky, tout en ralentissant parce que nous arrivons aux abords d'un village.

– Ma mère est psy.

Snow et Sky éclatent de rire.

– Eh bien, elle aurait des choses à dire sur nous tous, lâche la jeune femme, ce qui me fait sourire à mon tour.

– Elle est à l'écoute et m'a toujours soutenue dans mes choix, je poursuis. Je n'ai pas grand-chose à dire sur elle à part que c'est une très bonne mère.

Le silence qui accueille mon éclaircissement me surprend un peu. Après quelques instants, Sky dit :

– Rain a raison. Le fait que tu aies tourné le dos à ta famille est incompréhensible.

– Je ne leur ai pas tourné le dos. J'ai eu besoin de m'éloigner, de respirer un peu.

– Et d'entrer dans un gang ? De devenir une criminelle ?

Le ton de Sky n'est ni accusateur ni moralisateur. Je peux voir qu'elle est réellement surprise. Il en est de même pour Snow, qui s'est rapproché et dont la tête dépasse d'entre les deux sièges avant.

– Je n'ai pas à m'expliquer sur ça, dis-je calmement.

Avec un petit sourire, Sky hoche la tête et je ressens un immense soulagement. Au moins, elle n'insiste pas, elle ne me pousse pas à admettre ma plus grande faiblesse comme l'a fait Ryan hier, dans la salle d'entraînement.

Nous traversons un village charmant où les maisons semblent tout droit sorties d'une série télé. Le silence dans l'habitacle est plaisant, je me sens bien en compagnie de Sky et de Snow et je décide que je les apprécie. Ce sont les seuls dont je peux dire ça parmi les Seven. Enfin, il y a Ryan, mais lui, c'est différent…

Non, non, non ! Hors de question. Ça ne doit pas être différent. Ce n'est pas parce que depuis mon arrivée il me chaperonne, me suit, m'épaule et a pu se montrer doux à quelques moments que je dois me laisser attendrir.

Ryan est Storm ! L'assassin de Sam. Mon ennemi ! Je dois m'en souvenir.

Pour me changer les idées, je reporte mon attention sur la conduite de Sky.

– Tu as été choisie pour ça, n'est-ce pas ? je lui lance. Pour tes dons derrière un volant.

Elle acquiesce, tout sourire.

– Chacun des Seven a une particularité de ce genre ? je demande.

– Exactement, me répond Snow en passant à nouveau la tête entre les deux sièges. Comme tu l'as compris, Sky est notre Dominic Toretto [6]. Ice, lui, est le pro du combat. Il nous a entraînés et nous a appris à nous battre, mais surtout à nous défendre. Night et Thunder maîtrisent les armes à feu comme

---

6. Personnage incarné par Vin Diesel dans la saga *Fast and Furious*.

personne. Rain a une mémoire photographique, ce qui est très utile pour les repérages. Quant à Storm, lui… eh bien, il est la rapidité. Il te vide une bijouterie ou une banque en cent vingt secondes. Cela dit, il s'est assuré que chacun puisse être plus ou moins performant dans tous les domaines.

Bien… en voilà, des informations. Je connais maintenant le rôle exact de chacun des Seven et cela pourrait être une sacrée avancée dans l'enquête de Scott et Jacob.

– Il ne manquait plus que toi, finalement, ajoute Snow. Une hackeuse pro… Tu es le huitième membre dont on n'avait même pas conscience d'avoir besoin.

– Comment faisiez-vous avant, avec les caméras et tout le reste ?

– À l'ancienne, me répond Sky. On sectionnait les fils. Alors oui, du coup, cela montrait immédiatement que quelque chose d'anormal se produisait et nous avions peu de temps pour agir, mais on s'en sortait très bien ainsi. Malgré tout, j'admets que tu es un vrai atout. Grâce à toi, on arrivera encore plus facilement à disparaître dans la nature après chaque braquage.

Fantastique…

– Et toi, Snow ? C'est quoi ton point fort ?

À ma grande surprise, l'adolescent éclate de rire. Je me tourne vers lui. Son regard pétille.

– Mon rôle te pose vraiment question, n'est-ce pas ?

Mes lèvres s'étirent en un léger sourire, parce que ce gamin a vraiment en lui une joie contagieuse.

– Je n'ai pas de rôle précis et je ne participe jamais aux braquages, ordre de Storm ! s'exclame-t-il.

– Dans ce cas…

– Pourquoi me garde-t-il ?

Il sourit à nouveau, puis me révèle :

– Parce que je suis son petit frère chéri.

Ma réaction amuse beaucoup Snow.

Oh… tout s'explique, effectivement.

Ryan et lui sont donc de la même famille. Je dévisage l'adolescent : c'est vrai qu'il a les mêmes cheveux noirs et yeux sombres que son frère…

Je me renfonce dans mon siège tout en faisant mon maximum pour ne pas laisser paraître ma satisfaction. Les informations que je viens de collecter sont d'une importance capitale.

Maintenant, il ne me reste plus qu'à trouver comment les transmettre à Scott.

***

Le soir venu, je me retrouve seule dans la cuisine de la maison victorienne pour préparer mon repas. Thunder, Night et Rain ont décidé d'aller chercher quelque chose à manger dans un fast-food. Avant de partir, ils ont pris les commandes de tout le monde… sauf la mienne. Avec ces trois-là, le message est clair : ils ne veulent pas de moi dans le gang, ils vont chercher à me faire craquer, à m'inciter à partir. Mais ça ne marchera pas.

Depuis le retour de notre virée en voiture, Snow et Sky se sont réfugiés chacun dans leur chambre. Quant à Ice et Ryan, ils sont en ce moment même en train de s'entraîner au sous-sol.

Sans grande conviction, je sors une poêle et j'y verse une poignée de légumes surgelés, avant de placer le tout sur le feu.

Sam adorait cuisiner, c'était souvent lui qui préparait les repas pour nous deux, et la plupart du temps je le regardais s'activer, fascinée par son aisance derrière les fourneaux. Immédiatement, des souvenirs se bousculent dans mon esprit et je suis projetée quelques mois en arrière, quand l'homme que j'aime était encore vivant.

– Est-ce que ce ne serait pas plus rapide si on se faisait livrer quelque chose ? dis-je, assise sur le plan de travail de la cuisine, les jambes pendant dans le vide.

– Ce serait plus rapide, mais moins bon. Encore un peu de patience, c'est bientôt prêt.

Samuel s'approche de moi et dépose un rapide baiser sur mes lèvres pour m'aider à patienter.

– Au fait, mes parents nous invitent à passer le week-end de Thanksgiving avec eux. Comme on était chez les tiens la dernière fois, je me suis dit que ça ne poserait pas de problème si on allait dans le Tennessee cette année. Qu'est-ce que tu en penses ?

– C'est équitable. Tu peux leur dire qu'on accepte.

Sam plonge une cuillère en bois dans la casserole qui mijote sur le feu, puis il s'approche de moi en plaçant une main sous l'ustensile pour éviter d'en renverser par terre.

– Dis-moi ce que tu en penses.

Je goûte son plat, puis je fais la moue.

– Mouais... bof.

Sam hausse un sourcil, pas du tout convaincu par mon piètre jeu d'actrice. J'admets alors la vérité :

– C'est délicieux.

Je lèche la cuillère, puis je saute du plan de travail et je claironne :

– À table !

Je m'empresse de dresser le couvert tandis que derrière moi, le rire mélodieux de Sam s'élève.

La brûlure que je ressens sur ma paume me ramène à la réalité. Je lâche brutalement la poêle dans laquelle les légumes surgelés sont en train de brûler, avant d'attraper un chiffon et de m'en servir pour jeter le tout dans l'évier.

– Merde, merde, merde.

De la fumée se propage dans la cuisine, l'odeur de cramé est écœurante et ma main me fait un mal de chien. Je passe ma peau sous l'eau froide tout en essayant de retenir les larmes de colère, de lassitude et de fatigue qui me montent aux yeux.

J'en suis là... obligée de me réfugier dans les souvenirs de ce qu'était ma vie pour ne pas affronter ce qu'elle est devenue.

Tout, absolument tout me ramène à Sam. Tout, absolument tout me fait mal. Même tenter de me cuisiner un repas est un vrai parcours du combattant.

– Qu'est-ce qui se passe ici ?

La voix de Ryan me fait sursauter. Immédiatement, je tente de ravaler mes larmes tout en gardant le dos tourné pour qu'il ne remarque pas l'état dans lequel je suis. Mais il s'approche de moi, ouvre la fenêtre de la cuisine pour que la fumée s'évacue, et en se tournant vers moi, il découvre mes yeux bouffis.

– Ella ? Qu'est-ce qui t'arrive ?

– Rien ! Je me suis juste brûlée, ça va passer.

– Fais-moi voir.

– Ça va aller, je te dis, ce n'est rien…

Têtu, il s'empare de ma main pour examiner ma paume.

– C'est une méchante brûlure. Ne bouge pas, je reviens.

– Non, vraiment, ce…

C'est alors que je remarque qu'il est torse nu et que sa peau est luisante de sueur. Les tatouages sur ses bras se détachent particulièrement sur son épiderme et, étrangement, je trouve qu'ils lui vont encore mieux qu'à l'ordinaire. Je m'attarde rapidement sur l'encre qui recouvre sa peau : elle dessine des écritures, des formes. Je crois même apercevoir un visage sur son avant-bras…

Mon cœur se met à battre plus fort. Comme un signal, une preuve que quelque chose peut encore lui donner envie d'accélérer.

Cela fait bientôt sept mois que j'ai perdu Sam, et c'est la première fois que je sens mon cœur s'emballer ainsi. C'était bref et rapide, mais je l'ai bel et bien ressenti, cet élan de vie qui s'est emparé de moi… cependant, je ne suis toujours pas prête à le libérer.

Ryan revient en trottinant, un tube d'une crème anti-brûlure dans son poing. Malgré mes protestations, il commence à badigeonner doucement ma paume. Les yeux rivés sur le sol, je refuse de croiser ses yeux sombres qui, je le sais, ne feront que me déstabiliser encore un peu plus.

Dans le silence qui nous enveloppe, Ryan masse ma paume avec douceur. J'ai encore mal, mais je ressens également une sorte de légèreté, comme si celle de ses doigts sur ma peau se propageait jusqu'à mon âme. Les deux bagues à sa main droite me frôlent et, sans vraiment que je sache pourquoi, je trouve que ces anneaux le rendent attirant.

Oh non…

Ryan passe un doigt sur mon menton et je croise alors son regard. Il cherche à comprendre pourquoi il m'a trouvée dans un tel état et je vois le moment où il saisit que c'est Sam qui est la cause de mes tourments. Ses lèvres se plissent. Il paraît à la fois désolé de me voir traversée par tant de douleur, mais aussi un peu agacé. Et moi, je veux simplement quitter cette cuisine et m'enfermer dans ma chambre…

Toujours en silence, le pouce de Ryan se fraye un chemin jusque sur ma joue. Il y essuie une larme…

encore. Cela va finir par devenir une habitude. Déjà après ma mise à l'épreuve face au sans-abri, il avait eu ce geste tendre à mon égard.

Et ce n'est pas bien, pas bien du tout.

Je me dégage de sa prise et recule avant de couper le contact visuel entre nous et de m'empresser de me réfugier à l'étage. Une fois dans ma chambre, je m'allonge sur le lit et ferme les yeux de toutes mes forces, tout en obligeant mon esprit à se focaliser sur des images de Sam. Une fois que je le « vois » clairement, j'attrape mon carnet et je décide de lui écrire. Il n'y a que ça qui apaise – un peu – ma douleur.

Sam,

J'ai brûlé le dîner. Cette information ne te surprendra pas, parce que ça m'est déjà arrivé quelques fois en ta présence et que ça te faisait rire.

Sauf qu'aujourd'hui, c'est différent.

Ton rire n'est plus là pour détendre l'atmosphère, ton visage n'est plus dans le paysage pour le rendre plus beau. Il n'y a plus de légèreté, plus de joie à des kilomètres à la ronde. Il n'y a plus que moi et ma peine que je traîne comme un boulet, plus que moi et ce carnet, la dernière chose qui me relie à toi.

En fait, il n'y a plus que moi sans toi. Et c'est insupportable.

Je t'aime tant,

Ella

CHAPITRE 18

ELLA

Je tourne et me retourne dans mon lit jusqu'à ce que je finisse par admettre que le sommeil m'a quittée pour cette nuit. Les quelques heures pendant lesquelles j'ai dormi ont été agitées, entrecoupées par des rêves dans lesquels Sam, désapprobateur, me reprochait mes actions.

En me confiant à lui dans cette lettre que je lui ai écrite, je pensais bêtement que cela soulagerait mes remords, mais force m'est de constater que cela n'a fait que réveiller ma culpabilité envers lui.

L'écran de mon téléphone s'allume soudain. Je l'attrape et découvre deux messages envoyés par ma mère.

Jure-moi que tu vas bien.

Sa soudaine inquiétude est surprenante. D'ailleurs, son deuxième texto me laisse perplexe :

Dis-moi tout.

Il me faut cinq bonnes minutes avant de comprendre que, bien que ces messages aient été envoyés avec le téléphone de ma mère, ils ne proviennent pas d'elle, mais de Scott. Elle a donc réussi à le contacter… Comprenant la situation, il préfère que nous parlions à travers elle. C'est plutôt rusé. Cependant, je ne dois pas oublier que les Seven peuvent à tout moment vérifier mes communications. Je décide donc de prendre des mesures draconiennes. J'active la suppression automatique de tous les messages que j'échangerai à partir de maintenant, et je fais en sorte que, même en fouillant bien, ils restent introuvables. Définitivement disparus. Ensuite, je m'assieds dans mon lit et je m'empresse de taper une réponse :

Je vais très bien,
tout est sous contrôle.

Puis je prends le temps de taper un second message expliquant tout ce que je sais sur Ryan… Storm :

Grand, cheveux noirs, yeux noirs,
peau hâlée. Il se fait passer
pour un garde du corps ou un membre
lambda du gang lors du premier
contact avec les nouvelles recrues.
Il leur fait passer une ou deux
mises à l'épreuve, puis les fait
participer à leur premier braquage.

Pas seulement la tête pensante
du gang, il a aussi un vrai rôle
de protecteur envers eux.
Abordable. Charismatique.
Intelligent. Rassurant.

La réponse de Scott fuse :

J'étais mort d'inquiétude ces derniers
jours. Merci pour les infos,
je prends note. Votre braquage
a fait du bruit, vous êtes partis
avec plus de deux cent mille
dollars. Pour une petite ville comme
Richwoods, c'est beaucoup. Continue
d'enquêter, je vais tenter d'exploiter
les infos que tu m'as données.

Je suis sur le point de parler à Scott des autres éléments que j'ai collectés : le rôle que chaque membre joue au sein du gang, les vrais prénoms, les pseudonymes, les descriptions physiques qui vont avec, quand un nouveau message apparaît :

Fais attention à toi, Ella. S'il est aussi
charismatique que tu le dis, protège-toi
encore plus. Ne le laisse pas t'avoir.

Le laisser m'avoir ? Dans quel sens ?

Scott croit-il que Ryan peut réussir à m'amadouer et finir par me faire prendre son parti ? Ou, pire, pense-t-il que je pourrais me laisser séduire par cet homme, par un homme tout court d'ailleurs, seulement quelques mois après la mort de Sam ?

Vexée et énervée, je laisse le message sans réponse, puis je décide de descendre à la cuisine pour boire un verre d'eau et grignoter quelque chose, puisque ma lamentable tentative de me faire à manger hier soir a tourné court quand je me suis brûlée.

Ne le laisse pas t'avoir.

Bon sang, cette phrase tourne en boucle dans ma tête. Qu'ai-je dit pour que Scott en vienne à me mettre en garde ? Je me suis contentée d'une description physique et d'éléments sur la personnalité de Ryan…

Je m'arrête à l'entrée de la cuisine quand j'aperçois Snow installé au comptoir, un cahier ainsi que deux livres sont ouverts devant lui. Dans sa main droite, il tient un stylo de façon maladroite et cherche visiblement à tracer des lettres sur sa feuille de papier.

L'image de cet adolescent de seize ans qui tente d'apprendre à écrire par lui-même me serre le cœur. Doucement, je m'approche de lui en arborant le sourire le plus sincère que j'ai en réserve. Concentré, il ne me remarque pas tout de suite. Ce n'est que lorsque j'arrive près de lui qu'il sursaute, comme s'il était pris sur le fait.

– Salut, Ella, dit-il en me souriant et en refermant doucement son cahier.

– Toi non plus tu n'arrives pas à dormir ? je lui demande.

Il secoue la tête. Je devine facilement sa gêne. Ne voulant pas le perturber, j'ouvre le frigo et j'en sors un plateau de fromage. Sans dire un mot, je m'installe à côté de lui. Il semble totalement paralysé par ma présence. Lui en général si gentil et avenant me donne l'impression d'être couvert de honte.

Comme après quelques minutes il n'a toujours pas bougé, je décide de prendre mon snack et de remonter dans ma chambre.

– Je ne voulais pas te déranger, dis-je histoire de m'excuser. À demain, Snow.

Je lui adresse un petit sourire et m'éloigne tranquillement. Soudain, il m'interpelle :

– Ella ?

Je m'arrête au bas de l'escalier. Snow me rattrape, les mains dans les poches.

– Est-ce que tu vas aller dormir ? me demande-t-il.

– Euh… je ne sais pas trop. Je pense que ce petit encas devrait m'aider à retrouver le sommeil, en tout cas.

– D'accord. Alors… bonne nuit.

Je fronce les sourcils, intriguée.

– Tu m'as couru après simplement pour me souhaiter une bonne nuit ?

Snow rougit.

– Qu'est-ce qui se passe ? j'insiste. Si tu veux me demander quelque chose, vas-y, je t'écoute.

Il soupire, se balance d'avant en arrière sur ses talons, puis bredouille :

– Est-ce que… est-ce que tu… Ah, bon sang !

Son regard croise enfin le mien, et malgré son embarras, il inspire et débite à toute vitesse :

– Est-ce que tu pourrais m'apprendre à lire et à écrire ?

Oh.

Mon premier réflexe est de vouloir refuser, parce que Snow est le plus attachant des membres du gang et que passer autant de temps avec lui, lui apprendre quelque chose d'aussi important risque de décupler ma tendresse pour lui au fil des jours. Mais il y a tellement d'espoir dans son regard que je ne me sens pas de le rabrouer. Cependant, avant de lui donner une quelconque réponse, je dois savoir :

– Pourquoi moi ?

– Parce que tu as travaillé au milieu des livres et que tu es la seule ici à les aimer autant que moi. Et puis… je ne crois pas que les autres auraient le temps. Mais si tu ne veux pas, je comprendrais, ça s'annonce long et chiant, je suis peut-être même trop stupide pour apprendre quoi que ce soit, alors…

– Hé, ça ne va pas de dire une chose pareille ? je m'écrie en descendant les deux marches qui me séparent de lui.

Même s'il n'est qu'un ado, Snow me dépasse déjà d'une bonne tête. Ça ne m'empêche pas de me planter devant lui et de pointer un doigt sévère dans sa direction.

– Tu n'es *pas* stupide. Personne ne l'est. On est tous capables d'apprendre quelque chose si on le veut vraiment. Ne laisse jamais personne te dire que tu es stupide, Snow, ce n'est pas vrai.

– Oui, mais comme je ne suis jamais allé à l'école, je…

Jamais ? D'accord, le fait qu'il ne sache ni lire ni écrire me laissait penser que son parcours scolaire avait été chaotique, mais de là à ce qu'il n'ait jamais mis les pieds dans une salle de classe ? C'est pire que ce que je pensais. Inévitablement, je me demande à quoi peut bien ressembler son passé s'il en est là aujourd'hui. J'ose à peine imaginer la dose de courage qu'il faut pour faire ce pas en avant, pour réclamer quelque chose d'aussi important et d'aussi élémentaire qu'apprendre à lire et à écrire.

– Je serai ravie de t'aider, dis-je. Tu verras, ça va bien se passer et je suis sûre que tu vas apprendre très vite. Viens, on s'y met dès maintenant.

Mon snack dans une main, je prends celle de Snow dans l'autre et je nous reconduis à la cuisine. Dès que nous nous installons, je m'empare de son cahier et je l'ouvre pour voir où en est son travail.

– Non, attends… s'écrie-t-il en me le reprenant des mains.

Mais j'ai eu le temps de voir des lignes de lettres tracées de manière tremblante et maladroite sur le papier. Une page entière est remplie de consonnes, la plupart rageusement raturées.

Les yeux luisants, comme s'il était sur le point de pleurer, Snow me dévisage, guettant ma réaction.

– Mon écriture n'est pas jolie, c'est pour ça que je dois m'améliorer, me confie-t-il. J'essaye de recopier les lettres des mots que je trouve dans mes livres. J'essaye de leur donner un sens, mais…

Il arrache rageusement la page de son cahier et la froisse avant de la jeter à la poubelle.

Son comportement me serre le cœur. J'ignore ce qui s'est passé dans sa vie, mais ce que je sais, c'est que cela l'a poussé à manquer de confiance en lui. Ce pauvre gamin se voit comme un raté alors qu'il est loin de l'être.

Lentement, je reprends le cahier et le pose devant nous.

– Première leçon : ne jamais avoir honte en ma présence, ni en présence de qui que ce soit d'ailleurs. La lacune que tu cherches à combler ne te définit pas et elle n'est pas incurable. Tu vas réussir à lire et à écrire, je te le promets, et pour cela, tu devras faire des erreurs, recommencer encore et encore. Tu verras que tu ne pourras que t'améliorer. Je refuse que tu te sentes mal à l'aise ou honteux quand on commencera à travailler ensemble, c'est compris ?

Un peu rassuré, Snow me sourit et s'assied sur le tabouret à mes côtés.

– Bien, je reprends. Tu as eu une très bonne idée en faisant des lignes et en t'entraînant à reproduire ce que tu vois. Mais on va commencer par le tout début, à savoir identifier les lettres, leur ordre dans l'alphabet, et surtout le son qu'elles font.

– D'accord, dit-il, tout excité.

Jamais jusque-là je ne m'étais imaginée enseigner quoi que ce soit à qui que ce soit. Transmettre son savoir est à la fois grisant et terrifiant, puisque la personne qui apprend nous prendra comme référence. Le tout est de ne pas la brusquer et de ne surtout pas la dégoûter.

Nous nous mettons au travail, et Snow se révèle être un élève patient et investi. Il est clair que son manque d'éducation lui pèse depuis des années, et même si nous n'en sommes qu'au tout début, je le sens déjà plus serein de se dire qu'il se met enfin en chemin pour progresser.

– Le M et N ont des sons similaires, de même que le P et le B, je lui explique. La différence se trouve dans la prononciation. Peux-tu me réciter à nouveau l'alphabet ?

Snow se lance sans hésiter et il s'en sort parfaitement jusqu'à la lettre S, sur laquelle il bloque. Je lui donne un petit coup de pouce, et une fois le T et le U soufflés, il arrive à terminer l'alphabet.

– C'est super, dis-je, encourageante. Savoir cela par cœur est très important. Grâce à ces vingt-six lettres, on peut former des millions de mots, et c'est ça qui est génial.

– J'ai hâte de tous les connaître.

Son enthousiasme me fait rire.

– Tu sais, je ne crois pas que quelqu'un au monde connaisse absolument tous les mots qui existent. Mais c'est un beau challenge.

Je m'étire, bâille, et je remarque que la pendule murale indique plus de trois heures du matin. À cet instant, des phares illuminent la cuisine. Je me retourne vivement, et je vois l'une des berlines se garer dans l'allée.

– Qui est-ce ? je demande à Snow.

– Storm, dit-il avant d'aller se servir un verre d'eau.

– Qu'est-ce qu'il fait dehors à cette heure-ci ?

Snow me fixe et se concentre sur le robinet, comme s'il cherchait à éviter ma question. Ryan entre alors dans la maison et referme doucement la porte derrière lui. Je me demande où il a bien pu aller en pleine nuit…

– Qu'est-ce que vous faites là tous les deux ? demande-t-il en nous regardant tour à tour, Snow et moi.

– Insomnies, dis-je sans davantage de précisions.

– Ella m'apprend à lire et à écrire, s'exclame Snow qui, manifestement, se fiche de tout raconter.

Ryan hausse les sourcils.

– Vraiment ?

Snow acquiesce vigoureusement tandis que je reste muette.

– Eh bien, c'est gentil de ta part, ajoute Ryan.

Je hausse les épaules tandis que Snow remballe cahiers et livres.

– Je vais me coucher, j'annonce. À demain.

Sans attendre, je quitte la cuisine et monte dans ma chambre. Me retrouver face à Ryan après avoir craqué devant lui lorsque je me suis brûlée m'a mise mal à l'aise… Mais alors que je m'apprête à grimper dans mon lit, deux petits coups sont frappés contre ma porte. Elle s'ouvre avant que j'aie pu dire quoi que ce soit, et Ryan apparaît dans ma chambre avant de refermer la porte derrière lui.

– Qu'est-ce que tu fais ? je lui demande en quittant mon lit pour me planter devant lui.

– Je voulais juste savoir comment tu allais… à cause d'hier soir.

Qu'il remette cela sur le tapis ne fait qu'augmenter mon malaise.

– Très bien, je réponds sobrement.

– Tu es sûre ?

– Puisque je te le dis !

– D'accord… Au fait, pourquoi fais-tu ça pour Snow ?

– Parce que je l'apprécie. Et parce qu'un gamin à qui on a refusé une instruction ne devrait pas continuer à en souffrir.

Les sourcils de Ryan se froncent.

– Qu'est-ce que tu sais de ce qui lui a été refusé ou pas ?

– Il m'a avoué n'être jamais allé à l'école ! Quel genre de parent prive son enfant d'éducation ?

Ryan me fixe un instant puis lâche :

– Cette façon que tu as de juger les autres avec seulement une poignée d'informations te perdra, Ella.

Il paraît contrarié et je comprends que, puisque lui et Snow sont frères, il prend certainement ma pique directement pour lui… Alors que je m'apprête à lui demander quelques explications sur leur enfance, une odeur doucereuse me parvient. Quelque chose de sucré et floral, d'entêtant. En me concentrant un peu, je réalise que ce parfum vient de Ryan et que, depuis que je l'ai rencontré, c'est la première fois que je le sens. Je suis prête à parier qu'il ne lui appartient pas. Que c'est un parfum de femme.

– Où étais-tu ? je lui demande, pour en avoir le cœur net.

Je ne sais d'ailleurs pas pourquoi j'ai besoin de l'entendre. S'il est sorti en pleine nuit pour baiser une conquête, ça ne me regarde pas.

– Je suis sorti avec une amie, pourquoi ?

Le fait qu'il l'admette me dérange.

– Une amie ? je répète.

Un éclair s'allume dans ses yeux et il s'approche encore de moi, vraiment, vraiment tout près.

– Une amie, confirme-t-il. Ça te pose un problème ?

– Pourquoi, ça devrait ?

– À toi de me le dire.

– Ce n'est pas le cas.

– Ah. J'ai mal interprété ta réaction, alors.

– Très mal, effectivement.

Il sourit, lève sa main en direction de mon visage, comme s'il voulait le toucher, puis se ravise au dernier moment.

– Bonne nuit, Ella.

Il fait volte-face et s'éloigne. À cet instant, une dernière réflexion franchit la barrière de mes lèvres. J'ai besoin d'avoir le dernier mot.

– Tu devrais prendre une douche, *son* parfum ne te va pas. Il est écœurant sur toi.

Même à mes oreilles, je sonne comme une femme contrariée par son escapade nocturne. Il n'en fallait pas plus pour que Ryan se retourne. Son sourire a disparu ; à la place, il me dévisage intensément.

– Écœurant ? répète-t-il.

De peur d'aggraver mon cas, je ne réponds rien.

– C'est vrai, je ne l'aime pas non plus ce parfum, ajoute-t-il alors.

Je hausse les sourcils. Il reprend :

– Si tu acceptais de te blottir dans mes bras quand je t'en donne l'occasion, c'est ton odeur qui serait sur moi en ce moment. Et crois-moi, je ferais en sorte qu'elle y reste.

Sans attendre que je réplique quoi que ce soit – je suis si surprise que je ne trouve de toute façon rien à redire –, il quitte ma chambre, satisfait de lui-même.

CHAPITRE 19

ELLA

Une routine agréable et réconfortante s'installe au fil des jours. J'apprends à vivre en compagnie des Seven, et si au départ Snow et Sky étaient les seuls de mon côté, Thunder commence à m'accepter. Même Ice semble s'habituer à moi. On dirait presque qu'il m'apprécie… En revanche, Rain et Night continuent à se montrer hostiles. La première me cherche pour tout et rien, le second m'ignore. Quant à Ryan… depuis notre échange le soir où j'ai appris qu'il était allé passer du bon temps avec une inconnue en ville, nous ne nous sommes adressé la parole que pour échanger des banalités.

La vie de fugitive n'est pas vraiment ce à quoi je m'attendais. Forts de leurs années d'expérience, les Seven sont sereins, ils savent comment agir pour ne pas attirer l'attention sur eux. Vivre dans cette grande et belle maison n'a rien de contraignant, même si, puisque nous sommes confinés, le temps peut parfois paraître long. Mais mes cours avec Snow et mes discussions tard le soir en contemplant les étoiles avec Sky ponctuées de blagues graveleuses d'Ice font passer le temps plus vite. Et la bibliothèque impressionnante au second étage me donne l'impression d'être dans ma petite librairie.

À bien des égards, je me sens à l'aise ici.

Installée dans un fauteuil confortable au milieu des livres, je suis plongée dans un roman depuis près de deux heures, sans aucune envie d'en sortir.

– Ella ?

La voix forte d'Ice résonne depuis l'étage du dessous.

– Ella ! répète-t-il. Entraînement dans quinze minutes.

Je soupire et referme mon livre. Voilà une chose récurrente dont je ne suis pas vraiment fan : les entraînements. Deux fois par semaine, nous nous retrouvons à deux ou à trois pour prendre des cours de self-défense. Ou bien nous sommes mis dans des situations susceptibles de nous arriver pendant un braquage et nous devons nous en sortir en un temps limité.

Je quitte la sécurité de la bibliothèque pour me rendre dans ma chambre et me préparer. J'espère ne pas me retrouver en équipe avec Night et Rain aujourd'hui, parce que je sais déjà que ça va tourner au désastre… Mais lorsque je descends au sous-sol après avoir passé ma tenue de sport, je découvre que tous les membres du gang se trouvent là.

– Pas trop tôt, grogne Rain dès mon arrivée.

Comme à mon habitude ces derniers jours, je l'ignore, et je me poste à côté de Sky, qui, elle, me sourit.

– Bon, mettez-vous deux par deux, commence Ice, les bras croisés sur son torse imposant. On maîtrise tous plus ou moins la défense, maintenant on va voir ce que vous valez en attaque.

Night et Rain se mettent immédiatement ensemble, ce qui me soulage. Sky propose de s'associer à moi tandis que Thunder et Snow – qui participe à tous les entraînements même s'il n'est jamais au cœur de l'action – font équipe. Ryan reste en retrait, aux côtés d'Ice, pour juger nos capacités.

– Le but est de réussir à déséquilibrer votre adversaire et à le maintenir au sol. Faites ça deux ou trois fois de suite, puis échangez les rôles. C'est parti.

Sky se met en position d'attaque, me faisant comprendre que je suis la première à servir de cobaye. Malgré sa petite taille, elle est vive et souple. En un rien de temps, elle réussit à me faire vaciller et je m'écroule par terre.

– Ça va ? me demande-t-elle en me tendant la main pour m'aider à me redresser.

– Ne t'inquiète pas pour moi, préoccupe-toi plutôt du moment où on va échanger les rôles.

– Ouh, le rayon de soleil se rebelle, me taquine-t-elle.

Elle s'élance à nouveau vers moi, et cette fois, j'arrive à esquiver sa première attaque. Mais l'expérience aidant, elle trouve une autre ouverture, et pour la seconde fois, je tombe par terre.

Au loin, j'entends le ricanement nasal de Rain et je lui jette un regard noir avant de me relever.

– Une dernière fois, après tu pourras te venger, me dit Sky avec un clin d'œil.

Je me mets en position, prête à parer son assaut, quand je sens soudain deux mains se poser sur mes hanches. Je sursaute brusquement et je me retourne pour découvrir Ryan derrière moi.

– Du calme, ce n'est que moi, tempère-t-il.

– Qu'est-ce qui te prend ? je crache, furieuse. Je ne t'ai jamais autorisé à me toucher de cette façon.

– Je voulais simplement te montrer la bonne position à prendre pour amortir les chutes.

– Je n'ai pas besoin de ton aide.

Nos derniers échanges m'ont assez déstabilisée pour que je n'aie plus envie de me trouver en sa compagnie. Sa sollicitude, sa douceur, ses allusions, la facilité avec laquelle il me trouble, « l'amie » avec qui il a passé la nuit… Tout cela forme un cocktail explosif que je tente chaque jour de ne pas laisser éclater. Mais il semblerait que je sois arrivée à bout de patience.

– Pas besoin de te mettre dans un tel état, répond-il, très calme.

– Laisse-moi m'entraîner, s'il te plaît.

Il obéit à ma requête et s'éloigne, non sans m'avoir d'abord dévisagée intensément pendant de longues secondes.

– Qu'est-ce qui se passe entre vous ? demande Sky alors que nous échangeons les rôles pour l'entraînement.

– Rien, pourquoi ?

– Parce qu'il y a une espèce de tension lorsque vous êtes en présence l'un de l'autre. Tout le monde l'a remarqué.

Et merde. Je suis assez lucide pour constater que Ryan n'entretient pas la même relation avec moi qu'avec le reste des Seven. Il est beaucoup plus proche de certains, beaucoup plus protecteur avec d'autres, mais il tient à eux comme à des amis. Son comportement me laisse penser qu'il voit plus en moi… Ce que j'ignore, c'est s'il s'intéresse à moi sincèrement ou dans le seul but de me connaître davantage, pour décider si je mérite définitivement sa confiance.

Je ne peux pas me mentir : le laisser m'approcher pourrait être très avantageux pour ma mission. Si Ryan pensait avoir une chance avec moi, peut-être serait-il plus enclin à me livrer ses secrets, à me raconter tous les sales coups qu'il a faits, à m'avouer le meurtre de Sam…

Sam.

Même si c'est pour collecter des informations, je ne sais pas si je suis prête à me rapprocher d'un autre homme. J'aurais l'horrible impression de tromper celui que j'aime toujours… et en même temps, je me dis que c'est peut-être ma seule chance de réussir à le venger.

Ma tête est sur le point d'exploser. Je ne sais plus quoi faire ni comment agir.

– Tu veux prendre une pause ? me demande Sky, constatant mon trouble.

– Non, tout va bien.

Cette fois, c'est moi qui me mets en position d'attaque et qui fonce sans ménagement sur ma partenaire. Celle-ci m'esquive en effectuant un pas sur le côté, mais je réussis à percuter son flanc de mon bras. Ce n'est qu'un coup de poing, mais à voir sa grimace, je comprends qu'il a été efficace.

Haletantes et en sueur, nous décidons de faire une pause après une heure. Je suis parvenue à faire tomber Sky quatre fois, mais elle m'a envoyée au tapis deux fois plus souvent…

Thunder, Snow, Night et Rain ont déjà quitté la salle. Seuls Ice et Ryan sont encore là, à nous dévisager.

– Vous pouvez arrêter là, les filles, vous vous en êtes bien sorties, nous dit Ice en s'approchant.

Il attrape Sky par la nuque, embrasse ses lèvres avec passion puis, me prenant de court, il m'attire près de lui et dépose un baiser rapide sur mon front, me prouvant officiellement qu'il m'a acceptée. Il quitte ensuite le sous-sol main dans la main avec sa petite amie. Alors que je m'apprête à les suivre, Ryan m'interpelle :

– Reste une minute.

– Qu'est-ce que tu veux ? je lui demande en attrapant une bouteille d'eau.

– Comprendre ce qui t'arrive. Tu as un problème avec moi ?

– Pas du tout !

– Vraiment ? Parce que ce n'est pas l'impression que tu donnes.

– J'ai le droit de ne pas vouloir que tu me touches, quand même.

– Oui, tu as le droit. Mais tu n'es pas non plus obligée de réagir comme si j'avais commis un crime.

Oh, comme j'ai envie de lui balancer à la figure le *vrai* crime qu'il a commis il y a bientôt sept mois ! Pour me maîtriser, je repense à la mission. Clairement, la colère que je ressens envers lui l'inquiète, ce qui ne fait que confirmer qu'il attend quelque chose de moi. Quelque chose de *plus*.

En le regardant, je sens l'angoisse enfler en moi. Et si j'étais en train de me perdre dans tout ça ? Je suis venue ici pour venger Sam, mais mes sentiments commencent à se développer et je ne l'avais pas prévu…

– Je ne peux pas faire ça avec toi, dis-je à Ryan.

Mon cœur se met à battre rapidement dans ma poitrine. Pour une raison que j'ignore, je ressens des remords en lui disant cela.

– Faire quoi ? me demande-t-il en s'approchant.

– Tu sais très bien de quoi je parle. Tu me dis que tu voudrais garder mon odeur sur toi, tu me prends dans tes bras, tu me touches…

– Et ?

– Et je sais ce que ça signifie. Tu aimerais que toi et moi…

Il me regarde, silencieux. Il a envie que je le dise tout haut.

– Tu voudrais que toi et moi on couche ensemble, je complète. Mais ça n'arrivera pas.

Mon cœur continue de battre à tout rompre ; je me force cependant à garder une expression impassible.

– Oh, Ella.

Ryan s'approche en souriant en coin. Son torse touche ma poitrine et je me sens incapable de reculer.

– Je veux bien plus que seulement coucher avec toi. Je te veux, Ella. Et je t'aurai.

Il effleure mon menton de son pouce, puis attrape sa serviette et s'éloigne d'une démarche assurée.

– Comment peux-tu dire ça ? je lui lance, sentant la colère m'envahir. Comment peux-tu affirmer une chose pareille après ce que je t'ai confié ? En sachant ce que je suis en train de traverser ?

Il fait demi-tour et réplique, soudain très sérieux :

– Je sais que tu t'es fait une certaine idée de moi. Mais jamais je ne manquerai de respect à ce que tu es en train de vivre. Seulement, j'ai vu des choses dans tes yeux, dans tes gestes… Tu es perdue, tu te poses des milliers de questions et je le comprends, crois-moi. Pour une raison qui m'échappe, je me sens attiré par toi et un jour tu réaliseras que toi aussi, tu éprouves des choses pour moi. Je n'ai jamais dit qu'entre toi et moi ça arriverait demain, la semaine prochaine ou dans un mois. Mais j'ai la certitude que ça finira par arriver, Ella. Et tu ferais bien de t'y préparer.

***

– Bon, garde le pied sur le frein et relève doucement la pédale d'embrayage.

Je suis les indications de Sky à la lettre. Le puissant moteur se met à vrombir et je ressens une légère vibration jusque dans mon siège. Les pneus crissent et c'est là que mon instructrice improvisée me dit :

– Appuie à fond sur l'accélérateur et relâche l'embrayage.

J'obéis ; la voiture bondit avant de brusquement caler. Dans l'habitacle, nous sommes tous secoués et je soupire :

– Je ne crois pas que je vais y arriver.

– Bien sûr que si, me rassure Sky. On va recommencer.

– Rappelle-moi pourquoi je dois apprendre quelques-unes de tes techniques de conduite ?

– Parce que même si un braquage est toujours parfaitement planifié, il faut savoir anticiper toutes les éventualités. Au cas où certains seraient incapables de prendre le volant pour s'en aller avec le butin, il faut que d'autres soient capables de les remplacer. J'ai appris quelques petits trucs à chacun des Seven pour qu'ils soient un minimum préparés. Pas vrai, Storm ?

Je jette un œil dans le rétroviseur pour croiser les prunelles sombres de Ryan, qui me fixe intensément. À sa droite se trouve Ice ; à sa gauche, Snow. Au départ, cette leçon de conduite ne devait se faire qu'entre Sky et moi mais les trois mecs à l'arrière ont décidé de venir voir comment je m'en sortais, ce qui rajoute encore un peu plus à mon stress.

– Exactement, répond Ryan. Tu ne t'en sors pas si mal, Sunshine.

Je grimace puis je remets le contact et démarre le moteur.

– Cette fois c'est la bonne, Ella, m'encourage Snow.

– Essaye de ne pas faire exploser la voiture, lâche Ice.

Sky se retourne et le fusille du regard. L'armoire à glace ricane et m'adresse un clin d'œil à travers le rétroviseur. Je tente de faire abstraction de tout ce bordel pour me concentrer sur ma tâche. J'appuie sur le frein tout en relâchant doucement l'embrayage, puis j'enfonce la pédale d'accélération. Cette fois, la voiture bondit en avant et je m'élance sur la route. Tout le monde m'applaudit, ce qui me fait sourire et même rire… J'ai l'impression que cela fait une éternité que je n'ai pas sincèrement ri et je réalise que ça m'a manqué.

– Et maintenant ? je demande.

– Maintenant, tu continues d'accélérer, m'indique Sky. Essaye de faire grimper le compteur mais reste à une vitesse à laquelle tu te sens à l'aise. Si on croise des automobilistes, je te donnerai des indications.

– Tu t'en sors super bien, Ella, me dit Snow.

– Merci, mon grand.

Notre relation n'a cessé d'évoluer durant ces derniers jours. L'adolescent est tellement adorable, tellement attachant, qui pourrait rester de marbre face à un être humain si spécial ?

À travers le rétroviseur, je sens le regard pesant de Ryan braqué sur moi. Je prends le risque de lever les yeux dans sa direction et pendant un instant, comme presque chaque fois que je croise ses prunelles, j'ai l'impression qu'il m'aspire, m'attire à lui.

– Ella !

Je sursaute quand Sky pose une main sur le volant pour redresser le véhicule.

– Pardon, dis-je en me reconcentrant.

À nouveau, le ricanement d'Ice se fait entendre, signe qu'il a saisi la raison de mon instant d'égarement. Mes joues rougissent et je décide de ne plus regarder ce qui se passe à l'arrière.

– Ralentis un peu, on va traverser un village, me prévient Sky. Ensuite, on aura une grande ligne droite, tu pourras te faire plaisir.

– On peut s'arrêter vite fait dans un fast-food ? J'ai un petit creux, annonce Ice.

– Tu as toujours faim, lui lance Sky.

– Un corps comme le mien, il faut lui donner du carburant, chérie.

La « chérie » lève les yeux au ciel sans pour autant s'empêcher de sourire.

– Ça fait combien de temps que vous êtes ensemble, tous les deux ? je demande.

– Un peu plus de deux ans, répond la jeune femme aux cheveux roses.

– Et ce n'est pas un obstacle pour vous d'être en couple alors que vous… travaillez ensemble ?

– Pas du tout.

– Entre nous, c'est une évidence, renchérit Ice. On ne s'est même pas posé la question, on savait qu'on s'en sortirait, n'est-ce pas, beauté ?

Cette fois, quand Sky se tourne vers Ice, c'est pour lui sourire tendrement et lui envoyer un baiser. J'aperçois du coin de l'œil l'armoire à glace s'avancer, attraper le fin visage de Sky entre ses grandes mains et attirer sa bouche contre la sienne dans un baiser sonore.

Un silence un peu gêné s'installe dans la voiture, jusqu'à ce que Ryan le rompe en déclarant :

– Comme quoi, si on veut, on peut mélanger plaisir et business sans problème.

Mes joues rosissent. Je n'ai pas besoin de regarder dans le rétroviseur pour savoir qu'il s'adresse à moi en disant cela. Les perches qu'il me tend sont de moins en moins subtiles et cela me dérange autant que cela m'intrigue et me ravit.

Je sais que ça finira par arriver, Ella. Et tu ferais bien de t'y préparer.

Bordel de merde…

Mon estomac se tord sans que je parvienne à déterminer si c'est d'appréhension ou d'envie. Ryan est tellement dangereux… Il manie les mots à la perfection, c'est stupéfiant.

De manière générale, depuis que nous avons posé nos valises ici, à Springfield, les choses ont changé. La plupart des Seven se sont ouverts à moi, et j'ai accepté de leur dévoiler un peu de ma personnalité en retour. Sans compter que j'ai confié à Ryan ma plus grande douleur… Il est temps pour moi d'admettre que je ne maîtrise plus grand-chose. Je suis en train de me laisser aspirer par leur quotidien, de me créer des souvenirs avec eux. Ils sont tellement plus radieux que ce que je m'étais imaginé…

Quant à Ryan… j'ai essayé de toutes mes forces de le détester, et quelque chose en moi essaye encore, mais je n'y arrive pas. Chaque jour, il détruit un peu plus les a priori que j'avais sur lui, chaque jour il me prouve qu'il n'est pas qu'un chef d'un gang, que l'homme derrière le criminel a bien plus de qualités que je ne le pensais.

Si seulement il était le plus gros connard de l'univers, je n'aurais aucun scrupule à récolter des informations sur lui pour ma mission. Seulement, ce n'est pas le cas.

Les choses sont en train de dangereusement changer...

Nous quittons le village et je m'élance sur la grande ligne droite que Sky m'avait annoncée. Le compteur grimpe encore et encore et je sens l'excitation monter à l'intérieur de l'habitacle. Je reçois des encouragements de toutes parts, comme si j'étais une joueuse de foot entourée de ses pom-pom girls. À nouveau, je me surprends à m'esclaffer.

À cent soixante-deux kilomètres-heure, l'adrénaline court dans mes veines jusqu'à picoter le bout de mes doigts. La puissance que je ressens derrière le volant de cette voiture est indescriptible. Dans les yeux de Sky, je vois la même excitation que dans les miens et je commence à comprendre pourquoi elle aime tant conduire.

Finalement, après ce pic de vitesse, je me rends dans le fast-food que réclame Ice. Nous commandons chacun quelque chose avant de rentrer à la maison victorienne. Sur le chemin du retour, je me fais à nouveau plaisir, sans dépasser mon premier record de vitesse. Ce sera pour une autre fois.

Je gare la berline dans la cour et nous descendons du véhicule. Alors que tous se dirigent vers la porte d'entrée, je sens le besoin de retenir Ryan.

– Attends, je l'interpelle.

Depuis des jours, il s'efforce de se montrer avenant envers moi et je m'obstine à le rembarrer sans scrupules… ou presque. J'ai envie qu'il sache que les choses ont évolué en ce qui me concerne depuis notre première rencontre et que je l'apprécie… un peu plus chaque jour.

Il s'approche de moi, les mains dans les poches. Les manches de son pull sont relevées jusqu'au coude et je fixe ses tatouages.

– Je voulais m'excuser, dis-je après un long moment. Je ne suis pas toujours sympa avec toi alors que tu fais en sorte d'être le plus agréable possible… donc… voilà… je voulais te dire que, même si je ne le montre pas forcément, je t'apprécie, Ryan.

Il hausse les sourcils.

– Tu m'apprécies ?

– Je t'aime bien.

– Bien ?

– Oui, bien.

– Seulement « bien », tu es sûre ?

– Ryan…

– Je dis ça parce que si tu m'aimais un tout petit peu plus que « bien », tu pourrais avoir le droit à ça…

Il ouvre grand les bras devant moi et je ne peux m'empêcher de sourire.

– Alors ? insiste-t-il.

Je devrais peut-être refuser ce rapprochement mais je n'en ai pas du tout envie. La seule fois où je me suis laissée aller contre Ryan, j'ai eu l'impression que mon fardeau était un peu moins lourd et j'ai envie de savoir s'il parviendra à nouveau à m'apaiser.

– Alors je t'aime vraiment, vraiment bien, dis-je.

Il sourit et me fait un clin d'œil, m'incitant à m'approcher d'un signe de tête. J'inspire puis me blottis contre lui. Mes bras entourent son dos, ma joue se pose contre son torse et je me surprends à fermer les yeux pour mieux apprécier son étreinte. Je le sens m'enlacer fermement et tendrement à la fois, puis une de ses mains se pose sur l'arrière de ma tête et il commence à doucement caresser mes cheveux.

Des frissons... partout... rien qu'avec une caresse sur mes cheveux.

Depuis le tout début, j'ai le sentiment qu'un lien s'est tissé entre Ryan et moi, et je crois que ce n'est pas qu'une impression. Cela expliquerait qu'entre nous il y ait une sorte d'attraction, d'attirance qui nous pousse à vouloir réclamer la présence de l'autre.

Ma conscience tente de me ramener sur terre et de me dire de refuser, ce contact, mais mon cœur est si bien à cet instant, comme entouré d'une enveloppe douce et chaude qui le protège... Je ne veux pas perdre ça, je veux garder cette sensation encore un instant.

Sous ma joue, entre mes bras, je sens la musculature de Ryan. Il n'est pas aussi massif qu'Ice – je me demande d'ailleurs qui peut l'être –, mais il est assez fort pour me communiquer un sentiment de sécurité et c'est tout ce qui compte.

Tandis qu'une de ses mains continue ses caresses sur mes cheveux, je sens la seconde glisser le long de mon dos et parcourir le tracé de ma colonne vertébrale à travers mon vêtement. Mon cœur bat un peu plus vite, mon souffle se bloque dans ma gorge et je serre plus fort les yeux.

À cet instant, l'angoisse commence à revenir doucement et j'essaye de toutes mes forces de l'éloigner. Ce genre de caresses, c'est la manière dont Sam me touchait, parce que nous étions ensemble, nous étions un couple amoureux… mais ce n'est pas le cas de Ryan et moi.

Je me redresse et desserre mon étreinte. Il sent ma réticence, mon corps qui s'est brusquement tendu, et comprend que j'ai besoin de mettre un peu de distance. Malgré tout, il lève sa main près de mon visage et dessine le contour de ma lèvre inférieure du bout de son index. Ma bouche s'entrouvre et un souffle m'échappe sans que j'aie pu le retenir.

– Ryan, je…

– Chut. Ne dis rien. Laisse-moi juste ça, murmure-t-il.

J'obéis et plonge mes prunelles dans les siennes. Lentement, son index fait quelques allers-retours sur mes lèvres, jusqu'à ce que je le voie déglutir et finalement reculer d'un pas avant de s'éloigner et de rentrer dans la maison.

Pour ma part, je reste dehors, profitant de la brise fraîche pour tenter de me remettre les idées en place. Je viens de passer une étape avec Ryan, celle du contact physique, presque sensuel, charnel. J'attends que la culpabilité m'étouffe, mais si elle est effectivement présente, elle est moins violente que je l'imaginais.

Pardonne-moi, Sam. Je t'aime tant...

Je ferme les yeux, soupire, puis rentre à mon tour dans la maison. Je me dirige vers le salon, où j'entends des voix. Pleine d'énergie et mue par la volonté de faire un effort de sympathie avec tous les membres du gang, j'entre dans la pièce avec le sourire, prête à engager des conversations.

Mais je m'arrête soudain en voyant Rain affublée du sweat de Sam. Cette vision me choque, me fait perdre les pédales. Quelque chose dans mon cerveau se met sur pause, tout devient muet autour de moi.

Non !

Ma réaction est si violente, si inattendue, que j'ai à peine conscience de m'élancer en direction de Rain. Je l'attrape par le sweat et je la tire vers moi de toutes mes forces.

– Rends-moi ça ! je crie.

– Lâche-moi, espèce de cinglée ! hurle-t-elle en se débattant.

– Rends-le-moi !

J'agrippe ses cheveux. À cet instant, je ne me contrôle plus. J'encaisse ses réflexions sans rien dire depuis des semaines, mais là, elle est allée trop loin. Il est hors de question que je laisse passer ça.

– Ella, calme-toi.

J'entends la voix de Ryan, je le sens me saisir et me tirer en arrière mais je me cramponne plus fort aux cheveux de Rain.

– Donne-le-moi ! Tu n'avais pas le droit de le prendre, c'est à moi !

– Lâche-moi, pétasse !

– Ella, arrête !

Cette fois, c'est la voix apeurée de Snow qui me parvient à l'oreille, mais ma colère me dirige et je suis incapable de la calmer. Thunder et Night se joignent à Ryan pour tenter de me faire lâcher prise.

Soudain, Rain, folle de rage, me met un coup de coude dans l'estomac. Je recule, le souffle coupé. Ryan en profite pour m'éloigner encore plus.

– Dis-lui de me le rendre, je m'écrie, les mains tendues en direction du sweat, faisant abstraction de la douleur dans mon ventre. DIS-LUI DE ME LE RENDRE !

– Ella, calme-toi… putain, arrête ! m'ordonne Ryan, cinglant, tandis que je me débats dans ses bras.

– Mais tu ne comprends pas…

– T'as raison, je ne comprends rien. Qu'est-ce qui t'arrive ? Ça ne va pas d'agresser Rain de cette façon ?

Je réalise que je sanglote quand, en voulant me justifier, j'ai du mal à formuler des phrases complètes :

– Il est à moi… il est à moi ! Dis-lui de me le rendre, s'il te plaît.

– Arrête de paniquer et explique-moi calmement ce qui se passe.

Ryan attrape mon visage entre ses mains et m'oblige à me concentrer sur lui.

– Voilà, respire, dit-il, apaisant.

– Ce sweat, c'est tout ce qu'il me reste de *lui*, j'avoue à voix basse.

Un éclair de compréhension passe dans le regard de Ryan, vite remplacé par de la tristesse. Ses paumes se resserrent un peu autour de mes joues.

– Elle n'a pas le droit de le garder, elle n'a pas le droit, j'insiste en agrippant ses poignets. Dis-lui de me le rendre, je t'en prie.

– D'accord, d'accord, ne t'inquiète pas.

Il me laisse dans le couloir et retourne dans le salon. Au loin, je l'entends dire :

– Ce sweat ne t'appartient pas, tu n'avais pas à le prendre. Rends-le à Ella, Rain, s'il te plaît.

– Non mais attends, tu déconnes ? Elle pète un câble pour un vêtement et tu lui donnes raison ?

– Je ne lui donne pas raison, je te demande simplement de lui rendre ce qui lui appartient.

– Elle n'aurait pas pu me parler poliment au lieu d'agir comme une folle furieuse ?

Après mon esclandre, je préfère ne pas intervenir. Vu l'état de nervosité dans lequel je suis, rien de bon ne pourrait sortir de ma bouche.

– Je reconnais que c'était violent, dit Sky d'une petite voix. Oh mon Dieu, Snow !

Alertée par la panique qu'exprime soudain la jeune femme, j'entre à nouveau dans la salle à manger pour voir ce qui se passe. Je découvre alors l'adolescent par terre, recroquevillé sur lui-même, la tête dans ses genoux entourés de ses bras, qui se balance d'avant en arrière.

– Austin ! s'écrie Ryan en accourant près de son petit frère.

C'est la première fois que je l'entends l'appeler par son vrai prénom – j'imagine qu'il ne l'utilise que dans des situations désespérées. Cela fait réagir Snow, qui se redresse. Mon regard croise le sien, apeuré, et je m'en veux immédiatement. Depuis le début, je me demande quelle vie a bien pu mener ce gosse pour se retrouver privé d'éducation et enrôlé dans un gang. Même si je n'ai pas de réponse concrète, je me doute que la violence a certainement fait partie de son enfance. En m'emportant, j'ai sûrement réveillé ses traumatismes…

Mon Dieu, qu'est-ce que j'ai fait ?

– Snow ? dis-je dans un souffle en essayant de m'approcher de lui.

Il détourne le regard et se concentre sur Ryan, qui lui parle doucement pour tenter de l'apaiser. La voix d'Ice claque soudain tandis qu'il lance à Rain :

– Tu n'avais pas à te servir sans demander la permission. Ella porte ce sweat au moins une fois par jour, tout le monde sait qu'il est à elle. Tu as voulu la provoquer. Étant donné que tu lui fais vivre un enfer depuis son arrivée, j'aurais tendance à dire qu'elle a mis du temps avant de te remettre les idées en place.

Je pose mes mains contre ma bouche, bouleversée d'entendre Ice prendre ma défense. Cela dit, je suis aussi prise de remords en voyant les Seven se diviser à cause de moi… Ce n'est pas ce que je veux.

Enfin, je devrais le vouloir mais je n'y arrive pas…

– Tiens, le voilà ton sweat de merde, crache Rain en me jetant le vêtement au visage.

Rageuse, elle ajoute à l'attention d'Ice et de Sky :

– Continuez tous à vous traîner à ses pieds, vous verrez où ça vous mènera.

Sur ce, elle quitte le salon d'un pas furieux. Elle pose son regard noir sur moi lorsqu'elle passe à mes côtés et me donne un violent coup d'épaule avant de s'éloigner.

Ryan se relève quelques secondes plus tard, laissant Snow un instant pour se tourner vers moi. Plus de sourire ni de clin d'œil, plus de légèreté ou de charme : tout ce qu'il exprime, c'est une grande colère et une profonde déception…

Merde, ça fait mal.

– Désolée, je murmure, à présent un peu honteuse de ma réaction.

Ryan reste immobile, me jaugeant, puis il lâche :

– Je pense que tu devrais t'isoler un moment.

Je croise son regard et je réalise qu'il ne me dit pas seulement cela en vue de me laisser du temps pour moi. Il me le suggère parce que ce que les autres membres ont vu de moi les dérange et que Ryan va devoir leur parler un moment.

– Je ne voulais pas réagir comme ça, je plaide en essuyant mes dernières larmes.

– Je sais.

– Je ne veux pas qu'ils croient que je suis folle. J'ai juste… en la voyant, j'ai…

– Je sais, Ella. Monte te reposer un peu, je viendrai te voir plus tard.

Habituée à ses gestes tendres, j'attends qu'il lève la main et qu'il caresse doucement ma joue. Mais il reste immobile, il se contente d'attendre que je disparaisse à l'étage.

Quand j'arrive dans ma chambre, je m'effondre sur le lit, inquiète à l'idée d'avoir mis ma mission en péril, à l'idée que les membres du gang décident de me renvoyer… mais surtout à l'idée que Ryan veuille s'éloigner de moi désormais.

CHAPITRE 20

RYAN

– Snow, est-ce que ça va ? murmure Sky en caressant les cheveux de mon frère.

Je m'accroupis près de lui et pose doucement ma main sur son bras.

– Ça va aller, dis-je en lui souriant, rassurant.

Il hoche la tête et se redresse doucement.

– Ella n'a pas voulu te faire peur, tu sais, j'ajoute.

– Oui, je sais. Je ne m'attendais pas à ça et j'ai…

– On comprend, ne t'en fais pas, le tranquillise Ice.

– Où est-elle partie ? demande mon frère après avoir pris une profonde inspiration pour faire disparaître les restes de l'angoisse qui l'a paralysé.

– Je lui ai demandé de s'isoler un peu.

Snow baisse la tête. Son air triste me serre le cœur. Je déteste que mon petit frère puisse ressentir la moindre peine.

– Je ne lui en veux pas, dit-il en s'installant sur le canapé. Je ne sais pas ce que c'est, mais Ella a un profond traumatisme en elle.

Je soupire et prends place à ses côtés.

– Mec, tu nous expliques ? demande Thunder.

Après la scène qui vient de se dérouler sous leurs yeux, il est normal que mes frères et sœurs d'armes s'interrogent. J'ai envie de leur expliquer la situation, mais j'ai promis à Ella de ne pas dévoiler ses blessures aux autres. Que dois-je faire : être honnête envers eux ou la protéger ? Le fait d'hésiter me donne envie de me foutre des claques. Mais il y a quelque chose dans les yeux de cette femme, dans son regard, dans ses gestes et dans sa voix, qui m'envoûte totalement.

Je sais que j'ai changé de comportement avec elle, j'ai abandonné Storm pour devenir seulement Ryan en sa présence, et je déteste autant que j'aime ça. J'aime l'idée que quelqu'un puisse réussir à me transformer, moi qui n'ai fait que traîner ma carcasse abîmée pendant de longues années, mais en même temps, je suis terrifié par la possibilité qu'elle ait ce pouvoir sur moi.

– Écoutez, je commence, on a tous notre passé, notre lot d'emmerdes et nos lourds bagages. Ella ne déroge pas à la règle. Elle est en train de traverser quelque chose de compliqué en ce moment, c'est d'ailleurs ça qui l'a poussée à se tourner vers nous. Sa vie a pris un tournant tragique il y a quelques mois et elle cherche encore comment s'adapter.

On est tous passés par là, on a eu nos hauts et nos bas et ça nous a pris du temps pour réussir à accepter de laisser le passé derrière nous. Ella n'en est pas encore là, et je suis prêt à parier qu'elle aura d'autres moments comme celui-là. Tout ce que je vous demande, c'est de ne pas la juger trop durement.

Sky et Snow acquiescent vivement, mais je ne me faisais pas de souci les concernant de toute façon. J'ai l'impression qu'Ella les a séduits aussi vite que moi. Ice, qui est pourtant beaucoup plus difficile à faire plier, hoche également la tête. Thunder, lui, grimace. Je me tourne vers Night, le plus silencieux d'entre nous. Son visage est indéchiffrable.

– Je vais être honnête, dit-il en se redressant. Ça ne me plaît pas que cette fille ait débarqué de nulle part, et ce qu'elle vient de faire me prouve qu'elle est instable. À tout moment, elle peut nous jeter sous les roues d'un bus. Tant qu'elle ne nous cause pas de problèmes, qu'elle suit les plans et qu'elle ne commet aucune faute durant les braquages, alors ça me va… si tu peux me garantir qu'elle ne nous fera pas de coup en douce. En revanche, tu auras beaucoup plus de mal à convaincre Rain. Elle a pris Ella en grippe depuis le début, et on sait tous pourquoi.

Ça oui…

Rain est la première qu'Ice et moi avons recrutée pour faire partie des Seven. Son caractère solitaire et sauvage a donné lieu à beaucoup d'accrochages.

Chaque fois qu'une nouvelle recrue entrait dans notre gang, Rain lui faisait vivre un enfer, pour la mettre sous pression mais aussi pour asseoir son statut de membre « fondateur » du groupe. Cela se comprend : l'histoire de Rain est l'une des plus tragiques. Ses réactions de chien de garde et son air toujours sur la défensive ne sont finalement rien d'autre qu'une façon de se protéger. Cette femme est terrifiée par l'inconnu, par la perspective de perdre le contrôle ou que tout ne se passe pas exactement comme prévu. Logiquement, l'arrivée subite d'Ella la déstabilise et le fait que cette dernière lui tienne tête quand elle la provoque ne contribue pas à apaiser les choses.

Je n'ai pas le choix, il va falloir que je les fasse se parler, se confronter, pour le bien du groupe.

– Storm, qu'est-ce qui se passe entre Ella et toi ? me demande soudain Sky.

– Qu'est-ce que tu veux dire ? dis-je, feignant de ne pas comprendre.

Mais je ne trompe personne. L'un des inconvénients de vivre ensemble vingt-quatre heures sur vingt-quatre, c'est que l'intimité est inexistante.

– Tu la veux, affirme Thunder d'une voix rauque. Ça se voit. Tu la chouchoutes.

Je me défends :

– J'ai toujours fait en sorte que l'intégration de chacun se passe au mieux.

– Ouais, mais tu ne m'as pas peloté, moi, rétorque le rouquin, goguenard.

– Moi non plus, renchérit Ice en faisant semblant d'être déçu.

– Moi non plus, ajoute Sky. Et j'en suis bien contente, d'ailleurs. Ne le prends pas mal, mais tu n'as jamais été mon genre, Storm.

– Alors que j'ai l'impression qu'il est celui de notre Ella, termine Snow avec le sourire tendre qui le caractérise.

Je suis heureux de voir qu'il a réussi à prendre sur lui. Mais s'il savait à quel point il se trompe… concernant Ella en tout cas. Oui, une connexion s'est formée entre elle et moi depuis le premier jour, oui, j'ai un fort besoin de la toucher et je sais qu'elle a apprécié de se reposer contre moi. Mais je doute qu'elle soit dans l'optique de refaire sa vie, elle n'y pense sans doute même pas. C'est beaucoup trop tôt, je l'admets sans peine.

Cependant, je pense sincèrement ce que je lui ai dit après le dernier entraînement dans la salle de gym. Entre elle et moi, quelque chose est destiné à se produire. Je le sens. Je pense d'ailleurs que si Ella n'était pas en plein deuil, nous serions certainement déjà ensemble à l'heure qu'il est.

Avec la vie que je mène, je ne me suis jamais vraiment imaginé avoir droit à une vie intime, une relation stable. Trouver la personne qui comprendra et acceptera ce que je fais est pour ainsi dire chose impossible. Il faudrait que j'entretienne une relation avec quelqu'un du gang… Pas de mensonges ou de non-dits, tout serait clair dès le départ. Mais ni Sky ni Rain ne m'ont jamais donné envie de sauter ce pas… et puis, Ella a débarqué. Je ressens quelque chose pour elle, je me dis que, peut-être, je vais enfin *la* trouver… mais son cœur est en miettes et le peu qui lui en reste bat pour un autre.

Malgré tout, je me refuse à abandonner. Je me dois au moins d'essayer.

– Je la veux, j'admets à voix haute.

Je m'attendais à beaucoup de choses, mais certainement pas aux sourires satisfaits de mes frères et sœurs d'armes.

– Alors bats-toi, m'encourage Sky en tapant dans ses mains, excitée.

Snow peine à cacher son enthousiasme et, en les voyant ainsi, je souris à mon tour.

– Fais attention quand même, me prévient Ice. Je te l'ai déjà dit, mais je te le répète : mélanger amour et travail, c'est la pire des choses. Ça finit toujours par exploser, et dans un business comme le nôtre, les explosions, on sait ce que ça donne.

Je ne le laisse pas paraître, mais je sais que l'éventualité que ça tourne mal entre Ella et moi est présente. Seulement, rien n'a encore commencé entre nous, alors pour l'instant, je n'ai aucune raison de penser au pire.

– On va sortir ce soir, j'annonce. Nous devons rentrer à Saint-Louis dans deux jours, on va profiter du temps qu'il nous reste. Ça permettra à Ella de s'intégrer un peu plus au groupe. Je compte sur vous pour la mettre à l'aise.

– On s'en charge.

– Bien.

– Je vais la prévenir, dit Sky en bondissant du canapé.

– Non, laisse, je lui ai promis d'aller la voir.

Je me rends à l'étage. Arrivé devant la porte de la chambre d'Ella, je toque doucement contre le battant. Comme personne ne me répond, je décide d'entrer. Ella est allongée sur le lit en position fœtale, le sweat serré contre elle.

– Comment tu te sens ? je lui demande en m'installant à côté d'elle.

– Mieux, répond-elle, la voix rauque.

– Tu es sûre ?

– Oui, j'ai simplement eu…

– Une énième crise de larmes, je termine pour elle.

Stupéfaite, elle se redresse d'un coup.

– « Une énième crise de larmes » ? Waouh… je n'aurais jamais pensé que tu puisses être un tel connard.

– N'interprète pas ce que je viens de dire de manière négative.

– Ah, parce qu'il y a une façon positive de l'interpréter, peut-être ?

– Ella !

– Arrête, Ryan. Tu n'as aucune idée de ce que je ressens. Ce qui vient de se passer, là, ce n'est rien de moins qu'une espèce d'ascenseur émotionnel, le même qui me secoue environ dix fois par jour. J'ai cette… culpabilité en moi, ces remords… Tu ne sais pas ce que ça me fait.

– Ce n'est pas parce que tu éprouves un peu de bonheur que tu trahis sa mémoire.

– Eh bien si, justement.

La voix d'Ella se brise, mais elle combat ses larmes de toutes ses forces.

– Chaque fois que je te parle, chaque fois que je te regarde, que tu me touches, j'ai l'impression de le trahir, m'avoue-t-elle. Chaque fois que je me rends compte que j'ai arrêté de penser à lui pendant une poignée de secondes, j'ai l'impression de le trahir.

– Qu'est-ce que tu comptes faire, alors ? T'arrêter de vivre ?

– Je n'en sais rien. Tout est encore trop récent pour que je puisse décider de quoi que ce soit.

Je lève mes mains pour les poser sur ses joues, mais après ce qu'elle vient de m'avouer, finalement je renonce. Malgré tout, je ressens le besoin de lui montrer qu'on peut revenir de loin et tout de même passer à autre chose sans renier ce qu'on a vécu.

– Viens te balader avec moi, je lui propose en tendant la main dans sa direction.

– Pourquoi ?

– Parce qu'il fait beau et que tu es restée enfermée ici ou dans la bibliothèque la majeure partie du temps ces derniers jours. Tu as besoin de t'aérer et de respirer un peu. Allez, viens.

– On vient d'aller faire un tour en voiture, fait-elle remarquer.

– Ella… viens !

Après une courte hésitation, elle se lève, enfile le sweat et accepte de me suivre, sans pour autant prendre ma main. Nous sortons de la maison et je l'entraîne à l'arrière. Le vent froid fait voleter ses mèches blondes autour de son visage. Elle les glisse délicatement derrière son oreille.

– Ça va mieux ? je lui demande.

– Un peu… Tu avais raison, sortir fait du bien.

Je dévisage son profil, les contours de son visage fin, ses lèvres roses qu'elle plisse quand elle est soucieuse, comme maintenant…

C'est une catastrophe. J'ai déjà appris Ella par cœur... Bordel de merde !

– Ella… il faut que tu te ressaisisses, dis-je.

– Que je me ressaisisse ? Comment peux-tu…

– Tais-toi et écoute-moi attentivement, je la coupe. Tu te trompes en t'imaginant que je ne comprends pas ce que tu ressens. Je le sais parfaitement. Parce que je souffre moi aussi, et je ne suis pas le seul dans ce cas. Sky, Snow, Ice, Rain, Thunder et Night… Ils souffrent tous. Quotidiennement. Sans arrêt.

Je prends le temps de rassembler mes esprits, parce que je m'apprête à lui livrer un pan de ma vie mais aussi à dévoiler la partie sombre de mes frères et sœurs d'armes.

– Mon père est mort quand j'étais jeune et ma mère s'est remariée un an après, pas par amour, mais parce qu'elle était terrifiée à l'idée de vivre seule. J'ai accueilli cet homme à bras ouverts : j'étais heureux pour notre mère. Les deux premières années ont été géniales, et puis il a commencé à boire… et avec l'alcool, à devenir violent. Dès le départ, j'ai été pris pour cible. Je ne compte même plus le nombre de coups que j'ai dû encaisser. Chaque fois, ma mère me regardait me faire tabasser sans lever le petit doigt. Je tenais bon, pour mon petit frère, je voulais le préserver de tout ça. Je faisais tout mon possible pour le protéger. Sauf que j'ai échoué trois fois… Cette troisième fois où mon beau-père l'a frappé, j'ai dit stop. J'avais seize ans à l'époque. J'ai pris Snow avec moi et nous avons quitté la maison pour ne plus jamais revenir.

– Oh mon Dieu, Ryan… balbutie Ella.

J'arrête son élan de pitié d'un geste et poursuis :

– J'ai commencé à voler pour nous trouver de quoi manger, puis de quoi nous payer une chambre d'hôtel. Au fur et à mesure, je me suis perfectionné et j'ai appris à repérer les gros poissons. Un jour, j'ai rencontré Ice dans la rue. Il avait passé des années à participer à des combats de boxe clandestins, et résultat ? Il avait failli y perdre la vie. Il en a d'ailleurs gardé un souvenir… dis-je en montrant ma propre lèvre pour qu'Ella comprenne que je parle de la cicatrice d'Ice. On a commencé à s'associer, tous les deux. Je lui ai raconté ma vie, mon parcours avec Snow. Pendant plusieurs mois, nous avons vécu ensemble, racketté des touristes, pas toujours mangé à notre faim. Puis un jour, Ice m'a suggéré l'idée d'arrêter les vols à la sauvette et d'essayer quelque chose qui nous rapporterait beaucoup plus en une seule fois. C'est comme ça que tout a commencé. On s'est mis en tête de recruter du monde. À l'époque, Ice avait beaucoup de colère en lui, c'est pour ça que j'ai décidé de prendre la place de chef, je voulais contrôler nos faits et gestes afin de ne pas risquer de faire des victimes sur notre passage, chose qui n'était pas la priorité d'Ice au départ. La première que nous avons approchée, c'est Rain. Notre rencontre avec elle s'est faite totalement par hasard. Un soir, Ice et moi avions décidé de nous trouver des prostituées…

Ella grimace, et quelque part, j'interprète sa réaction de façon positive : elle n'a pas envie de m'imaginer en compagnie d'une autre.

– Rain faisait le trottoir à ce moment-là, je continue. On allait l'accoster lorsque son mac est sorti de nulle part et l'a rouée de coups. En pleine rue. Je ne pourrai jamais effacer cette scène de mon esprit… Ice et moi, on n'a pas eu besoin de se concerter avant d'agir : on a foncé sur le mec, on lui a arraché Rain des mains et on a offert de rembourser la dette qu'elle devait. En échange, il s'engageait à la laisser tranquille. Le mac a accepté l'argent mais Rain avait peur qu'il ne lâche pas l'affaire, alors elle a simulé sa mort.

Ella est bouche bée face à moi. Comme elle reste silencieuse, j'ajoute :

– Je sais qu'elle n'est pas agréable avec toi depuis ton arrivée, mais Rain est bien plus sensible que tu te l'imagines. Tu lui fais peur, Ella : tu as débarqué comme ça, sans prévenir, et tu as bouleversé le quotidien de tout le monde. Le problème, c'est qu'avec ce qu'elle a vécu, Rain veut absolument tout contrôler, ne rien laisser au hasard. C'est sa façon de se sentir en sécurité. Tu comprends un peu les angoisses que tu as déclenchées avec ton arrivée ? Elle ne t'avait pas prévue dans nos vies et elle a du mal à accepter ta présence… pour l'instant.

Ella acquiesce, toujours suspendue à mes lèvres.

– Night et Thunder se sont rencontrés en prison, j'enchaîne. Le premier y a passé quelque temps après avoir déserté l'armée… Il n'en pouvait plus de toutes les horreurs qu'il voyait sur le terrain. Thunder, lui, purgeait une peine après avoir été arrêté pour un petit trafic de drogue. Ils ont créé un lien très fort, et à leur sortie de taule ils se sont retrouvés à la rue. C'est là que je les ai rencontrés. Au moment où Ice et moi nous sommes intéressés à Night et à ses tuyaux pour se fournir en armes, il nous a fait comprendre que c'était lui et Thunder, ou alors personne. Pendant trois ans, nous avons agi à six, jusqu'à ce qu'on se rende compte qu'au moment de fuir les braquages, on ne maîtrisait pas vraiment. Plusieurs fois, on a failli se faire prendre par les flics parce qu'on n'était pas assez rapides, pas assez performants au volant d'une voiture. On a donc décidé de recruter un septième membre qui serait notre chauffeur, en quelque sorte. Au bout de quelques mois, on est tombés sur Sky. Elle aussi vivait dehors, mais son histoire est beaucoup plus sordide. Elle a été violée… Son passé est trop personnel pour que je te le raconte, je la laisserai t'en parler quand elle se sentira prête.

Une larme coule sur la joue d'Ella. Mais cette fois, ce n'est pas pour elle qu'elle est triste, c'est pour nous tous.

– Si je te dis tout ça, c'est pour que tu comprennes une chose, je conclus. On peut avoir mal à en crever, être hanté par des souvenirs atroces, et pour autant avoir encore une étincelle de vie au fond de soi qui ne demande qu'à s'allumer. Tu as le droit de faire ton deuil, mais tu dois aussi apprendre à le maîtriser. Dès que tu sens que tu vas craquer, va faire du sport, écoute de la musique, cuisine, crie un bon coup… Évacue ton sentiment. Ne le garde pas pour toi. Ne le laisse pas te ronger de l'intérieur.

– Je ne sais pas comment faire ça, me confie-t-elle. Toutes ces étapes sont en train de me rendre dingue.

– Ces étapes ?

Elle soupire et passe une main dans ses mèches blondes.

– Ma mère est psy. Elle m'a dit qu'il y avait plusieurs étapes dans le deuil et qu'elles étaient inévitables. J'avais du mal à y croire, mais je me suis rapidement rendu compte que mes humeurs étaient ingérables. J'ai été tellement en colère les premiers mois… et depuis quelques semaines, je suis accablée de chagrin, tellement que ça me fait réagir comme… une dingue, parfois.

– Tu n'agis pas comme une dingue, je la rassure. Tu as raison, c'est la douleur qui te guide, et tu n'y peux rien.

– J'en viens à redouter les prochains changements. Et si c'est de pire en pire et que le deuil m'aspire complètement ? Que je n'arrive pas à le maîtriser ?

– Tu apprendras. Au risque de paraître rude, t'empêcher de vivre ne fera pas revenir ton mec, Ella. Laisser la douleur te détruire non plus. Rien ne le fera. Tu comprends ? Il ne s'est passé que quelques mois depuis sa mort, et regarde dans quel pétrin tu t'es fourrée. Tu as forcé les portes d'un gang, hacké des caméras de sécurité, participé à ton premier braquage… Tout ça parce qu'au fond de toi tu as besoin de te sentir vivante. Te mettre en danger t'aide à retrouver cette sensation. Je me trompe ?

Son mutisme parle pour elle.

– On est tous passés par là, on a tous flirté avec le danger dans le seul but de prouver à la vie qu'elle n'avait pas réussi à nous mettre à terre, dis-je. Sauf que la frontière est mince entre vouloir se sentir exister et faire quelque chose susceptible de nous anéantir. Je ne te laisserai pas tomber du mauvais côté de cette ligne, Ella, c'est compris ?

Cette fois, je prends son visage entre mes mains.

Que j'aime sentir sa peau douce…

– Je ne veux pas que tu oublies ton mec, je ne veux pas que tu renies ton deuil, j'ajoute. Je veux que tu apprennes à vivre avec, que tu apprennes à *revivre*. Tu comprends ?

Comme chaque fois que je pose mes paumes contre ses joues, Ella enroule ses doigts autour de mes poignets. Elle le fait avec douceur, et dans ses yeux, je lis beaucoup de lassitude. Mais après un instant, ses muscles se relâchent et elle se détend un peu.

Nous nous remettons à avancer. Au bout de quelques instants, elle glisse sa main dans la mienne. Elle avait pourtant refusé de le faire tout à l'heure… Elle a besoin de faire les choses à son rythme, à sa façon, et il va falloir que je l'accepte.

– Merci, Ryan, dit-elle, et je la sens sincère.

– De rien.

Nous retournons à l'intérieur de la maison. Au moment où elle s'apprête à monter à l'étage, je la préviens :

– Va te préparer. On sort tous ensemble ce soir.

– Qu'est-ce qu'on va faire ?

Je détaille son visage surpris, et je souris en répondant :

– Vivre !

***

Le soir venu, nous nous répartissons dans deux voitures. Je laisse Ella monter avec Sky, Snow et

Ice et je prends place en compagnie de Thunder, Night et Rain, surtout pour parler à cette dernière et lui faire comprendre que son comportement envers Ella doit s'améliorer. Mais je veux aussi la rassurer, qu'elle sache qu'elle est toujours aussi importante à nos yeux.

– Comment tu te sens, ma Rainy ? je lui lance.

– Seul Snow est autorisé à m'appeler comme ça, tu le sais, ronchonne-t-elle. Je ne peux rien refuser à ce gamin, mais toi, c'est différent.

Son air revêche me fait sourire. À première vue, Rain est d'une froideur à toute épreuve, loin de respirer la sympathie. En réalité, elle est surtout profondément marquée par son passé. Le rejet de l'autre et l'attaque sont les seuls moyens qu'elle a trouvés pour se protéger et gérer ses émotions.

– Tu sais que je déteste les nouveaux arrivants, reprend-elle.

– Je sais, dis-je en l'attirant contre mon flanc. Mais je pense qu'Ella va rester avec nous un petit moment, alors il va falloir t'habituer à elle.

– Je vois bien qu'elle te fait craquer, je ne suis pas aveugle.

– Je ne t'abandonnerai pas, dis-je pour la rasséréner, tout en évitant d'admettre ce dont elle m'accuse.

Elle hausse les épaules.

– Ella vit des choses compliquées… j'ajoute pour défendre notre nouvelle recrue.

– Comme tout le monde, rétorque Rain. Je ne la prendrai pas en pitié.

– Ce n'est pas ce que je te demande. Juste de peser tes mots avant de les lui jeter au visage.

Connaissant Rain par cœur, je décide de durcir le ton, histoire qu'elle comprenne bien qu'elle n'a pas le choix. J'enfile mon costume de Storm, chef de gang intransigeant qui se voit obligé d'imposer sa décision quand les discussions n'aboutissent à rien. Je n'aime pas avoir recours à cette méthode, mais puisque Rain ne me laisse pas le choix…

– Il en va du bien de notre gang, dis-je. Si tu n'es pas capable de faire des efforts, alors c'est toi qui nous poseras problème.

Avec le temps, j'ai appris ce qui fonctionne avec mes frères et mes sœurs d'armes et ce qui ne fonctionne pas. Je dois jongler entre mes deux personnalités, user de l'aura de Storm quand j'en ai besoin et rester Ryan dans d'autres circonstances. Parfois, j'aimerais investir un costume définitif. Mais tant que les Seven existeront, cela me sera impossible.

Sauf avec Ella... Tu n'as jamais été Storm avec elle, et d'ailleurs, elle veut que tu sois Ryan, juste Ryan...

Je fais abstraction de la petite voix dans ma tête pour me concentrer sur la route. Lorsque nous arrivons sur le parking de la boîte de nuit, tout le monde descend des voitures. Je m'astreins à ne pas m'approcher d'Ella : j'ai envie de lui laisser de l'espace, histoire de voir si elle va décider seule de m'approcher.

Les filles entrent les premières, suivies par le reste du groupe, et nous trouvons rapidement deux tables où nous asseoir. La musique hurle de tous les côtés, les basses résonnent jusque dans nos corps et des dizaines de personnes sautent en rythme sur la piste de danse. Deux serveuses viennent prendre nos commandes. Ella, qui s'est installée à côté de moi, se contente d'un cocktail sans alcool.

– Tu n'as pas peur qu'on se fasse repérer ? me glisse-t-elle à l'oreille alors que Sky entraîne Ice sur la piste.

– Qui nous soupçonnerait ? je lui rétorque. Détends-toi. Profite un peu.

Mais elle reprend l'une de ses activités favorites, observer.

– Est-ce que tu veux venir danser, Ella ? lui propose Snow.

– Merci, mais je vais rester ici.

– Oh, allez, accompagne-moi, insiste mon frère. Tu ne vas pas me laisser tout seul, quand même !

– Sky et Ice sont déjà sur la piste, va les rejoindre !

Snow capitule et se fraye un chemin dans la foule pour rejoindre le couple. Nos boissons arrivent, Thunder avale ses deux shots de tequila cul sec puis quitte notre table et s'éloigne sans rien dire. Je souris, parce que je sais ce qui se passe. Il a repéré une jolie fille et il vient officiellement d'ouvrir la chasse. Ne restent plus que Night, Rain, Ella et moi. Je la sens mal à l'aise à mes côtés. Elle regarde les gens sur la piste d'un œil vide, c'est comme si elle n'était pas vraiment là, avec nous. Et je crois savoir où elle s'est réfugiée…

Je me lève d'un bond, tends ma main dans sa direction et lui dis :

– Viens danser.

– Non, je…

– Viens danser, Ella.

– Je n'en ai pas envie.

– Mais moi si. J'ai envie que tu danses avec moi.

Dans ses yeux s'allume une petite étincelle… La promesse d'un feu immense qui couve en elle et que j'adore.

– Donc, parce que tu le veux, je devrais céder à tes caprices ? souligne-t-elle.

– Non, mais tu pourrais me faire plaisir.

Elle me fixe droit dans les yeux, les sourcils froncés, puis décrète :

– Non merci.

Je soupire en baissant ma main.

– Comme tu veux.

Je fais mine de m'en aller avant de faire brusquement demi-tour et de passer mes mains sous ses jambes pour la soulever.

– Ryan, non ! s'écrie-t-elle en s'agrippant à moi.

Malgré ses protestations, je l'entraîne au milieu de la piste et je l'y dépose avant de placer mes mains sur ses hanches.

– Danse ! je lui lance.

– Mais tu es sourd ou quoi ? J'ai dit…

J'attrape sa main, la fais tourner sur elle-même puis la fais basculer en arrière en la maintenant fermement. Quand elle me regarde à nouveau, je lui adresse un clin d'œil.

Et c'est là que son sourire apparaît… C'est à cet instant que je me liquéfie. Face à cette fille, à son regard, à la beauté de son visage, face à tout ce qu'elle représente, je suis faible et je n'ai pas honte de l'admettre.

– T'es complètement fou, en fait, dit-elle en riant.

– Ou alors, je suis un mec génial et tu ne t'en rends pas compte.

Je la redresse et lui demande encore une fois :

– Ella, danse avec moi.

Cette fois, elle accepte d'un hochement de tête.

Derrière nous, le DJ baisse doucement la musique et commence un décompte. Quand il arrive à zéro, il remonte le son et toutes les personnes dans la boîte se mettent à sauter en rythme, Ella et moi compris. À mon grand soulagement, elle sourit, d'abord timidement, puis de plus en plus sincèrement. Prise dans le tourbillon de l'ambiance sur la piste, elle finit même par écarter les bras, fermer les yeux et danser en souriant. Subjugué, je m'arrête et je l'observe. J'ai toujours été conscient de sa beauté, mais là, en la voyant toucher du doigt la liberté, je la trouve absolument sublime.

La musique s'achève et une autre commence immédiatement. Ella continue de se déhancher, les yeux toujours fermés… Je sais qu'elle se bat contre elle-même pour essayer de trouver un peu de détente, un peu de légèreté dans une période difficile. Elle ne parviendra pas à se libérer du poids qui la tire vers le bas en un claquement de doigts, mais je suis convaincu qu'elle y arrivera au bout du compte.

Soudain, alors que la musique ne s'y prête pas vraiment, elle se plante devant moi, les yeux bien ouverts cette fois.

– Danse avec moi, me dit-elle, reprenant mes propres mots.

D'une main tremblante, hésitante, elle attrape la mienne et me rapproche d'elle.

– Et si on s'aidait à tout oublier pendant trois minutes ? me suggère-t-elle.

Stupéfait, j'attends de savoir si elle se fout de moi ou si elle est sérieuse. Je la regarde inspirer profondément, puis elle passe ses bras autour de mon cou et commence à danser lentement, en m'entraînant avec elle.

CHAPITRE 21

ELLA

Je ne sais pas ce qui m'arrive, je ne maîtrise plus rien. La seule chose à laquelle je pense, c'est la discussion que j'ai eue avec Ryan avant de venir ici ce soir. Elle n'a pas cessé de me hanter… Ce que les membres de ce gang ont vécu, les cicatrices profondes qu'ils cachent au fond d'eux et qui font écho à la mienne… Finalement, ils me comprennent tous bien plus que je n'aurais pu l'imaginer.

En les voyant maintenant, en réalisant qu'ils ont tous réussi à remonter la pente, je commence à me dire que, peut-être, j'ai le droit de m'octroyer de petits moments loin de mon deuil, loin de ma douleur. Et je ne veux les partager avec personne d'autre que Ryan, mon guide depuis mes premiers pas au sein des Seven. Il n'a fait que m'aider, jour après jour, et je commence à douter qu'il puisse avoir ordonné le meurtre de Sam, lui qui tient tant à épargner les civils à tout prix. En tout cas, j'ai envie de croire qu'il est innocent, j'ai besoin de m'en persuader, là, tout de suite, parce que ce n'est qu'en présence de Ryan que je goûte à mes premiers instants de répit depuis sept mois. C'est comme si j'avais totalement oublié les raisons de mon infiltration dans le gang, comme si plus rien n'avait d'importance en dehors de sa présence près de moi pour atténuer mes angoisses. C'est comme si… comme si j'avais décidé que ce dont je l'accusais au départ était une erreur.

J'ai peur. Peur de m'être fait embobiner, peur qu'il m'ait attirée dans ses filets comme Scott le craignait… Mais une part de moi est de plus en plus convaincue que Ryan n'est pas responsable du meurtre de Sam.

Ce qui ne veut pas dire qu'un autre membre des Seven ne peut pas être derrière l'assassinat. Si ce n'est pas Ryan, alors qui ?

Je ferme les yeux plus fort, complètement perdue. Je ne sais plus quoi penser… Cependant, ce n'est pas le moment de cogiter. Là, je savoure l'instant présent, et cela dépasse toutes les espérances auxquelles j'ai tenté de me raccrocher ces derniers temps.

La musique se poursuit. Les paupières closes, je danse contre Ryan. Il ne me serre pas, n'en profite pas pour laisser ses mains se balader. Il me tient, juste comme ça. Autour de nous, tout le monde gesticule en rythme avec la mélodie ; tous les deux, nous sommes les seuls à contretemps.

Quand la musique change, j'ouvre les yeux. Ryan me dévisage. Ses prunelles noires me clouent sur place. Je suis certaine qu'il ne m'a pas lâchée une seule fois du regard pendant le temps qu'a duré la chanson. Je l'admets, mon cœur se réchauffe quand je réalise qu'il ne joue pas avec moi, que je lui plais sincèrement. Je suis certaine de ne pas être capable d'aimer à nouveau, en tout cas pas maintenant, mais j'accepte l'intérêt que Ryan me porte avec un plaisir coupable.

– Tu y arriveras, me dit-il avec un sourire.

Mes lèvres s'étirent elles aussi, puis je détourne le regard, gênée. Ryan est aux antipodes du cliché du chef de gang. Je devine sa rigueur, son autorité, sa poigne de fer, mais son humanité ne semble pas avoir de frontières. Et maintenant que j'en sais plus sur sa vie, je vois un peu de lui en Snow. Cet adolescent meurtri et sa capacité à aimer m'ont fascinée depuis le premier jour. Ryan a sans aucun doute une carapace plus épaisse que son frère, mais ils partagent la même bonté.

– J'ai un peu chaud, dis-je. Je vais aller me passer de l'eau sur le visage.

– Je t'attends ici.

Je m'éclipse, pressée d'échapper à la tension étrange qui vient de se créer entre Ryan et moi. Je me dirige rapidement vers les toilettes. Derrière moi, la foule chante, reprenant le refrain de la chanson que le DJ passe en ce moment. Mes oreilles bourdonnent à cause de tout ce bruit. C'est sûr, cela me change du calme dans lequel je me suis enfermée ces derniers mois…

J'entre dans les toilettes des femmes, mais en arrivant à l'intérieur, je me stoppe net. Des bruits parviennent de la cabine du fond, reconnaissables entre tous. Un dos qui tape contre la porte en bois, des halètements, des respirations saccadées, des gémissements étouffés. Aucun doute, un couple est en train de s'envoyer en l'air. Mon premier réflexe est de me diriger tout de même vers le lavabo, avant de trouver la situation franchement bizarre. Je fais demi-tour et retourne vers la porte des toilettes sur la pointe des pieds, quand soudain, j'entends une voix rauque susurrer :

– Putain, beauté ! Je suis dingue de toi, c'est incroyable.

Je reconnais immédiatement le timbre d'Ice. Je plaque une main sur ma bouche et, sans pouvoir m'en empêcher, je rougis. Déjà que l'armoire à glace m'intimidait, maintenant je vais me sentir mal à l'aise en sa présence.

– Oh mon amour, je vais jouir, gémit Sky.

Je déguerpis sans demander mon reste…

En retournant sur la piste de danse, je me rends compte que je suis en train de rire. À cause de la situation sur laquelle je viens de tomber, mais aussi de mes nerfs qui se relâchent…

Je m'apprête à rejoindre Ryan pour lui raconter ce qui vient de se produire quand soudain mon téléphone sonne dans ma poche. En voyant le nom de ma mère s'afficher sur l'écran, je fronce les sourcils. Je me demande pourquoi elle m'appelle à une heure aussi tardive. Et puis je me souviens que Scott et moi discutons à travers elle…

Je sors de la boîte de nuit et m'éloigne sur le parking en décrochant.

– Allô ?

– Ella ? Comment vas-tu ? On se fait un sang d'encre.

Surprise d'entendre la voix de Jacob au bout du fil, je lui demande :

– Jacob ? Pourquoi est-ce que tu me contactes ?

– Mais pour avoir de tes nouvelles. C'était le deal, que tu nous donnes des informations le plus souvent possible. Ça fait des jours que c'est silence radio.

– J'ai envoyé des messages à Scott, c'est plus facile pour moi d'effacer les preuves ensuite. Tu ne devrais pas m'appeler, ça risque d'attirer l'attention sur moi.

Je jette des coups d'œil furtifs en direction de l'entrée de la boîte de nuit pour voir si un membre des Seven m'a suivie. Heureusement, ce n'est pas le cas…

Après un court silence, Jacob reprend :

– Ella, si tu es en danger, dis-le-nous. On arrêtera la mission immédiatement.

– Quoi ? Non ! Pourquoi penses-tu que je suis en danger ?

Second silence, puis Jacob me répond, incrédule :

– Parce que tu as infiltré un gang de braqueurs, enfin ! Ne me dis pas que tu l'as oublié !

Si… Je suis en train de l'oublier, et c'est terrible. Mais la douceur et la pureté de Snow, l'amitié naissante que je noue avec Sky, les moments drôles que je partage avec Ice, les repas et les entraînements auxquels nous participons tous, mon rapprochement avec Ryan… Tout ça m'embrouille l'esprit et occulte le fait que les Seven sont avant tout des criminels.

– Tout se passe bien, dis-je pour rassurer Jacob.

Même si sa démarche m'a surprise, je suis finalement heureuse qu'il ait appelé : cela me permet de lui poser la question qui me trotte en tête depuis quelque temps maintenant.

– Jacob, est-ce que tu es sûr que c'est eux ? Qu'ils sont les meurtriers de Sam ?

Comme il ne répond pas tout de suite, je devine que ma question n'a fait que renforcer ses inquiétudes à mon sujet.

– Comment ça ? finit-il par lâcher. Bien sûr que c'est eux.

– Qu'est-ce qui nous le prouve ? Et si on faisait fausse route ?

Le énième silence à l'autre bout de la ligne ne me dit rien qui vaille. Et mon ventre se noue lorsque Jacob déclare :

– Bon, je vais prévenir Scott. On va te rapatrier et arrêter tout de suite cette mission. On trouvera une autre solution pour faire tomber le gang.

La panique explose en moi à l'idée de quitter les Seven, de ne plus voir Snow, Sky, Ice… Ryan. *Non, mon Dieu, non.*

– Jacob, non, je…

– C'était une mauvaise idée, on n'aurait pas dû…

– Non, écoute-moi, dis-je avec fermeté. Je reste, je poursuis la mission. Je vais la mener jusqu'au bout.

– Ella…

– Je te promets que je vais me ressaisir. J'émettais seulement l'idée que, peut-être… mais peu importe. Ne t'inquiète pas pour moi, je ne dévierai pas de mon objectif.

J'ai beau essayer de me montrer convaincante, au fond, je ne suis pas si sûre de ce que j'affirme… Cela semble toutefois suffire à Jacob.

– Comme tu veux, abdique-t-il. Mais il serait bon que tu trouves d'autres informations au plus vite pour qu'on puisse mettre fin à tout ça.

– Compris.

Avant qu'il ne raccroche, je lui pose une autre question :

– Comment se fait-il que tu aies le téléphone de ma mère, au fait ?

– Scott a demandé à ton père de le cloner sur un autre portable, ce qui fait qu'on peut utiliser ce numéro sans être obligés de toujours avoir ta mère à disposition. Et surtout, il est impossible de détecter le doublon de la ligne. Tes nouveaux petits copains ne soupçonneront pas que nous sommes en contact avec toi.

C'est si malin, et ça ressemble tellement à mon père…

Je souris tendrement en pensant à lui.

Mes parents me manquent terriblement...

Après avoir mis un terme à l'appel, je retourne dans la boîte de nuit et j'y retrouve Ryan, qui m'accueille avec un grand sourire.

– Tu en as mis, du temps ! s'exclame-t-il.

– Oui, j'ai… j'ai surpris Ice et Sky dans les toilettes des femmes… J'ai été prise d'un fou rire, alors j'ai décidé de prendre l'air.

Ryan ne paraît pas le moins du monde étonné par ce que je raconte.

– Bien. Ils seront beaucoup plus détendus après ça, réplique-t-il en haussant les épaules.

Je ris à nouveau, et j'oublie immédiatement tout de ma conversation avec Jacob. Mais très vite, je sens mon angoisse revenir au galop, pour des raisons totalement différentes d'il y a quelques instants. La désinvolture de Ryan me rappelle que lui aussi a eu le droit à son petit moment de « détente » il y a quelques semaines, le soir où il est rentré en portant sur lui le parfum d'une autre femme. Je n'arrive toujours pas à m'expliquer la contrariété qui m'a saisie lorsque je l'ai remarqué. Et pourtant, je sais que je serais encore plus irritée si cela se reproduisait dans les prochains jours, bien que j'aie conscience de n'avoir aucun droit sur Ryan. Le fait est que, depuis le début, il m'accorde son attention ; il est pour l'instant le seul qui arrive à m'offrir une bulle d'oxygène. Alors, s'il se donnait à une autre, même pour quelques heures, j'aurais peur de perdre ce souffle d'air qui m'est si vital ces derniers temps.

– … encore une heure ou deux.

Je redescends sur terre pour me reconcentrer sur Ryan.

– Pardon ?

– On reste encore une heure ou deux, puis on rentre. Il faut préparer notre retour à Saint-Louis.

– D'accord. Je crois qu'on devrait…

Je n'ai pas le temps de terminer ma phrase. Deux bras m'agrippent la taille et me font tourner dans les airs. Je pousse un cri de terreur avant d'être reposée sur le sol. Derrière moi se trouve Snow, hilare, le visage rayonnant.

– Tu as dansé avec mon frère, maintenant c'est mon tour, exige-t-il.

Incapable de lui refuser ça, je le suis au milieu de la piste tout en vérifiant si Ryan nous suit… ce qui n'est pas le cas. Bêtement, j'appréhende un peu. Lâcher prise, j'y suis parvenue, mais avec lui, parce que je me sens en sécurité à ses côtés…

Il retourne aux tables qui nous sont réservées, s'assied et boit une gorgée de son cocktail tout en ancrant son regard au mien. Je me sens tout de suite un peu plus sereine. J'inspire un grand coup, puis je prends le visage de Snow entre mes mains et lui dis :

– Je suis désolée pour tout à l'heure. Je ne voulais pas t'effrayer, je n'aurais jamais dû réagir de cette manière. J'espère que tu pourras…

– C'est oublié, Ella. Je ne t'en ai jamais voulu.

Soulagée, je dépose un baiser sur sa joue. Son visage d'adolescent s'éclaire, puis il se met à danser et à sauter dans tous les sens. Il ressemble à un chien fou au milieu de la piste alors qu'il laisse l'enfant innocent qui vit en lui s'exprimer. Celui qui a été privé de son insouciance, celui qui a connu la violence dans le seul endroit où chaque petit garçon, chaque petite fille devrait se sentir en sécurité.

– Bouge, Ella ! me lance-t-il.

Je me mets à imiter ses mouvements. Très vite, nous sommes rejoints par Sky, Ice et Thunder, aussi excités que Snow. Sky attrape ma main et me fait tourner sur moi-même avant de m'entraîner dans une sorte de tango approximatif. Notre petit groupe est totalement à contretemps de ce qui se passe autour, mais nous rions tous de bon cœur et c'est ce qui compte. Thunder se lance dans une danse façon robot et cela fait redoubler notre hilarité, surtout quand Snow l'imite. Je ris tellement que j'en ai des crampes à l'estomac, moi-même surprise du tour que prend cette soirée.

– Et moi, alors ? m'interpelle Ice quand Sky me lâche.

Sa grosse voix couvre sans problème la musique. Immédiatement, je rougis. Mais il est rieur et il paraît beaucoup plus détendu qu'il ne l'a jamais été. Tout sourire, il approche, attrape ma nuque et dépose un rapide baiser sur mon front.

– C'est bien que tu t'amuses, petite, dit-il.

La cicatrice à sa lèvre inférieure tord sa bouche quand il sourit, mais ça n'enlève rien à son charme brut.

– Toi aussi tu as passé du bon temps, à ce que j'ai entendu, je réplique.

Je ne sais pas d'où me vient cette audace, mais elle est accueillie par un rire de la part de l'armoire à glace. Il m'incite à danser avec lui et je suis sa cadence autant que possible.

Alors que je tourne sur moi-même, je dévisage rapidement chacun des membres du gang. Je n'ose imaginer ce qu'Ice a vécu en devant se battre pour survivre. Je me sens chanceuse de ne pas avoir eu à me prostituer comme ça a été le cas pour Rain, ni d'avoir subi l'immonde crime qu'a enduré Sky : être violée… Je crois que c'est elle qui m'inspire le plus d'admiration. Elle irradie de lumière et ce malgré les moments terribles qui doivent certainement lui revenir en mémoire parfois. Thunder et Night, eux, ont connu la prison… Et enfin, Snow et Ryan ont dû fuir leur famille.

Je *sais* que je dois les considérer comme des ennemis, je *sais* que je dois récolter un maximum d'informations à propos du gang, mais je sais aussi que ça, tout ce que j'ai appris sur ces sept personnes et leurs blessures, je ne le dévoilerai jamais. C'est beaucoup trop intime. Même si ces histoires pourraient peut-être aider Scott à identifier certains des Seven, je me refuse à lui en parler.

Je m'en fais la promesse.

CHAPITRE 22

ELLA

– Ella, je suis tellement excité !

Snow piétine à côté de moi et je ne peux m'empêcher de sourire devant son enthousiasme. Nous sommes revenus à Saint-Louis depuis quelque temps et Ryan a voulu que nous fassions profil bas pour encore un moment avant de reprendre une vie normale. Mais aujourd'hui, enfin, je vais pouvoir retourner dans ma petite librairie.

Les bibliothèques du loft ne me suffisent plus. J'ai besoin de retrouver ma boutique emplie de livres pour quelques heures. Évidemment, je ne pouvais pas y aller sans Snow, qui a été plus qu'heureux que je lui propose de m'accompagner.

En ouvrant la porte, le bruit du carillon et l'odeur familière de papier me frappent immédiatement. Je me fige un instant, aspirée dans mes souvenirs. Je sens un sourire se former sur mes lèvres et des larmes perler dans mes yeux.

– Ella ?

Lauren...

C'est la libraire que j'ai engagée à l'ouverture de la librairie et avec qui j'avais tissé de vrais liens amicaux avant… avant que tout change, que mon monde vole en éclats et que je m'éloigne.

Elle se précipite dans mes bras et me serre contre elle.

– Je suis tellement heureuse de te voir, me dit-elle. Comment vas-tu ?

– Bien, je te remercie.

– Ça fait si longtemps que tu n'es pas revenue ici… Tu m'as manqué, tu sais ?

– Toi aussi, Lauren… Je te présente Sn… Austin. Un ami.

– Salut, dit Snow, un air de pur bonheur sur le visage.

– Salut, Austin. J'ai l'impression que tu es content de te trouver ici.

L'adolescent s'esclaffe et je l'imite.

– Tu n'imagines pas à quel point ! je m'exclame. On va faire un tour de la librairie et faire une petite sélection de romans.

– Pas de problème, tu es ici chez toi, me répond Lauren. Si vous avez besoin de moi, tu sais où me trouver.

Je passe mon bras sous celui de Snow et nous commençons à arpenter la librairie.

Voilà plus d'un mois que j'ai commencé à lui donner des cours de lecture et d'écriture. Nous travaillons environ deux heures chaque jour. Même s'il n'est pas encore capable de se lancer seul dans la lecture d'un roman, j'ai décidé que faire un peu de shopping ne pourrait que le motiver encore plus.

– Comme tu n'as pas encore lu de livres, on ne sait pas ce qui te plaît, dis-je. Il en existe de plein de genres différents, et on va essayer de prendre un peu de tout pour que tu puisses avoir du choix quand tu te sentiras capable de te lancer. Je te propose des romans très courts avec une police en gros caractères pour commencer.

– Une police ? répète Snow, surpris.

– C'est le nom qu'on donne au style des lettres dans un livre.

Je passe ma main sur la tranche des ouvrages parfaitement rangés et je commence à attraper ceux qui m'ont particulièrement touchée et qui, je pense, plairont à Snow. Les livres s'amassent dans les bras de l'adolescent et je finis par aller déposer une première pile sur le comptoir près de Lauren. Cette dernière en profite pour sortir deux livres de sous la caisse et me les tendre.

– Voici le cinquième tome de la série que tu aimes tant, et… ce petit bijou est arrivé la semaine dernière. Je te l'ai mis de côté en espérant que tu passerais bientôt.

Je me surprends à exulter, à retrouver cette joie immense qui m'envahit chaque fois qu'un nouveau roman qui m'intéresse est enfin livré.

– Ça parle de quoi ? me demande Snow, intrigué.

– C'est une romance de Noël. J'ai tellement hâte de la lire…

Je me tourne vers l'adolescent et ajoute :

– J'ai beaucoup échangé avec l'auteure et on s'est liées d'amitié. Tu imagines un peu la joie que j'ai ressentie quand elle m'a demandé si ça me plairait de recevoir son nouveau roman en avant-première ? J'attendais ce genre de texte de sa part depuis si longtemps… Vu l'amour qu'elle porte à cette période, je lui fais confiance pour avoir rendu cette histoire noëlesque !

Mes livres à la main, j'entraîne à nouveau Snow à travers les rayonnages de livres. Je me sens légère et pleine d'énergie. Nous passons un temps fou dans ma petite boutique, et plus que le plaisir de retrouver cet endroit si réconfortant, c'est le sourire de Snow qui rend ce moment spécial.

Lorsque nous retournons au loft, nous sommes tellement chargés que les autres nous regardent avec de grands yeux.

– Euh, Ella… chez nous, on braque des banques et des bijouteries, pas des librairies, me fait remarquer Ice.

Je souris et dépose la pile énorme que j'ai dans les mains, puis je sors de mon sac un ouvrage que j'ai pris lorsque Snow ne faisait pas attention.

– C'est pour toi, dis-je en lui tendant *Le Petit Prince*. C'est un livre que me lisait beaucoup ma mère lorsque j'étais petite, et un des premiers que j'ai réussi à déchiffrer toute seule. Je suis sûre qu'il va te plaire.

Snow s'empare du roman, passe délicatement une main sur la couverture, puis il me regarde et me prend soudain dans ses bras.

– Merci, Ella.

Je l'enlace à mon tour.

– De rien, je murmure à son oreille.

– J'ai hâte de commencer à le lire tout seul. Dans quelques semaines, j'espère… Au fait, on a un cours, ce soir, tu n'as pas oublié ?

– Pas le moins du monde.

Il s'éloigne en feuilletant déjà les pages du livre, détaillant les petites illustrations, ce qui me fait sourire.

– Tout va bien ? je demande à Ryan lorsque Snow a disparu.

Installé sur un tabouret de bar dans la cuisine, il nous a à peine regardés, son frère et moi. Il semble concentré et préoccupé : je l'ai rarement vu comme ça.

– À la perfection, réplique-t-il avant de quitter la pièce et de se retirer à l'étage.

Il ne réapparaît pas au moment du repas, et même après avoir fouillé quelques pièces du loft, je ne réussis pas à le trouver.

C'est déçue, inquiète et le cœur serré que je monte me coucher.

***

– Je crois qu'on est perdus.

– Mais non, ne t'inquiète pas, je maîtrise la situation.

Sam fait ralentir la voiture tout en jetant des coups d'œil à droite et à gauche. Discrètement, je plaque une main sur ma bouche pour cacher mon sourire. Son orgueil l'empêche d'admettre que nous sommes bel et bien paumés.

– Je crois que c'est la troisième fois qu'on passe devant ce pylône électrique, dis-je.

Il me lance un regard blasé et je n'y tiens plus : j'éclate de rire.

– Tu ne m'aides pas, Ella.

– Ça fait une semaine que je te répète que ce week-end de camping est une très mauvaise idée. Et regarde ! L'univers est en train de nous dire de ne surtout pas y aller. Écoute l'univers et fais demi-tour, Sam.

Mais il persiste et continue à rouler en grommelant.

– Tu veux bien arrêter ? dit-il alors que mon fou rire continue.

Cependant, il finit par craquer et par me rejoindre dans mon hilarité.

– Je suis venu avec des collègues l'année dernière, souffle-t-il, dépité. Je suis presque sûr que c'est par là, bordel, je ne comprends rien.

Je reste silencieuse quelques instants, puis je suggère :

– Peut-être que la forêt a disparu depuis l'année dernière... Glissement de terrain, réchauffement climatique, tout a pu arriver.

Je pince les lèvres pour tenter de garder mon sérieux, mais lorsque Sam appuie sur mes joues gonflées comme celles d'un hamster, mon rire éclate de plus belle.

– Oh, chéri, je suis désolée, mais vraiment, ton entêtement est trop mignon, je lâche.

– Tu sais, c'est pour toi que je fais ça, rétorque-t-il en haussant les épaules. Tu es beaucoup trop citadine, si un jour tu devais te retrouver coupée de tout dans une situation dangereuse, tu ne saurais pas comment t'en sortir. Je voulais te programmer un entraînement de survie.

– Pour survivre à quoi, exactement ?

– À tout. À n'importe quoi.

– Eh bien, peut-être que tu me sous-estimes. Peut-être que je serais capable de faire un feu, de construire une cabane avec des branches d'arbre, et même de me fabriquer une radio pour appeler à l'aide.

Sam se tourne vers moi, ne faisant rien pour cacher son scepticisme.

– Hm hm. Bon, tant pis pour cette sortie camping, dit-il finalement, déçu.

– Puisqu'on est là, on pourrait peut-être en profiter pour visiter la région ? je suggère. Il y a un hôtel sympa à seulement trente kilomètres.

Tout sourire, je lui montre mon téléphone. Il secoue la tête sans pour autant s'empêcher de sourire.

– Allez, faisons ça. De toute façon, si un jour tu as le moindre problème, je serai là pour te porter secours.

– J'espère bien.

Je me penche vers lui et j'embrasse sa joue avant de poser ma tête sur son épaule.

J'ouvre subitement les yeux, des sanglots bloqués dans la gorge. M'extirper de ce rêve me brise le cœur. J'aimerais pouvoir y replonger et y rester indéfiniment. Revivre ce moment, c'est un merveilleux cadeau que me fait mon subconscient.

Des larmes silencieuses coulent le long de mes joues et viennent s'écraser sur l'oreiller contre lequel je suis allongée. Depuis la disparition de Sam, mon mode survie est activé et Dieu sait comme j'aurais besoin qu'il vienne me porter secours… mais il ne le fera pas. Il ne le fera plus jamais.

Je me retourne et ferme les yeux de toutes mes forces pour tenter de revenir dans le passé… mais c'est impossible. Vaincue et incapable de retrouver le sommeil, je décide de me lever. Je quitte l'étage sur la pointe des pieds pour ne pas réveiller les Seven endormis et me rends dans la cuisine à la recherche d'aspirine. Je ne sais pas si c'est la fatigue, la peine, la douleur, le souvenir de Sam ou tout en même temps, mais une migraine commence à se loger dans mes tempes et je préfère la combattre au plus vite.

Après avoir fouillé dans plusieurs tiroirs, je m'apprête à remonter dans la salle de bains pour essayer d'y trouver une trousse à pharmacie, quand je remarque un fin rayon lumineux qui provient de la pièce de détente. Intriguée, je m'approche de la porte et je colle mon oreille contre le bois.

Aucun bruit.

Je pousse tout de même le battant et suis étonnée de trouver la pièce complètement vide. Les manettes des consoles reposent au sol, vestiges des parties de Fifa endiablées que se sont livrées Night, Sky, Ice et Rain. Mais ce qui attire mon attention, c'est le faisceau de lumière qui provient de la partie amovible de la bibliothèque que j'avais découverte quelques jours après mon arrivée au sein des Seven.

Bon sang, j'avais presque oublié ça… Il faut dire que depuis, il y a eu le braquage de Richwoods, nous nous sommes installés près de trois semaines dans la maison victorienne et je dois reconnaître que je me plais dans la routine qui s'est établie. Cette pièce secrète m'était complètement sortie de la tête… Cependant, à cet instant, ma curiosité est si aiguisée qu'il m'est impossible de résister à l'envie de faire glisser la bibliothèque sur ses rails.

Alors que je m'attends à ce que la porte soit close, je suis étonnée de la trouver ouverte. Mes yeux s'écarquillent lorsque je découvre une pièce sans fenêtres, dont les murs sont recouverts de plans et de photos en tous genres. Il est clair que c'est là que les Seven élaborent leurs stratégies…

Simplement vêtu d'un bas de survêtement, torse nu, Ryan fait face au mur du fond, les poings posés contre une table sur laquelle sont dispersés des documents divers. Sa position fait ressortir les muscles de son dos et je me rends compte que je le détaille la bouche entrouverte. Ses tatouages sont magnifiquement mis en valeur par la douce lumière qui illumine la pièce. Je m'approche lentement et j'observe le plan qui prend une bonne partie du mur. Des pièces y sont représentées, des flèches et des cercles tracés au feutre rouge sont placés à plusieurs endroits. En dessous, des images de bijoux et de pierres précieuses sont punaisées.

– Insomnie ? dit Ryan, la voix plus rauque qu'à l'ordinaire.

Il me tourne toujours le dos, et moi, complètement ébahie par l'image terriblement séduisante qu'il renvoie, je le regarde toujours comme une ahurie. Je me racle la gorge et secoue la tête pour me forcer à sortir de ma contemplation, puis je me poste à ses côtés et détaille son profil.

– Toi aussi ? je lui lance.

Dans cette toute petite pièce, nos voix résonnent.

– Qu'est-ce que tu as, Ryan ? je lui demande comme il reste silencieux.

Après un autre instant pendant lequel il garde son regard rivé sur le plan, il finit par se tourner vers moi. Un petit sourire naît sur ses lèvres et sa main vient caresser ma joue. Son pouce erre sur mon menton et il se rapproche d'un pas.

– J'ai un problème que je n'arrive pas à résoudre, me confie-t-il.

– Je peux peut-être t'aider, dis-je en saisissant son poignet et en penchant instinctivement la tête contre sa paume.

– Je ne crois pas.

– Pourquoi ?

– Parce que c'est toi mon problème, Ella.

Je fronce les sourcils. Mon cœur rate un battement.

Non... il ne va pas me congédier ?

Ryan cesse ses caresses sur mon visage et prend ma main en enlaçant nos doigts. Un frisson me parcourt. Il nous fait pivoter face au plan sur le mur et dit :

– Il y a un peu plus d'un an, j'ai décidé qu'on devrait préparer un dernier coup. Celui qui nous permettrait à tous de nous offrir une vie paisible sans soucis d'argent jusqu'à la fin de nos jours. Parce que je commence à être épuisé de cette existence de criminel.

Incapable de fixer le plan, je détaille Ryan et les traits de son visage, qui me sont devenus si familiers. Je presse doucement sa main pour lui signifier que je comprends sa lassitude.

– Tu l'imagines bien, braquer l'un des plus gros joailliers du pays ne se prépare pas en quelques jours seulement, ajoute-t-il. Nous avons commencé à planifier l'opération il y a plusieurs mois de ça.

Il nous restait encore pas mal de choses à préparer, mais on était sur la bonne voie. Et puis, tu es arrivée, Ella.

Ryan tourne son regard profond vers moi. Je déglutis discrètement tandis qu'un fourmillement commence à remonter le long de mes doigts enlacés aux siens.

– Tu as foutu un tel bordel, s'esclaffe-t-il tristement. Pas seulement au sein du gang… ici également, fait-il en posant un doigt sur sa tempe. Et tu commences à me ravager là, poursuit-il en plaçant sa main sur son cœur.

Oh, Ryan.

– Depuis le début, j'essaye de faire la part des choses, de rester concentré sur mes plans, mais il faut que j'arrête de me voiler la face et de croire que je peux continuer à faire comme si rien n'avait changé, conclut-il.

– Qu'est-ce que tu essayes de me dire, Ryan ?

Il inspire. Son torse se gonfle sous mes yeux et j'ai envie de poser ma tête tout contre pour savoir s'il est aussi dur qu'il y paraît, si sa peau est aussi douce qu'elle en a l'air.

– Ce coup, c'est notre chance, Ella, murmure-t-il. Si on le réussit, on empochera plus de cent millions de dollars. Si on réussit, on sera tous financièrement à l'abri et chacun pourra enfin mener une existence décente. Je pourrai offrir à mon frère la belle vie que je lui promets depuis dix ans.

– Pourquoi est-ce que je te pose problème ?

– Parce que je ne sais pas si j'ai envie de t'impliquer dans tout ça. Je refuse que Snow participe aux braquages parce que je veux le protéger… et ce coup-là sera certainement plus dangereux que tous les autres. Je ne sais pas si je supporterai de te savoir au milieu de tout ça.

– Ryan, n'aie pas peur. Je m'en sortirai très bien, je ferai exactement ce que tu me diras et tout se passera sans accroc.

– Il n'y a pas que ça, Ella. L'un des problèmes qu'on n'avait pas encore réussi à régler, c'était de déjouer tous les systèmes de sécurité installés dans la joaillerie. Aussi bien les caméras de surveillance que les détecteurs de mouvement et que sais-je d'autre encore. Ton arrivée a été à la fois la pire et la meilleure chose qui aurait pu se produire parce qu'enfin, grâce à toi, on a la possibilité de régler ce point-là… et une fois que ce sera fait, on sera parés pour le braquage. Sauf que…

– Sauf que rien, Ryan. Tu ne vas pas tout remettre en cause à cause de moi, il en est hors de question.

– Je n'avais pas prévu de renoncer.

Il hausse un sourcil et je comprends alors. Je tente de plaider ma cause :

– Ne me laisse pas à l'écart, s'il te plaît. Je veux participer, vous aider autant que je le peux. Je veux qu'on puisse tous se sortir de là et, à mon niveau, je ferai en sorte d'y contribuer.

Voir Ryan si torturé me serre le cœur, c'est presque insupportable. Je refuse de lui causer du souci et je pense chacun de mes mots : j'apporterai toute l'aide dont je suis capable aux Seven pour ce braquage.

– *Sunshine*…

Entendre mon pseudo dans sa bouche me plaît énormément.

– S'il te plaît, Ryan, j'insiste. Ne m'évince pas. On forme une bonne équipe tous les deux, j'ai envie que ça continue.

Il soupire, indécis. Soudain, il encadre mon visage de ses deux mains. Ses bagues laissent une marque froide sur ma joue et contrastent avec la chaleur qui irradie de ses paumes. Nous nous faisons face, à quelques centimètres l'un de l'autre. Son pouce trace la ligne de ma mâchoire puis remonte sur ma tempe avant de caresser ma pommette.

– Tu as la peau douce, murmure-t-il.

Je déglutis péniblement.

– Je crève d'envie de t'embrasser, Ella.

– Ryan…

– Je sais que toi aussi tu en as envie, mais que tu es trop perdue pour décider si tu dois te laisser aller.

– J'ai envie de me laisser aller, je chuchote. Mais je n'en ai pas le droit.

– Moi je crois que si.

– Ryan…

Son nez glisse le long de ma joue puis de ma mâchoire. Il blottit sa tête au creux de mon cou et y dépose un baiser à la fois doux et intime. Mes mains se serrent autour de ses bras, mon corps se rapproche du sien et mon estomac se serre d'envie.

– Je ne te prendrai jamais de force ce que tu ne veux pas me donner, Ella, m'assure-t-il.

– Je sais.

À mon tour, j'attrape son visage et je caresse ses joues de mes pouces.

– Je sais, je répète.

Nos lèvres sont proches, si proches…

– Embrasse-moi, murmure-t-il contre ma bouche. Viens à moi. Prends ton temps, va à ton rythme… mais embrasse-moi, Ella.

Putain de merde, et moi qui pensais avoir deviné à quel point ce mec pouvait être dangereux… J'étais bien loin du compte.

Je pourrais trouver des milliers de raisons de m'éloigner en courant et de refuser cette intimité qui s'impose de plus en plus entre nous, mais j'en suis incapable. Alors, mesurant mon geste, je dépose mes lèvres sur les siennes en un tendre baiser.

Mais dès qu'elles entrent en contact, nos bouches s'ouvrent et s'aspirent, comme si elles prenaient le contrôle, comme si elles avaient besoin de plus et qu'elles étaient incapables de se résister davantage.

Nos souffles se mélangent. Agrippés l'un à l'autre, nous nous embrassons avec autant d'envie que de désespoir.

En un éclair, Ryan balaye ce qui se trouve sur la table en bois, me soulève et me dépose dessus avant de s'insérer entre mes jambes. Il agrippe une de mes cuisses et la relève contre sa hanche tout en donnant force et passion à notre baiser. Ma langue part à la recherche de la sienne, et lorsque je la goûte, je ne peux retenir un gémissement de désir.

Cela fait si longtemps que je n'ai pas eu ce genre de gestes avec quelqu'un…

Depuis Sam.

Non, pas maintenant, surtout pas !

Ryan attrape mon autre cuisse et il m'incite à croiser les jambes derrière son dos, ce que je fais avec plaisir et urgence. Mes mains se posent sur son torse avide de caresses et j'ai enfin la réponse à ma question : sa peau est douce, son torse est dur, parfait mélange de finesse et de force, exactement comme Ryan lui-même.

– Oh, Ella…

Ryan quitte mes lèvres pour plonger dans mon cou. Je glisse une main dans ses cheveux, et de l'autre, je caresse son dos. Je pousse un cri de surprise lorsqu'il attrape le col en V de mon t-shirt et tire dessus pour dévoiler ma poitrine. Il la fixe un instant puis il aspire l'un de mes seins entre ses lèvres.

– Ryan… c'est…

Mes muscles se tendent et mes cuisses se resserrent autour de sa taille. Je tire ses cheveux, agrippe son dos et me serre un peu plus contre lui.

Plus près… encore plus près…

Je ferme les yeux et rejette la tête en arrière. Lorsque les dents de Ryan mordillent mon téton sensible et dressé, je gémis si fort que cela me surprend moi-même.

Mais alors, en un rien de temps, la situation s'inverse. Des souvenirs d'étreintes passionnées avec Sam accaparent mon esprit, des phrases, des mots, des baisers échangés. Des morceaux d'un passé pas si lointain…

C'est trop tôt, Ella. Beaucoup trop tôt.

– STOP !

Je ne voulais pas crier si fort, mais je n'ai pas réussi à me maîtriser. Ryan recule immédiatement, les mains levées devant lui, le regard perdu. Tous les deux à bout de souffle, nous nous jaugeons du regard et c'est là que je prends conscience de l'état dans lequel je me trouve. Je rajuste mon t-shirt, puis je saute de la table et passe mes mains sur mon visage.

– C'est trop tôt, dis-je, essoufflée. Beaucoup trop tôt. On n'aurait pas dû…

Incapable de le regarder dans les yeux, je passe à côté de Ryan en bredouillant :

– Désolée, je ne peux pas… On ne peut pas faire ça…

Et je quitte la pièce à toutes jambes.

CHAPITRE 23

RYAN

– C'est trop risqué de l'emmener avec nous, Storm.

– On peut lui faire confiance, j'insiste.

– Je n'en doute pas, mais ce coup est beaucoup trop important pour prendre le risque d'y intégrer une novice, répète Ice pour la dixième fois.

– Ce n'est pas toi qui disais qu'elle faisait partie intégrante du gang, désormais ?

Mon frère d'armes soupire et passe sa main sur ses cheveux en brosse. Pour ma part, je pince mon nez d'agacement. Depuis près d'une heure, lui et moi échangeons les mêmes arguments en boucle.

Malgré le fiasco de la veille, que je fais tout pour oublier, j'ai envie qu'Ella participe à notre prochain coup, mais Ice émet des réserves. D'un côté, je le comprends. Ce braquage sera différent de tout ce que nous avons fait jusqu'à maintenant. Le plus gros coup de notre vie, que peu de gangs de l'Histoire peuvent même revendiquer avoir égalé.

Un coup à plus de cent millions de dollars.

– Storm, ça fait un an et demi qu'on peaufine une stratégie en béton, avance Ice. On n'avait pas prévu d'intégrer une huitième personne à l'équipe, de devoir tout chambouler pour lui faire une place. Il se trouve qu'elle est capable de nous donner un vrai coup de main, c'est indéniable, mais ça ne change rien au fait qu'elle est inexpérimentée. Le braquage de Richwoods a été beaucoup trop facile pour qu'elle ait pu comprendre les enjeux de ce que nous faisons. Je ne suis pas en train de dire qu'elle n'est pas capable de se montrer à la hauteur, juste que ce serait plus rassurant pour tout le monde si elle partait la veille de l'opération et allait nous attendre dans la planque prévue.

– Je t'assure que je comprends ce que tu me dis et je suis d'accord : cette solution est la plus sûre, je réplique. Mais Ella pourrait pirater le système du fournisseur d'électricité pour s'assurer que les caméras resteront éteintes et que les générateurs ne s'allumeront pas prématurément, ce qui nous facilitera grandement la tâche. On sait aussi qu'il y a un nombre incalculable de détecteurs de mouvement à l'intérieur de cette joaillerie ; si elle est capable de les désactiver aussi, nos chances de réussir et de sortir de là blindés sont bien plus élevées qu'avec notre plan de départ.

Mon bras droit pousse un soupir de contrariété. Il tourne en rond dans la pièce secrète derrière la bibliothèque.

Lorsque nous avons commencé à nous perfectionner, nous nous sommes rendu compte qu'il nous fallait un endroit discret, secret et sûr pour élaborer nos plans en toute tranquillité. Pour cela, nous avons fait appel à un couple d'architectes de New York, Gomes & Edwards, qui ont fait des pièces secrètes leur spécialité. Je dois dire que le résultat est remarquable.

Je reporte mon attention sur Ice. Je sens l'agacement monter de plus en plus en moi, parce que j'aimerais que cette histoire soit réglée une fois pour toutes.

– On a travaillé trop dur pour tout foutre en l'air, grogne mon ami. Pendant des années, on s'est décarcassés, on s'est mis en danger dans le seul but de se préparer à ce coup-là. On a réussi à se dégoter de belles sommes d'argent, mais une fois partagées entre nous sept, elles ne sont finalement pas si extravagantes. *Ça*, c'est notre chance, Storm. Si tout se passe bien, on va pouvoir s'offrir la place au soleil qu'on mérite tant. On va pouvoir dire adieu à cette vie instable. On ne peut pas se foirer, on n'en a pas le droit.

– J'en suis parfaitement conscient, et c'est pour ça que, selon moi, Ella représente un atout indispensable.

Si cela ne tenait qu'à moi, je ne réfléchirais même pas à la question. Je la veux à nos côtés. Sauf que, je ne suis pas seul, je dois prendre en compte mes frères et sœurs d'armes. Les décisions que je prends les touchent directement. Les risques qui pèsent sur moi, je nous les fais courir à tous.

Avec l'existence que nous menons, on peut difficilement faire plus que prendre un jour après l'autre. Après sept années passées ainsi, je sais que la plupart des membres du gang ont envie d'autre chose. De calme. De normalité, peu importe ce que cela peut bien signifier. Et pour être tout à fait honnête, moi aussi j'en ai envie.

– Il s'est passé un truc entre vous ? m'interroge Ice. Vous êtes devenus un… « nous » ? Ou bien…

– Tu te fous de ma gueule ? Ce n'est pas le sujet !

– Moi, je crois que si, parce que c'est ce qui se passe entre vous qui te fait hésiter.

Je fixe mon bras droit avant de rassembler les plans étalés sur la table. Je lâche abruptement :

– Non, nous ne sommes pas devenus un « nous ».

Nous en sommes même très loin… Cela en avait pourtant pris la direction hier soir. La violence du désir et de la passion que j'ai ressentis en embrassant les lèvres d'Ella, en caressant sa peau… tout était si parfait. Et puis tout s'est arrêté.

Je n'ai pas besoin de réfléchir bien longtemps pour comprendre pourquoi elle a mis un terme à notre rapprochement.

Le fantôme de son mec s'est imposé à elle…

Elle m'a ensuite échappé. J'ai été incapable de bouger pour la suivre, et depuis hier soir, je fais tout pour l'éviter, bien que cela me crève le cœur.

– Je vais y réfléchir, dis-je à Ice avant de quitter la pièce.

Je monte à l'étage et me rends dans ma chambre pour attraper une veste et prendre les clés de l'une des voitures. En revenant dans le couloir, je constate que la porte de la chambre d'Ella est entrouverte. Je m'arrête sur le palier, penche la tête, et je la découvre en compagnie de Snow. Installés sur le lit, des livres ouverts devant eux, ils sont concentrés tous les deux. Snow est obnubilé par ce que lui dit Ella et cette dernière prend son rôle d'enseignante à cœur.

En les regardant, je me rends compte que même si je le voulais, il m'est désormais impossible de revenir en arrière, de m'éloigner de cette femme. Snow est beaucoup trop attaché à elle, et je me suis moi-même habitué à sa présence avec une facilité et une rapidité déconcertantes. Son arrivée nous a tous rebutés mais elle a eu, en peu de temps, un effet sur chacun d'entre nous… C'est pour ça que je suis incapable d'imaginer la mettre à l'écart.

Je quitte l'étage et me rue dans ma voiture. Si je reste proche d'Ella, ma décision risque de se trouver biaisée.

Je conduis pendant un long moment, d'abord sans autre but que celui de m'éloigner. Puis je me repasse le fil de mes actions depuis qu'Ella est arrivée parmi les Seven. L'aisance avec laquelle elle m'a fait tourner la tête sans vraiment le vouloir me déconcerte.

Et si j'essayais de me l'enlever de la tête ? De la considérer comme une partenaire et rien d'autre ? Parce que j'ai la conviction qu'entre son passé, le deuil qu'elle vit et les risques que nous prenons tous les jours en tant que membres d'un gang, notre relation serait vouée à l'échec.

Enfin... peut-être pas. Peut-être que...

– Fait chier, putain !

Je frappe le volant de ma paume et soupire d'agacement. Je suis encore en train de penser à une éventuelle relation alors que la réaction d'Ella hier soir m'a clairement fait comprendre que ce genre de choses n'arriverait jamais entre nous. Je pense à elle tout le temps alors qu'elle pleure son mec… Il faut à tout prix que je fasse taire cette sorte d'espoir qui s'est logé en moi et qui me pousse à imaginer que, peut-être…

Peut-être...

– Merde !

Cette fois, j'en ai assez. Je dois me vider l'esprit, arrêter les conneries. Au lieu de rouler sans but, je décide d'une destination qui me permettra pour un temps de mettre Ella dans un coin de mon esprit. Après quelques minutes, je me gare, entre dans un immeuble et monte au troisième étage. Là, je sonne à la porte ; aussitôt, j'entends des pas feutrés de l'autre côté.

En me découvrant après m'avoir ouvert, Meredith prend immédiatement une posture plus aguicheuse.

– Ça, pour une surprise… Tu ne m'avais pas prévenue que tu passerais.

Lors de notre séjour à Springfield, j'ai passé la nuit avec une « amie » du genre de Meredith. Les Seven et moi avons des planques dans plusieurs villes de l'État et je me suis assuré que dans chacune d'elles se trouve une fille qui ne recherche rien d'autre que de l'amusement avec moi, rien d'autre qu'un bon moment éphémère.

– Entre, m'invite-t-elle.

J'accepte en m'obligeant à laisser Ella sur le palier.

***

Il est plus d'une heure du matin lorsque je rentre au loft. Je tente de faire le moins de bruit possible pour ne pas réveiller quelqu'un. Je pose les clés de la voiture sur le plan de travail de la cuisine et m'apprête à monter à l'étage… sauf que je sens une présence dans l'obscurité. Mon cerveau devine immédiatement qui m'attend, même si j'espère me tromper. Je n'ai pas du tout envie de lui faire face maintenant.

J'appuie sur l'interrupteur et je découvre sans surprise Ella assise sur les dernières marches de l'escalier, les genoux relevés contre sa poitrine. Ses yeux mettent quelques secondes à s'habituer à la lumière puis elle les rive sur moi sans dire un mot. Elle me détaille sans que son visage exprime quoi que ce soit. Immédiatement, savoir qu'elle m'a attendu fait renaître l'espoir que j'avais réussi à étouffer pour quelques heures. Mais comme elle ne laisse filtrer aucune émotion, je préfère ne pas m'attarder.

– Tu es sorti ?

Je m'arrête alors que j'allais poser un pied sur la première marche. De toute évidence, la question d'Ella est purement rhétorique, puisqu'elle m'a vu revenir de l'extérieur. Je recule d'un pas pour lui faire face sans pour autant prendre la peine de lui répondre.

– Tu es allé voir une amie ? insiste-t-elle.

Encore une fois, je garde le silence. Ella a deviné où je me suis rendu, et je ne compte ni mentir ni enjoliver. Puisqu'elle est si sûre que rien n'arrivera entre nous, alors qui je vois ne la regarde pas et ne devrait pas la déranger.

– Pourquoi tu ne dors pas ? je finis par demander.

En même temps que je pose ma question, je m'assieds à côté d'elle. C'est comme ça, j'ai besoin de sa proximité.

Pathétique.

– Je t'attendais, me répond-elle.

– Pourquoi ?

Regardant droit devant elle, elle plisse les lèvres. L'épuisement qu'elle ressent se reflète dans ses prunelles. En la voyant ainsi, je ne peux m'empêcher de m'inquiéter pour elle.

– Je ne sais pas, me confie-t-elle dans un murmure.

Puis elle se passe frénétiquement les mains sur le visage.

– Je suis désolée pour hier soir, ajoute-t-elle. J'ai paniqué, j'ai cru que c'était ce que je voulais et puis je me suis rendu compte que c'était…

– Trop tôt et que ça ne se reproduira pas, je complète. Je sais déjà tout ça, blondinette.

Elle tourne immédiatement la tête dans ma direction.

– Ne fais pas ça, grogne-t-elle.

– Quoi ?

– M'appeler ainsi, comme lorsque nous n'étions rien que des inconnus l'un pour l'autre.

J'aurais tellement de choses à lui dire, mais je préfère me taire et la laisser s'exprimer.

– J'ai détesté cette journée, Ryan, poursuit-elle.

– Pourquoi ?

Elle me fixe et je l'imite. Je refuse de détourner le regard.

– Parce qu'on ne s'est pas parlé, parce qu'on ne s'est pas retrouvés… comme ça, fait-elle en nous désignant d'un geste de la main.

Elle rejette ses cheveux en arrière avant de baisser la tête et de dire tout bas :

– Tu ne m'as pas habituée à ça.

Et c'est justement le problème. Je n'aurais pas dû chercher sa proximité si vite, si souvent. Je lui ai montré, je lui ai même dit ce que j'avais en tête, mais j'aurais dû le garder pour moi. Maintenant, elle sait que je veux qu'il se passe quelque chose entre nous deux et cela lui donne du pouvoir sur moi.

– Je monte me coucher, dis-je, incapable de poursuivre cette conversation pour l'instant.

Elle me laisse m'éloigner et je pousse un long soupir en refermant la porte de ma chambre derrière moi. Sauf qu'alors que je retire mon t-shirt, je l'entends se rouvrir. Je fais immédiatement volte-face et Ella, qui s'apprêtait à parler, reste bouche bée face à mon torse nu. Je remarque que ses yeux s'attardent bien plus longtemps que nécessaire sur ma peau et mes tatouages. Dans ses prunelles, je retrouve la même envie que la veille lors de notre étreinte.

Agacé de la voir ici alors que j'essaye de la tenir à l'écart, je lui demande, plus sèchement que je le voudrais :

– Qu'est-ce que tu veux encore ?

Elle reprend ses esprits alors que j'enfile à nouveau mon t-shirt pour cacher mon torse, puisqu'il semble tant la perturber. En s'approchant d'un pas, elle me répond :

– Je veux te parler. Ou juste passer un peu de temps avec toi sans rien dire. Je ne sais pas, j'ai juste envie de… de ne pas être seule.

– Il y a six autres personnes dans cette maison avec qui tu pourrais passer du temps.

– Mais c'est différent.

– Pourquoi ?

– Parce qu'avec toi, ça se calme un peu…

Je croise les bras sur mon torse en attendant qu'elle poursuive.

– La tempête dans ma tête, dans mon cœur… elle est toujours présente, mais elle souffle un peu moins fort quand je suis avec toi.

Elle serre ses bras autour d'elle alors que sa voix se meurt. J'aimerais avoir la force de rester à l'écart, mais là, c'est impossible. J'ai besoin de la toucher. Je suis près d'elle en quelques enjambées et ses mains se tendent vers mes bras dès que je prends son visage entre mes paumes. Elle enroule les siennes autour de mes poignets et plonge son regard dans le mien.

– Je suis désolé pour aujourd'hui, je murmure.

– Ne recommence pas, me chuchote-t-elle en retour. Je ne peux pas supporter de passer autant de temps sans toi.

Elle ferme les yeux un court instant puis grimace et me regarde à nouveau.

– Je déteste sentir le parfum d'une autre sur toi, dit-elle d'une voix brisée.

– Remplace-le par le tien, dans ce cas…

– Ryan…

– Laisse-moi t'embrasser encore.

Mes paroles agissent sur elle comme un électrochoc. Elle se tend et se fige, lâche mes mains et recule d'un pas.

– Non… souffle-t-elle.

Je me doutais qu'elle allait réagir ainsi, mais il fallait que j'essaye. Je ne lui en veux pas de son refus et jamais je ne la pousserai à faire ce qu'elle ne désire pas, mais je ne sais plus quoi penser avec les signaux contradictoires qu'elle m'envoie. C'est pour cela que je décide d'être ferme.

– Bonne nuit, Ella, dis-je.

– Ryan…

– Bonne nuit.

Déçue, elle fronce les sourcils puis quitte ma chambre d'un pas décidé.

À partir de maintenant, je vais devoir maintenir une distance entre elle et moi. C'est nécessaire.

Pour son bien, le mien et celui des Seven.

CHAPITRE 24

ELLA

Sam,

Cela fait maintenant neuf mois que tu es parti… Et ils ont tous tort ! Le temps n'arrange rien, il n'atténue pas la douleur de t'avoir perdu.

Je ne sais toujours pas comment vivre sans toi, mais j'essaye d'apprendre. J'essaye vraiment.

Je t'aime tant,

Ella

***

– Je n'y arrive pas, soupire Snow, les sourcils froncés.

– Ne te décourage pas. Quand un mot te paraît difficile, découpe-le en plusieurs syllabes. Tiens, d'ailleurs, tu te souviens de ce que c'est ?

L'adolescent se frotte le front et cherche à se rappeler notre leçon de la semaine dernière.

– Une syllabe, finit-il par dire, c'est le son que fait une voyelle ou un mélange de voyelles et de consonnes quand on les prononce d'une traite. C'est bien ça ?

Je hoche la tête en souriant et lui explique :

– Dans cette phrase, le mot « vivre » se compose de deux syllabes : « vi » et « vre ». Essaye avec le mot qui te pose problème.

Snow approche le livre de lui, fixe la page pendant quelques secondes, puis déchiffre :

– A-mé… a-mé-na-ger… aménager ? C'est ça ? C'est le bon mot, Ella ?

Je m'esclaffe en posant une main sur son bras.

– Oui, c'est bien ça, tu l'as très bien prononcé. Bon, on termine ce paragraphe et ensuite on aura fini pour aujourd'hui.

– Un paragraphe, déclare Snow, qui a retrouvé confiance en lui, c'est ce qui se passe quand on revient à la ligne et ça se compose de plusieurs phrases. Et d'ailleurs la première lettre du premier mot d'une phrase doit toujours être une majuscule. J'ai bon, hein ?

– C'est parfait, je le rassure.

Sans attendre, il s'empresse de travailler sur les dernières phrases de la page. Je le détaille, un petit sourire aux lèvres, emplie d'une fierté sincère. Snow est tellement attachant… Travailler si souvent avec lui, le voir s'accrocher, chercher à se perfectionner, recommencer encore et encore jusqu'à réussir à obtenir un résultat qu'il juge acceptable force le respect.

Tandis que j'attends patiemment qu'il décortique chaque mot de chaque phrase qu'il lui reste, Ryan entre dans le salon dans lequel nous sommes installés.

– Vous en avez encore pour longtemps ? demande-t-il en nous dévisageant, Snow et moi.

Je discerne une lueur d'agacement dans son regard.

– Tout va bien ? je m'enquiers en le dévisageant.

– J'ai réuni le reste du gang dans la salle à manger, il faut qu'on parle.

Oh… peu importe les circonstances, « il faut qu'on parle » n'est jamais de bon augure.

– On est sur le point de finir, dis-je.

– Encore cinq minutes, pas plus ! m'appuie Snow.

– Tu pourras terminer plus tard, fait Ryan, plus tendre. Viens avec Ella, s'il te plaît.

Le ton pressant dans sa voix m'inquiète. Sans rechigner, Snow referme son livre et se dirige vers la salle à manger. Je me lève à mon tour, mais j'attrape le poignet de Ryan avant qu'il ne quitte le salon.

– Qu'est-ce qui se passe ? je lui demande tout bas.

Il pivote, pose ses yeux sur moi et me regarde intensément, comme toujours… à croire qu'il est incapable de m'observer d'une autre façon.

– Tu sauras bientôt de quoi il est question, puisqu'on va en parler tous ensemble, me répond-il.

Ses iris glissent sur ma main entourant son poignet. Je ne la retire pas.

– Tu peux me parler, tu sais… j'insiste.

Mon cœur se serre, parce que je sens la distance que Ryan instaure entre nous. Même si cela me fait mal, je comprends parfaitement qu'il ait envie de se protéger. Aussi fou que cela puisse paraître, il est devenu important pour moi. Il est mon fil d'Ariane, celui qui m'empêche de perdre les pédales et de sombrer dans le néant qu'a provoqué la perte de Sam… Il est là pour moi en toutes circonstances, il est patient, à l'écoute, il ne me juge pas, et ça me fait un bien fou. Mais depuis le départ, l'attirance qu'il suscite en moi me fait peur et j'ai eu confirmation de ce que je redoutais lorsque nous nous sommes embrassés l'autre nuit dans la pièce secrète. Entre nous, des braises se consument continuellement, et quand enfin nous acceptons de céder à la tentation, cela provoque un puissant incendie. Je le repousse par crainte de me brûler… Pourtant, le voir s'éloigner déclenche une vive angoisse en moi. Je ne pourrais pas supporter qu'une distance s'installe pour de bon, je ne l'envisage même pas, à vrai dire.

Ryan ouvre la bouche puis la referme, et il retire doucement son poignet de ma prise avant de se rendre dans la salle à manger. Je le suis, le cœur au bord des lèvres, et je prends place sur une chaise en craignant le pire. Ryan, lui, reste debout face au reste du gang avec Ice, l'air déterminé.

– Ice et moi allons partir pour quelques jours, nous informe-t-il.

Cette annonce me paralyse.

– Où allez-vous ? je demande, puisque apparemment, je suis la seule à me poser la question.

L'excitation s'empare du groupe. Sans que personne n'ait eu besoin de dire un mot, tous se dirigent vers la salle de détente du loft. Je leur emboîte le pas. Ryan déplace la partie amovible de la bibliothèque, sort une clé de la poche arrière de son pantalon, ouvre la porte cachée qui coulisse elle aussi, puis me fait signe d'entrer.

– Bien, les amis, le moment est venu, dit-il. Nous allons passer à l'action pour notre tout dernier coup, celui qui restera dans les annales, celui qui entrera dans l'Histoire, celui qui fera de nous des hommes et des femmes riches. Cela fait plus d'un an qu'on travaille dessus et je peux enfin vous l'annoncer officiellement : nous sommes prêts.

Putain. De. Merde.

– Une fois le butin partagé équitablement entre nous tous et en rajoutant les réserves qui nous restent d'autres braquages, on s'en sortira avec plus de douze millions chacun, poursuit Ryan. Largement de quoi raccrocher et se faire une place au soleil.

Je reste bouche bée.

Ça va vraiment se produire...

– La joaillerie se trouve à Boston, indique-t-il.

– Si loin ? je m'exclame.

– Oui, il y a près de dix-huit heures de route. C'est pour cela qu'Ice et moi partons une semaine. Nous avons déjà fait six repérages au cours de l'année qui s'est écoulée, mais le système de sécurité est révisé très souvent et de nouvelles protections sont régulièrement ajoutées.

Pour être honnête, je n'écoute plus rien de ce que me dit Ryan.

Une semaine ?

Égoïstement, la seule chose que je me demande, c'est comment je vais tenir tout ce temps sans sa présence réconfortante... Surtout, comment vais-je faire au milieu de tous les autres ? Même si nos relations ont positivement évolué, c'est en présence de Ryan que je me sens la plus sereine.

– ... décidé de partir demain matin, termine Ice.

– Est-ce que je peux venir avec vous ? je demande.

Rain ricane.

– Impossible, décrète Ryan. Ice et moi éveillerons moins les soupçons si nous sommes deux seulement. Au-delà, nous nous ferons plus facilement repérer.

– Je pourrais rester à l'hôtel et vous y attendre jusqu'à ce que vous ayez fini vos repérages.

Dans ma tête, il est inconcevable de rester si longtemps sans Ryan. C'est inquiétant, terriblement inquiétant, même.

– Non, Ella, ce n'est vraiment pas une bonne idée, m'explique calmement Ice.

– Moi, je crois que si.

– Sérieusement, t'es un vrai pot de colle, toi. Tu ne comprends pas ce qu'on te dit ou tu le fais exprès ? Tu risques de les faire repérer si tu les suis à la trace. T'inquiète pas, ton petit Storm reviendra indemne.

Les sarcasmes de Rain ne me touchent aucunement. Je sais qu'elle a besoin de déverser son venin, et à la longue, j'ai appris à l'ignorer. Ma seule préoccupation, là, c'est de réussir à convaincre Ice et Ryan d'accepter ma présence avec eux.

– Je pourrais en profiter pour étudier leur installation de sécurité et voir ce qu'il est possible de hacker ou pas, j'insiste.

– Ella… souffle Ryan.

– Si elle vient, je viens, lance alors Sky.

– Moi aussi, ajoute Snow.

– Putain, mais on ne part pas en colonie de vacances, là ! s'écrie Ice, perdant patience. On va en *repérages*, depuis quand on a besoin d'être autant pour ça ?

– Depuis que j'ai besoin de Ryan, je lâche.

Immédiatement, je rougis violemment. Plaquant une main sur ma bouche, je prends conscience de l'aveu que je viens de faire.

Le silence éloquent des autres membres du gang m'apprend qu'eux aussi sont choqués par ce que je viens d'admettre. En tournant mon regard vers Ryan, je vois à quel point il est surpris. Nos regards s'accrochent. Je me doute qu'il ne doit pas savoir quoi penser : je repousse ses tentatives d'approche mais je clame tout haut que j'ai besoin de lui… et c'est vrai, mais simplement parce qu'il m'empêche de replonger dans les ténèbres.

– Je t'avais prévenu, dit Ice en pointant un doigt rageur en direction de Ryan. Les histoires de cul et le business, ça ne fait pas bon ménage.

– Non, ce n'est pas ça entre nous, je proteste.

– On est dans la merde, maintenant, ajoute l'armoire à glace sans tenir compte de mon intervention. On est censés être soudés. Tous pour un et un pour tous, ça te dit quelque chose ? Sauf que maintenant, si en plein braquage ça tourne mal, vous ne penserez plus au bien du groupe mais seulement à protéger l'autre en priorité.

– Ice, du calme, le tempère Ryan.

À sa voix, j'entends que la colère grandit de plus en plus en lui.

– Vous auriez au moins pu attendre qu'on termine ce coup avant de vous sauter dessus, insiste l'armoire à glace.

– La ferme, Ice !

Ce dernier, mécontent, tire brusquement une chaise et s'assied dessus.

– On va tous se calmer, poursuit Ryan en jetant un regard circulaire à l'ensemble du gang. Que ce soit bien clair, il n'est aucunement question de cul entre Ella et moi. Et même si c'était le cas, ça ne vous regarderait pas, c'est compris ?

Personne n'ose répliquer. Mortifiée, j'essaye de me faire la plus petite possible.

– Ella a raison sur un point, c'est qu'il faut que ses talents de hackeuse soient mis à contribution le plus vite possible pour qu'elle puisse en apprendre un maximum, continue-t-il. Mais c'est vrai que plus nous serons nombreux à nous déplacer, plus nous aurons de risques de nous faire tomber dessus par les flics.

– On pourrait y aller à deux voitures, partir à des horaires différents, séjourner dans deux hôtels, suggère Sky qui, apparemment, tient elle aussi à faire partie du voyage. Nous contribuerions tous aux repérages, mais nous ferions en sorte de ne pas nous déplacer en groupe.

– Beauté… on a déjà fait ça des dizaines de fois, grommelle Ice. Pourquoi est-ce que tu veux absolument venir, tout à coup ?

– Parce que moi aussi j'ai besoin de toi. Ce coup est différent, plus dangereux, et je ne veux pas perdre une seule seconde avec toi.

Le visage d'Ice s'adoucit à vue d'œil. Sous le charme, il attire Sky contre lui et l'embrasse à perdre haleine, ce qui fait grogner Thunder. Rain lève les yeux au ciel.

– Je ne peux pas louper les cours avec Ella pendant une semaine entière, plaide également Snow.

Ryan nous étudie. Pendant plusieurs minutes, il ne dit rien, jaugeant la situation.

– Si, et je dis bien *si* on y allait tous les cinq, vous trois, il faudrait que vous quittiez le loft, lâche-t-il finalement. Hors de question que vous restiez à Saint-Louis alors que les flics sont sur les dents.

Thunder, Rain et Night acquiescent.

– Bien. Laissez-moi y réfléchir, ajoute Ryan.

Il se tourne ensuite vers moi.

– Toi, viens avec moi, me glisse-t-il avant de quitter la pièce d'un pas rageur.

L'estomac noué, je le suis. Nous descendons dans la salle d'entraînement au sous-sol ; là, il s'arrête et me lance :

– À quel point as-tu besoin de moi ?

– Ryan, je…

– À quel point, Ella ?

– Mais je ne sais pas…

– Donc tu te fous de moi, c'est ça ? Tu as envie que je te coure après ? Ça te plaît ?

– Non, pas du tout, je m'écrie.

– Alors explique-moi ce qui se passe. Tu me laisses entendre que tu n'es pas prête, tu me repousses quand je t'approche, puis finalement on s'embrasse, tu me réclames et tu me repousses à nouveau pour ensuite clamer haut et fort que tu as besoin de moi. Comment veux-tu que je comprenne ce que tu veux vraiment ?

– Ce que je veux, c'est que tu restes près de moi. Parce que je suis moins triste quand tu es là, j'ai moins peur du noir, moins mal.

Les mains dans les poches, Ryan s'approche de quelques pas.

– Alors je suis juste ça ? lâche-t-il. Un pansement que tu mets sur ta blessure et que tu finiras par jeter à la poubelle quand tu auras cicatrisé ?

Je savais que mon aveu le ferait se questionner, mais je n'imaginais pas qu'il en déduirait le pire.

– C'est faux et tu le sais, dis-je.

– Non, je ne le sais pas. Je ne suis même pas sûr que toi-même tu saches quoi que ce soit.

À mon tour, j'avance vers lui. J'attrape une de ses mains et pose sa paume contre ma joue en affirmant :

– Je sais que j'aime quand tu fais ça. Je sais que tu arrives à m'apaiser rien qu'avec ta présence, que j'aime la façon dont tu me parles, ta patience. J'aime aussi m'accrocher à toi de temps en temps et juste… juste te sentir près de moi. C'est…

J'agrippe son poignet pour l'empêcher de retirer sa main, puis j'ajoute :

– Peux-tu comprendre que mon cœur est en miettes et que je ne sais plus comment m'en servir ? Je me sens plus proche de toi que de tous les autres et c'est pour ça que j'ai envie de vous accompagner à Boston. Parce que je n'arrive pas à m'imaginer passer une semaine entière sans te voir. C'est inconcevable, Ryan. Et peut-être que tu as envie que je mette des mots sur tout ça, que je nomme ce que je ressens pour toi, mais j'en suis incapable. Peut-être que je réussirai à t'aimer ou peut-être que ce ne sera jamais le cas. J'ignore ce qui m'attend et comment je vais réussir à dépasser mon deuil. Mais je sais une chose, c'est que tu as pris une place importante dans ma vie et que je ne veux pas que tu la perdes. S'il te plaît, laisse-moi du temps.

La main toujours sur ma joue, Ryan semble boire mes paroles. Son pouce se met à faire de lents va-et-vient sur ma pommette et je devine que c'est sa façon de me montrer qu'il prend ma demande en considération. Lentement, il approche son visage du mien, jusqu'à ce que nos lèvres se frôlent. Je lâche un soupir de soulagement malgré moi.

– Je sais que tu as besoin de te reconstruire et je vais te laisser le temps que tu me demandes, me dit-il. Mais je dois avancer, Ella. Et peut-être qu'au moment où tu décideras que tu es capable de m'aimer, moi, je ne le serai plus.

Ses mots me glacent. Il embrasse mon front, puis s'éloigne de moi et quitte la salle d'entraînement, me laissant haletante.

Ryan et moi n'avançons pas au même rythme. J'ai besoin de faire un pas après l'autre quand lui ne fait que sprinter après la vie. Comment quoi que ce soit pourrait-il fonctionner entre nous ? Rien ne serait simple, ce serait à l'opposé de ce que j'ai vécu avec Sam…

La culpabilité de m'imaginer avec un autre homme refait surface, mais je m'empresse de bloquer toute pensée négative.

Je reste un moment seule au milieu du silence, jusqu'à ce que trois coups rapides soient frappés contre la porte, qui s'ouvre à la volée. Sky et Snow, excités comme des puces, entrent dans la salle d'entraînement.

– Va préparer tes affaires, on part demain matin pour Boston ! s'exclame l'adolescent.

Aussitôt, le poids sur mon cœur disparaît. La perspective de passer une semaine en compagnie de mes personnes préférées du gang, de Ryan, me donne envie de sourire, me rend un peu espoir.

L'air préoccupé de Snow me fait cependant froncer les sourcils.

– Qu'est-ce qui se passe ? je demande.

– Eh bien… Storm a dit que…

L'adolescent se triture nerveusement les doigts.

– Qu'est-ce qu'il a dit ? Je t'écoute, Snow.

– Qu'il ne voulait surtout pas que tu dormes dans le même hôtel que lui, termine Sky, l'air triste.

La déception me submerge. Ryan va me laisser le temps que j'ai demandé, mais il va aussi me laisser de l'espace. À quoi bon l'accompagner à Boston si je ne peux pas l'approcher ?

J'ai beau être perdue dans mes sentiments, je refuse qu'un fossé se creuse entre lui et moi. Je ne suis pas prête à renoncer à l'oxygène qu'il m'apporte.

CHAPITRE 25

ELLA

Notre voyage vers Boston a débuté à quatre heures du matin. Ice et Ryan ont pris la Volvo ; quant à Sky, Snow et moi, nous faisons route à bord du SUV. Sky, au volant, paraît décidée à parcourir d'une traite les derniers kilomètres qu'il nous reste. Ses cheveux roses sont remontés en queue-de-cheval et son regard est braqué sur la route. À l'arrière, Snow s'est assoupi.

– Pourquoi est-ce que tu me regardes comme ça ? me demande la jeune femme à voix basse lorsqu'elle remarque mon regard posé sur elle.

– Pour rien.

Un petit sourire étire ses lèvres.

– Je sais que Storm t'a parlé de nous, dit-elle. Qu'il t'a rapidement exposé nos passés à tous. C'est normal que tu te poses des questions et j'y répondrai, si tu veux… mais pas avant que tu m'aies expliqué quelle est *ton* histoire.

– Je n'en ai pas vraiment envie.

– Tu as un coup d'avance sur moi, sur nous tous, et ce n'est pas équitable. Évoque simplement ce que tu te sens prête à me confier et garde le reste.

Même si je n'aime pas parler de moi et qu'expliquer la perte de Sam réveillera ma douleur, Sky a raison. Son passé est tragique, et pourtant, cela ne semble pas la déranger plus que ça que je le connaisse, en partie du moins. Depuis le début, elle m'a accueillie sans jugement et avec une profonde bienveillance. Elle mérite que je lui tende la main.

– J'avais une vie qu'on pourrait qualifier de normale, je commence. Un job, un appartement, des parents divorcés mais aimants, un petit ami… J'avais ce que des millions d'autres femmes ont. Je vivais ma première histoire sérieuse. Le genre qui te donne une idée de ce qu'est l'amour, qui marquera ton cœur. Et puis tout a basculé.

Ma poitrine se comprime violemment alors que je m'apprête à prononcer ces mots qui dévoileront l'obscurité de ma réalité.

– J'ai perdu l'homme que j'aimais, j'ajoute. Il a été tué sous mes yeux, et depuis, je n'arrive pas à remonter la pente.

Étrangement, alors que je m'attends à être assaillie par les larmes, il n'en est rien. Je crois qu'à force, j'ai fini par m'habituer à ma fatalité…

Sky pose sa main sur la mienne et la serre doucement.

– Comment c'est arrivé ? me demande-t-elle.

Le problème, c'est que même si j'avais envie de tout raconter, cela m'est impossible. Donner trop de détails risquerait de me démasquer aux yeux du gang. Je me dois de garder certaines parties de l'histoire pour moi. Comme le prénom de Sam, par exemple.

– Un règlement de comptes, je souffle. Il s'est écroulé et il est mort dans mes bras. J'ai…

Des images de cette nuit d'horreur refont surface, me coupant le souffle, m'empêchant de poursuivre.

– C'est bon, j'en sais assez, dit mon amie.

Parce qu'à cet instant, je la considère comme telle. Comme un soutien, une épaule sur laquelle me reposer. Elle serre ma main une nouvelle fois et j'arrive petit à petit à reprendre mes esprits. Lorsqu'elle me sent apaisée, elle reprend :

– C'est pour ça que tu ne sais pas où tu en es avec Storm ?

Je hoche la tête.

– Je ne me sens pas en droit de me rapprocher d'un autre homme, je confirme. C'est encore trop tôt, j'aurais l'impression de bafouer la mémoire de…

Je m'interromps avant de prononcer le nom de Sam mais Sky ne relève pas. Elle a de toute façon compris où je voulais en venir.

– Mais tu tiens à lui.

Je hoche à nouveau la tête.

– Il te plaît ?

– Sky, je…

– Désolée, c'était déplacé.

– Non, ce n'est pas ça. Si tu me demandes si je le trouve séduisant, la réponse est oui : je le trouve très beau et j'ai développé un fort besoin de me trouver près de lui. C'est tout ce que je peux dire pour l'instant.

La nuit tombe doucement, le paysage défile à toute vitesse. La Volvo d'Ice et Ryan est quelques dizaines de mètres devant nous, parfaitement visible. Nous la suivons sans pour autant la coller de trop près.

– J'avais onze ans la première fois que c'est arrivé, déclare alors Sky, à voix basse. Onze ans, la première fois que mon père m'a violée.

La nausée me saisit.

Son père ?

– Encore aujourd'hui, je me demande ce qui a pu déclencher ça, poursuit-elle. Mon père ne m'avait jamais témoigné un amour autre que paternel auparavant. Jamais il ne m'avait regardée de façon inappropriée, jamais il ne m'avait fait une quelconque remarque. Mais une nuit, il est entré dans ma chambre et il s'est assis sur mon lit. Je n'ai pas tout de suite compris ce qui se passait. J'étais une gamine, j'étais encore naïve et je ne connaissais rien à ce qui se passe entre « les grandes personnes ».

Sky secoue la tête, comme si elle s'en voulait. À mon tour, je pose ma main sur la sienne et je la serre pour lui redonner le courage qu'elle m'a communiqué.

– La première nuit, il m'a seulement touchée. Je lui disais que je ne voulais pas, que je préférais quand il me faisait des câlins, mais il a continué. Puis il est parti. Le lendemain, il est venu me trouver au saut du lit pour s'excuser, il m'a juré qu'il ne recommencerait pas. J'ai voulu le croire mais malgré tout, je me sentais bizarre… et le soir même, il est revenu. Cette fois, il est allé jusqu'au bout. J'étais en larmes mais il m'empêchait de crier, il me menaçait de me faire très mal si j'émettais un son. Et j'ai eu très mal… J'avais onze ans, un corps de petite fille, et il l'a détruit. Il était dans une espèce de transe : il ne m'a pas regardée une seule fois dans les yeux. Il *savait* que ce qu'il faisait était ignoble, il le savait mais il l'a fait quand même.

Un frisson parcourt Sky. Quant à moi, j'ai du mal à respirer. Il m'est inconcevable qu'un père puisse oser faire *ça* à sa propre chair. Malgré tout, je sais qu'il existe des millions de Sky dans le monde et ça me donne envie de vomir.

– Après ça, il m'a fait jurer de ne rien dire à ma mère et à mon frère. Il me répétait que si je leur racontais ce qui s'était passé, ça rendrait tout le monde triste et qu'à cause de moi la famille se séparerait, que je serais obligée d'aller vivre avec lui et que ce serait pire pour moi. Je n'ai rien dit, rien du tout. Il m'a violée pendant plus de sept ans. J'ai eu une adolescence catastrophique, je faisais toutes les conneries possibles et imaginables, je traînais avec les pires personnes, j'allais en cours un jour sur trois… Ma mère ne savait plus quoi faire de moi, elle en était désespérée, et lui… lui, il savait ce qui se passait mais il n'arrêtait pas de dire que c'était la crise d'adolescence. Quand j'ai eu dix-sept ans, pourtant, j'ai enfin trouvé le courage d'en parler à ma mère.

Sky essuie furtivement ses joues puis reprend son récit :

– Elle ne m'a pas crue. Elle a dit que j'étais en plein délire, que comme toutes les conneries que j'avais faites jusque-là, ce n'était qu'un autre moyen de me faire remarquer. Je l'ai ressenti comme une trahison et ça a été la goutte de trop. J'ai décidé d'attendre ma majorité pour partir de chez mes parents. Je ne voulais pas qu'ils puissent se servir du fait que j'étais mineure pour lancer des avis de recherche et m'obliger à revenir à la maison. Mais dès le lendemain de mon anniversaire, j'ai fui avec ce que j'avais, autant dire pas grand-chose, et je me suis débrouillée pendant deux ans. Jusqu'à ce que je rencontre Ice et Storm et que ma vie change radicalement.

À mon tour, j'écrase une larme que je n'ai pas pu retenir.

– J'ai vingt-quatre ans aujourd'hui et même si j'ai réussi à relever la tête, je ne pourrai jamais me guérir de ce que mon père m'a infligé. Il a détruit mon enfance, mon adolescence et ma vie d'adulte. Il a détruit une partie de moi à jamais. Il m'a enlevé l'innocence, la joie des premiers amours, la capacité à faire confiance. Il m'a tout volé et il n'a jamais été puni pour ça, alors que moi, je paye encore tous les jours le prix de ses actes.

Sky se tait et je ne sais pas quoi dire. Aucun de mes mots ne serait à la hauteur de la douleur qu'elle exprime en cet instant. Elle soupire, puis un sourire illumine son visage alors qu'elle reprend :

– Ice… Dès que je l'ai vu, j'ai su que ce serait lui et pas un autre. Mais ça a été long, j'étais terrifiée, déjà parce qu'Ice est du genre impressionnant, et surtout parce que j'avais peur qu'il se lasse d'attendre que je sois prête à nous laisser une chance. Cependant, il a été d'une patience incroyable… il l'est encore. Après ce que j'ai vécu, je considère qu'il m'a été envoyé tout droit du ciel.

Incapable de parler, je me contente de serrer la main de Sky pour la soutenir en silence. Je reste ébahie par le courage dont elle a fait preuve. Pour avoir enduré pendant sept ans les sévices de son père, pour ne pas s'être autorisée à sombrer, mais surtout pour avoir laissé l'amour entrer dans sa vie et avoir accepté d'y croire malgré tout.

– Tu t'en sortiras, me glisse-t-elle alors. Un matin, tu te lèveras et tu te rendras compte que tu as moins mal, que tu t'es habituée à vivre avec l'absence de celui que tu as aimé. Le jour où tu ne penseras plus qu'aux bons moments que tu as partagés avec lui, alors tu seras prête à passer à autre chose.

– Tu es si forte, je murmure, abasourdie que Sky veuille me réconforter après ce qu'elle vient de me confesser. Je ne suis pas certaine d'avoir ça en moi.

– Mais si ! Tu as eu les couilles de venir frapper à notre porte, tu as décidé de te démener pour te sortir de là, tu ne t'es pas laissée couler… Tu *es* forte, Ella.

Notre conversation se termine sur ces mots. Bouleversées, nous gardons le silence pendant près d'une heure. Nous nous tenons toujours la main et cela m'aide énormément.

À l'arrière, Snow bâille soudain bruyamment, puis il se redresse et passe sa tête entre nos deux sièges.

– On est bientôt arrivés ? nous demande-t-il. Je meurs de faim !

Sky et moi éclatons de rire. Je crois que c'est une façon pour nous d'évacuer la tension.

– Quoi ? proteste l'adolescent. Qu'est-ce que j'ai dit ?

– Promets-moi de toujours rester toi, Snow, je réplique.

– Euh… d'accord.

***

– Non, Sky, ce n'est pas une bonne idée, répète Ryan. On risque de se faire repérer.

Nous venons d'arriver à Boston. Nous sommes installés dans le salon de l'hôtel dans lequel les Seven vont passer la semaine et le débat est lancé : où vais-je loger ? Ryan campe sur ses positions et refuse que je sois sous le même toit que lui… ça fait mal.

– On se fait discrets depuis des années, c'est dans notre nature, plaide Sky.

– Je pense juste que c'est le mieux pour tout le monde, insiste Ryan.

Ça l'est surtout pour lui, puisqu'il a décidé de s'éloigner de moi…

Bien que ce soit de moi dont il est question, je n'ose pas intervenir dans la conversation.

– Niveau logistique, ce sera quand même bien plus pratique pour se retrouver et discuter des stratégies à mettre en place, affirme Sky.

Ryan soupire. Ses traits sont fatigués, tout le monde est épuisé par le voyage et je m'en veux d'être une préoccupation ce soir.

– C'est pas grave, je lâche. Je vais aller dans l'hôtel qu'on a vu au coin de la rue. Je viendrai vous retrouver quand vous aurez besoin de moi.

J'embrasse Sky sur la joue et lui souris malgré sa mine contrariée, puis je salue le reste des Seven, évitant de m'attarder sur le regard triste de Snow. Sans faire d'éclats, je traverse le hall de l'hôtel.

– Ella ?

Mon cœur accélère lorsque j'entends la voix de Ryan. Je pivote dans sa direction. Il secoue la tête, soupire puis dit :

– C'est bon, tu peux rester.

Sky exulte, ce qui me fait rire. Je rejoins le reste du groupe et je remercie Ryan d'un hochement de tête. Après ça, nous voyant affamés, il décide de nous emmener dans une pizzeria pour que nous dînions tous ensemble.

En arrivant au restaurant, je m'assieds de moi-même à côté de lui. Est-ce que je remarque son petit sourire en coin ? Oui ! Est-ce que je m'en vexe ? Pas du tout. Après ma discussion à cœur ouvert avec Sky, je me sens légère. Petit à petit, je me sens de nouveau capable de savourer des choses simples, comme un bon repas ou des conversations amicales. J'avance, je progresse et je vois la lumière au bout du tunnel.

– Demain, nous devons partir en reconnaissance, annonce Ryan une fois que nos plats sont servis. Ice et moi effectuerons des repérages extérieurs pour vérifier si ce qu'on a relevé la dernière fois est toujours d'actualité. Puis je me rendrai chez le joaillier avec Sky. On fera un achat, ça nous permettra de valider ce qu'on sait de l'intérieur.

– Avec moi ? répète Sky en haussant les sourcils.

– Avec toi.

Elle me jette un rapide coup d'œil. Je suis du même avis qu'elle : j'aurais préféré que Ryan me choisisse… Mon amie bredouille :

– Mais… demain j'avais prévu d'aller… faire du tourisme avec Snow.

Ce dernier relève la tête.

– Du touris… oui, du tourisme ! affirme-t-il lorsque Sky lui met un coup de genou discret.

– Du tourisme. À Boston, s'étonne Ryan.

– Vous vous croyez vraiment en colonie de vacances, ajoute Ice en secouant la tête.

– Ne commence pas à être ronchon, le sermonne Sky. Tu vas d'ailleurs venir avec nous, ça ne te fera pas de mal de te détendre un peu.

– Quand on se détend, on se fait arrêter par les flics, réplique-t-il en attrapant une autre part de pizza.

– Alors c'est décidé : Snow, Ice et moi allons jouer les touristes demain, décrète Sky. Du coup, Storm, ça ne te dérange pas d'aller chez le joaillier avec Ella ? Non ? Parfait, c'est réglé !

Je souris discrètement en attrapant mon verre. Au même moment, Ryan se tourne vers moi.

– Ne crois pas que je ferme les yeux sur ce que tu manigances, murmure-t-il à mon oreille alors que les autres se mettent à discuter de leur programme du lendemain.

– Je ne vois pas de quoi tu veux parler, dis-je en haussant les épaules.

– Tu comptes me coller aux baskets à partir de maintenant ?

– Tu ne me laisses pas le choix, *Storm*, je réplique en utilisant son surnom pour la première fois. Je refuse que tu instaures une distance entre nous alors j'agis en conséquence.

Il s'esclaffe, secoue la tête, puis se ressert à boire.

– Et pourquoi n'aurais-je pas le droit de m'éloigner un peu ? rétorque-t-il.

Je pose ma part de pizza et me tourne vers lui.

– Tu me fais du bien, j'affirme. Je veux garder ça à tout prix.

L'espace d'un instant, sa pomme d'Adam tressaute dans sa gorge. Puis il se rapproche et me souffle d'une voix rauque :

– Je te fais du bien ?

La façon dont il hausse les sourcils me fait rire.

– Tu as parfaitement compris ce que je voulais dire.

– Non, je ne pense pas…

Je rougis sans pouvoir m'en empêcher. Souriant, Ryan passe rapidement son pouce sur mon menton avant de se réintégrer à la conversation générale.

Après le dîner, nous rejoignons l'hôtel où nous avons pris deux chambres. Sky et moi nous arrêtons devant la nôtre ; les garçons, eux, dormiront dans celle d'en face. Alors qu'il s'apprête à suivre Ice et Snow à l'intérieur, je retiens Ryan par le poignet.

– Attends. Je voulais juste te dire… merci de m'avoir permis de venir.

– Je ne l'aurais pas fait si je ne pensais pas que tu pourrais nous aider. Tes talents de hackeuse vont être mis à contribution.

– Pas de problème, je suis là pour ça.

Nous nous regardons un instant, gênés du silence qui s'installe entre nous.

– Bon, à demain, Ella, lâche finalement Ryan.

– À demain, je réponds.

Avant qu'il ne quitte le couloir, je dépose un baiser sur sa joue.

– Bonne nuit, j'ajoute.

Et je déguerpis en vitesse dans ma chambre.

***

Quelques heures plus tard, je me retourne encore et encore dans mon lit, incapable de trouver le sommeil. Sky, elle, dort profondément…

Pour passer le temps, je décide de prendre mon téléphone et de faire quelques recherches sur les joailliers du coin. Mais je découvre alors un message de ma mère… enfin, de Scott, en réalité.

Du nouveau ?

Si j'ai du nouveau ? Plus qu'un peu… J'ai découvert ce que renfermait la pièce secrète du loft, le passé des Seven, je connais leurs prénoms, leurs âges… Avec ça, aucun doute que Scott pourrait les identifier précisément et les ficher dans son dossier. Je pourrais aussi lui parler du braquage en prévision, des stratégies qui sont en train de se mettre en place… mais je ne m'en sens pas le droit. L'impression de m'être trompée sur le compte du gang est de plus en plus forte et j'aurais le sentiment de les trahir en éventant leurs secrets…

Il me faut un long moment de réflexion avant de me décider à répondre :

Rien. Je continue de creuser.

Une bouffée de culpabilité m'assaille. En gardant délibérément pour moi des informations qui pourraient faire avancer l'enquête, je viens officiellement de pencher dans l'autre camp.

CHAPITRE 26

RYAN

Ice et moi terminons notre tour de reconnaissance de l'extérieur de la joaillerie. La bonne nouvelle, c'est que les plaques sous les caméras indiquent qu'ils sont toujours couverts par la même société de sécurité. La mauvaise, c'est qu'il y en a deux fois plus qu'avant…

– Il va falloir qu'Ella entre là-dedans pour trouver la meilleure façon de les mettre hors service le plus longtemps possible, déclare mon bras droit.

– Je le lui demanderai.

Notre repérage achevé, nous reprenons la route de l'hôtel. Ice enchaîne :

– Alors ? Qu'est-ce qui se passe vraiment entre vous deux ?

– Je n'ai pas envie de parler de ça.

– Pourquoi ? T'es gêné, mon petit loup ? me taquine-t-il, ce qui lui vaut un regard furieux de ma part.

– Je ne suis pas gêné. Simplement, ça ne te regarde pas.

– Tu as avoué que tu la voulais. Tu en as déjà trop dit.

Je soupire et pianote doucement sur le volant de la Volvo.

– Alors ? insiste-t-il.

– Putain, Ice, tu m'emmerdes. Il ne se passe rien entre nous deux. Elle n'est pas prête pour moi... Voilà, c'est tout ce que j'ai à dire.

– Pas prête ? Qu'est-ce qui l'empêche de se mettre avec toi ?

– Pas *quoi*, *qui*... je réplique.

– Ah, merde. Elle a déjà un mec ?

En quelque sorte... Le mec en question n'est plus là mais Ella continue de l'aimer. Ce que je comprends parfaitement, même si ça me fait un mal de chien de savoir qu'elle donne son cœur à un mort. Cependant, je me retiens de le dire à Ice. Comme je le lui ai fait remarquer, ça ne le regarde pas.

À l'hôtel, nous trouvons Sky, Snow et Ella qui sont en train de déjeuner. Même en mangeant, mon frère ne peut s'empêcher de réviser des fiches qu'Ella lui a faites. Pendant des années, je lui ai rempli des bibliothèques entières en espérant qu'il me demande de l'aider pour apprendre à lire et à écrire... Il aura fallu qu'Ella débarque dans nos vies pour qu'il saute le pas. Décidément, elle a vraiment révolutionné notre gang.

Je prends place à côté d'elle pour déjeuner, et elle sourit en me voyant. Depuis que je lui ai laissé entendre que j'allais m'éloigner d'elle, elle se rapproche de plus en plus de moi… et c'est exactement ce que j'espérais. Il semblerait que ma stratégie fonctionne et j'apprécie chaque attention qu'elle me porte.

Je suis partagé entre la laisser faire son deuil en paix et redoubler d'efforts pour la séduire. Jamais je ne forcerai les choses entre nous, ça ne ferait que la faire fuir davantage. Et je ne veux surtout pas qu'elle pense que je prends ce qu'elle traverse à la légère. Seulement, j'ai l'habitude d'aller vite, de vivre tout à fond, de profiter de l'instant. Quand on a choisi une vie de criminel, on ne mise pas sur le long terme. Depuis que je suis braqueur, j'ai appris à saisir l'instant. Je ne me refuse rien, je ressens tout de la façon la plus intense possible, parce que tout peut s'arrêter du jour au lendemain. Une épée de Damoclès plane constamment au-dessus de ma tête. À tout moment, des flics peuvent remonter jusqu'à moi et m'arrêter. À tout moment, mon monde peut voler en éclats et si cela doit arriver demain, je veux pouvoir dire que les années qui viennent de s'écouler ont été celles de la liberté absolue. C'est pour cela que je me laisse guider par ma passion pour Ella sans essayer de me freiner. Et elle devrait le comprendre mieux que quiconque… La vie est éphémère : on court tous en direction de la même ligne d'arrivée mais certains la passent beaucoup plus tôt que d'autres, exactement comme ça a été le cas pour son mec. J'ai besoin de la pousser, de la voir profiter, se relever.

Je trouve l'ironie du destin absolument incroyable. Mettre Ella sur mon chemin au moment où je décide d'un dernier coup avant de raccrocher, au moment où j'ai envie de penser à moi, à l'après, à l'avenir…

Pour nous tous, la vie s'est comportée comme une pute, mais il se pourrait que, sur ce coup, elle ait bien distribué les cartes.

***

– Tu as compris ou il faut que je te répète le plan ? je demande.

– Je ne suis pas stupide, ça ira, dit Ella tandis que nous sortons du SUV.

Nous nous approchons de la joaillerie et je prends sa main, enlaçant nos doigts. Ce simple geste m'électrise et je sais qu'il en est de même pour elle…

La devanture de la bijouterie respire le luxe. Un portier nous ouvre et nous passons devant deux vigiles postés de part et d'autre de l'entrée. Ils nous saluent d'un signe de tête et, discrètement – mais pas assez pour que je ne le remarque pas –, nous détaillent des pieds à la tête, Ella et moi. Cependant, il était évident que nous n'allions pas nous pointer ici avec des vêtements ordinaires sur le dos, tous les deux. Nous avons fait une petite virée shopping dans des boutiques de luxe avant de venir ici. Heureusement que notre « train de vie » nous le permet… Pour l'occasion, Ella s'est même maquillée, ce qui lui est rarement arrivé depuis que j'ai fait sa connaissance.

– Madame, Monsieur, bienvenue, nous accueille un homme en costume et gants blancs.

Un air nonchalant sur le visage, je passe en revue tout ce qui se trouve dans la bijouterie. Conformément au plan, Ella accapare l'attention du vendeur. À coup de grands sourires et grâce à sa voix douce, elle le met dans sa poche en un tour de main.

– Mon fiancé a décidé de me faire plaisir pour mon anniversaire, dit-elle. J'hésite entre un collier, une bague ou des boucles d'oreilles. Pouvez-vous me montrer ce que vous avez, s'il vous plaît ?

– Mais bien entendu. Suivez-moi, je vous prie.

Il entraîne Ella, et par extension moi aussi puisqu'elle tient fermement ma main, vers le fond de la boutique.

–Voici quelques-unes de nos pièces les plus prisées, dit-il.

Ella passe en revue la douzaine de colliers proposés, tous plus beaux les uns que les autres. Certains sont ornés de diamants, d'autres d'émeraudes ou de saphirs ; pour autant, la taille des pierres laisse clairement penser que ce ne sont pas les pièces les plus chères de la boutique.

– Nous ne recherchons pas le genre « prisé », dis-je en souriant d'un air entendu. Nous souhaitons quelque chose de plus… singulier.

Immédiatement, le regard du vendeur s'illumine.

– Évidemment, Monsieur, il fallait le dire tout de suite. Par ici.

Il nous emmène vers une porte masquée par un épais rideau en velours rouge, gardée par un autre vigile, et la déverrouille grâce à un pass. Nous entrons alors dans une pièce de taille moyenne, au milieu de laquelle se trouvent une table ainsi que des chaises en velours rouge matelassé, au dossier et aux pieds d'un doré étincelant. Le sol, à l'instar de celui de la partie principale de la boutique, est en marbre blanc. Partout au plafond ainsi qu'aux murs, des spots éclairent les vitrines de bijoux, les faisant resplendir de mille feux.

Entre mes doigts, ceux d'Ella se crispent un peu. Je la rassure d'une pression.

– Ça me plaît beaucoup plus, s'exclame-t-elle, donnant l'impression d'être habituée à tout ce faste.

Le vendeur se retire dans le fond de la pièce pour nous laisser le temps d'en faire le tour. Colliers, bagues, boucles d'oreilles, broches… Des bijoux respirant le luxe s'étalent devant nos yeux. La vue des pierres précieuses par centaines donne enfin un sens aux risques que nous allons prendre : l'investissement en vaut largement la peine…

Un rubis en particulier attire mon attention. Placé au centre d'un collier et entouré de petits diamants, il est d'une taille exceptionnelle. Je le classe directement dans les pièces à prendre en priorité.

Une fois le braquage passé, les autres membres du gang et moi devrons nous faire discrets pendant un temps avant de revendre les pierres au détail. Heureusement, comme je n'en suis pas à mon coup d'essai, j'ai un contact qui se charge de cela depuis plusieurs années. Dans ma tête, notre plan est béton, il n'y a aucun risque pour qu'il foire.

Espérons que je ne me trompe pas.

– J'ai fait mon choix, claironne Ella en se tournant vers le vendeur.

Celui-ci s'empresse d'accourir.

– J'aimerais essayer ces deux colliers ainsi que ces deux bagues, et cette paire de boucles d'oreilles.

Comme convenu, Ella prend son temps et demande à voir de plus près un maximum de bijoux pour me laisser le temps de bien analyser la pièce. Pendant que le vendeur s'affaire, je remarque, au bas de chaque mur, des capteurs discrets mais bien présents. J'en compte huit avant que l'homme ne se redresse et ne nous conduise vers la table. Pendant qu'il explique la provenance des pierres à Ella, je repère quatre autres capteurs sur le mur d'en face, et quatre de plus autour de la porte.

Il y en a seize en tout. Une fois activés, ils balayent la pièce de faisceaux laser, prêts à signaler toute intrusion à la police…

– Qu'en penses-tu ? demande Ella en se tournant vers moi.

Le collier qu'elle porte, incrusté d'émeraudes, semble peser une tonne autour de son cou fin. Malgré tout, les pierres précieuses accrochent la lumière et rendent son visage encore plus rayonnant que d'habitude.

– Ravissant, dis-je. Mais je crois que celui-ci t'ira bien mieux.

Tandis que le vendeur détache le fermoir sur la nuque d'Ella, je lui demande :

– Je peux ?

Il y réfléchit une seconde, puis face à mon sourire encourageant, il acquiesce. Je saisis le second collier et le passe moi-même au cou d'Ella. Cette dernière remonte ses cheveux blonds et je fais glisser le bijou sur sa peau veloutée. Tout en diamants, il retombe en gouttelettes sur son décolleté.

Se tournant à nouveau vers moi, Ella capte mon regard. J'imagine que je la dévisage comme un affamé. Ses joues se colorent et un petit sourire étire ses lèvres roses.

– Magnifique, dis-je, le plus sincèrement du monde.

– Si je puis me permettre, cette pièce ne fait qu'embellir votre port de tête déjà sublime, intervient le vendeur.

Pendant un instant, nous nous dévisageons en silence, puis Ella se reconcentre sur les diamants. Pendant qu'elle essaye les boucles d'oreilles, je fais mine de me balader dans la pièce à la recherche d'autres bijoux qui pourraient lui plaire. Mais en réalité, je poursuis mon repérage. Je compte cinq caméras. Une à chaque coin de la pièce et une autre braquée sur un point bien précis. Lentement, et sans détacher mon regard des vitrines, je me dirige vers l'endroit en question pour observer ce qui s'y trouve.

Posé sur un coussin de velours, un grenat bleu trône fièrement, absolument sublime. À elle seule, cette pierre doit coûter plus de dix millions de dollars…

Je ne m'attarde devant que quelques secondes, pour ne surtout pas éveiller les soupçons du vendeur. Reprenant place près d'Ella, je lui demande :

– Où en es-tu, ma chérie ?

– Les boucles d'oreilles ne me vont pas, dit-elle avec une moue boudeuse.

Je suis scotché par son jeu d'actrice. Elle qui est d'habitude peu exubérante incarne l'ingénue à la perfection.

– Ne restent plus que ces deux bagues, alors, dis-je en m'emparant de la première, sertie de diamants et de topazes, pour la passer à son annulaire.

Ella regarde son doigt, puis décide :

– Non.

J'enchaîne sur la seconde tout en la dévorant des yeux. Ella lève timidement les siens vers moi avant de les reporter sur l'anneau en or rose parsemé de grenats qui brille à sa main.

Étrangement, même si tous ces bijoux sont sublimes, je les trouve presque grossiers sur Ella.

Elle est si douce, si fine, si jolie… Il lui faut quelque chose à son image : simple, discret mais lumineux. D'une élégance attirant tous les regards.

– Non, dit-elle à nouveau.

Elle se lève et refait un tour de la pièce. Je souris au vendeur.

– Elle a toujours un peu de mal à se décider, je lui confie.

– Je comprends, fait-il en replaçant les bijoux qu'Ella refuse. Il faut dire que ce sont des pièces exceptionnelles.

Je décide de rejoindre ma pseudo-fiancée. Lorsque je me poste près d'elle, je remarque que son regard est rivé sur une paire de petites boucles d'oreilles. Les deux diamants qui tombent en gouttes ne sont ni trop petits ni trop gros. Parfaits pour elle…

Je prends alors sa main dans la mienne : le signal convenu pour lui indiquer que j'ai terminé mes repérages.

– Celles-ci, dit Ella en montrant les boucles d'oreilles.

Je lui souris et lui fais un clin d'œil avant de me tourner vers le vendeur.

– Nous n'aurons même pas besoin de les essayer, j'affirme. Elles seront parfaites.

Ravi, l'homme ouvre délicatement la vitrine et en sort les boucles d'oreilles sur leur portant. Il nous les présente pour s'assurer que ce sont bien celles que nous voulons, puis il se dirige vers la table, ouvre un tiroir qui se trouve en dessous et en sort une boîte dans laquelle il pose les bijoux avant de les recouvrir d'un carré de soie.

– Soixante-cinq mille dollars, je vous prie.

Je prends mon porte-monnaie dans la poche arrière de mon pantalon et en sors une *black card*.

Avec le temps et au fil des braquages, j'ai dû apprendre à ruser, à placer correctement mon argent pour ne surtout pas me faire repérer. Cette carte est reliée à un compte ouvert en dehors des États-Unis. J'en ai quatre comme celle-ci sur lesquelles je me sers pour les grosses dépenses. Toutes sont enregistrées sous un nom différent – faux, bien sûr.

– Passez une bonne journée, Mademoiselle, monsieur Stone, nous salue le vendeur. Revenez nous rendre visite quand vous le voudrez.

– Merci infiniment pour votre aimable accueil, lui répond Ella. Et merci, chéri, ajoute-t-elle en posant sa tête contre mon épaule.

Nous quittons la bijouterie, croisons à nouveau les deux vigiles et retournons jusqu'au SUV main dans la main. Ce n'est que lorsque nous sommes loin que nous nous tapons dans la main pour nous féliciter.

– Tu as été parfaite, *Sunshine*, dis-je à Ella.

Les joues rouges d'excitation, elle me demande :

– Pourquoi avoir choisi ce nom pour moi ? Comme l'a dit Rain, je n'ai rien d'un rayon de soleil.

Je souris un instant, puis lui explique :

– Tu as déjà remarqué ce qui se passe dans le ciel après une tempête ou un violent orage ? Il y a toujours un rayon de soleil qui vient percer les nuages, signe que le beau temps revient, que l'averse n'était que de passage. Un peu comme dans la vic, en fait : rien ne dure éternellement, pas même les moments difficiles. Et toi, *Sunshine*… tu es le rayon de soleil au milieu de ma tempête.

Je vois que mon aveu la touche. Je pense chacun de mes mots : sa douceur, sa beauté, la blondeur de ses cheveux, son sourire lorsqu'elle le laisse apparaître… Elle est ma définition du rayon de soleil.

Comme elle est soudain silencieuse, je décide de détendre un peu l'atmosphère.

– On forme vraiment une bonne équipe, tous les deux, je lui lance.

Elle acquiesce, puis tape dans ses mains.

– Je suis pleine d'adrénaline, j'ai adoré faire ça, me confie-t-elle.

– Oui, eh bien, calme-toi, parce que je ne dépenserai pas soixante-cinq mille dollars en bijoux tous les jours.

Elle s'esclaffe et je l'imite, heureux de la voir si joyeuse. Mais soudain, ses yeux se perdent dans le vague et elle soupire :

– Oui, on forme une bonne équipe…

Avant que j'aie pu lui demander dans quelle dimension elle s'est égarée, elle attrape les boucles d'oreilles et les pose sur la banquette arrière.

– Tiens, je te redonne ton investissement, déclare-t-elle. Tu n'auras rien perdu.

Elle relève les genoux puis s'installe confortablement dans le siège.

– Garde-les, je réplique. Elles sont vraiment pour toi.

Incrédule, Ella se tourne vers moi.

– Quoi ? C'est beaucoup trop, hors de question que j'accepte.

– Je t'avais prévenue qu'on allait acheter un bijou.

– Bien sûr, mais je pensais que tu le garderais et que tu l'ajouterais au butin du braquage.

– Eh bien, tu as eu tort. Garde ces boucles d'oreilles, ça me fait plaisir.

– Ryan…

Je lui lance un regard qui n'admet aucune discussion.

– Prends-les, j'insiste. Elles te correspondent si bien…

Elle soupire, se passe une main dans les cheveux, puis se penche vers moi et dépose un baiser sur ma joue.

– Merci, dit-elle tout bas.

Ce n'est qu'un baiser sur la joue, un putain de baiser sur la joue, pas besoin d'en faire toute une histoire !

Je tente de m'en convaincre mais le fait est que je ne peux pas m'empêcher d'être touché. C'est la seconde fois qu'Ella prend l'initiative de se rapprocher de moi de la sorte et cela me bouleverse…

Alors que nous retournons à l'hôtel, elle pose soudain sa tête contre mon épaule. Mon cœur accélère encore sa cadence.

Et il ne ralentit pas pendant de longues minutes, car Ella reste blottie contre moi pendant tout le reste du trajet.

CHAPITRE 27

ELLA

– Concrètement, ce n'est pas d'entrer dans leur système pour désactiver les capteurs qui sera le plus compliqué, dis-je. Ce sera de réussir à les garder éteints. Le dispositif de sécurité n'a rien à voir avec celui de la banque de Richwoods : il est beaucoup plus pointu. La joaillerie dispose certainement de générateurs qui relanceront le courant au bout de quelques secondes, une minute au maximum. Je sais que vous êtes rapides, mais à ce point ?

– Ne t'inquiète pas, petite, on a pensé à tout, réplique Ice.

– Je sais que votre idée de départ était de couper le courant directement via le fournisseur d'électricité, mais ce serait une erreur, selon moi, je reprends. La société de sécurité comprendrait immédiatement qu'il se passe quelque chose. Je pense qu'il faut mettre les détecteurs hors service un par un. Jamais tous d'un coup. Les gardiens soupçonneront une faille plutôt qu'un braquage et pendant qu'ils tenteront de la régler, vous pourrez vous servir. Il va falloir avancer pas à pas, c'est le seul moyen de faire les choses correctement… En revanche, je ne sais pas comment je vais m'y prendre avec les caméras. La compagnie qui les a posées a l'habitude d'assurer la sécurité de personnes fortunées, le système est presque inviolable.

– Presque, relève Sky.

Je souris.

– Je suis flattée du talent que vous me prêtez, mais je crois que là, c'est un défi qui risque de dépasser mes compétences. Je me débrouille en hacking, mais…

– Mais tu y arriveras, dit Snow en posant une main sur mon bras. On te fait confiance.

Je déglutis, puis je hoche la tête et annonce :

– Je vais avoir besoin de temps pour étudier le système à fond et surtout pour me préparer à le craquer.

– Nous ne sommes pas pressés, Sunshine, dit Ice. Nous avons encore besoin de trois mois pour être totalement opérationnels. Tu penses que tu auras trouvé comment infiltrer leur système d'ici là ?

J'acquiesce sans montrer l'angoisse que la perspective d'échouer fait naître en moi.

– Ce qu'on s'apprête à faire n'est pas un coup ordinaire, rappelle Ryan. Même si on a l'habitude de ce genre de choses, on est parfaitement conscients que tout peut basculer sur un détail mal réglé. C'est pour ça qu'on a pris tant de temps pour étudier toutes les possibilités.

– Demain, on rentre à Saint-Louis et on briefe Rain, Thunder et Night sur ce que nous avons noté en repérages, indique Ice.

– Qu'est-ce qu'on va faire après le braquage ? Où est-ce qu'on va aller ? je demande. On sera recherchés dans tous les États-Unis.

Ryan se tourne vers moi.

– Ça fait partie des choses que nous devons encore mettre au point, dit-il. En attendant, comme c'est notre dernier jour ici, vous avez quartier libre… Ella et moi, on sort, ce soir.

– Ah bon ? je m'exclame, surprise.

– On se retrouve dans une heure dans le hall, décrète Ryan.

Puis il quitte la chambre, certain que je vais accepter.

Figée, je mets quelques secondes avant de réagir. Devant moi, Sky et Snow sont sur le point d'exploser ; quant à Ice, il lève les yeux au ciel sans pour autant parvenir à cacher son sourire.

– C'est un rencard, s'écrie Sky, tout excitée. C'est le grand soir, Ella, tu vas passer à la casserole !

– Hein ? Mais n'importe quoi.

– Bien sûr que si. Storm a ce regard, tu sais, celui qu'il fait chaque fois qu'il te voit.

Elle plisse les yeux et commence à grimacer en une sorte de moue qui me fait éclater de rire.

– Il ne fait pas ça, dis-je.

– En tout cas, c'est officiel : il va sortir le grand jeu, affirme Snow.

Déjà que la proposition de Ryan m'a surprise… en les écoutant, je commence à angoisser un peu par-dessus le marché. Et s'il m'avait vraiment prévu un rencard ? Et s'il essayait de passer à la vitesse supérieure ? Je ne sais pas si je suis prête pour ça… Pire, s'il me posait un ultimatum ? Non, impossible, Ryan ne ferait pas ça.

– C'est l'heure de se préparer, exulte Sky. Les gars, sortez, on n'a pas besoin de vous.

Pour contrebalancer son ton autoritaire, elle se hisse sur la pointe des pieds et embrasse Ice, qui quitte la pièce sans se faire prier suivi par un Snow visiblement heureux. Je n'aime pas ça… Je ne voudrais pas que l'adolescent se fasse des idées sur ce qui pourrait se passer ou pas entre son frère et moi. Même s'il est clair que notre relation avance, rien n'est acquis, loin s'en faut.

– Sky, je n'ai pas envie de changer celle que je suis, dis-je lorsque je la vois sortir une robe de sa penderie.

– Il n'empêche que tu peux prendre soin de toi. Ça fait combien de temps que tu ne t'es pas sentie jolie ?

Depuis que Sam n'est plus là pour me dire que je suis belle…

– C'est bien ce que je pensais, ajoute Sky devant mon silence, en me donnant la robe. Essaye-la, au moins, ça ne coûte rien.

J'abdique et me rends dans la salle de bain. Comme mon amie et moi ne faisons pas la même taille, le vêtement moule mon corps bien plus qu'il ne le devrait. Les fines bretelles et le décolleté me rendent encore plus sexy.

En me regardant dans le miroir, je constate que Sky a raison : ça me fait du bien de me sentir jolie… Un sourire aux lèvres, je reviens dans la chambre. Lorsqu'elle me voit, mon amie lève ses deux pouces en l'air avant de se précipiter sur sa trousse à maquillage.

– Pas trop, je proteste lorsqu'elle dégaine un rouge à lèvres.

– Ne t'inquiète pas, je sais ce que je fais.

Après un moment entre ses mains, Sky décide que je suis enfin prête. Je me dévisage dans le miroir et il se passe alors quelque chose que je n'avais pas anticipé : je me sens soudain triste. En me voyant ainsi, j'ai l'impression de revoir la Ella que j'étais il y a neuf mois. Celle qui n'imaginait pas une seconde que les choses puissent dégénérer comme elles l'ont fait. Je suis peinée d'avoir perdu cette Ella en cours de route, de l'avoir mise à l'écart.

– Hé, dit Sky en me prenant dans ses bras. Ne t'en fais pas. Je suis sûr qu'il aimerait te voir heureuse.

Mais elle ne peut pas imaginer à quel point je me sens prise au piège dans cette situation que j'ai moi-même créée, elle ne peut pas comprendre que cela me fait mal de me préparer pour un rendez-vous qui n'est pas arrangé par Sam. Surtout, elle ne peut pas réaliser que j'ai à la fois envie de revenir en arrière et que l'instant présent ne se termine jamais.

En quittant la chambre d'hôtel pour rejoindre Ryan, je m'accroche à l'idée que, peut-être, où qu'il soit, Sam est heureux de me voir redevenir moi, et ce peu importe *qui* en est la cause.

***

Ryan a bien fait les choses – non pas que j'en aie douté un instant.

– Tu es vraiment superbe, me glisse-t-il à l'oreille pour la troisième fois depuis que nous avons quitté l'hôtel.

– Merci.

Nous sommes montés en voiture et nous avons roulé pendant un petit quart d'heure sans qu'il me dise où nous allions. Il vient de se garer ; j'ouvre ma portière et remarque que nous faisons face à un étang.

– Nous sommes encore à Boston ? je demande, étonnée de découvrir cette étendue d'eau paisible entourée de verdure.

Ryan récupère un panier et une couverture dans le coffre de la Volvo avant de prendre ma main et de nous entraîner sur la pelouse. Immédiatement, je retire mes chaussures pour sentir l'herbe fraîche sous mes pieds. Ryan installe la couverture, ouvre le panier et en sort le pique-nique le plus garni qu'il m'ait été donné de voir.

– Tu as préparé tout ça pour nous ? je m'exclame, abasourdie.

– On a rarement eu l'occasion de se retrouver seuls tous les deux en dehors du loft. Je me suis dit que c'était le bon moment, et que je pouvais bien faire quelques efforts.

Il tend la main et m'aide à m'asseoir.

– Après vous, mademoiselle Williams.

– Merci, monsieur…

Je hausse les sourcils, parce que je réalise que je ne connais même pas son nom de famille.

– Pearce, complète-t-il, tout sourire.

– Ryan Pearce… je répète, songeuse.

Il sort une bouteille de champagne du panier, fait sauter le bouchon avec un « bop » qui résonne dans l'air, puis remplit deux coupes avant de m'en tendre une.

– À la place au soleil qu'on mérite et qu'on va s'offrir très bientôt, trinque-t-il.

J'avale une gorgée du grand cru tandis que Ryan remplit un bol de toutes les bonnes choses qu'il a apportées.

– Évidemment, ce n'est pas moi qui ai préparé tout ça, je n'ai fait que commander, précise-t-il. C'est mieux pour ta santé si tu ne goûtes pas ma cuisine.

Je souris en prenant encore un peu de champagne.

Sam, lui, savait cuisiner…

Je bloque immédiatement mes pensées. Je ne peux pas me permettre de comparer les deux hommes, ils sont diamétralement opposés. Physiquement d'abord. Sam avait les cheveux cuivrés, les yeux noisette, la peau pâle. Il était grand mais pas trop, musclé mais tout en finesse. Ryan, lui, a les cheveux noirs, les yeux noirs, la peau hâlée. Il est plus grand, plus carré… Côté personnalité, Sam avait tendance à démarrer au quart de tour quand Ryan n'agit pas sans réfléchir à l'avance. Il voyait tout en noir ou en blanc quand Ryan m'a montré qu'il existait une large palette de gris. Il avait un humour irrésistible là où Ryan est plus sérieux…

Je pourrais continuer comme ça pendant des heures. La seule chose que ces deux-là ont commun, c'est leur grand cœur.

Quelque part, cela me soulage de constater que je ne me sens pas attirée par Ryan parce qu'il ressemble à Sam. J'aurais pu, poussée par le désespoir, chercher à le remplacer par une sorte de clone. J'aurais pu rechercher la sécurité de ce que j'ai toujours connu au lieu de devoir repartir de zéro et de tout réapprendre avec quelqu'un d'autre. Au fond, je sais que si je me sens si bien auprès de Ryan, c'est parce qu'il ne me rappelle pas Sam, d'aucune manière. À part peut-être en ce qui concerne *le* point qui m'a fait atterrir chez les Seven.

Jusqu'à maintenant, je n'ai jamais osé aborder le sujet avec lui. J'ai préféré m'en tenir à l'idée que je me suis faite de lui, me dire que je l'ai assez cerné pour pouvoir affirmer qu'il n'est pour rien dans la mort de Sam. Après tout, l'homme que j'aimais avait travaillé sur beaucoup d'autres enquêtes, il avait fait enfermer un nombre important de criminels, n'importe qui aurait pu vouloir se venger de lui.

Oui, je pourrais me contenter de cette déduction et continuer à me voiler la face. Mais le moment est venu d'essayer d'en savoir plus. Le plus prudemment possible pour ne pas paraître suspecte, je demande à Ryan :

– Au fait, ça fait combien de temps que tu braques les banques et les bijouteries ?

– Tu veux parler business maintenant ?

– Non, juste apprendre à mieux te connaître. Ça me paraît le bon moment.

Ryan sort d'un emballage papier deux gros muffins salés. Il m'en tend un et croque dans l'autre avant de répondre :

– Depuis sept ans. Au départ, j'étais simplement pickpocket. Je devais m'occuper de Snow : quand on a quitté la maison, il n'avait que six ans et avait beaucoup de besoins. Je ne pouvais pas me permettre de le laisser sauter un repas ou de le faire dormir dans la rue avec moi. J'ai réussi à me débrouiller pour qu'on soit bien nourris et qu'on ait un toit au-dessus de la tête. Mais c'était épuisant de devoir sortir tous les jours, de repérer une proie, d'être assez discret pour la dépouiller, simplement pour tenir une journée de plus, parfois moins. Alors avec Ice, on a commencé à s'attaquer à de plus gros poissons, des bureaux de tabac et des petites épiceries.

– Pourquoi n'avoir jamais voulu que Snow participe aux braquages ? Une fois qu'il a grandi, bien sûr. En vous y mettant à deux, ça aurait certainement été plus simple pour survivre.

– Si un jour ça tourne mal, je veux qu'il ait les mains propres, dit Ryan. Qu'il soit irréprochable. Si je dois me retrouver en taule, je veux qu'il puisse poursuivre sa vie sans casier, sans aucun fardeau pour l'en empêcher.

– Snow ne te verrait jamais comme un fardeau.

– Parce qu'il n'a connu que cette vie. Mais peut-être que s'il menait une existence différente, il se rendrait compte que ce que je lui ai offert n'était pas ce qu'il y avait de mieux.

– Tu as fait ce que tu as pu. Tu t'es retrouvé à la rue avec ton petit frère de six ans alors que tu n'étais qu'un adolescent. Jamais il ne pourrait te reprocher quoi que ce soit. Enfin, on parle de Snow, ce gamin a un niveau de bonté qui crève le plafond.

– Et j'en suis tellement fier… De savoir qu'il n'a rien perdu de sa capacité à aimer, à être joyeux, à apprécier la vie… Pourtant, Dieu sait qu'il a mal démarré, entre la mort de notre père et ce fou furieux qui nous tabassait dès qu'il le pouvait… J'ai souvent eu peur qu'en grandissant ces souvenirs le bouffent. Mais il a réussi à se protéger, à se préserver.

– *Tu* as réussi à le protéger, *tu* as réussi à le préserver.

Le visage fermé, Ryan semble douter de ce que j'affirme. Pourtant, je crois en chacun de mes mots.

– Tu n'es vraiment pas comme les autres, dis-je en attrapant ma coupe de champagne. Tu ne fais pas partie de ces leaders de gangs égoïstes et cruels. Toi, tu prends le temps d'écouter, tu protèges les tiens… et les autres aussi. Épargner les civils à tout prix… Je suis prête à parier que tu es l'un des seuls criminels à faire ça.

Ryan me regarde dans les yeux, un petit sourire aux lèvres.

– Ça fait des semaines que tu as envie de me poser cette question, je me trompe ? me demande-t-il. « Pourquoi épargner les civils ? » Après tout, je suis déjà hors la loi, alors qu'est-ce que ça changerait ?

Il pioche de la nourriture dans le bol et tend sa fourchette dans ma direction pour que je goûte, ce que je fais. Puis il reprend :

– La société nous a rejetés, les Seven et moi, elle nous a mis à part, nous a laissé crever à l'écart. Et comme il était plutôt clair que rien n'allait arriver tout cuit entre nos mains, on a décidé de se servir. Vois nos actes comme un dédommagement que le monde nous doit et qu'il a égoïstement refusé de nous donner. On prend ce qu'on mérite.

Rassasiée, je délaisse la nourriture, écoutant Ryan attentivement.

– Tu sais, il y a ceux qui dès qu'ils ont de la colère en eux ne veulent rien d'autre que faire payer l'univers entier, peu importe les dommages collatéraux, dit-il. Mais je vois les choses différemment. Ces braquages, c'est notre façon à nous de prendre notre revanche, ce sont *nos* règlements de comptes avec la société. Les civils n'ont rien à voir là-dedans. Ils n'ont pas à subir les conséquences de nos actes. Alors j'ai été clair dès le départ avec tout le monde : on ne blesse personne, sous aucun prétexte. Je ne pourrais plus me regarder dans une glace en sachant que j'ai brisé une famille.

Cette phrase me convainc un peu plus qu'il n'a pu ni tuer Sam, ni ordonner son assassinat. Pourtant…

– Ça a dû te faire un choc quand Rain a abattu ce bijoutier, fais-je remarquer.

Je regarde les sourcils de Ryan se froncer sans pour autant comprendre ce qui cloche… avant de le réaliser au moment où il me demande :

– Comment tu sais pour le bijoutier ?

Mon cœur rate un battement, et je retiens mon souffle tandis que mon cerveau carbure à toute vitesse, jusqu'à ce que je parvienne à articuler :

– J'ai infiltré la base de la police, tu te souviens ? J'ai lu le dossier vous concernant, c'est comme ça que j'ai pu remonter jusqu'à vous.

Je m'oblige à conserver une expression neutre sur le visage. Ryan m'observe attentivement et, heureusement, semble me croire.

– J'en ai terriblement voulu à Rain, c'est encore le cas, d'ailleurs, me dit-il. Elle aussi s'en veut. Mais tout s'est passé très vite. Notre plan était bien rodé, chacun était en position et savait ce qu'il avait à faire. Sauf que Rain s'est tournée juste une seconde pour voir où j'en étais. Et le bijoutier en a profité pour lui sauter dessus. Ils sont tombés au sol et quand il s'est retrouvé au-dessus d'elle, Rain a paniqué. Elle a pris son arme et a tiré. Quelques semaines après, j'ai fait parvenir une partie de l'argent qu'on avait volé à la famille. Ça ne ramènera pas celui qu'ils ont perdu mais je me suis dit…

La voix de Ryan se meurt. Cette fois, j'en suis certaine : il n'est pas à l'origine de l'assassinat de Sam. Je sens un poids s'envoler de mes épaules et de mon cœur.

L'homme qui m'attire n'a pas tué l'homme que j'aimais.

– Ne me regarde pas comme ça, Ella, me lance Ryan. Je ne fais pas partie des gentils. Je te rappelle que je vole et que je menace des gens avec une arme. Je suis loin d'être un prince charmant.

– Je ne te regarde pas comme si tu en étais un. Ce n'est pas ce que je recherche de toute façon.

Immédiatement, une étincelle s'allume dans le regard de Ryan.

– Parce que tu recherches quelque chose en particulier ? me demande-t-il.

Je soupire discrètement, mais il le remarque.

– Je sais, je sais : de l'espace, du temps, dit-il en sortant le dessert du panier. Tu aimes les fraises ?

Je hoche vivement la tête, et il place une barquette entre nous deux.

– Et donc… j'embraye en croquant dans un fruit juteux. Est-ce que tu as revu… ta mère ? Ou…

– Le tonneau d'alcool qui me servait de beau-père ? Jamais. Snow non plus, et c'est très bien comme ça. Malgré tout, j'ai fait quelques recherches au fil des ans, guidé par une sorte de curiosité morbide. L'enfoiré est mort il y a trois ans. Il s'est planté en voiture, il conduisait ivre mort. Bon débarras. Ma mère est toujours en vie et elle s'est remariée… pour la troisième fois.

Ryan secoue la tête, dépité à cette idée, puis il enchaîne :

– Bon, maintenant que je suis passé sur le grill, à ton tour.

Il fait une pause et son regard s'assombrit.

– Comment était-il ?

Mon estomac se serre brusquement, me coupant l'appétit. Penser et parler de Sam, oui, mais avec Ryan ? Cela me semble déplacé, aussi bien vis-à-vis de Sam que de lui. Mais étant donné tout ce qu'il m'a confié, je lui dois de m'ouvrir moi aussi.

– Il était génial, dis-je. Un peu *speed*, parfois impatient, mais toujours disponible. Aimant.

Ma vue se trouble et je me laisse envahir par les souvenirs.

– Il nous avait prévu un voyage à Paris avant de… avant qu'il…

Je me tais et soupire, frustrée d'être toujours aussi bloquée quand il s'agit d'évoquer la mort de Sam. Puis je lève les yeux vers Ryan pour étudier sa réaction. Il me regarde, attentif, l'œil brillant et un peu triste.

– Je ne lui arriverai jamais à la cheville, n'est-ce pas ? dit-il. C'est perdu d'avance.

Je soupire de nouveau, puis décide d'être honnête.

– C'est vrai, je confirme. Personne ne lui ressemble de près ou de loin. Dans sa catégorie, il est imbattable, il a mis la barre si haut que personne ne pourra le dépasser.

Même s'il continue de sourire, les traits du visage de Ryan se crispent. J'ajoute :

– Mais vous êtes totalement différents tous les deux, je ne peux donc pas vous comparer et je ne vous mettrai jamais en compétition. Je l'ai aimé, je l'aime encore et je l'aimerai toujours…

– Écoute, Ella, je ne voulais pas te mettre dans une situation embarrassante, je n'aurais jamais dû dire ça, c'est juste que…

– Laisse-moi finir, s'il te plaît. Ça fait des semaines que tu me demandes de mettre des mots sur ce que je ressens, donc ne me coupe pas quand je m'apprête à le faire.

Surpris, Ryan obéit pourtant sans faire d'histoires. Je reprends :

– Parce qu'il a été ma première relation sérieuse, parce qu'à ses côtés j'ai vécu deux années incroyables, et parce qu'il m'a été arraché avant que j'aie pu savoir ce que serait devenue notre histoire, Sam aura une place de choix dans mon cœur pour toujours.

Je réalise que je viens de citer son nom pour la première fois, mais à cet instant cela ne me paraît pas préjudiciable.

– Et toi aussi… je poursuis. Parce que tu as réussi à me sortir de ma torpeur, parce que tu m'as montré qu'il y avait encore une vie à mener malgré la douleur abyssale que je ressentais. Mais aussi parce que, même si je ne sais toujours pas si je suis prête, tu es le seul avec qui j'ai envie de retenter l'aventure. Et pour cette raison, personne ne t'arrivera jamais à la cheville. Tu as mis la barre beaucoup trop haut.

Voilà, c'est dit. Je regarde attentivement Ryan. Son visage se déride, s'illumine, même, et il n'a pas besoin de prononcer un mot pour que je comprenne ce qu'il pense.

Finalement, il se contente de lever sa coupe de champagne dans ma direction et nous trinquons à nouveau.

Plus tard, alors qu'il s'occupe de ranger notre pique-nique dans la voiture, je me place face à l'étang, perdue dans mes pensées. C'était mon premier rencard depuis la mort de Sam et je n'aurais pas pu rêver mieux.

Malheureusement, ce rendez-vous et les réponses que m'a données Ryan ont soulevé d'autres questions en moi. Dont une, particulièrement importante : si ce n'est pas lui ni aucun autre membre des Seven, alors qui a assassiné Sam ? Qui aurait eu intérêt à lui faire du mal ?

Je suis maintenant certaine d'avoir fait fausse route. J'ai infiltré le gang pour rien, appris à les connaître pour rien, trouvé des informations sur eux pour rien… J'ai chamboulé mon quotidien, je me suis empêchée de vivre mon deuil parce que j'étais animée par la vengeance… Et, aveuglée, je m'en suis prise aux mauvaises personnes.

Qu'est-ce que je dois faire, maintenant ? J'ai joué sur les deux tableaux et je suis sur le point de décevoir tout le monde. Cela fait des semaines que je n'ai pas donné un seul élément nouveau à Scott, alors que j'ai absolument tout ce qu'il me faut… sauf que je suis désormais attachée à Ryan, pleinement intégrée et investie parmi les Seven. Je ne dévoilerai jamais rien de ce que j'ai appris à leur contact. Alors que faire ? M'en aller du jour au lendemain me paraît inconcevable, mais ne pas essayer de trouver les véritables assassins de Sam l'est encore plus.

Où chercher ? Par où commencer ? Suis-je capable de recommencer de zéro ? Suis-je prête à repasser par toutes les émotions intenses qui m'ont envahie à la mort de Sam ? Surtout, ai-je envie de quitter les Seven pour assouvir ma soif de vengeance ? Aurai-je le cran de m'éloigner de Ryan ? De renoncer à lui, à tout ce qu'il est, tout ce qu'il m'apporte ?

Alors que je fixe la lune éclatante dans le ciel, deux bras entourent ma taille, me faisant sursauter et redescendre sur terre. Il faudra que je réponde à toutes ces questions très bientôt, il faudra que je fasse des choix, que je prenne des décisions, mais je me force à me concentrer sur le moment présent. Sur Ryan et ses mains sur mes hanches qui glissent jusque sur mon ventre, sur ses bras qui se referment autour de moi.

Il pose sa joue contre ma tête et me tient fermement. Pour ne pas briser la quiétude du lieu, c'est dans un murmure que je lui dis :

– J'ai adoré ce rendez-vous.

– Moi aussi. C'était exactement ce dont on avait besoin toi et moi.

J'acquiesce en me reposant contre son torse. Il glisse alors une main dans mes cheveux et les ramène sur le côté, dévoilant mon cou.

– J'ai envie de t'embrasser ici, murmure-t-il en faisant glisser un doigt sur ma peau.

Voyant que je ne proteste pas, il y dépose doucement ses lèvres. D'instinct, je ferme les yeux tandis qu'un délicieux frisson me parcourt.

– J'ai envie de t'embrasser là aussi, poursuit-il en faisant glisser l'une des bretelles de la robe pour dénuder mon épaule.

À nouveau, ses lèvres chaudes glissent sur ma peau, et du bout de la langue, il dépose une marque humide sur mon épiderme. Mon ventre se tord de désir. C'est si étrange d'éprouver à nouveau ces sensations… C'est comme si mon corps se réveillait d'un long sommeil.

Tandis que Ryan embrasse à nouveau mon cou, sa main quitte mon ventre pour revenir sur mes hanches. Il me fait lever la tête, dévoilant ma gorge, puis il me dit tout bas :

– Et ici aussi.

Il m'embrasse à nouveau, avec encore plus de sensualité.

Je sais déjà quelle partie du corps il va effleurer ensuite. L'appréhension se réveille en moi. J'ai peur que les souvenirs de Sam ne me reviennent en mémoire au moment où nos lèvres se toucheront, comme ça a été le cas la première fois.

Alors que je me bats contre moi-même, Ryan me fait pivoter pour me mettre face à lui.

– Et je crève d'envie de t'embrasser là, fait-il en passant son pouce sur ma bouche.

Je ne l'arrête toujours pas. Même si j'angoisse, j'ai envie qu'il continue, j'ai envie de ressentir à nouveau *ça* avec lui.

Il attrape alors mon visage et il suffit de ce geste pour que la peur disparaisse. Avec un sourire craquant, il penche la tête, approche ses lèvres des miennes… et les scelle enfin.

La sensation m'est à la fois familière et étrangère. Je retrouve la douceur et le côté charnel d'un baiser, mais la bouche, la chaleur et le goût de Ryan n'ont rien avoir avec ceux de Sam.

Je dois sûrement m'être figée, puisqu'il rompt notre baiser pour me regarder dans les yeux.

– Pense à moi. S'il te plaît, Ella, pense à moi.

Je hoche la tête, et à nouveau, il colle ses lèvres aux miennes. Cette fois, je vide mon esprit, me refusant à penser, m'obligeant à ressentir. Et ça marche. Mon estomac se serre à mesure que nous nous embrassons, un frisson d'envie m'envahit. Ma langue rejoint celle de Ryan, cela devient plus fort, plus puissant, surtout lorsque nos mains partent à la découverte de l'autre. Les miennes remontent sur son torse, jusque derrière sa nuque, les siennes glissent dans mon dos, jusqu'à mes reins.

Je recule alors, juste un peu. J'ai besoin de le regarder, besoin de me plonger dans ses iris si profonds, besoin qu'il voie que rien d'autre ne compte que lui en cet instant.

Puis je reviens près de lui et dépose un simple baiser sur ses lèvres tandis que nous restons les yeux grands ouverts, à dévorer l'autre du regard. Plusieurs fois, je l'embrasse ainsi, jusqu'à finalement sceller nos lèvres pour de bon.

Pendue à sa nuque et fermement entourée de ses bras protecteurs, je sens alors se rallumer en moi l'étincelle de vie qui s'était éteinte le jour de la mort de Sam.

Et, grâce aux lèvres de Ryan, elle grandit jusqu'à devenir une flamme.

Mes mains glissent sur son torse, puis s'arrêtent sur ses hanches.

– Putain, Ella… je ne veux pas que ça s'arrête, me dit-il. Est-ce que tu veux rentrer à l'hôtel avec moi ? Je ne suis pas en train de te pousser à faire quoi que ce soit, je veux juste passer une nuit avec toi, même si ça veut dire simplement te tenir serrée contre moi.

À cet instant, mon cœur et ma raison se mènent une guerre sans merci. L'un se met à battre plus fort tandis que l'autre tente de se faire entendre dans mon esprit… mais je choisis d'écouter mon cœur, je ne peux plus l'ignorer.

– Ce soir, je te promets de n'être qu'à toi, je susurre à son oreille.

Je le dévisage, il m'imite, puis demande :

– Tout entière ?

La conversation que nous avons est très claire : ce soir, lui et moi allons passer à la vitesse supérieure. La tension sexuelle qui nous enveloppe est beaucoup trop forte pour que nous puissions l'ignorer.

Dans les yeux de Ryan, je décèle une lueur d'inquiétude. Il craint que je ne pense qu'à Sam pendant que nous serons en train de vivre quelque chose de fort, d'intime, qui ne devrait appartenir qu'à nous.

Personne ne supporterait ce genre de situation.

– Tout entière… j'affirme. Et je crois que ça fait déjà un petit moment que c'est le cas. C'est juste que je ne voulais pas l'admettre.

Doucement, Ryan pose son front contre le mien et attrape mon visage tandis que j'enroule mes mains autour de ses poignets. C'est notre position, notre petit truc spécial à nous.

– Alors rentrons, dit-il après quelques minutes.

Il attrape ma main et nous reconduit en direction de la voiture. Sur le chemin du retour, il passe un coup de fil à l'hôtel pour leur demander de nous préparer une autre chambre étant donné qu'il partage la sienne avec Ice et Snow.

Tout le long du trajet, il ne cesse d'embrasser le dessus de ma main. J'attends de ressentir de la terreur et de l'angoisse en pensant à ce qui va se passer, mais rien ne vient… rien d'autre qu'un désir grandissant pour Ryan.

Ce soir, je vais me donner tout entière à cet homme… La dernière fois que je me suis mise à nu, aussi bien au sens propre qu'au figuré, c'était devant Sam. Un homme qui m'aimait profondément, qui me connaissait et que je connaissais par cœur moi aussi.

Avec Ryan, je dois tout réapprendre. Mon corps a connu celui de Sam, sa peau, son odeur, et j'aime à penser que même s'il est parti, je garde encore des traces de lui sur moi. Bien qu'elles soient invisibles, moi, je peux encore les sentir. Sam est le dernier homme à m'avoir touchée, le dernier à avoir apposé sa marque sur moi. Mais ce soir, Ryan effacera tout ça.

Ce soir, il remplacera sur ma peau les derniers souvenirs de Sam par les siens.

CHAPITRE 28

RYAN

En arrivant à l'hôtel, je décide de prendre mon temps avec Ella. Je veux que chaque minute de la nuit que nous allons passer ensemble compte.

Nous rejoignons notre chambre main dans la main, silencieusement. Ella a la tête posée contre mon bras et j'aperçois un doux sourire sur son visage tandis que la porte se referme derrière nous.

– Qu'est-ce que tu dirais d'aller se détendre dans un bon bain ? je lui propose.

Elle hoche doucement la tête et j'imagine à quel point elle doit être déstabilisée à l'idée de s'abandonner à moi. Mais je sais aussi qu'elle en a terriblement envie.

Je l'attrape par les jambes pour la soulever et la basculer sur mon épaule. Elle est d'abord surprise, puis son éclat de rire résonne finalement.

– Ryan, pose-moi ! s'écrie-t-elle, amusée.

Ce que je fais une fois que nous sommes devant l'immense baignoire ronde de la salle de bain.

– C'est ta nouvelle façon de nous déplacer ? me demande-t-elle, un grand sourire aux lèvres. Ce ne sera pas très pratique pour le braquage.

– Si tu m'y obliges, j'emploierai la manière forte sans scrupules.

D'elle-même, elle fait couler l'eau dans la baignoire puis elle se tourne vers moi, hésitante. Je retire mon t-shirt que je jette sur le sol, puis je défais le bouton et la braguette de mon pantalon et m'en déleste avant de faire de même avec mon caleçon. Ella se contente de me regarder dans les yeux et je ne m'en offusque pas. Elle retire alors sa robe et dégrafe son soutien-gorge avant de mettre un bras contre sa poitrine. Sans rien dire, je grimpe dans la baignoire puis tends les bras pour l'attirer à moi. Elle s'installe juste devant moi, son dos contre mon torse, et nous nous immergeons dans le bain chaud.

Pendant un moment, seul le bruit de l'eau qui coule brise le silence de la pièce. Je sens une tension dans les muscles d'Ella. Elle soupire, puis passe doucement ses doigts sur mes avant-bras.

– Raconte-moi l'histoire de tes tatouages, me demande-t-elle.

Je laisse errer mon regard sur mes bras, recouverts d'une douzaine de dessins, avant de commencer :

– Toutes les personnes qui ont des tatouages t'expliqueront qu'ils sont le reflet de leur histoire et je ne déroge pas à la règle. Le tout premier que j'ai fait, c'est celui-ci, dis-je en montrant une série de chiffres qui entoure mon poignet droit comme un bracelet. Cette date correspond au jour où Austin et moi avons fui la maison de notre mère, et les coordonnées géographiques sont celles d'Atlanta, la ville qui représentait nos cauchemars. Sur le poignet gauche, j'ai fait tatouer les coordonnées de Saint-Louis et la date à laquelle Snow, Ice et moi nous y sommes établis.

– À droite ton passé, à gauche ton renouveau ? devine Ella.

– Exactement.

– Continue, m'encourage-t-elle en posant sa joue contre mon pectoral.

Elle trace doucement les formes à l'encre noire du bout de son doigt sur ma peau. Je dépose un baiser sur sa tête mais avant que je puisse poursuivre, elle s'étonne :

– Tu t'es fait tatouer la Joconde ?

Je m'esclaffe tandis qu'elle rapproche son visage du portrait niché à l'intérieur de mon avant-bras gauche pour le détailler.

– Quand tu es braqueur, tu imagines les plus grands coups, ceux qui te permettront de réaliser tous tes rêves, dis-je. Avec les Seven, on s'est toujours contentés des banques et des joailleries, parce que la grande majorité des bijoux peuvent toujours être revendus… Quand on parle des œuvres d'art, ça se complique. Je l'ai appris le jour où j'ai envisagé de m'en prendre à une galerie réputée. En faisant mes recherches, j'ai lu quelques articles au sujet de la Joconde. Il s'avère que c'est l'un des – si ce n'est *le* – tableau le plus coté au monde. Un, deux, cinq, voire quinze milliards, aucun expert n'est capable de chiffrer exactement sa valeur. Puisqu'il me sera impossible de posséder un jour Mona Lisa, j'ai décidé de me l'approprier à ma manière. Et puis, j'aime bien son petit sourire en coin… C'est comme si elle-même savait qu'elle n'est à la portée de personne.

Ella sourit et je poursuis l'explication de mes tatouages. Une main tenant un Smith & Wesson, le doigt appuyé sur la détente ; mais au lieu de balles, ce sont des liasses de billets de cent dollars qui sortent du flingue. Le chiffre sept, écrit en toutes lettres dans sept langues différentes. Une tempête qui détruit un bâtiment. La date de naissance de mon frère, surmontée de flocons de neige…

Ma vie entière est résumée sur mes bras. J'adore mes tatouages et si on réussit le coup de Boston, je compte bien me l'encrer également.

– Est-ce que tu as déjà vécu une histoire d'amour ? me demande Ella en faisant glisser ses mains sur la surface de l'eau. Et je ne parle pas de tes visites chez des prostituées.

Elle me jette un regard de travers, ce qui me fait sourire. J'ai toujours su qu'elle ne digérait pas mes sorties nocturnes. À l'époque, elle se battait contre elle-même pour ne pas admettre que je l'attirais, mais j'ai détecté l'étincelle de jalousie dans ses yeux lorsqu'elle m'a dit que le parfum de celle avec qui j'avais passé quelques heures me collait à la peau.

– Pour commencer, ça ne m'est pas arrivé si souvent que tu le crois d'utiliser les services de prostituées, dis-je. Et ensuite… non, je n'ai jamais vécu d'histoire d'amour. J'ai eu des aventures par-ci par-là. Mais comme la fille ne faisait pas partie du gang, je ne pouvais jamais véritablement m'ouvrir, cela nous aurait mis en danger. Ça restait donc superficiel, très physique. Je n'ai jamais été amoureux.

Si nous étions dans une comédie romantique à l'eau de rose, je terminerais certainement par quelque chose comme : « … avant toi ». Sauf qu'on est dans la réalité et que je ne me vois pas sortir ça. Pas parce que ce serait faux, mais parce que je ne sais pas comment Ella le percevrait… et surtout parce que c'est beaucoup trop tôt. Nous démarrons à peine quelque chose tous les deux, parler d'amour serait prématuré et risquerait de nous porter la poisse. Je préfère me limiter à un très, vraiment très fort attachement, en très, vraiment très peu de temps.

– Je t'en ai voulu de ces visites nocturnes, m'avoue Ella.

– Je le sais, dis-je en m'esclaffant.

– Ne ris pas, rétorque-t-elle en me mettant une petite tape sur le bras.

J'attrape un gel douche sur le bord de la baignoire et je fais tomber un peu de savon dans ma paume.

– Cesse de ressasser ce qui appartient au passé et ne peut plus être modifié, blondinette, je lui souffle à l'oreille.

Et j'espère qu'elle comprend le double sens de ma phrase.

Nous passons les minutes suivantes à nous laver, nous éclabousser et patauger dans la baignoire comme des gamins. En sortant, Ella s'enroule dans une serviette moelleuse et je m'essuie tout en m'autorisant à détailler son corps. Et je souris lorsque je la surprends à ne pouvoir s'empêcher de me jeter de petits coups d'œil.

Je tends la main dans sa direction. Elle s'en empare et nous quittons la salle de bain. Nous revenons dans la chambre et je lâche ma serviette. Retenant la sienne, Ella fait voyager ses yeux le long de mon corps. Elle s'arrête volontairement sur mon sexe, sourit légèrement, puis retrouve mes yeux.

C'est exactement ce que je veux qu'elle fasse : qu'elle me regarde, qu'elle se rende compte que je suis bien réel, et que c'est la réalité qui compte. Pas les souvenirs. Tendrement, je pose mes mains sur ses joues et j'attire son front contre le mien. Elle entoure mes poignets de ses doigts et ferme les yeux pour apprécier l'instant.

– Si tu n'es pas encore prête, alors dis-le-moi, je lui murmure. C'est toi qui mènes la danse, Ella. C'est toi qui décides.

Elle dépose un baiser dans la paume de ma main avant de me regarder intensément.

– Je veux que tu saches que ce soir, je me donne entièrement à toi. Que je ne pense à rien ni à personne d'autre, me répond-elle dans un souffle, en caressant mon visage du bout des doigts.

J'embrasse ses phalanges lorsqu'elles passent devant mes lèvres, puis elle pose sa main sur sa poitrine.

– Tu sais que mon cœur est encore en miettes, poursuit-elle, chuchotant toujours. Mais quand je suis avec toi, je n'en ai pas l'impression. Alors ce soir, il est tout à toi. Juste à toi, Ryan.

Touché, je capture sa bouche dans un long et langoureux baiser. Cela doit être si difficile pour elle de réussir à mettre de côté la tempête de sentiments qui l'assaille chaque jour… Je suis ébloui par sa détermination à s'en sortir. Elle est bien plus forte qu'elle ne le pense.

Je sens que le tissu de sa serviette glisse contre nos peaux et atterrit à nos pieds. Je recule et détaille Ella, parcours chaque centimètre de son corps nu, l'apprécie comme il se doit. Je sens sa gêne au début, mais ce qu'elle aperçoit dans mon regard – de la pure admiration – la rassure et ses épaules s'affaissent, comme délestées de leurs angoisses.

Je commence par caresser ses clavicules, puis je descends le long de ses bras, avant de m'arrêter sur sa poitrine. J'englobe ses jolis petits seins de mes paumes, puis je baisse la tête et suce l'un de ses tétons durs et dressés. Un soupir s'échappe de ses lèvres et sa main agrippe mes cheveux. Lorsque je passe au second, sa respiration s'accélère. Sa main parcourt mon dos, mes côtes, puis glisse de mes abdos jusqu'à mes fesses, qu'elle serre doucement.

Je quitte sa poitrine pour reprendre sa bouche dans un baiser beaucoup moins doux que le précédent. Je mêle ma langue à la sienne, puis je mordille sa lèvre inférieure, si pleine, avant de la suçoter. Elle sent que je commence à me laisser envahir par le désir, et j'ai l'impression qu'elle aussi. Je recule contre le lit, m'assieds et l'attire jusqu'à moi. Son ventre est à hauteur de ma bouche et j'en profite pour y déposer des baisers humides.

– Montre-moi, je murmure en caressant sa cuisse.

Je l'incite à soulever sa jambe. Elle suit le mouvement et pose son pied sur le matelas à côté de moi, écartant les cuisses et dévoilant son intimité. Je déglutis et mon sexe se tend un peu plus, ce qui n'échappe pas à Ella. Agrippant ses fesses, je l'attire jusqu'à ma bouche. Elle gémit lorsque ma langue se fraye un chemin entre les replis de son sexe, puis elle s'agrippe plus fort à mes cheveux quand j'aspire son clitoris et que je le suce furieusement.

– Ryan, doucement, dit-elle.

Je recule immédiatement, inquiet qu'elle n'ait changé d'avis. Mais à mon grand soulagement, elle sourit.

– Ça fait des mois que je n'ai pas eu de relations sexuelles, me rappelle-t-elle. Vu la façon dont tu t'y prends, je vais jouir beaucoup trop vite si on ne ralentit pas les choses.

Je souris à mon tour, embrasse son ventre en y laissant une trace humide. Puis je me redresse, saisis ses mains délicates entre les miennes et lui murmure :

– Ferme les yeux !

Elle m'obéit. Je pose délicatement le bout de ses doigts sur mon visage.

– Prends ton temps, lui dis-je. Explore-moi.

Je la laisse partir à la découverte de mon corps. Elle caresse d'abord mes joues, mon nez, ma bouche, puis elle descend sur mon cou, mes épaules, mes bras. Ses doigts tracent à l'aveugle les contours de mes tatouages, et j'aime qu'elle sache qu'ils sont là, même si elle ne les voit pas. Je la dévisage alors qu'elle garde les yeux fermés, un mince sourire étirant sa bouche sublime. Elle se hisse sur la pointe des pieds, enfouit son visage contre ma gorge et y dépose une ribambelle de baisers. Ses ongles griffent doucement ma nuque, puis ils descendent sur mes biceps, mes avant-bras, jusqu'à ce que ses doigts se logent entre les miens. Ses petits seins sont plaqués contre mon torse et je sens sa peau frissonner contre la mienne. Ses mains glissent avec douceur sur mon torse, mon dos, mes hanches.

Nous sommes dans l'exploration la plus pure, la plus douce et la plus sincère qui puisse exister. Les gestes d'Ella me montrent qu'elle réapprend lentement à aimer… et qu'elle le fait parce que c'est *moi* qui lui donne envie de cela.

Je baisse les yeux sur son visage. Le front posé contre ma clavicule, la respiration maîtrisée, elle reste immobile.

– C'est différent, murmure-t-elle, son souffle chaud me chatouillant. C'est différent avec toi. Différent d'avec lui.

Je déglutis et mon estomac se contracte. L'idée qu'elle ne puisse s'empêcher de comparer me refroidit.

– Mais ce n'est pas étrange, ajoute-t-elle avant de déposer un baiser sur mon torse. C'est même… naturel.

Elle m'embrasse à nouveau, puis ouvre les paupières et lève les yeux vers moi.

– Ça me paraît familier alors qu'entre nous ça n'est encore jamais arrivé. Comment est-ce possible ?

Nos mains sont toujours liées. Le nœud dans mon estomac se desserre et le soulagement me submerge. Je sais que l'ombre de son ex planera sur nous pendant longtemps et je ne peux m'empêcher de douter, de penser que, peut-être, Ella n'est pas tout à fait prête pour ce que nous avons à vivre. Mais en attendant, je profite de ce qu'elle a à me donner.

– C'est parce que toi et moi, cela devait arriver… je lui réponds. C'était le destin, je t'avais prévenue.

Elle sourit, et bon Dieu que j'aime la douceur de ses traits, l'éclat dans ses yeux bleus, l'étincelle qui y est de plus en plus présente de jour en jour… Même si la vie lui a donné toutes les raisons de ne plus sourire, elle commence heureusement à en retrouver petit à petit l'envie, ce qui me fait encore plus craquer pour elle.

– C'est vrai, tu m'avais prévenue, s'amuse-t-elle. Et je t'ai trouvé tellement arrogant ce jour-là…

Un petit rire m'échappe, très vite étouffé par la sensation des mains d'Ella qui reprennent leur voyage. Cette fois, elles poursuivent leur descente sans s'arrêter, jusqu'à se retrouver au niveau de mon sexe.

Son poing se referme sur ma verge, son pouce passe sur mon gland, me faisant grogner, et elle commence un lent mouvement de va-et-vient tout en continuant de déposer des baisers partout où sa bouche peut m'atteindre. Les muscles de mes cuisses se contractent, la sensation est trop bonne, et elle devient de plus en plus intense à mesure qu'Ella accélère le rythme.

C'est maintenant moi qui ai peur de jouir trop vite si on joue à ce jeu-là.

Je la soulève brusquement dans mes bras et l'allonge sur le lit tout en prenant place au-dessus d'elle. Mon sexe se loge contre son intimité humide et brûlante, ses jambes s'écartent largement pour laisser de la place à mes hanches et elle appuie avec ses talons sur mes fesses pour m'inciter à entrer en elle.

– Tu sais que ça va être bon, n'est-ce pas ? je murmure en prenant ma verge dans mes mains et en me masturbant.

– Parce que c'est toi, affirme-t-elle en caressant mon torse.

– Parce que c'est nous, je rectifie, plongé dans ses yeux.

Je commence à entrer en elle lorsque nous nous figeons tous les deux.

– Préservatif, disons-nous en même temps.

Je bondis du lit et me précipite sur la poche arrière de mon pantalon qui gît sur le sol pour en sortir un emballage carré. En proposant un rencard à Ella, j'espérais que notre soirée se terminerait de cette façon, alors j'avais pris mes précautions. Je voulais être prêt à toutes les éventualités et j'ai bien fait.

Je déroule la capote sur ma verge tendue en me flagellant intérieurement. Ella me fait tellement tourner la tête que j'ai failli oublier quelque chose d'aussi essentiel que de nous protéger. Heureusement, l'irréparable a été évité.

Je monte à nouveau sur le lit et reprends place sur son corps haletant d'impatience. Cette fois, plus de retour en arrière, j'entre en elle, appréciant chaque centimètre, me délectant de la pression qui m'enserre comme un poing.

C'est trop bon. Rien n'est comparable à ça. Rien.

Elle se mord la lèvre inférieure et rejette la tête en arrière lorsque je suis totalement en elle. Ses petits seins ronds se soulèvent en même temps qu'elle inspire profondément et je ne résiste pas à l'envie de les saisir et de les presser dans mes mains.

– Prends-moi, Ryan, me souffle-t-elle. Prends-moi fort.

Putain, oui.

Sans attendre, je commence à donner des coups de reins énergiques, presque brutaux. Ella soupire, s'accroche à ma nuque, m'attire contre sa bouche et m'embrasse avec la même fougue que celle que je donne à notre corps à corps.

Le frottement de nos peaux l'une contre l'autre est exceptionnel.

– C'est incroyable, murmure-t-elle, faisant écho à mes pensées.

Elle caresse mon dos, embrasse mon épaule, la mordille, joint ses mouvements de bassin aux miens. Comme je le prédisais, nous sommes en parfaite osmose.

Elle gémit de plaisir. J'ai moi-même du mal à me contenir et des râles rauques m'échappent. Elle me repousse soudain, m'obligeant à me retirer, puis elle m'embrasse tout en m'incitant à m'asseoir contre la tête de lit. Ma gorge se noue lorsqu'elle enjambe ma taille, s'accroche à mes épaules et réintroduit ma verge en elle en poussant un soupir de contentement. Elle entame alors un lent mouvement de haut en bas tout en me dévisageant intensément. Ses longs cheveux blonds sont ramenés sur un côté et cachent l'un de ses seins tandis que le second tressaute au rythme de ses va-et-vient. J'agrippe son visage d'une main et la rapproche de moi pour l'embrasser avidement, la mordant au passage. Elle penche sa tête dans le creux de ma paume avant de rompre notre baiser et d'embrasser mon poignet, de mordiller mon pouce, de prendre mon index dans sa bouche et de le sucer lentement.

Putain... de... merde !

Je suis au comble de l'excitation, mon plaisir atteint une intensité insoupçonnée. Ella passe ses bras autour de ma nuque et me serre si fort que j'ai le sentiment qu'elle tente de s'ancrer en moi.

– Tu es si belle… je murmure avant d'embrasser son menton.

Puis je bascule en avant tout en la maintenant, la faisant retomber sur le dos. Elle enroule à nouveau ses jambes autour de ma taille, gémit et murmure mon prénom plusieurs fois de suite, puis elle se plaque contre moi, agrippe mes fesses d'une main, me griffe et s'écrie, essoufflée :

– Je vais jouir !

Dès que ses parois intimes se contractent contre ma verge, je jouis à mon tour, tandis que sous moi elle s'éparpille en millions de petits morceaux, les yeux vitreux, un sourire aux lèvres.

CHAPITRE 29

ELLA

– Bien, le compte à rebours est lancé, dit Ryan, dont la voix résonne fortement à l'intérieur de la pièce secrète derrière la bibliothèque du loft. Nous avons trois mois pour finir de planifier le braquage de Boston. On ne peut pas se permettre de se planter, alors que tout le monde donne le meilleur de lui-même… Ce coup, c'est notre ticket gagnant. Maintenant, je vais distribuer les rôles de chacun.

Debout au milieu de la pièce, les bras croisés sur son torse musclé, Ryan m'éblouit par le charisme qu'il dégage alors qu'il revêt son costume de Storm.

Notre retour à Saint-Louis date d'hier. Je ne sais pas si je peux dire que nous sommes lancés dans une relation de couple au sens classique du terme, tous les deux ; tout ce que je sais c'est que nous sommes un « nous », désormais, et que cela me fait beaucoup de bien. Hier soir, il m'a rejointe dans ma chambre et nous avons passé la nuit blottis dans les bras l'un de l'autre. Bon sang, cela me semble si facile, si naturel… Alors que je redoutais le moment où Ryan poserait son empreinte sur moi, ce que nous avons partagé a en fait rassemblé tous les morceaux éparpillés de moi. Ils ne sont ni guéris ni consolidés, mais au moins, le puzzle qui compose mon être est désormais complet et c'est incroyable de sentir à nouveau un souffle de vie si vigoureux dans ma poitrine.

– Rain, Night et Thunder, à partir d'aujourd'hui, vos entraînements seront beaucoup plus intensifs puisque c'est vous qui serez chargés de maîtriser les vigiles présents sur les lieux, annonce Ryan. Croyez-moi, ils n'ont pas l'air d'être du genre à tomber facilement.

Sans perdre de temps, le trio quitte la pièce secrète pour se rendre dans la salle d'entraînement. Ryan enchaîne :

– Snow…

– Je sais, je me contente de vous retrouver dans la future planque, termine l'adolescent d'un ton las.

– Pas exactement… tu vas nous *conduire* jusqu'à la planque.

Le visage de Snow s'éclaire et il se redresse.

– À coups exceptionnels, moyens exceptionnels, ajoute Ryan. Nous n'aurons pas besoin de deux voitures, mais de trois. Ice et Sky partiront dans la première, Night, Rain et Thunder dans la seconde et Ella, toi et moi dans la troisième. Je compte sur toi pour nous faire quitter la ville aussi vite que possible, petit frère. Tu as trois mois pour perfectionner ta conduite avec Sky. Penses-tu que ce soit faisable ?

– Oui, bien sûr. Je ferai de mon mieux, en tout cas, affirme l'adolescent. Je ne te décevrai pas.

– Je n'en doute pas une seconde, lui répond Ryan avec un sourire tendre.

– Allez, viens par ici, Speedy Gonzalez. On va voir comment tu te débrouilles derrière un volant, lance Sky en prenant le bras de Snow avant de quitter la pièce.

Ne restent plus qu'Ice, Ryan et moi. L'armoire à glace s'avance les mains dans les poches et dit :

– Il faut qu'on s'occupe de trouver la planque et les trois voitures qui nous serviront à fuir. Il faut aussi qu'on décide dans quel pays on se barrera si la situation s'envenime.

Il se renfrogne puis ajoute à l'attention de Ryan :

– Je t'attends dans la voiture.

Sur ce, il quitte la pièce. Nous retrouvant seuls, Ryan et moi nous dévisageons, avant qu'il ne s'approche de moi et ne dépose un baiser sur mes lèvres.

– Quant à toi, Sunshine… me souffle-t-il.

– Hm ?

Je lui rends son baiser, et je ne peux m'empêcher de sourire lorsque je sens le sien s'étirer contre ma bouche.

– Je vais devoir passer mes journées entières sur mon ordinateur à tenter de trouver comment pénétrer le système de sécurité de la bijouterie, je devine.

– Tu as tout compris… murmure Ryan.

Puis il relève mon menton et s'empare à nouveau de mes lèvres. Je passe mes bras autour de sa taille et je me laisse aller contre lui.

– Je reviens vite, dit-il en me faisant un clin d'œil.

Il recule puis s'éloigne d'un pas déterminé. Après son départ, je me sens terriblement seule. Je passe mes bras autour de moi pour tenter de trouver un peu de réconfort, mais c'est peine perdue… Je décide de quitter la pièce secrète et de me rendre dans sa chambre pour y trouver un vêtement lui appartenant et le passer sur moi. Il faut croire que je suis bien plus attachée à lui que je ne l'admets…

Même si c'est exactement ce que je faisais quand Sam était encore en vie, et que j'ai continué à porter son sweat après sa mort, je sais parfaitement que je ne ressens pas le besoin de m'approprier un habit de Ryan pour reproduire ce que je faisais du temps où j'étais avec Sam. Je le fais parce que j'en ai envie, c'est aussi simple que ça.

Et à présent, il est temps de me mettre au travail.

***

Deux mois avant le braquage

– Toujours rien ?

– J'ai réussi à écarter plusieurs solutions, et mine de rien, c'est déjà un progrès. Je dois admettre que le système de sécurité de cette bijouterie est vraiment à la pointe de la technologie. Mais… j'ai trouvé une brèche, dis-je, tout sourire, au reste du gang.

Ryan se redresse, intéressé, imité par Ice. Et même dans les yeux des autres se lit une lourde attente.

– Malheureusement… j'ajoute.

– Oh, non, Ella, grogne Ice.

– Laisse-moi finir. Malheureusement, la seule façon de l'exploiter serait de créer un logiciel qui brouillerait les ondes émises par les caméras de sécurité et me donnerait le temps de les éteindre et de les rallumer comme je le veux dans un temps imparti.

– Super, alors fais ça ! s'exclame Thunder.

– Euh… En fait, ce n'est pas si facile. Je ne maîtrise pas les langages de programmation appropriés.

Un silence s'installe dans la salle de détente. Sept paires d'yeux me dévisagent et je ne peux m'empêcher de sourire alors que je lâche, ménageant mon petit effet :

– Mais…

– Oh, Ella, tu veux notre mort, marmonne Sky, une main posée sur sa poitrine.

– Elle crée du suspens, là, renchérit Ice, les bras croisés sur son large torse.

Ryan, lui, me dévore du regard avec un air amusé. Je déglutis et reprends :

– Je connais quelqu'un qui possède ce type de logiciel.

– C'est-à-dire ?

Ryan a perdu toute expression joueuse, et je comprends facilement pourquoi. Faire intervenir quelqu'un d'extérieur dans notre braquage ne le rassure pas du tout…

– C'est une personne en qui j'ai toute confiance et qui ne posera aucune question, je précise.

Les Seven sont tous suspendus à mes lèvres – sauf Rain, qui feint de regarder ses chaussures – tandis que je poursuis :

– Il me faudra un peu de temps pour que j'apprenne à maîtriser le logiciel, mais je devrais m'en sortir.

– Combien ? m'interroge Ryan.

– Quelques semaines… un mois tout au plus.

Il se passe une main sur le visage et soupire.

– C'est qui, cette personne ?

– Mon père.

Comme les Seven restent silencieux, j'ajoute :

– Jamais il ne ferait quoi que ce soit qui serait susceptible de me mettre en danger. Et puis, c'est lui qui m'a tout appris. Il a toujours flirté avec l'illégalité : il n'aurait jamais l'hypocrisie de me faire des reproches.

En disant cela, je réalise que moi aussi je joue avec la loi depuis des années en développant mes compétences en piratage. Et si, sans le savoir, cela faisait longtemps que j'avais emprunté la voie qui me destinait à atterrir ici, au milieu des Seven ? Sans mes connaissances en informatique, ils ne m'auraient jamais acceptée en leur sein.

L'ironie de la situation m'avait déjà frappée le jour où Sam et moi nous sommes mis en couple. Une hackeuse et un officier de police… Quelles étaient les chances pour qu'un couple comme le nôtre fonctionne ? Et pourtant…

Peut-être que finalement ma place se trouve vraiment au sein d'un groupe de personnes comme les Seven. Depuis le départ, je les accuse d'être des criminels, mais je ne suis pas toute blanche non plus. Ils volent pour vivre, je pirate des serveurs par passion… Aux yeux de la loi, je suis moi aussi dans le camp des malfaiteurs.

Et si ces derniers mois avaient simplement fait ressortir ma vraie nature ?

Je sors de ma rêverie lorsque j'entends la voix de Ryan.

– Ella ?

Je pose mon regard sur lui. Décidé, il me dit :

– Appelle ton père.

Je hoche la tête, attrape mon téléphone et compose son numéro. Il répond dès la seconde sonnerie.

– Bonjour, ma petite fille.

– Salut, papa. J'ai un service à te demander.

Au moment où je quitte la pièce pour m'isoler, j'entends Rain lâcher :

– C'est quoi cette famille ?

Et étrangement, cela me fait sourire.

***

Trois semaines avant le braquage

– Promets-moi que c'est juste pour cette fois et que tu ne deviendras pas une *crasher* [7], ma chérie. Ce n'est pas pour cela que je t'ai appris tout ce que je sais.

Je souris à mon père à travers la visio sur nos ordinateurs.

– Promis, papa, lui dis-je.

– Bien, je te fais confiance.

– Merci de m'avoir aidée ces dernières semaines.

– Tu sais bien que je ferais tout pour toi. As-tu besoin que nous revoyions certaines choses ensemble ?

– Non, je pense que… oh, si, j'allais oublier. Si jamais le système de sécurité est renforcé avant le jour J, est-ce que le logiciel sera obsolète ?

– Pas totalement, mais il pourrait être moins efficace. Leurs pare-feu pourraient prendre le dessus, il se pourrait que tu ne parviennes pas à éteindre les caméras de sécurité, ou pendant quelques secondes seulement. Mais je peux te montrer une manipulation qui te fera gagner un peu de temps dans ce cas.

Concentrée, j'écoute les explications de mon père puis je passe à la pratique en connectant mon ordinateur au sien pour qu'il observe en direct ce que je suis en train de faire. Le silence est religieux

---

7. Terme désignant un hacker malintentionné qui utilise ses compétences informatiques pour effectuer des actions illégales, comme la diffusion de virus ou de logiciels espions.

dans ma chambre… jusqu'à ce que Ryan débarque, un grand sourire aux lèvres. Avant que j'aie pu le prévenir que je suis en ligne, il se jette sur le lit et m'embrasse soudainement.

– Tout est prêt, Sunshine, me dit-il.

Les yeux écarquillés, je le dévisage, figée. Il lui faut quelques secondes pour réaliser mon effroi et surtout comprendre la situation. Au ralenti, il tourne la tête en direction de l'écran d'ordinateur et se redresse en se raclant la gorge. Je le prends de vitesse et dis avant qu'il n'ait eu le temps de parler :

– Je me reconnecte dans quelques minutes, papa.

Et je coupe l'appel avant de me lever du lit et de passer les mains sur mon visage.

– Ryan… je souffle.

– Désolé, comme je n'entendais aucun bruit depuis plusieurs minutes, j'ai cru que tu avais terminé, s'excuse-t-il. Je ne me serais jamais permis d'entrer si j'avais su que…

– Il a vu ton visage, dis-je, la gorge nouée. Mon père a vu ton visage !

– Tu as affirmé qu'il ne ferait jamais rien pour te nuire.

– Bien sûr, mais déjà que je le fais participer au braquage du siècle sans qu'il le sache, si en plus je lui demande de faire comme s'il ne t'avait jamais vu… Oh mon Dieu, et si…

... il parle de ce qu'il a vu à Scott ?

Si Scott et Jacob apprenaient que Ryan et moi nous sommes rapprochés, nous serions tous foutus.

Parce qu'ils comprendraient alors que je leur mens quand j'affirme n'avoir trouvé aucune information, aucune preuve qui pourrait incriminer les Seven.

Ils comprendraient que je les ai trahis.

Je réalise cependant que si je suis tant bouleversée par le fait que mon père ait aperçu Ryan, c'est parce que depuis que j'ai intégré le gang, les Seven et lui sont mon petit secret. J'ai l'impression d'évoluer dans une bulle avec eux, et si au départ j'étais terrifiée et pleine de haine à leur égard, j'ai fini par les apprécier, les aimer, même… Je me sens bien auprès d'eux et je n'ai pas envie que la réalité du monde extérieur me rattrape.

– Ella, est-ce que c'est si grave ? me demande Ryan.

– Je ne sais pas…

Il s'approche de moi et prend mon visage entre ses mains. Le contact du métal froid des bagues à ses doigts m'est désormais familier et réconfortant.

– Non, peut-être pas… dis-je finalement.

Puis je me blottis contre lui et je ferme les yeux pour laisser à ses caresses le temps de m'apaiser.

– Alors, tout est prêt ? je demande, toujours contre lui.

– Les voitures, la maison qui nous accueillera la veille du braquage puis les deux autres planques après, les armes, les uniformes… Nous avons tout préparé. Il ne manque plus que toi.

– Je viens de finir les dernières manipulations avec mon père, je suis au point.

– Super. Il nous restera juste à mettre les dernières affaires en ordre ici. Dans trois semaines, Boston va se demander ce qui lui arrive.

Ryan s'esclaffe et le son résonne contre mon oreille. Il me fait ensuite quitter l'étreinte sécurisante de ses bras, en me disant qu'il va me laisser terminer ma conversation avec mon père.

Avant qu'il ne s'éloigne, je le rattrape par la main et l'attire à moi pour l'embrasser. Rapidement, notre baiser tendre se transforme en quelque chose de plus intense, plus brûlant.

– Ton père va trouver le temps long, souffle-t-il contre ma bouche lorsque nous nous écartons l'un de l'autre.

Je suis haletante contre lui, les yeux rivés à ses prunelles sombres.

– Mais on reprendra ce qu'on a commencé, sois-en sûre, ajoute-t-il.

Je souris, il dépose un baiser sur mon front et quitte la chambre. Je rallume l'ordinateur en inspirant profondément.

– Ella… commence mon père dès que l'image réapparaît.

– Papa, avant que tu dises quoi que ce soit, tu dois savoir que…

– Non, non, *toi*, tu vas m'écouter. Sache que je ne te juge pas, que je ne te vois pas différemment et que je ne veux que ton bonheur.

Je cligne des yeux, surprise.

– Vraiment ?

– Bien sûr. Ce qui s'est passé avec Samuel a été atroce… mais le temps passe et c'est normal que tu commences à doucement refaire ta vie.

– Je sais, mais est-ce que ce n'est pas un peu tôt ? Et est-ce que c'est normal que je me sois attachée si vite à un autre homme ?

Mon père sourit tendrement.

– Ça, ma fille, ce sont des questions que tu dois poser à ta mère, c'est elle la psy.

Je souris à mon tour, rassurée qu'il le prenne si bien.

– Écoute, Ella, j'ai quelque chose à te dire… ajoute-t-il.

Son attitude change brusquement. Mal à l'aise, il évite de regarder l'écran d'ordinateur, ce qui fait poindre de l'inquiétude en moi.

– Tout va bien, papa ? je demande.

– Eh bien, la mère de Sam nous a souvent téléphoné, à ta mère et moi, au cours de ces derniers mois. Elle était triste de ne pas pouvoir te joindre pour discuter avec toi, mais elle a compris que tu aies eu besoin de te couper de tout pour faire ton deuil.

Nancy et moi nous entendions très bien lorsque Sam et moi étions ensemble. Mais c'est vrai, en me lançant à corps perdu dans ma mission, je n'ai pas pensé une seconde à elle et au fait que mon silence pourrait l'affecter…

– Elle organise une petite cérémonie en mémoire de Sam et elle aimerait savoir si tu comptes venir, reprend mon père.

– Oh… eh bien, je…

Comment pourrais-je combiner le braquage de Boston, les Seven, ma relation avec Ryan… et une cérémonie pour Sam ? Il est impossible que mes deux mondes se rencontrent, c'est tout bonnement inenvisageable. Mais d'ailleurs…

– Pourquoi organise-t-elle une cérémonie ? je m'interroge, surprise.

Mon père me regarde alors et hausse les sourcils.

– Le mois prochain, cela fera un an que Sam est mort, Ella. Je crois que c'est une bonne…

Je n'écoute plus ce qu'il me dit. En fait, je n'entends plus rien tant le bourdonnement dans mes oreilles est violent.

Cela fera un an que Sam est mort... Bientôt un an qu'il a été assassiné sous mes yeux...

À peu de chose près, la date coïncide avec le braquage de Boston, dans trois semaines…

Bientôt un an...

Comment le temps a-t-il pu passer si vite ? Comment…

Mon cœur s'emballe et ma gorge se noue.

Bientôt un an... et je n'ai pas tenu la promesse que je lui ai faite : celle de le venger.

– Ella ? Tout va bien, ma chérie ?

– Mais c'est… c'est passé trop vite, je murmure.

Je me sens bête de dire une chose pareille à voix haute. Dans mon cœur, j'ai l'impression que Sam est mort hier, alors qu'en réalité près d'un an s'est écoulé.

– Ella, tu m'inquiètes. Qu'est-ce qui se passe ? Est-ce que tu as besoin que je vienne te voir ? Il te suffit de me dire où tu te trouves et je…

– Non, non, tout va bien, je m'écrie, reprenant mes esprits. Vraiment, ça va aller. J'ai juste… me rappeler la mort de Sam fait remonter beaucoup de souvenirs et c'est… douloureux.

– Je comprends, ma chérie. Es-tu sûre que tu n'as pas besoin que je…

– Oui, j'en suis certaine, papa, ne t'en fais pas. Mais je vais devoir te laisser, j'ai pas mal de choses à faire. Dis à Nancy que je serai présente.

– Très bien. Pense à nous rappeler bientôt. Ta mère et moi, nous pensons tous les jours à toi.

– Promis. Au revoir, papa. Je t'aime.

– Je t'aime aussi, ma petite fille.

Je ferme l'ordinateur et bondis du lit tandis que les larmes me montent aux yeux, à mesure que des flashs de Sam m'assaillent.

Tout s'enchaîne dans ma tête. Je réalise que cela fait bientôt six mois que je suis avec les Seven et que, bien que je n'aie pas cessé de penser à Sam, j'ai arrêté de chercher à le venger. À partir du moment où je me suis convaincue que ni Ryan ni aucun des Seven n'étaient responsables de sa mort, je n'ai pas poursuivi mon enquête et je sais parfaitement pourquoi. Quand j'ai décidé de me lancer dans cette mission, j'étais guidée par la rage, la peine, la douleur. C'est ce qui m'a poussée à foncer tête baissée sans prendre la peine de réfléchir aux conséquences. Mais les choses ont changé au moment où j'ai compris que les Seven n'étaient pas les meurtriers de Sam… parce qu'à ce moment-là, je développais déjà des sentiments pour Ryan, j'étais déjà attachée à Snow, Sky et Ice. Ma vie avait retrouvé un semblant d'équilibre, j'étais entourée d'une bulle protectrice et cela m'a aidée à « oublier » le devoir que j'ai envers Sam.

Mais aujourd'hui, tout me revient en mémoire avec une limpidité atroce.

J'ai laissé tomber Sam.

Mon cœur se serre si violemment que je pose une main sur ma poitrine et m'assieds sur le lit. Le contraste entre la plénitude que je ressentais il y a encore quelques dizaines de minutes et la mélancolie qui me paralyse à l'instant est saisissant. J'ai l'horrible impression de replonger dans la spirale infernale des souvenirs de Sam. Mes angoisses se mettent à hurler, s'exprimant aussi fort qu'elles le veulent. Et Dieu sait qu'elles sont nombreuses et bruyantes.

J'ai laissé tomber Sam.

Plus cette idée s'impose dans mon esprit, plus j'ai le sentiment que la bulle de protection dans laquelle je me trouvais est en train de disparaître pour m'exposer à nouveau à la vie, à ses peines, à ses douleurs, ses injustices…

J'ai laissé tomber Sam… et je vais devoir réparer ça.

CHAPITRE 30

ELLA

Deux jours avant le braquage

Sam,

Il se passe tant de choses dans ma vie en ce moment… Tu es toujours présent dans mon esprit, j'ai l'impression de t'emmener partout avec moi.

Demain, je vais participer à quelque chose qui te mettrait hors de toi, si tu étais là. Le pire, c'est que j'ai fini par oublier que ce que je fais est mal, que ce qu'ils font est mal. Je m'y suis habituée, j'ai même fini par comprendre et par leur pardonner de voler les autres pour vivre.

J'ai mal de me dire que je suis devenue ce que tu t'es évertué à combattre. J'ai cet *horrible sentiment que tu ne serais pas fier de moi si tu me voyais, que tu ne me reconnaîtrais pas. Et pourtant, quelque part, je suis toujours la même. Celle que tu as connue et aimée. Celle qui t'aime et qui te pleure.*

Mais tu sais, j'ai découvert qu'un cœur n'est pas forcément destiné à n'aimer qu'une seule personne. J'ai découvert qu'il y a assez de place dans cet organe pour plusieurs amours. Le mien s'est tourné vers celui de Ryan et avant que je comprenne comment, il s'y est installé. Durablement. Entre lui et moi, il y a comme une évidence, comme un lien qui s'est formé... Et pourtant, mon cœur continue de battre si fort pour toi...

D'un côté, il y a toi, tout ce que tu représentes pour moi, tout l'amour que nous avons partagé qui continue à vivre à l'intérieur de moi, et de l'autre, il y a cette renaissance des sentiments, ce maelstrom de sensations, cette impression de revivre qu'il me procure.

Et en toute honnêteté, je ne sais pas quoi faire de tout ça.

Tu me manques tant.

Ella

***

Ryan charge les derniers bagages dans le SUV. Le jour du départ est arrivé, ce fameux jour qui marquera un renouveau pour nous tous. En regardant les autres membres du gang, je vois à quel point ils sont impatients de pouvoir commencer une vie différente. Depuis des années, ils n'ont jamais vraiment eu de maison, d'endroit où se réfugier, où se sentir bien. C'est seulement après ce braquage qu'ils auront la possibilité de se construire une existence stable.

De mon côté, depuis que j'ai réalisé que je devais mener la mission pour laquelle je me suis engagée coûte que coûte, j'ai l'étrange sentiment de ne déjà plus faire partie des Seven, tout en étant persuadée que je serai des leurs pour toujours.

– En voiture, Ella ! s'écrie Sky, assise à l'arrière du SUV.

Je prends place à côté d'elle tandis que Ryan et Snow s'installent à l'avant. Ice, Rain, Thunder et Night montent dans la Volvo et, après un dernier regard en direction du loft, nous quittons les lieux.

Nous roulons pendant trois heures avant de nous arrêter à la sortie d'une ville pour procéder à un échange de voitures. Ça me fait bizarre de me séparer des véhicules auxquels je me suis habituée depuis des mois… Mais après tout, ce ne sont que des voitures. Celles dans lesquelles nous montons sont beaucoup plus passe-partout. Et nous nous en débarrasserons tout de même à notre arrivée à Boston. Pour ne surtout laisser aucune trace.

Ryan laisse le volant à Sky pour poursuivre notre trajet et vient s'asseoir près de moi à l'arrière.

– Tout va bien ? me demande-t-il en m'attirant contre lui.

Il n'est pas fou, il a remarqué mes absences ces derniers jours. Je crois qu'il sent que mon esprit n'est plus tout à fait présent, et que c'est mon cœur qui nous lie encore.

Je me blottis contre son torse et ferme les yeux pour apprécier sa chaleur et profiter de ce moment.

– Ça va très bien, je lui réponds. Et toi ?

Il dépose un baiser sur mon front.

– On va gérer, et ensuite, on va pouvoir enfin vivre normalement, dit-il. Ça ne pourrait pas aller mieux.

Je relève la tête et croise son regard sombre. Pendant un instant, je me perds dans la profondeur de ses yeux. Puis je détaille ses cheveux noirs, sa peau hâlée, je passe ma main sur sa joue et je sens le picotement de la repousse de sa barbe sous mes doigts.

– Tu es beau, je murmure.

Je crois que c'est la première fois que je le lui dis à voix haute, et pourtant, Dieu sait que ce n'est pas faute de l'avoir pensé. Un petit sourire illumine son visage et son regard s'attendrit.

– Tu es belle aussi, souffle-t-il. Ma jolie blondinette.

Je m'esclaffe et pose ma main derrière sa nuque pour le rapprocher de moi. Je capture ses lèvres dès qu'elles sont à ma portée et je me shoote au sentiment de sécurité qu'elles insufflent en moi.

– Oh merde, ne regarde pas, Snow, ce n'est pas de ton âge ! s'écrie Sky en plaquant une main sur les yeux de l'adolescent.

Ce dernier éclate de rire et tente de se retourner, mais Ryan et moi rions aussi et il n'y a maintenant plus rien à voir.

Pendant les trois heures suivantes, je somnole, blottie contre Ryan et bercée par le mouvement de la voiture. Il me réveille quand arrive le dernier changement de voitures et nous reprenons la route. Cette fois, c'est la dernière ligne droite : nous ne ferons plus d'autre arrêt avant Boston.

Lorsque nous arrivons, j'ai la bonne surprise de constater que, même pour notre passage éclair, Ryan a pris le temps de louer une jolie maison de ville sur trois étages. Nous n'y resterons qu'une nuit : demain soir, nous plongerons pour ce qui est non seulement le plus gros coup que les Seven ont jamais élaboré, mais peut-être même l'un des plus gros coups de l'histoire des braquages.

À nouveau, l'angoisse me tord l'estomac. Je pense réussir à rester zen et à ne pas paniquer une fois en pleine action, mais jusqu'à ce qu'arrive le moment de foncer tête baissée, je vais appréhender.

Je monte mes affaires dans une chambre et, tout naturellement, j'y dépose également celles de Ryan. Depuis notre pique-nique il y a trois mois et la première nuit que nous avons passée ensemble, nous ne dormons plus l'un sans l'autre.

– Ella ?

Snow entre dans la pièce alors que j'ouvre l'un de mes sacs de voyage.

– Est-ce qu'on peut se poser pour un petit cours ? me demande-t-il.

Snow a fait des progrès considérables en six mois. Aujourd'hui, il est capable d'écrire plusieurs phrases d'une écriture plus que correcte. Quant à la lecture, même s'il s'en sort de mieux en mieux, il semble toujours un peu gêné lorsqu'il s'exerce à voix haute. Il a d'ailleurs arrêté ces dernières semaines pour se concentrer sur l'écriture, mais ça ne m'inquiète pas. Je le laisse faire à son rythme et je ne le brusque surtout pas.

– Maintenant ? je lui rétorque, incrédule. On vient de faire plus de quinze heures de route, je suis lessivée.

– Je sais, mais j'avais envie de travailler un peu avec toi.

Je soupire, pas certaine de réussir à être très efficace ce soir.

– C'est pas grave, dit-il alors en souriant.

Mais j'aperçois de la déception dans son regard.

– Repose-toi bien, Ella, ajoute-t-il. À demain.

Il quitte la chambre et je suis une fois de plus frappée par la bonté de ce gamin. Bon sang, il ne se plaint jamais, ne se vexe jamais. Il est si conciliant, à l'écoute… Finalement, tout ce qu'il demande, c'est de l'attention et de l'amour. Bien sûr, Ryan a su lui en donner, mais un frère ne peut pas remplacer des parents. Au fond de lui, Snow est encore un enfant qui a besoin qu'on s'occupe de lui et qui, à cause de la violence qu'il a subie, déteste le conflit. C'est pour ça qu'il cherche toujours à arrondir les angles et à faire sourire tout le monde. Il veut un foyer heureux, un endroit où il peut se sentir en sécurité.

Le voir s'en aller ainsi me serre le cœur et je pars à sa suite.

– OK, on va aller bosser un peu, lui dis-je. Mais seulement une petite heure.

– Merci, Ella.

Nous nous installons dans une grande salle à manger où le bois prédomine. Sol, table, meubles, tout est dans un style rustique, un peu ancien, mais qui va très bien avec le reste de la maison. Je m'attends à ce que Snow sorte les fiches des derniers exercices sur lesquels nous avons travaillé et qu'il se mette à écrire, mais à la place il sort l'exemplaire du *Petit Prince* que je lui ai acheté à ma librairie. Intriguée, je le regarde tourner les pages et s'arrêter au premier chapitre, puis déchiffrer :

– Lorsque j'avais six ans… j'ai vu, une fois, une ma… gni… fique… magnifique image, dans un livre sur la forêt vierge qui s'appelait *His... toi... res vécues*. Ça re… ça repré… Oh, j'ai un peu de mal ici…

Ses joues rougissent et il plisse les yeux pour mieux se concentrer.

– Ça re… pré… sentait… représentait un serpent boa qui avalait une… non, un… qui avalait un fauve.

Snow soupire, presque essoufflé, et relève la tête dans ma direction pour voir ce que j'en pense. Muette, je le regarde, admirative. Je prends alors sa main dans la mienne et je la serre tendrement.

– C'était super, Snow. Vraiment. Tu t'en es très bien sorti.

– Mais j'ai buté sur quelques mots. Mon cerveau n'arrive pas encore tout à fait à les assimiler d'un coup.

– Ça viendra. Tu as fait tellement de progrès en si peu de temps… Je suis très fière de toi.

– Vraiment ?

– Puisque je te le dis.

Heureux, il rougit un peu plus mais se ragaillardit bien vite en se redressant sur sa chaise.

– J'ai répété longtemps dans ma chambre pour essayer de lire avec le moins d'erreurs possible.

– C'est pour ça que tu as arrêté de t'entraîner devant moi ?

Il hoche vigoureusement la tête.

– Je voulais te faire la surprise. Je vais continuer à faire des efforts, mais avec toi pour m'aider, je sais que je vais y arriver, dit-il. Dans quelques mois, je serai capable de lire d'une traite, sans hésiter.

Je continue de lui sourire même si ma gorge se noue en l'écoutant parler de l'avenir.

Où serai-je dans quelques mois ?

– Je voulais te donner ça, aussi…

Il me tend un morceau de papier qui était caché à la fin du livre. Je déplie la feuille et je découvre un mot tracé d'une écriture tremblante et maladroite.

MERCI POUR TOUT ELLA.

Je fixe le papier pendant un moment, et lorsqu'une larme tombe dessus, je m'empresse de l'essuyer et de relever la tête pour croiser le regard de Snow.

– Ça ne te plaît pas ? s'inquiète-t-il. Peut-être que tu ne comprends pas ce que j'ai écrit… J'avais pourtant l'impression d'avoir réussi à assembler les bons mots…

– Snow, c'est parfaitement lisible. Je suis simplement touchée… Entre ça et… ta lecture, je…

Un flot de larmes m'assaille, m'empêchant de poursuivre. Je me lève alors et prends l'adolescent dans mes bras, le serrant aussi fort que possible. Il m'enlace à son tour et tapote le haut de mon dos.

– Je ne veux pas te faire pleurer, dit-il, en s'excusant presque.

Je souris contre son épaule. À cet instant, en levant les yeux, j'aperçois Ryan appuyé au battant de la porte, le regard rivé sur nous. Il ne sourit pas… mais ses yeux expriment une profonde gratitude. Cela fait redoubler mes pleurs.

– Tu es sûre que ça va, Ella ? angoisse Snow, qui me tient toujours contre lui.

– Oui, bien sûr, dis-je en le relâchant. Désolée, je ne sais pas pourquoi je suis si émotive. Mais en tout cas, tu m'impressionnes. Vraiment. Tu es quelqu'un d'incroyable et je t'aime.

Je caresse tendrement sa joue. Ma déclaration le fait cligner des yeux. Je n'ai pas encore dit ces mots à Ryan, mais si j'arrive à les prononcer face à Snow c'est parce que l'amour que je lui porte est bien différent. D'ailleurs, son frère ne s'en offusque pas. Il sourit, attendri.

– Oh, Ella, dit Snow, lui-même ému à présent. Merci.

Il me serre contre lui si fort que cela me fait éclater de rire.

– Allez, laisse-la respirer, intervient Ryan en s'approchant de nous, les yeux brillants d'émotion.

Snow reprend son exemplaire du *Petit Prince* et s'éloigne, plus heureux que jamais, me laissant seule avec Ryan. Le regard sombre de ce dernier se pose sur moi, sa mâchoire se contracte et sa pomme d'Adam tressaute. Autant de réactions qui me prouvent à quel point il me désire… Et le frisson qui me parcourt prouve qu'il en est de même pour moi. Sans attendre, je fonce dans sa direction et je me jette dans ses bras, écrasant mes lèvres sur les siennes. Et juste comme ça… l'angoisse liée au braquage de demain s'apaise.

Bon sang, ce mec est un tel catalyseur de mes émotions… En ça, il surpasse largement Sam.

– C'est vraiment un ado incroya… je commence en rompant notre baiser.

Mais Ryan ne me laisse pas terminer ma phrase. Il agrippe mon visage et replonge sur mes lèvres avec passion. Pendant une seconde, je suis déstabilisée par son assaut, puis je reprends mes esprits et je passe mes mains dans ses cheveux, agrippant des mèches dans mes poings. Pendue à son cou, sur la pointe des pieds, je me rapproche jusqu'à ce que son torse touche ma poitrine. Sa langue exige beaucoup de moi, m'imposant un rythme endiablé… Ce n'est pas pour me déplaire.

– Merci pour lui, murmure Ryan après m'avoir relâchée.

Essoufflée, les lèvres rougies, délicieusement meurtries, je hoche simplement la tête. Ryan sourit, goguenard, avant de déposer un dernier baiser rapide sur ma bouche, de me faire un clin d'œil et de quitter la pièce.

***

– Une pendule ? Non, un… qu'est-ce que…

– Fin du chrono !

– Une girouette, s'écrie Sky, hilare.

– Mais pourquoi tu faisais ce mouvement circulaire avec tes doigts ?

Je la laisse reprendre son souffle. Sky est tellement bon public… Quand elle se redresse, elle essuie une larme.

– Elle tourne avec le vent.

Je pouffe de rire à mon tour et Sky vient me rejoindre sur le canapé.

– Snow, à toi ! s'exclame-t-elle.

L'adolescent bondit du canapé, attrape une carte posée sur la table basse et vient se placer au centre du salon. Il prend son temps pour lire le mot inscrit sur le rectangle cartonné. Personne n'ose rien dire, mais je peux voir la fierté des membres du groupe face à ses progrès. Mon cœur se gonfle d'orgueil.

– C'est parti ! lance-t-il enfin.

Il démarre son imitation et Thunder, son coéquipier, se concentre pour tenter de deviner ce qu'il mime.

Lorsque Sky et Snow sont venus me chercher pour me dire qu'une partie de Time's Up était sur le point de commencer, j'ai eu du mal à y croire. Mais d'après leurs dires, c'est leur façon de décompresser la veille d'un braquage important. En général, ils se défoulent sur des jeux vidéo, mais étant donné que nous ne sommes plus au loft, nous faisons avec les moyens du bord. Et je dois dire que depuis que la partie a commencé, je n'ai pas cessé de rire.

Snow se met à mimer des vomissements. Thunder le regarde, les yeux écarquillés.

– Qu'est-ce que c'est que ce bordel ? s'écrie-t-il. Qu'est-ce que tu fous ? T'es malade ? C'est ça, ton expression ? Être malade ?

Snow secoue la tête. Il se met alors à tanguer comme s'il perdait l'équilibre, puis recommence à faire semblant de vomir. Face à lui, Thunder, complètement perdu, est hilarant.

– C'est une action ! s'écrie Snow avant de recommencer à tituber.

– Une action ? Mais c'est…

– Plus que dix secondes, lance Ice.

– Faire du skate ? Perdre l'équilibre ? Faire du bateau ?

Snow bondit et fait de grands gestes pour inciter son coéquipier à continuer sur sa lancée.

– Faire du bateau ? C'est ça ? Mais alors, pourquoi tu vomirais ? Oh ! Oh, je l'ai, c'est…

– Fin du chrono, s'écrie Ice.

– Avoir le mal de mer, lâche Thunder en même temps.

Malheureusement, le point ne compte pas, ce qui agace fortement le rouquin. Sky m'avait prévenue qu'il avait un côté mauvais joueur… mais étrangement, cela rend la situation encore plus hilarante.

– Storm, à toi !

Ryan se lève, attrape une carte et la lit rapidement. Il est, comme tous les autres, en tenue décontractée :

un bas de survêtement et un t-shirt qui le rendent irrésistible à mes yeux. Ses cheveux sont décoiffés, mais j'ai la faiblesse de trouver ça craquant. Il sourit comme un gamin et je suis incapable de détourner mon regard de lui.

– Arrête un peu, on dirait que tu vas le bouffer, me murmure Sky.

Je lève les yeux au ciel en la bousculant de l'épaule. Ryan fait un signe en direction d'Ice pour lui ordonner de se concentrer. L'armoire à glace est dans les starting-blocks : à peine Ryan a-t-il fait un geste qu'il lance tout ce qui lui passe par la tête.

Ryan quitte le salon pour se diriger vers l'escalier. Il saute sur la rampe et se laisse glisser en arrière avant de bondir en faisant comme s'il tirait un très lourd chargement.

– Militaire, l'armée, du sport, un triathlon, Jason Momoa…

Les rires redoublent tandis que nous écoutons Ice dire tout et n'importe quoi. Même Ryan paraît amusé. J'ai une mince idée de ce qu'il tente d'imiter et cela se précise lorsqu'il fait mine d'enfiler un casque et de grimper à une échelle.

– Un pompier en intervention, je lâche.

Ryan s'arrête et me regarde, les sourcils haussés. Plus personne ne parle pendant une poignée de secondes, puis soudain, c'est la cohue.

– Pourquoi t'as répondu ?

– On a le point quand même ?

– Bravo, Ella.

– La félicite pas, elle n'est pas dans leur équipe.

– Stop ! je m'écrie. Je sais que ce n'était pas à moi de répondre mais… Ryan était… très convaincant en pompier alors… c'est venu tout seul.

L'intéressé ne peut s'empêcher de sourire tout en me dévorant du regard. Mes joues rosissent et je déglutis en me tassant dans le canapé.

– Bon, eh bien, c'était le dernier mime, dit Night. On n'a plus qu'à faire les comptes.

– … que l'autre a donné un point à Ice et Storm au lieu de se taire, marmonne Rain en prenant sa fiche pour additionner les points.

En retrouvant sa place, Ryan s'arrête devant moi, se penche et dépose un baiser sur mes lèvres avant de me faire un clin d'œil.

– Finalement, je crois que c'est toi qui vas te faire bouffer, susurre Sky.

Mes joues rougissent encore plus, mais je finis par rire avec elle.

– Et les gagnants sont… Storm et moi ! dit Ice en tapant des mains sur la table.

– Tricherie, s'écrie Thunder.

– Vous avez un point de trop à cause de l'autre, renchérit Rain.

– Bravo les gars, lance Snow, ravi.

Les discussions s'élèvent de toutes parts. Seul Night s'en désintéresse, quittant déjà le salon.

Enfin, tout le monde se souhaite une bonne nuit et se disperse. Ryan m'attrape par la taille et nous grimpons à l'étage l'un contre l'autre. Une fois dans notre chambre, il prend mon visage entre ses mains et m'embrasse sans retenue tout en me faisant reculer contre la porte. J'enlace sa taille, serre son t-shirt entre mes doigts, puis lui dis :

– J'allais prendre une douche. Tu m'accompagnes ?

– Puisque tu insistes…

Nous nous esclaffons et traversons le parquet grinçant du couloir pour nous rendre dans la salle de bain. Une fois à l'intérieur, nous nous débarrassons de nos vêtements à toute vitesse. Ryan entre dans la cabine de douche le premier pour allumer le jet d'eau chaude, puis je le rejoins et pose les mains sur son torse. J'aime son corps, j'aime la façon dont il me l'a fait découvrir au cours de la première nuit que nous avons passée ensemble, j'aime la douceur que mes doigts rencontrent lorsque je caresse sa peau et la dureté de ses muscles que je sens juste en dessous…

– J'ai vu ton regard, murmure Ryan en faisant descendre ses mains le long de mon dos puis sur mes fesses.

– Et ?

– Quand est-ce que tu vas admettre à voix haute que je te fais de l'effet, Sunshine ?

Je hausse les sourcils et penche la tête sur le côté tout en passant mes mains sur son ventre et ses abdos.

– Il me semble que c'est plutôt clair, non ?

– Tu le montres, oui, mais tu ne le dis pas.

D'un geste, il soulève mon menton et lèche mes lèvres du bout de sa langue.

– Moi, depuis le début, je t'ai avoué que je sentais quelque chose entre nous, poursuit-il. Je t'ai avoué que je te voulais, je t'ai montré que mon besoin de t'embrasser, de te toucher devenait de plus en plus fort.

Il murmure chaque mot contre mes lèvres et en plus de sa voix envoûtante, son souffle qui caresse ma bouche me donne des frissons.

– Mais toi… soupire-t-il.

Malgré ce qu'il me dit, je vois sur son visage qu'il me taquine. Même si une petite part de lui est réellement attristée, sans doute.

– Tu me fais de l'effet, Ryan, dis-je. Beaucoup d'effet. Moi aussi, je te veux. Je te veux tout entier.

Ses lèvres s'incurvent en un sourire aguicheur, puis il me plaque contre lui, écrasant mes seins contre son torse.

– Maintenant, montre-moi, Sunshine.

J'humidifie mes lèvres, le repousse un peu, puis je saute dans ses bras tout en enroulant les miens autour de son cou et mes jambes autour de sa taille. Sans lui laisser le temps d'ajouter quoi que ce soit, je m'empare de sa bouche avec force et envie. Je griffe légèrement sa mâchoire, donne une cadence folle à notre baiser en aspirant et mordillant sa langue. Sous moi, je sens son érection grossir de plus en plus et j'ai l'impression que cela donne un coup de fouet à mon sang. Le désir et l'excitation se mêlent en moi, me faisant perdre tout sens des réalités.

Je quitte les bras de Ryan pour retrouver le sol de la douche, puis je me mets dos à lui, pose ma tête contre son cou et attrape ses mains dans les miennes. Je les guide sur mes seins, mon ventre, jusqu'à mon intimité palpitante de désir. Les doigts entremêlés, nous caressons ensemble mon clitoris, ce qui m'arrache un gémissement rauque que Ryan atténue avec un baiser.

– Chut. Il ne faut pas que les autres nous entendent, murmure-t-il contre mes lèvres.

Son érection se dresse contre mes fesses et je sens, à son souffle court qui résonne dans mes oreilles, qu'il est très excité par ce que nous sommes en train de faire.

Il me fait soudain pivoter et m'incite à prendre appui sur le mur de la douche, ce que je fais, pantelante. Il pose son pied sur le rebord surélevé de la paroi, attrape ma cuisse et l'écarte en grand pour la poser sur la sienne. Ainsi, légèrement cambrée, je suis dans une position parfaite. C'est d'ailleurs ce que Ryan semble penser lui aussi puisqu'il me pénètre sans plus de cérémonie. Nous étouffons tous les deux un juron et je suis incapable de retenir un gémissement lorsqu'il se met à bouger à une cadence endiablée.

Je peine à reprendre mon souffle. La buée commence à envahir la pièce, l'eau chaude frappe mon corps, mon sang bout dans mes veines et la peau de Ryan qui glisse contre la mienne est brûlante. Les sensations sont incroyables.

Quelque part au fond de moi, je ressens alors une profonde tristesse, parce que je sais que c'est le dernier moment intime que nous passons ensemble, lui et moi.

Mon Dieu... Ryan.

Non ! Je ne peux pas penser à cela maintenant, il en est hors de question.

J'attrape une de ses mains, posée sur ma hanche, je la porte à ma bouche, l'embrasse, puis je la place sur mon sein pour réclamer des caresses, qu'il me donne sans hésiter.

– Bordel de merde... Ella... Tu me rends fou.

Il augmente encore le rythme et je sens que son dénouement est proche. Je me redresse et lâche la paroi de la douche, je plaque mon dos contre le torse de Ryan et je tourne ma tête vers la sienne. Sans que j'aie besoin de dire quoi que ce soit, il m'embrasse passionnément tout en continuant de me pénétrer et de me caresser partout où ses mains le peuvent... jusqu'à atteindre le point de non-retour.

Nous explosons en milliers de morceaux, enlacés, murmurant le prénom de l'autre dans un souffle.

Tremblants. Haletants. En sueur. Épuisés. Revigorés.

Vivants.

***

Tout le monde se repose : le ronflement d'Ice se fait entendre à travers le mur de sa chambre. Ryan est profondément endormi, une jambe étendue sur les miennes. Quant à moi, je regarde le plafond, incapable de trouver le sommeil.

La raison est simple : ma foutue angoisse a refait surface. Je regarde mon téléphone pour vérifier l'heure et mon stress monte alors encore d'un cran. Nous sommes officiellement le jour J, ça y est, c'est aujourd'hui que tout va se passer… et j'en ai l'estomac noué. Pire, j'en ai des bouffées de panique.

Je rejette les couvertures. Pour m'apaiser, une chose a toujours été efficace… écrire à Sam.

Le plus doucement possible, je me détache du corps chaud de Ryan en veillant à ne surtout pas le réveiller, puis je fouille dans le sac dans lequel, depuis mon arrivée chez les Seven, sont rangés des « souvenirs » de Sam. Je m'installe dans un fauteuil, attrape mon carnet avec un stylo et les pose sur mes genoux, puis je soupire.

L'assassin de Sam court toujours, libre comme l'air, et je ne sais pas où il se trouve, je n'ai même pas un début d'indice qui m'aiderait à le débusquer.

Je ne peux pas le laisser s'en tirer comme ça.

C'est ce que ma raison ne cesse de hurler à mon cœur pour qu'il arrête de se plaindre, arrête de battre plus fort, affolé, quand je pense au moment où je devrai laisser les Seven derrière moi… Parce que ma décision est prise.

C'est la bonne chose à faire, le seul et unique choix. Il n'y en avait pas d'autre.

Je dois faire honneur à Sam, lui rendre hommage. Je dois poursuivre ma quête et mettre un terme à la mission que je me suis donnée.

Je dois quitter les Seven.

Ryan se retourne dans le lit. Mon regard erre sur son corps nu, s'arrête sur son visage, sa mâchoire carrée, ses lèvres pleines… Comment vais-je survivre sans cet homme ? Il est beaucoup trop important pour moi à présent, il est devenu ma boussole, mon nord, celui qui m'empêche de me perdre.

Je panique à nouveau, incapable de canaliser l'angoisse qui m'habite. Ryan dort toujours à poings fermés tandis que je reste assise dans le fauteuil à le dévisager et à prendre des clichés mentaux de son visage, de son corps, pour les emporter avec moi.

Au bout de deux heures, je n'ai pas réussi à retrouver le sommeil. Je décide que j'ai assez tourné en rond : il faut que j'avance, maintenant. Ce que je m'apprête à faire me terrifie et me donne la nausée tout à la fois. Mais au cours des trois dernières semaines, pendant que les Seven mettaient au point les derniers détails de leur plan de bataille, je m'en suis construit un autre dans la tête. Dès l'instant où j'ai décidé que mon voyage avec le gang s'arrêterait après le braquage de Boston, j'ai commencé à l'élaborer.

Et la première partie de ce plan consiste à prévenir Scott de ce qui va se passer. Je tape un bref sms :

J'ai du nouveau. On va frapper
très fort. Prépare-toi à intervenir.

Je ferme les yeux et expire tout l'air de mes poumons avant d'appuyer sur la touche « envoi ». Je contacte directement l'ancien coéquipier de Sam, sans passer par ma mère. Au point où j'en suis, les précautions ne sont plus de mise.

Ensuite, lorsque je suis certaine que le message a bien été distribué, j'ouvre mon carnet, trouve une page blanche, et je commence à écrire…

À Ryan, cette fois.

CHAPITRE 31

ELLA

Tout est prêt. On attend ton signal.

Je range mon téléphone dans ma poche après avoir lu le message de Scott. Rien que de penser à ce que je prépare, j'ai envie de vomir, mais je me force à repousser ma culpabilité.

– Tout le monde est paré ? demande Ryan. C'est notre moment, les gars. Si on s'en sort aujourd'hui, on sera tranquilles pour le restant de nos jours. On n'aura plus besoin de braquer quoi que ce soit, on pourra enfin se construire une vie stable.

– Parés, disons-nous tous, remontés à bloc.

Nous nous trouvons encore à l'intérieur de la maison, mais dans quelques minutes, nous nous rendrons à la joaillerie et tout se passera à une vitesse folle. Mon ordinateur sous le bras, je me prépare mentalement à entrer en action : ce n'est que lorsque j'aurai mis les caméras et les capteurs de mouvement hors circuit que les autres membres du gang pourront commencer à rassembler le butin.

– Snow, tu resteras bien avec Sky et tu écouteras ce qu'elle te dit, d'accord ?

C'est la première opération à laquelle participera l'adolescent, et même s'il doit seulement conduire une voiture, je sens que Ryan s'inquiète à son sujet. Pas parce qu'il s'imagine que Snow pourrait faillir à sa mission, mais parce que, comme toujours, le risque que la police nous coffre est bien présent. Si jusqu'à maintenant Ryan a réussi à maintenir son frère à l'écart, il sait que ce soir il l'exposera.

– Dès qu'on a les bijoux, on se barre en direction de Seattle, reprend Ice. On va devoir traverser tout le pays en voiture. On en aura pour près de deux jours, mais l'avion et le train sont exclus. Une fois arrivés là-bas, on prendra la température. Si on se rend compte que c'est trop tendu pour nous, on traverse la frontière canadienne.

– Une fois au Canada, on pourra prendre l'avion pour la Nouvelle-Zélande, poursuit Ryan. Mais ça, c'est dans l'éventualité où les choses tourneraient mal. Si personne ne semble nous traquer à Seattle, on y restera quelques semaines, voire quelques mois, avant de retourner un peu plus au centre des États-Unis.

– On sait déjà tout ça, grogne Rain.

– Je préfère me répéter encore et encore pour que tout le monde ait bien assimilé, réplique Ryan, bras croisés sur son torse.

À cet instant, plus que jamais, il incarne Storm des pieds à la tête.

– On sera divisés en trois voitures, et on aura un chargement d'une centaine de millions de dollars, dit-il. Ce n'est pas la patrouille de quartier qu'ils vont envoyer à nos trousses, c'est tout un putain de bataillon. Comme on va se séparer pour ne pas attirer l'attention, je veux que tout le monde sache ce qu'il a à faire. Soit on se retrouve à Seattle, soit on se revoit directement de l'autre côté de la frontière. Et ça, il va falloir le décider très vite, sans paniquer, alors je le répéterai jusqu'à la dernière minute. Tu piges, Rain ?

Elle hoche la tête. Ryan ajoute :

– Soit on gagne ensemble, soit on tombe ensemble, mais on ne laisse personne derrière.

Enfin, il jette un coup d'œil à sa montre et déclare :

– C'est l'heure.

Immédiatement, le gang se disperse. Sky, Night et Snow s'installent au volant des voitures. Rain et Ice montent avec la première, Thunder et Ryan avec le deuxième ; quant à moi, je rejoins le véhicule de Snow.

– Prête, Sunshine ? me murmure Ryan au moment où je m'apprête à ouvrir ma portière.

J'acquiesce et m'avance instantanément pour l'embrasser. Je le retiens un peu en posant ma main sur sa nuque et je me délecte de ses lèvres si douces, si apaisantes, si enivrantes.

Mon cœur accélère dans ma poitrine. Il sait ce qui est sur le point de se produire et il n'est pas prêt à souffrir une nouvelle fois, mais c'est inévitable.

Après avoir rompu le baiser, Ryan et moi nous dévisageons un instant, et je pose mon front contre le sien en fermant les yeux. Il encadre mon visage, j'agrippe ses poignets que je serre entre mes mains. Sous mes doigts, je sens son pouls qui bat régulièrement. Calmement. Il maîtrise la situation, comme toujours.

Il me fait un clin d'œil et je dépose un dernier baiser sur la paume de sa main. Puis je prends place à côté de Snow et je fais le vide dans ma tête.

Notre arrivée près de la joaillerie se fait en toute discrétion. Les voitures se garent dans la ruelle derrière la boutique, sur laquelle ne donne aucune fenêtre. Tous les Seven, sauf Sky, Snow et moi, se dirigent vers la bijouterie à pas de loup. Pour ma part, j'ouvre mon ordinateur, cache mon adresse IP et me connecte au réseau auquel la joaillerie est reliée. Je lance le logiciel que m'a donné mon père et me démène pour couper les premières caméras de sécurité, afin de permettre aux autres d'entrer dans le bâtiment. Une fois que c'est fait, j'attends de recevoir un message d'Ice qui m'indiquera que les vigiles sont maîtrisés et que je dois intervenir de nouveau.

Nous communiquons par textos courts et nous détruirons les téléphones que nous utilisons quand tout sera terminé.

– Ça va, Ella ? me demande Snow, les mains serrées sur le volant bien que la voiture soit à l'arrêt.

– Bien sûr. Et toi ?

Il hoche vigoureusement la tête, mais je comprends que l'excitation et l'adrénaline se mêlent à l'angoisse en lui. Je pose une main sur son épaule, puis je dépose un baiser sur sa joue.

– Tu vas t'en sortir comme un chef, Snow, lui dis-je.

Mon cœur se serre quand je réalise que c'est le moment de lancer la première partie de mon propre plan. Rassemblant mon courage, j'annonce à l'adolescent :

– Il y a un petit changement de dernière minute.

Ses yeux noirs se tournent vers moi. J'ajoute :

– Tu dois prendre le véhicule de Night.

– Quoi ? Pourquoi ?

– On va mettre le chargement dans une seule voiture, et Ryan s'est dit qu'il valait mieux la confier à quelqu'un d'un peu plus expérimenté. Tu prendras le volant tout de même, ne t'inquiète pas.

Snow me dévisage et s'étonne :

– Storm ne m'a rien dit de tout ça. Il n'est pas du genre à prendre des décisions de dernière minute, surtout dans ce genre de situation.

– Je sais, mais comme c'est ton premier braquage, il n'avait pas envie que tu croies qu'il ne te faisait pas confiance, alors il a préféré me demander de te faire passer le message.

Il va sans dire que mentir ainsi à Snow me dégoûte. Mais je tiens bon.

– Tu vas devoir prendre la voiture de Night, dis-je en montrant le véhicule garé devant nous, et moi je vais déplacer la nôtre sur le côté de la joaillerie.

– Tu es sûre, Ella ? J'ai l'impression que Storm devrait nous confirmer ce changement.

Je souris pour tenter de le rassurer.

– Crois-moi, tout se passera beaucoup mieux ainsi. Il te suffit de prendre le volant et de suivre le plan initial : rouler sans t'arrêter.

– Mais, Ella…

– Tu roules et tu ne t'arrêtes pas, quoi qu'il arrive, c'est compris ? Tu roules et tu te fous de ce qui se passe derrière. D'accord, Snow ?

Un éclair de tristesse me parcourt quand je vois l'adolescent finir par accepter de me faire confiance et sortir de notre voiture pour rejoindre l'autre véhicule. Comme ce gosse va me manquer…

Je prends sa place derrière le volant, démarre et m'approche un maximum de la bijouterie, phares éteints. Là, j'attends le fameux signal d'Ice, mais je réalise qu'il aurait déjà dû me parvenir depuis trois minutes. Ce n'est pas normal… Quelque chose cloche.

Je fronce les sourcils, puis je me décide à quitter l'habitacle. Les clés dans la poche arrière de mon pantalon et l'ordinateur à la main, je longe le mur de la joaillerie jusqu'à l'entrée. J'ouvre lentement la porte et me faufile à l'intérieur. Là, je tombe sur les vigiles assommés et ligotés dans un coin, leurs armes de service jetées loin d'eux.

– Je t'ai dit de ne pas bouger, putain.

La voix inconnue me fait sursauter. Je penche discrètement la tête et ce que je vois fait exploser l'adrénaline dans mes veines. Un agent de sécurité tient Rain sous son bras et la menace d'une arme sur la tempe, empêchant les autres de faire le moindre mouvement.

Et merde.

Je m'empresse de me cacher et de réfléchir à une solution. Est-ce que le vigile a eu le temps de prévenir la police ? Si c'est le cas, nous sommes tous condamnés.

Ce n'est plus le moment de cogiter : nous ne pouvons pas nous permettre de perdre du temps. Je ramasse l'une des armes de service abandonnées au sol et me dirige à pas de loup en direction de la salle principale de la bijouterie. Ryan, Ice, Thunder et Night me voient arriver mais ils ont l'intelligence de garder un visage neutre.

– Si tu la relâches, on s'en ira sans poser de problème, dit Ryan le plus calmement possible.

Le vigile se met à ricaner et, tout en serrant un peu plus sa prise autour du cou de Rain, il fouille dans sa poche à la recherche d'un téléphone.

– Vous n'irez nulle part ailleurs qu'en taule, bande de petites merdes…

– Lâche ton arme ! je m'exclame soudain, implacable, en pointant le canon du pistolet sur l'arrière de son crâne.

L'homme se fige immédiatement, mais il ne libère pas Rain pour autant. Je répète :

– J'ai dit : lâche ton arme. Tout de suite.

Après une seconde d'hésitation, l'agent de sécurité finit par obéir. Ice et Night lui sautent dessus pour l'attacher et lui faire inhaler le produit qui le plongera dans l'inconscience tandis que Rain s'éloigne en tenant sa gorge. Elle se tourne alors vers moi et me dit à voix basse :

– Merci… Sunshine.

J'esquisse un mince sourire. Et aussi simplement que ça, je sais qu'entre Rain et moi les choses viennent d'évoluer positivement… Dommage que ce soit au moment où ma relation avec les Seven est sur le point de voler en éclats.

– On se félicitera après, on a perdu trop de temps, dit Ryan en courant vers le fond de la joaillerie. Sunshine, tu sais ce que tu dois faire.

Je pose mon ordinateur sur le comptoir, rajuste ma cagoule et pianote furieusement sur mon clavier, concentrée sur ma tâche. Désactiver les détecteurs de mouvement ne sera pas bien difficile ; ce qui sera plus complexe, en revanche, ce sera de jongler entre eux afin de les maintenir éteints assez longtemps pour que les Seven aient le temps de se servir, mais sans que les générateurs de secours s'allument pour prendre la relève.

– Premiers détecteurs HS. Vous avez une minute avant que je les relance, dis-je au reste du groupe.

Ryan a déjà ouvert la porte blindée qui mène à la pièce où se trouvent les bijoux d'exception. Je lui emboîte le pas, ainsi que le reste du gang. Night, Ice, Thunder, Rain et lui ne perdent pas de temps et ouvrent les vitrines à la volée pour y prendre tout ce qui leur tombe sous la main et remplir leurs sacs.

– Vingt secondes ! je m'écrie. La deuxième série de détecteurs est HS. On se déplace, je vais rallumer les premiers.

Deux mètres séparent chaque capteur et tenir à six tout en étant actifs et rapides, mais sans effectuer trop de mouvements brusques, relève de la performance. Chaque geste est réfléchi, personne ne brasse de l'air, nous bougeons tous comme dans une chorégraphie parfaitement exécutée.

Et les bijoux continuent de s'amasser dans les sacs.

– Prochains détecteurs HS. On se déplace.

Nous continuons ainsi jusqu'à ce que nous arrivions aux dernières vitrines. Là, je ferme mon ordinateur, le fais glisser sur le sol et aide les autres à s'emparer des bijoux. Colliers, bagues, boucles d'oreilles, broches, tout y passe. Pour gagner du temps, nous mettons les plus petites pièces dans nos sacs encore sur leurs portants.

Ryan se poste à côté de moi et nous travaillons en totale symbiose, jusqu'à ce qu'il me glisse à l'oreille :

– Je m'occupe du grenat.

Le plus grand trésor de cette boutique. Il est dans sa propre vitrine, à l'écart des autres bijoux, et il brille, même dans l'obscurité.

À l'instant où Ryan s'éloigne pour s'en approcher, un collier m'échappe des mains et je suis obligée de m'agenouiller pour le rattraper. C'est alors qu'une lumière rouge attire mon attention. Je tourne vivement la tête dans sa direction et je remarque un capteur installé sous la vitrine dans laquelle se trouve le grenat.

– Storm, stop ! je m'écrie, ce qui fait sursauter tout le monde.

Au moins, il s'immobilise immédiatement. J'ai rarement utilisé son pseudonyme depuis que je l'ai rencontré mais j'ai parfaitement retenu ma leçon : pendant les braquages, Ryan n'existe pas.

– Un capteur, sous la vitrine, je le préviens. Il s'auto-alimente, il n'est pas relié au circuit électrique principal. Il va déclencher une alarme si tu tentes de t'emparer du grenat.

– Putain, grogne Ryan. Tu en es sûre ?

– Il est posé *sur* la vitrine, pas contre le mur comme tous les autres. Il a forcément un lien avec son ouverture.

– Un truc aussi énorme… On aurait dû se douter qu'ils n'allaient pas se contenter du minimum, lance Ice. Passe à autre chose, Storm, on verra si on trouve une solution pour le choper avant de partir.

Ryan ne perd pas de temps et revient vers les dernières vitrines encore pleines. De mon côté, j'annonce :

– Trois minutes, les gars. Ensuite, il faudra que nous ayons dégagé d'ici. Au-delà, le système de sécurité va détecter une anomalie et prévenir tout le monde.

Je prends le temps d'évaluer la situation et le travail qu'il nous reste encore à accomplir. Night est animé d'une énergie que je n'avais encore jamais vue chez lui. Même alors qu'il s'occupe à lui seul de deux vitrines, il semble les vider plus vite que nous autres.

– Ça va, Night ? T'as besoin d'un coup de main ? lui demande Ryan.

– Je maîtrise, boss, répond-il en souriant.

Toujours de façon méticuleuse, mais en accélérant le rythme, Ryan attrape les bijoux par poignées. Ice, Thunder et Rain viennent de finir de vider leurs vitrines, et je suis sur le point de venir à bout de la mienne. Pour gagner du temps, je balaye du bras ce qui reste, fais tomber les bijoux dans le sac et le ferme d'un coup sec.

Ice se précipite au fond de la boutique et ouvre deux portes successives grâce au pass qu'il a subtilisé aux vigiles. La deuxième donne directement sur la ruelle à l'arrière de la bijouterie. Là, j'aperçois Snow et Sky, qui attendent dans les voitures. Rain et Ice y déposent leurs sacs remplis de bijoux, je leur lance le mien puis je fonce vers Ryan pour lui prêter main-forte.

– Deux minutes, j'annonce après avoir jeté un coup d'œil à sa montre.

– Tu maîtrises, Sunshine, me glisse-t-il avec un sourire empli de fierté.

Mais je suis incapable de lui répondre. L'instant approche, l'inévitable va se produire et je sens mes larmes commencer à affluer. Heureusement, tout le monde est beaucoup trop pris dans l'action pour le remarquer.

Enfin, le dernier sac de bijoux est rempli. Ryan le passe à Ice, qui le met à l'arrière d'une des voitures, puis, observant le grenat bien à l'abri dans sa prison de verre, il râle :

– On ne peut pas partir sans lui, putain. À lui seul, il vaut dans les dix millions.

– On s'en sort déjà très bien, on aura de quoi se la couler douce, Storm, réplique Thunder. Ne prends pas de risques.

– Il a raison, j'insiste. Avec tout ce que vous avez récupéré, vous avez déjà de quoi voir venir.

Ryan me dévisage un instant, puis décide :

– Bon, OK, on remballe et on se tire. On ne laisse aucune trace ni empreinte, aucun indice, aucun putain de cheveu perdu ici. Laissez-moi cet endroit propre !

Tout le monde s'active pour lui obéir. Après quoi, comme convenu, Rain et Thunder grimpent dans la voiture de Sky. De mon côté, alors que Night, Ice et Storm sont toujours à l'intérieur de la bijouterie, je fonce sur Snow qui ouvre sa fenêtre dès qu'il me voit.

– Qu'est-ce que…

– Mets ton frère à l'abri, lui dis-je tout bas.

Je lance mon sac à dos sur le siège à côté de Snow puis je prends son visage en coupe et plonge mes yeux dans son regard affolé.

– Ryan n'a jamais changé le plan, je lui avoue. C'est moi qui l'ai fait.

– Quoi ?

– Snow, écoute-moi : je veux que ton frère soit parti d'ici deux minutes, c'est clair ? Je veux qu'il monte dans cette voiture et que tu le mettes à l'abri. Que tu mettes tout le monde à l'abri.

– Ella, je ne comprends rien.

– Je sais. Et je te promets que je t'expliquerai, que tu comprendras tout plus tard. Mais là, j'ai juste besoin de ton aide. Dans quelques minutes, il va se passer quelque chose ici et vous devrez tous avoir dégagé avant cela. Tu m'as compris ? Ton frère a pris soin de toi toute sa vie. S'il te plaît, rends-lui la pareille ce soir.

Les yeux écarquillés, Snow acquiesce au ralenti. J'embrasse sa joue puis je me redresse.

– À mon signal, tu l'emmènes loin d'ici, dis-je.

Puis je me détourne et retourne à l'intérieur de la bijouterie en courant. Night, Ice et Ryan y achèvent le nettoyage. J'attrape mon ordinateur, supprime le logiciel que j'ai utilisé ainsi que toute trace de mes actions puis, de toutes mes forces, j'envoie l'appareil s'écraser contre le mur de pierre. Il tombe au sol en plusieurs morceaux. Ryan se tourne vers moi, satisfait.

Merde… la douleur commence déjà à faire son apparition.

– C'est bon, on y va, décide-t-il.

Night sort en premier et se rend compte que quelque chose manque à l'appel.

– Où est ma caisse ?

Déconcerté, il reste planté là quelques secondes, jusqu'à ce qu'Ice lui fasse signe de monter dans la voiture de Snow. Ryan les talonne ; je les regarde s'éloigner, immobile, et ce n'est qu'au moment de grimper dans le véhicule qu'ils remarquent que je n'ai pas bougé.

– Sunshine, putain, qu'est-ce que tu fous ? crie Ice.

Des larmes inondant mes joues, je secoue doucement la tête.

– Je ne viens pas avec vous, dis-je.

Un silence qui ne dure pas plus de deux secondes accueille ma réponse, puis Ryan, revenant dans ma direction, s'exclame :

– Quoi ? Qu'est-ce que tu racontes ? Dépêche-toi, bordel, dans moins d'une minute, les générateurs vont se rallumer.

– Je ne viens pas, je répète, toujours figée sur place.

– Ella, putain ! crie Sky depuis sa voiture.

Cette fois, tout le monde a compris que quelque chose d'anormal se passait.

– Storm, fais quelque chose ! plaide Sky.

– Fermez-la, s'écrie-t-il. Ella… qu'est-ce qui t'arrive ?

Je ne sais pas s'il prononce mon prénom pour tenter de me faire revenir à la raison ou s'il est tellement perturbé par mon refus qu'il en oublie mon nom de code. Quoi qu'il en soit, j'aperçois de l'angoisse dans ses yeux : c'est inédit de sa part…

Des larmes plein les yeux et la gorge nouée, j'explique :

– Je ne peux pas venir avec vous. J'ai encore des choses à régler et je ne pourrai pas m'en occuper si je suis en cavale. Mais partez vite avant que le temps soit écoulé. Sauvez-vous, protégez-vous.

– Je ne comprends rien, qu'est-ce que tu as à régler ? me demande Ryan, perdu. Pourquoi tu ne m'en as pas parlé avant ?

– Trente secondes, lance Ice, de plus en plus tendu.

– Ne perds pas de temps, Storm, va-t'en, dis-je en le repoussant.

Mais il agrippe fermement mon visage et plonge ses yeux inquiets dans les miens.

– Je ne partirai pas sans toi, dit-il. Soit on gagne ensemble, soit on tombe ensemble mais on ne laisse personne derrière, tu te souviens ?

– C'est moi qui te le demande, je rétorque. Laisse-moi et va-t'en. Tu l'as méritée, ta place au soleil. Vous l'avez tous méritée.

– Mais, Ella…

Je fonce sur ses lèvres, pour le faire taire et surtout par faiblesse, parce que je sais que c'est la dernière fois que je peux l'embrasser. Puis je romps notre baiser et déclare :

– Je suis désolée… Je t'en prie, ne m'en veux pas, mais je dois continuer ce que j'ai commencé. Rain avait raison, je ne suis pas comme vous et je vous ai abordés pour une raison que vous ne soupçonnez pas.

Les yeux de Ryan s'écarquillent légèrement, mais il ne lâche toujours pas mon visage.

– Cinq secondes, putain de merde, bougez votre cul ! s'époumone Ice.

– Ella ! crie Sky d'une voix brisée.

Je refuse de la regarder. Mon visage est ravagé par les larmes, j'ai même du mal à voir clairement les traits de Ryan à travers ce brouillard.

– Va-t'en, lui dis-je. Offre une belle vie à Snow et profites-en toi aussi.

– Temps écoulé, tonne Ice. Les générateurs peuvent se rallumer à tout moment.

– S'il te plaît, pars !

J'ordonne à Ryan de s'en aller, et pourtant, je suis accrochée à lui.

– Si tu restes ici, tu vas prendre pour tout le gang, s'inquiète-t-il.

– Tout ira bien pour moi. Maintenant va-t'en.

– Ella, je t'en prie.

– VA-T'EN !

J'attrape son AK-47, protège mon visage et explose la vitrine qui abrite le grenat avec la crosse. Je m'empare de la pierre alors qu'une alarme se met en route et je la fourre dans la poche de Ryan. Puis je crie :

– SNOW !

À mon signal, l'adolescent bondit hors de sa voiture et s'approche en courant. Je rassemble mon courage et pousse Ryan de toutes mes forces. Snow l'agrippe et l'entraîne à sa suite. Trop ébahi par ce qui se passe, il ne proteste même pas.

– ELLA !

Le cri de Sky me déchire le cœur, mais je ne me retourne pas : je fonce jusqu'au véhicule que j'ai garé à l'écart.

Au loin, j'entends les premières sirènes de police. C'est le moment.

J'attrape mon téléphone et envoie un message à Scott.

Storm est dans la voiture bleue.
Les autres sont déjà partis.

Puis je démarre le moteur et quitte la ruelle en faisant crisser les pneus, comme me l'a appris ma petite Sky.

À l'instant où j'arrive sur la route principale, des voitures de police font leur apparition dans mon champ de vision. Comme je l'espérais, elles me prennent immédiatement en chasse. Une fois que je suis assez loin de la bijouterie, j'accélère et commence à zigzaguer dans la circulation du centre-ville. Cinq véhicules, sirènes hurlantes, me collent de plus en plus. Même si je n'ai pas le talent de Sky pour diriger les voitures, je m'inspire de toutes les techniques qu'elle m'a transmises au cours de ces derniers mois.

Mon cœur bat à tout rompre, si bien que lorsque je pose une main sur ma poitrine, je le sens battre à travers ma cage thoracique. Mes larmes n'ont pas cessé de couler et j'ai du mal à me concentrer sur la route. Pourtant, il le faut, je dois éloigner la police des Seven. Je dois leur laisser le temps de s'échapper.

À mesure que je slalome dans les rues de Boston, je réalise ce que mon geste signifie. J'ai l'impression de me sentir sombrer, de redevenir celle que j'étais il y a bientôt un an. Je viens de quitter Ryan et je ne reverrai plus son visage ni ses yeux rassurants. Je n'éprouverai plus cette sensation de sécurité qu'il me procure lorsque je suis à ses côtés, cet élan de vie, ce bonheur que j'avais retrouvé.

Mes pleurs redoublent, je pousse un cri de rage et de douleur et mon poing s'abat sur le volant.

Je freine à temps pour éviter un SUV et je me déporte violemment sur une autre voie. Derrière moi, la voix d'un flic résonne dans un haut-parleur, m'ordonnant de me ranger sur le côté. Mais je continue, j'accélère même encore, fonçant droit en direction de la sortie de la ville.

Les sirènes hurlent de plus en plus fort et j'ai l'impression que ma tête va exploser. C'est comme si le sang me montait à la tête et que je n'étais soudain plus capable de garder l'équilibre. Ma tête tourne, mon cœur s'affole, mes larmes affluent.

J'ai beau me répéter que je n'avais pas le choix, je ne peux pas m'empêcher de regretter ma décision. La mort de Sam a tué une part de moi. Le départ de Ryan vient d'en détruire une autre... et je ne sais plus comment me tenir debout seule maintenant qu'ils ne sont plus là.

Enfin, j'aperçois les panneaux qui indiquent l'entrée de l'autoroute. Je prie pour arriver jusque-là, je me force à me concentrer sur cet objectif. Une fois que j'y suis, je pile brutalement et je me déporte sur le côté, manquant de percuter la barrière de sécurité au passage. Les voitures de police se garent en pagaille à côté de moi et les lumières des gyrophares viennent m'éblouir. Plusieurs portières claquent, des rangers frappent le bitume et je suis bientôt encerclée de tous côtés.

– Sors de cette bagnole !

La lumière des lampes torches braquées sur moi m'oblige à me cacher les yeux de mon bras. Je retire ma cagoule et me glisse hors de ma voiture.

– Ne bouge plus ! me hurle-t-on.

– Ne tirez pas ! s'époumone soudain Scott en se frayant un chemin entre les policiers armés, suivi de près par Jacob. C'est une des nôtres.

Son regard passe les alentours en revue… et il réalise que je suis seule.

– Où est-il ? Où sont-ils, Ella ? me demande-t-il.

Je fixe mes pieds sans lui répondre. J'ai trahi tout le monde. D'abord Sam, en échouant à trouver son assassin, ensuite Ryan, en lui mentant sur mes intentions et en l'abandonnant comme une lâche… et maintenant Scott. Je lui avais promis que, dès que je lui enverrai un message, son équipe et lui pourraient intervenir pour coffrer Storm, qu'ils veulent emprisonner depuis des mois. Je l'ai fait venir de Saint-Louis en lui assurant qu'il pourrait enfin mettre la main sur les Seven, mais j'ai menti. Depuis le début, je n'avais aucune intention de les faire arrêter. Je voulais juste me livrer, moi. Mais avant cela, je devais attendre que les membres du gang aient embarqué les bijoux qu'ils convoitaient.

Je le leur devais.

– Ella ! insiste Scott en me secouant. Où sont-ils ? Réponds-moi.

Je lève enfin les yeux dans sa direction et lâche d'une voix blanche :

– Partis.

À cet instant, au loin sur ma droite, j'aperçois les deux véhicules dans lesquels se trouvent les Seven au complet. Je les regarde prendre la sortie d'autoroute et s'éloigner à toute vitesse… libres.

CHAPITRE 32

RYAN

Le silence de mort qui règne dans l'habitacle me prouve que mes frères et sœurs d'armes sont tout aussi choqués que moi par ce qui vient de se passer.

La voiture devant nous, emmenée par Sky, quitte soudain l'autoroute pour entrer sur une aire de repos.

– Qu'est-ce qu'elle fout ? s'écrie Ice, à cran.

Rien dans ce putain de plan ne se passe comme prévu et je suis moi-même sur le point de péter un câble…

Snow, qui n'a pas dit un mot depuis que nous avons quitté la bijouterie, se gare derrière Sky. Cette dernière s'éjecte de sa voiture, en larmes, et s'approche de la nôtre. Ice, Snow et moi sortons immédiatement. Nous sommes vite rejoints par le reste du groupe.

– Pourquoi a-t-elle fait ça ? s'écrie Sky, bouleversée. Il faut aller la chercher.

– Calme-toi, ma beauté, dit Ice en se penchant vers elle.

– Qu'est-ce qui lui a pris ? Elle est complètement folle ? lance Rain, qui semble bien plus affectée par l'acte d'Ella que je ne le pensais.

– On ne peut pas rester là, il faut qu'on bouge, nous presse Ice.

– On doit y retourner, insiste Sky en le regardant. On ne peut pas la laisser prendre pour nous tous. Elle s'est jetée dans la gueule du loup, bordel !

Tout le monde y va de son commentaire. Je suis le seul à rester silencieux. Je sais que c'est trop tard : Ella a fait son choix et il nous est désormais impossible de retourner la chercher.

Oh, Ella, qu'as-tu fait ?

Je reste immobile encore un moment avant que mes réflexes ne reprennent le dessus. Nous sommes beaucoup trop proches de la ville. Quand Ella dira aux policiers que nous sommes tout un groupe, ils se lanceront à nos trousses. Nous ne sommes pas en sécurité, il faut partir le plus vite possible.

– Remontez dans les voitures, on doit y aller, je décide.

– Quoi ? s'écrie Sky en se redressant. Tu veux qu'on…

Elle essuie ses joues baignées de larmes, passe rageusement une main dans ses longs cheveux roses et se plante devant moi, folle de rage.

– Tu veux qu'on la lâche au milieu des requins ?

– Elle a choisi de plonger, réplique Rain.

– Oh, toi, la ferme ! éructe Sky. Tu lui as fait vivre un enfer depuis son arrivée, et même là, alors qu'elle vient de se sacrifier pour nous tous, tu ne peux pas t'empêcher de réagir comme une garce.

Le silence s'installe. Rain dévisage notre sœur d'armes comme si elle la découvrait pour la première fois.

– Sky… je tente en m'approchant. Le temps presse.

– Mais, Storm… fait-elle, à nouveau sur le point de s'effondrer.

– Je ne comprends pas ce qu'elle a fait mais je…

– Cette fois ça suffit ! m'interrompt Snow. Ella a décidé de changer le plan initial, elle avait sa propre idée en tête et elle l'a suivie. Pour l'instant, on ne peut rien y faire alors on va tous remonter en voiture, suivre *notre* plan, et une fois qu'on sera en sécurité on réfléchira à ce qui vient de se passer, pas avant. C'est compris ?

Nous le dévisageons tous, ébahis. C'est la première fois que Snow ose imposer son idée, qu'il emploie un autre ton que celui, si doux, qui le caractérise.

– S'il vous plaît, ajoute-t-il, plus calmement, en nous regardant un par un. On doit partir, sinon on va tous se faire prendre et je ne veux pas ça pour nous.

Sa plaidoirie a du sens et malgré le chaos ambiant, elle nous permet de nous recentrer sur le plus urgent. Nous remontons tous en voiture. Cette fois, Sky choisit de s'installer au volant de notre véhicule et Night prend les commandes du second.

Nous repartons en accélérant la cadence, pour laisser à nouveau une distance de sécurité entre les flics et nous. Ice et Snow me dévisagent, mais je ne leur prête aucune attention. Nous roulons dans un silence brisé seulement par le reniflement de Sky. Jusqu'à…

– Storm ?

La voix d'Ice se répercute dans l'habitacle et je tourne la tête dans sa direction.

– Tu n'y peux rien, me dit-il.

– Pas maintenant, je le coupe, beaucoup trop en colère pour accepter de parler. On se concentre sur notre objectif : atteindre Seattle.

Derrière moi, les gratte-ciel s'éloignent, les lumières éblouissantes de la ville rétrécissent jusqu'à devenir invisibles.

Et alors, je réalise que ce n'est pas seulement Boston que je laisse derrière moi, mais aussi Ella.

***

Cela fait près de deux jours que nous avons quitté Boston, et notre périple touche à sa fin. Si au départ nous devions nous rendre à Seattle, j'ai préféré changer d'avis en cours de route. J'ai envie de faire confiance à Ella, de me convaincre qu'elle ne nous dénoncera pas, mais je ne peux pas en être certain, surtout depuis qu'elle a *choisi* de se faire prendre. Notre destination n'était plus sûre. Nous nous arrêtons donc dans la petite ville de Monroe.

Nous avons changé de conducteur aussi souvent qu'il était nécessaire, ne nous autorisant que de petites pauses de quinze minutes au maximum avant de reprendre la route. Et même ici, à Monroe, nous ne resterons que le temps de nous reposer et de prendre un vrai repas. Ensuite, nous nous dirigerons certainement vers le Canada, d'où nous nous envolerons ailleurs.

Je suis épuisé par ce voyage, comme tous les autres membres du gang. Et pas seulement physiquement… Je peux sentir à quel point l'acte d'Ella leur trotte dans la tête à eux aussi. Comme moi, ils essayent de comprendre.

– On va enfin pouvoir souffler un peu, dit soudain Ice, ce qui me tire de ma rêverie.

Nous sommes arrivés devant le motel dans lequel nous passerons la nuit. Thunder et Night s'occupent d'aller chercher les clés de nos chambres et lorsqu'ils reviennent, nous y transférons aussi discrètement que possible les sacs qui contiennent les bijoux.

Contacter mon revendeur maintenant serait une erreur. Tous les flics du pays sont à la recherche de braqueurs, et dans les prochaines semaines, ils vont scruter les marchés parallèles pour voir ce qui s'y passe. Au regard de la rareté de certaines pierres, nous nous ferions prendre en un rien de temps.

Je m'installe sur un lit de la chambre que je partage avec Ice et Snow et je prends le temps de me poser un peu.

Nous avons réussi. Le coup le plus complexe de notre histoire a été un succès… enfin, presque. Je sais maintenant que mon avenir ainsi que celui de Snow sont assurés, mais je n'arrive pas à m'en réjouir. En fait, aucun des membres du gang n'est heureux. Alors que nous devrions fêter ça comme il se doit, c'est une ambiance morose qui règne parmi nous.

J'ai pourtant attendu ce moment pendant des années : me sentir libre et à l'abri financièrement. J'espérais qu'un jour la chance nous sourirait enfin et que chacun d'entre nous pourrait mettre son passé merdique derrière lui…

Depuis sept ans, je ne vis que pour le gang, pour le protéger et mettre tout le monde en sécurité. Enfin, aujourd'hui, j'ai ce que j'ai toujours voulu… et je suis complètement éteint à l'intérieur.

À cause d'Ella.

Et ça, je ne suis pas sûr de réussir à le lui pardonner.

CHAPITRE 33

ELLA

– Ella, je t'en prie, dis-moi ce que tu sais.

– Je t'ai déjà tout dit, Scott.

– Je ne te crois pas ! réplique-t-il, fou de rage, en tapant du poing sur le bureau.

Dès que les brigades de police m'ont rattrapée, la décision a été prise de me rapatrier à Saint-Louis. Scott a expliqué que j'étais une collaboratrice infiltrée au sein du gang et s'est arrangé pour qu'aucune poursuite ne soit engagée contre moi. Au départ, il pensait que mon mutisme était dû à une sorte d'état de choc, mais il s'est rapidement rendu compte que j'avais toute ma tête et que je refusais simplement de coopérer.

– Je n'arrive pas à y croire, Ella, soupire-t-il. Tu te rends comptes que tu protèges des criminels ? Les assassins de Sam ?

– Ils ne l'ont pas tué ! je m'écrie. Les Seven n'ont rien à voir là-dedans, je peux te le garantir.

– Ah oui ? Et tu as une preuve de ce que tu avances ?

Je pince les lèvres. Je sais déjà que ce que je m'apprête à répondre me fera passer pour une idiote.

– Il me l'a dit, je lâche.

– Il te… ah, formidable, alors. Il te l'a assuré et on peut le croire sur parole. Mais d'ailleurs, c'est qui, « il » ?

– Storm.

Dire son nom dans un commissariat me semble déplacé. J'ai le sentiment de le trahir.

– Ella…

Scott prend une chaise et vient s'asseoir près de moi.

– Souviens-toi de ce qui t'a poussée à commencer cette mission, s'il te plaît, souffle-t-il.

– Je ne l'ai pas oublié, Scott, mais je t'assure que les Seven n'ont pas tué Sam.

– Mais bon Dieu, Ella. Ce sont des pros de la magouille, ils volent et ils mentent, comment peux-tu…

Scott s'arrête un instant et me dévisage intensément. Je tente de ne rien laisser paraître, mais il me connaît assez maintenant pour savoir ce qui se passe.

– Ella, je t'en prie, ne me dis pas que…

Je garde le silence tout en le regardant se redresser, passer rageusement sa main dans ses cheveux puis faire volte-face pour m'observer à nouveau.

– Tu es tombée amoureuse de lui ! m'accuse-t-il.

Ce n'est pas une question, il en est persuadé.

Je préfère rester muette et garder mes sentiments pour moi. Ce que je ressens pour Ryan est vrai et fort. Unique. Et cela m'appartient.

Mais mon silence donne à Scott toutes les réponses qu'il cherche. Abasourdi, il reste figé un instant, avant de subitement péter un câble et de balayer tout ce qui se trouve sur son bureau.

Choquée, je me tasse sur ma chaise. Je ne l'ai jamais vu perdre les pédales à ce point et cela me terrifie.

À travers la vitre du bureau, Jacob se tend, prêt à intervenir, mais Scott se reprend et l'arrête en levant une main. Puis il pivote vers moi et me lance :

– Je ne te comprends pas. Et je n'ai même pas envie de faire l'effort d'essayer.

Il se passe une main sur le visage, comme s'il essayait de se réveiller d'un cauchemar.

– Tu es amoureuse de lui, alors tu l'as laissé partir avec sa clique, des dizaines de millions de dollars dans les poches, ajoute-t-il. Mais ce n'est pas grave, n'est-ce pas ? Parce qu'à tes yeux, il n'est coupable de rien. Comme il est beau et qu'il baise bien, tu peux tout lui pardonner, même de dépouiller les autres.

– Ne sois pas insultant, je m'écrie en me redressant, indignée. J'ai parfaitement conscience de qui il est et de ce qu'il fait, mais j'ai passé six mois à ses côtés, au sein du gang, et si j'ai appris une chose sur les Seven c'est que leur règle d'or est d'épargner les civils coûte que coûte. Storm donne chaque fois l'ordre de ne commettre aucune bavure. Il n'a jamais tué personne et ne compte pas le faire de sitôt, alors oui, je *sais* qu'il n'est pas responsable de la mort de Sam.

– Il me faut plus que des paroles ! s'exclame Scott. Je veux des preuves et tu ne peux pas m'en fournir.

– Non, je ne peux pas. Mais ce n'est pas du côté des Seven qu'on doit chercher, l'assassin de Sam est encore en liberté et…

– Ah non ! C'est terminé ! Quand tu m'as proposé d'infiltrer le gang, j'ai tout de suite pensé que c'était une mauvaise idée. Mais tu as réussi à me convaincre. Je te faisais confiance, et regarde où on en est aujourd'hui !

– Scott, s'il te plaît, je tente, essayant de calmer le jeu.

– *Je* vais chercher qui a tué mon ancien coéquipier, mon ami, poursuit-il sans me prêter attention. *Je* vais le trouver et le faire enfermer. Et même si ce n'est pas ton enfoiré de braqueur qui est à l'origine de tout ça, je continuerai de le traquer, lui et son gang de merde. Je n'arrêterai pas tant qu'ils ne seront pas en taule, tu m'entends ? Parce que contrairement à toi, j'ai du respect pour Sam et je veux honorer sa mémoire.

La pique est d'une violence inouïe. Elle me blesse tellement que je reste muette, incapable de répondre, les larmes me montant aux yeux.

Jacob pose une main sur la poignée de la porte du bureau, prêt à nous rejoindre. Comme moi, il doit sentir que Scott va bientôt atteindre son point de rupture.

– Barre-toi d'ici, me lance ce dernier.

– Scott, je t'en prie.

– Dégage, Ella ! Et ce n'est plus la peine de chercher à me contacter pour quoi que ce soit. À partir d'aujourd'hui, on ne se connaît plus.

J'encaisse sans broncher et je me lève, les jambes flageolantes. Alors que je passe devant Scott, il lâche sans daigner me regarder :

– Sam aurait honte de toi.

Boum.

C'est comme si je me prenais une balle en plein cœur. Il vient de me jeter au visage ma plus grande peur : décevoir l'homme que j'aimais. Je ne sais pas s'il a conscience de ce qu'il vient de dire, si c'est la colère qui parle ou s'il le pense vraiment, toujours est-il que je refuse d'entendre ça. Sans réfléchir, je le gifle violemment. Le bruit résonne dans la pièce et il se tourne vers moi, sous le choc. Ses yeux sont humides et je n'arrive pas à savoir si c'est à cause du coup que je viens de lui porter, de la déception que je lui inspire, ou bien s'il se rend compte de la portée de ses mots.

Jacob débarque alors dans le bureau et s'empresse de s'interposer entre nous. Mais je refuse de quitter les lieux sans avoir livré le fond de ma pensée à Scott.

– Je t'interdis de me dire une chose pareille, tu m'entends ? je lance. J'ai aimé Sam de tout mon cœur et je ne cesserai jamais de l'aimer. J'ai plongé tête baissée au milieu d'un gang de braqueurs, il aurait pu m'arriver n'importe quoi mais je l'ai fait tout de même parce que je n'avais qu'une idée en tête : venger Sam. Ça fait un an qu'il est mort ! Un an ! Et tout ce que j'ai fait depuis, c'était pour lui, en pensant à lui. Alors ne me dis surtout pas qu'il aurait eu honte de moi, parce que, contrairement à toi, je n'ai pas attendu que quelqu'un fasse le boulot à ma place. Moi, je me suis sali les mains et tu ne peux pas en dire de même.

Sur ce, je quitte son bureau et le commissariat.

***

– Tout va bien aller, ma chérie, tout va bien aller.

Ma mère me berce contre elle mais je n'arrive pas à arrêter la crise qui m'a saisie depuis que j'ai quitté Scott.

– Pourquoi ne veux-tu pas nous expliquer ce qui se passe ? me demande mon père, inquiet au possible.

– Tu vois bien qu'elle ne peut pas, enfin, lui réplique ma mère.

Retourner dans mon appartement m'a causé un tel choc que je me suis effondrée en pleurs lorsque j'en ai passé le palier. À ce moment-là, les seules personnes que j'avais envie de voir étaient mes parents. Après ces longs mois d'absence, j'avais besoin de leur réconfort. Je les ai appelés et ils ont accouru pour me soutenir.

– Ella, murmure doucement ma mère. Tu nous fais peur, ma puce, parle-nous.

Je renifle disgracieusement puis me redresse. Le visage bouffi, la bouche pâteuse, les yeux irrités à force d'essuyer mes larmes avec la manche de mon pull, je suis une véritable catastrophe. Je marque un temps d'arrêt pour reprendre mon souffle et calmer les sanglots qui ne cessent de remonter dans ma gorge avant de leur dire :

– Je dois vous parler.

Puis je me lance dans la longue explication de ce qui s'est passé ces derniers mois. Au fil de mon récit, les visages de mes parents passent de la surprise à l'inquiétude, la stupeur, la tristesse, puis à l'inquiétude de nouveau. Lorsque je me tais, ils sont sous le choc. Même si mon père en savait un peu plus que ma mère en raison de nos dernières conversations, cela ne l'empêche pas d'être stupéfait en découvrant la partie immergée de l'iceberg.

Ma mère se lève, une main plaquée sur sa bouche, et arpente mon petit salon en réfléchissant à toute vitesse.

– Mon Dieu, Ella… Tu as été si inconsciente de te lancer dans une telle mission. Est-ce que tu te rends compte que tu as risqué ta vie ?

– Je m'en rends compte, mais ça ne me semblait pas important quand j'ai pris la décision de venger Sam.

– Pas important ? D'infiltrer un gang ? De participer à des braquages ? Mais enfin… je t'ai connue plus réfléchie que ça.

– J'ai été téméraire, oui… mais…

J'inspire, laisse passer quelques secondes, puis je reprends :

– Maman… je ne serai plus jamais celle que j'étais auparavant.

Le regard de ma mère s'adoucit et elle se rassied auprès de moi.

– Je suis tellement désolée de tout ce qui t'arrive, ma petite fille, me dit-elle.

– Et ce… Storm ? demande mon père, perplexe. Est-ce que c'est celui que…

Il ne termine pas sa phrase, mais je sais où il veut en venir. Je hoche la tête tout en attrapant le verre d'eau que me tend ma mère.

– Il s'appelle Ryan, en réalité, je précise.

– Je me doute de la réponse avec ce que j'ai… vu… mais est-ce que tu… enfin, est-ce que vous… vous avez… enfin, tu sais, quoi…

Ma mère soupire devant la difficulté de mon père à s'exprimer.

– À quel point êtes-vous engagés l'un envers l'autre ? achève-t-il après s'être ressaisi.

– Peut-être un peu plus que ce qui était prévu, j'avoue en baissant la tête.

– Ma chérie, ton récit entier a tourné autour de Samuel et de ce Storm, me fait remarquer ma mère d'un ton patient. « Storm m'a dit », « Storm a fait », « Storm m'a convaincue de »… Pour que tu le mettes sur le même plan que Sam dans ta conversation, c'est qu'il doit avoir une place importance dans ton cœur. Alors oui, il y a sans doute beaucoup plus entre vous que ce qui était prévu.

La perspicacité de ma mère m'a souvent énervée quand j'étais plus jeune mais, je dois le reconnaître, sa capacité à cerner les gens est assez exceptionnelle.

– Je ne sais pas ce que je ressens, dis-je avec honnêteté. Ça ne fait qu'un an que Sam est parti, j'ai l'impression de jeter à la poubelle ce qu'on a vécu en pensant à recommencer une histoire avec quelqu'un d'autre.

– Oh, Ella, voyons ! Il n'y a rien de « normal » dans un deuil, pas de passage obligé. Tu sais, c'est dans la nature humaine de juger les autres même sans rien connaître d'eux. Il y en aura toujours qui penseront qu'un ou deux ans après, c'est encore trop tôt pour refaire sa vie, qu'il y a un délai minimal à respecter… mais laisse-moi te dire une chose : personne n'est à ta place, personne ne ressent ce que tu ressens. Personne n'est en droit de t'autoriser ou pas à goûter de nouveau au bonheur. Il n'y a que toi qui peux décider si le moment est arrivé, que toi qui pourras savoir quand ton cœur sera guéri et prêt à se rouvrir à l'amour. Malgré tout… je suis inquiète. Cet homme, si c'est celui que tu choisis pour refaire ta vie, est un criminel. Non, écoute-moi, s'exclame-t-elle lorsqu'elle me voit sur le point de protester. Que tu le veuilles ou non, il a plongé dans l'illégalité depuis des années. Être avec une personne comme ça n'est pas de tout repos et il y a de grandes chances pour que votre vie ne soit jamais simple, même s'il décide de se ranger. Alors avant de te lancer tête baissée, tu dois te demander si ce Ryan est vraiment celui qu'il te faut et si tu es prête pour ce qui vous attend tous les deux.

Les larmes refont leur apparition dans mes yeux et je me blottis à nouveau contre ma mère… parce que je n'en sais rien. Je ne sais plus ce qui est bon pour moi, je ne sais plus ce qui me fait envie, ce que j'aime, ce que je n'aime pas. J'ai l'impression d'être devenue une autre personne tout en étant certaine que cette Ella a toujours été en moi.

Mon père nous enlace toutes les deux, ma mère et moi, et pendant de longues minutes, j'évacue des litres de peine. Puis ma mère me souffle :

– Mon Ella… Avoir aimé un défenseur des lois et être tombée amoureuse d'un homme qui les brise, quelle ironie…

– En ce qui concerne Scott, intervient mon père, il n'a agi que sous le coup de la colère. Il se calmera et il se rendra compte qu'il a été injuste. Je m'en assurerai personnellement.

Je m'esclaffe tristement et murmure :

– Merci d'être là.

– Toujours, me répondent mes parents à l'unisson.

Après quoi ils refusent de me laisser seule pour la soirée. Nous dînons ensemble ; pendant le repas, nous n'abordons que des sujets légers. Ils décident ensuite de rester dormir pour la nuit, bien que je leur promette que je vais mieux.

Au moment de me coucher, je ne peux m'empêcher de fouiller dans les affaires de Sam, que j'avais laissées dans ma chambre, ne pouvant les emporter au loft des Seven. Sans vraiment savoir pourquoi, je décide de lire quelques-uns de ses rapports d'enquête avant de m'endormir.

Un petit quart d'heure s'écoule ainsi, puis mon père entrouvre la porte après avoir toqué au battant.

– J'avais oublié que ta mère ronfle, dit-il en levant les yeux au ciel.

Je ris et tapote mon lit pour l'inciter à s'y asseoir.

– Tu te sens mieux ? me demande-t-il.

Je hoche la tête tout en prenant la main qu'il me tend.

– Tu as vécu beaucoup de choses ces derniers temps, reprend-il. Je trouve que tu t'en es magistralement bien sortie.

– Moi, j'ai l'impression d'avoir tout fait de travers.

– C'est faux. Ne te flagelle pas, Ella, tu as fait ce que tu as pu.

– Merci, papa.

– Qu'est-ce que tu lis ?

– Des rapports d'enquête de Sam.

Mon père sourit et croise les bras.

– On dirait que tu t'es prise de passion pour les enquêtes, constate-t-il. Tu veux devenir justicière ?

– Si seulement je pouvais aider tout le monde…

Mon père me dévisage, et je repense à la façon qu'avait Ryan de me fixer. Son regard si sombre et si profond m'a marquée pour toujours.

– Tu vas continuer à enquêter dans ton coin pour découvrir qui a tué Sam ? me demande mon père.

– Je n'arrêterai pas avant d'avoir trouvé.

– Cela prendra du temps, Ella. Peut-être même que tu n'arriveras jamais à trouver le coupable.

– Je le sais, mais je ne peux pas accepter de ne rien faire.

– Je comprends. Ma chérie, je sais que tu es bouleversée par tout ce qui vient de se passer. Peut-être qu'assister à la cérémonie en honneur de Sam dans trois jours n'est pas une bonne idée, finalement.

– Papa, je ne peux pas louper ça. Si je n'y vais pas, c'est comme si je reniais l'existence de Sam et ce que j'ai vécu avec lui. Je serai là.

– Ella…

– Il faut que tu comprennes que tout ce que je fais, qu'il s'agisse de continuer à enquêter ou de me rendre à cet hommage, c'est aussi pour réussir à aller de l'avant. J'ai besoin de ça, j'irai jusqu'au bout.

Mon père se lève puis embrasse mon front.

– J'espère que tu arriveras à obtenir justice et que tu pourras ensuite penser à toi, retrouver le bonheur. Bonne nuit, ma chérie.

– Bonne nuit, papa.

Il referme la porte et je reste seule avec moi-même.

Retrouver le bonheur…

Si j'arrive à boucler cette enquête, j'espère que mon chemin recroisera celui de Ryan et qu'on le vivra ensemble, ce bonheur. C'est tout ce que je souhaite.

CHAPITRE 34

RYAN

La nuit a été courte. Et ce ne sont pas seulement le lit inconfortable et le bruit de la nationale qui passe à côté du motel qui m'ont empêché de dormir : c'est surtout l'image d'Ella qui a occupé mon esprit et m'a tenu éveillé. Je me suis remémoré chaque moment que nous avons passé ensemble en me demandant ce que j'ai loupé, ce que je n'ai pas compris. Mais aucun souvenir n'a éclairé ma lanterne.

Ce matin, alors que le reste des Seven prend son petit déjeuner, je commence à ranger les quelques affaires que nous avons éparpillées dans la chambre. Nous quittons la bourgade de Monroe dans deux heures, direction Washington.

Tandis que je fourre mes vêtements de la veille au fond de mon sac, mon frère entre comme une tornade dans la chambre, un cahier en main, et il se met à caqueter dans tous les sens.

– Qu'est-ce que tu racontes, Snow ? je lui demande.

– Ella t'a écrit une lettre, répète mon petit frère, en sortant un morceau de papier du carnet.

– Où est-ce que tu as trouvé ça ? je demande, intrigué.

– Elle m'a donné son sac à dos le soir du braquage. Elle ne s'en séparait jamais, tu te souviens ? Si elle l'a fait, c'est parce qu'elle voulait qu'on trouve cette lettre, alors prends-la.

– Quoi qu'elle ait pu m'écrire, ça n'arrangera rien.

– Non, mais ça répondra certainement à tes questions.

Snow s'installe à côté de moi et ajoute, tout sourire :

– De toute façon, si tu ne la lis pas, moi je vais le faire, parce que maintenant, je le peux.

Je lève les yeux au ciel et lui prends la lettre des mains sans pour autant l'ouvrir. Mon frère me dévisage, attendant que je prenne une décision.

– Tu ne vas pas rester comme ça, à te demander ce qui s'est passé, alors qu'elle te donne toutes les réponses là-dedans, soupire-t-il.

– C'est compliqué, Snow.

– Ne me parle pas comme si j'étais encore un gamin. J'aime beaucoup Ella et je sais qu'elle avait forcément une bonne raison d'agir comme elle l'a fait.

Je triture le morceau de papier. Snow pose une main sur mon épaule et m'encourage :

– Allez, vas-y. Il faut que tu saches. Oh, au fait : il y avait aussi ce carnet dans son sac…

Je redresse immédiatement la tête. Durant son séjour avec nous, j'ai vu Ella passer des heures enfermée dans une des pièces du loft, à écrire sur ce foutu carnet. Je n'ai jamais su ce qu'elle avait besoin de griffonner là-dedans, mais si elle l'a laissé avec la lettre, c'est qu'il fait partie de l'explication.

Snow pose le carnet sur la table de nuit devant moi et s'éloigne, me laissant seul. Incapable de résister plus longtemps, j'abdique et déplie la lettre. Son bord déchiré me laisse penser qu'elle a été arrachée au cahier.

Ryan,

Au moment où je t'écris, tu es en train de dormir à côté de moi. Demain, nous passerons à l'action pour le braquage de ta vie.

Je suis réveillée depuis des heures maintenant, incapable de trouver le sommeil à cause de tout ce qui me hante l'esprit.

Tu vois, je t'ai menti sur plusieurs choses et j'ai besoin de te les expliquer.

Il y a bientôt un an, j'étais une jeune femme heureuse et amoureuse. Et puis j'ai vu l'homme que j'aimais se faire tuer sous mes yeux. Une voiture est sortie de nulle part, quelqu'un a braqué une arme en direction de mon Sam et on lui a tiré deux balles dans le corps. J'ai eu beau me précipiter sur lui et tenter de le sauver, c'était trop tard, il était déjà mort.

Même si je le voulais, même si j'essayais, je ne pourrais pas te décrire ce que j'ai ressenti à cet instant. Je n'aurais jamais cru qu'on pouvait avoir aussi mal, se retrouver aussi démuni.

J'ai erré pendant plusieurs jours, incapable de savoir quoi faire maintenant que Sam était parti, alors je me suis entourée de ses affaires, de ses vêtements, j'ai même commencé à m'intéresser à son travail. J'avais désespérément besoin de me sentir proche de lui.

Et c'est là qu'arrive mon premier mensonge, ou plutôt, ma première omission.

Samuel travaillait dans la police, et au moment de sa mort, il enquêtait sur le gang des Seven... sur vous, sur toi.

Alors non, je ne me suis pas tournée vers vous par hasard. Le jour de sa mort, Sam venait de me confier avoir trouvé le moyen de vous faire tomber. Et le soir même, il se fait abattre de deux balles… Ma conclusion a été rapide : vous étiez les coupables et je devais vous faire payer, peu importe la manière. Je me suis approchée de vous, je vous ai observés, j'ai fait en sorte que vous me remarquiez… et ça a marché. Je voulais vous infiltrer pour trouver des indices et boucler l'enquête sur laquelle Sam travaillait.

Au début, j'étais guidée par la rage, par le besoin de vengeance. J'étais en contact avec l'ancien coéquipier de Sam et je lui donnais toutes les informations que je pouvais récupérer.

Les semaines ont passé, on a braqué la banque de Richwoods avant de partir à Springfield. Et là-bas, quelque chose a changé.

Le deuil que je traînais avec moi était un poids mort sur mon cœur ; après la colère est venue une profonde tristesse. Et tu as été là pour moi, pour m'aider à me relever. Vous étiez tous là.

J'ai commencé à ne plus vous voir comme des ennemis. J'ai pris le temps d'apprendre à vous connaître, de m'intéresser à vos passés, à vos personnalités. De te regarder, vraiment. Malgré tout, j'avais toujours ce questionnement qui persistait dans mon esprit : étais-tu le meurtrier de Sam ? Avais-tu ordonné son assassinat ? Le doute s'est installé en moi, surtout lorsque tu m'as affirmé que le gang épargnait les civils à tout prix... J'ai fini par être totalement persuadée que tu étais innocent. C'est ce qui m'a aidée à me laisser aller dans tes bras.

Ryan... je sais que tu vas m'en vouloir et je n'ai aucun espoir que tu puisses me pardonner un jour, mais j'ai tout de même besoin de te dire que j'ai été sincère avec toi, avec vous tous, dès que j'ai compris qui vous étiez réellement. J'ai appris à tous vous aimer. J'ai trouvé en Sky une véritable amie, deux frères en Ice et Snow, des compagnons de route en Night et Thunder, et même Rain avait ses bons côtés... parfois.

En toi… j'ai trouvé l'espoir, la lumière et la force. Je me suis retrouvée. Et pour ça, je te serai éternellement reconnaissante.

J'ai aussi besoin que tu saches qu'à aucun moment je n'ai cherché à vous trahir. Je n'ai rien dévoilé de ce que vous m'avez confié de vos passés, et Dieu sait que j'ai eu des occasions de le faire. Ce braquage à Boston qui se prépare… Si tout se passe bien, vous en sortirez libres et à l'abri financièrement jusqu'à la fin de vos jours. Je vais tout faire pour, en tout cas.

Je l'avoue, j'ai peur à l'idée de rester en arrière et de vous voir partir. Pas à cause de ce qui pourrait m'arriver, mais parce que je peux déjà ressentir le vide que vous allez laisser dans ma vie… le vide que tu vas laisser dans mon cœur.

J'ai peur, mais je dois le faire. Je ne trouverai la force de poursuivre ma vie que lorsque j'aurai coincé le ou les responsables de la mort de Sam. J'espère que tu peux le comprendre. C'est en le sachant en paix que je trouverai la mienne.

J'espère que tu sais que je penserai à toi à chaque minute, que j'imaginerai ce que tu fais, où tu es, avec qui tu parles, avec qui tu ris… et je serai pour toujours animée par l'espoir qu'un jour nous pourrons nous retrouver.

Mais pour l'instant, je vais utiliser le temps qui se profile à l'horizon pour me retrouver. Me réparer. J'ai eu tort d'attendre que tu le fasses pour moi. J'aurais dû comprendre depuis le début que c'était quelque chose que je devais réussir moi-même.

Construis-toi une belle vie, Ryan, et si un jour tu réussis à me pardonner et qu'à ce moment-là tu es encore capable de m'aimer, je t'en prie, reviens-moi.

Je t'attendrai.

Tu me manques déjà tant,

Ella

Sous mes doigts, le papier se froisse. J'ai crispé mon poing sans m'en rendre compte… Je lâche la lettre et prends le temps d'encaisser tout ce qu'elle vient de m'apprendre. Je me lève, incapable de rester immobile, et je commence à faire les cent pas dans la pièce. Un flot d'informations trop important traverse mon crâne, mais très vite, c'est sur une seule pensée que je me focalise.

Ella avait prévu de se venger, de nous livrer à la justice, et puis elle a renoncé.

Elle avait toutes les cartes en main pour nous faire tomber. Elle aurait pu donner nos localisations aux flics, elle aurait pu les prévenir pendant que nous étions en plein braquage, dès celui de Richwoods… mais elle ne l'a pas fait. Elle est restée et elle a renoncé à son objectif. Pire, elle a renoncé à se venger, se condamnant à supporter la rage et la peine qui brûlent en elle.

Oh, Ella…

Je devrais certainement la détester, mais ce n'est pas le cas. Je devrais vouloir l'effacer de ma mémoire, mais je sais pertinemment que je n'y arriverai pas.

Mon regard se pose sur le petit carnet et la tentation d'en découvrir le contenu est trop grande. Je tourne la première page, retrouve l'écriture fine et gracieuse d'Ella et lis les quelques lignes qu'elle a griffonnées.

Sam,

Je ne sais pas par où commencer, mon esprit est beaucoup trop embrouillé pour réussir à formuler une pensée cohérente. Cela fait seulement une semaine que tu es mort et tout ce que je sais, c'est que tu n'es plus là et que ton absence me tue. Si toutes ces religions, si tous ceux qui croient en Dieu disent vrai, alors tu dois te trouver dans un monde meilleur en ce moment. Ils affirment que ceux qui meurent ne nous quittent pas vraiment et qu'ils sont encore là, quelque part, qu'ils peuvent encore nous voir. Je ne sais pas si c'est vrai, mais si oui, alors tu peux constater par toi-même à quel point tu me manques.

Tu dois aussi être fou de rage de l'entrevue que je viens d'avoir avec Scott. Tu lui avais fait promettre de me protéger, mais c'est à moi de te faire une promesse à présent : puisque tes assassins t'ont arraché à moi, je leur arracherai à mon tour tout ce qu'ils ont de plus précieux et je ferai en sorte qu'ils finissent leur vie derrière les barreaux.

Je t'aime tant,

Ella

Je referme le carnet et le jette sur le lit. Ce que j'ai entre les mains, ce ne sont rien de moins que les sentiments d'Ella inscrits noir sur blanc. Ce que je vais trouver entre ces pages, ce sont non seulement des paroles de haine à mon égard et à celui du reste des Seven, mais surtout des déclarations d'amour à l'homme qu'elle a perdu.

Et je ne suis pas prêt à les découvrir pour l'instant. J'en suis incapable.

CHAPITRE 35

ELLA

Août

Sam,

Le Tennessee sera pour toujours dans mon cœur une incarnation de ton être. La cérémonie organisée par ta mère en ton honneur a été à ton image, touchante et intime. Bien sûr, j'ai pleuré, tellement… et bien sûr, j'ai passé mon temps à parler de toi et à partager nos bons souvenirs avec tes parents. J'ai d'ailleurs décidé de rester quelques jours chez eux, j'en avais grandement besoin et je crois que cela a rendu ta mère heureuse.

Maintenant, cela fait deux semaines que je suis de retour à Saint-Louis. Je suis *revenue à la case départ, je recommence tout depuis le début. Je reprends le fardeau de ta mort sur mes épaules, simplement pour pouvoir m'en guérir correctement. Plus de mensonges ni de déni, plus de colère ni de haine : juste la volonté inébranlable de te savoir vengé pour pouvoir te laisser partir en paix.*

Peu importe le temps que ça prendra, j'arriverai à sortir la tête de l'eau, j'en suis maintenant convaincue.

Tu me manques tant,

Ella

***

Depuis quelques jours, la météo à Saint-Louis donne l'impression de vivre au cœur d'un volcan en fusion. Une vague de chaleur insoutenable s'est abattue sur l'État.

Enfermée dans mon appartement, je passe la majeure partie de mon temps à décortiquer les rapports des enquêtes sur lesquelles Sam a travaillé. J'essaye d'identifier celles sur lesquelles il a eu des difficultés, de trouver les noms de suspects qui lui auraient causé des problèmes… Bref, je cherche le moindre indice qui me permettra d'identifier les responsables de sa mort… mais les semaines s'étirent et je n'ai toujours pas de piste.

Un mois s'est écoulé depuis le braquage de Boston. Un mois pendant lequel j'ai pris le temps de me reposer et de me réhabituer à la vie. Je n'ai pas encore retrouvé tous mes repères : j'ai quelques difficultés à accepter la solitude et le manque à la fois de Sam et de Ryan.

Cela fait un peu plus d'un an que j'ai dû dire adieu au premier, un mois que j'ai laissé partir l'autre et une éternité que je me suis perdue en chemin.

Lessivée par toutes ces recherches qui n'aboutissent pas, je décide de faire une pause et de me servir un verre d'eau glacée. Et puis, comme chaque fois que je ne suis pas obnubilée par les enquêtes de Sam, je commence à penser à Ryan et au reste du gang.

Où sont-ils aujourd'hui ? Que font-ils ? Ont-ils démarré leur nouvelle vie ? Se cachent-ils encore ? Est-ce que Snow continue à apprendre à lire ? Est-ce que Sky pense à moi ? Et Ryan ?

J'aimerais tant avoir des réponses à toutes ces questions… J'attrape mon iPad et, comme chaque jour, je lance une recherche concernant le braquage. Comme d'habitude, mon cœur bat la chamade : je suis terrifiée à l'idée de découvrir que les autorités tiennent une piste, ou pire, qu'ils ont coincé le gang.

Des dizaines d'articles d'actualité s'affichent sur l'écran.

« L'enquête sur le braquage de Boston toujours dans l'impasse »

« Cent millions de dollars dans la nature »

« Braquage de Boston : la sécurité mise en cause »

Je ferme le navigateur et repose la tablette sur le plan de travail de la cuisine.

Et, comme depuis plusieurs jours déjà, le manque de Ryan vient surpasser en moi celui de Sam.

CHAPITRE 36

ELLA

Septembre

Quatorze mois que Sam est mort.

J'inspire et expire profondément. Oui, la douleur en moi est toujours présente, mais elle ne m'écrase plus, ne m'étouffe plus comme avant. Je sais que ça signifie que je m'y suis habituée, que je me suis faite à l'idée que Sam a disparu pour toujours. Et même si cela me peine, j'en suis aussi soulagée. J'ai enfin l'impression d'être sur la bonne voie.

En revanche, en ce qui concerne mon enquête, je suis au point mort. Je commence même à croire que je ne réussirai jamais à trouver le meurtrier de Sam.

Alors c'est décidé, aujourd'hui, je vais quitter mon appartement et respirer un peu.

Je prends le temps de me balader dans les rues, de me mêler à la cohue des habitants de Saint-Louis en ce samedi après-midi.

Au départ, je me sens perdue et mal à l'aise. Après avoir passé autant de temps dans mon appartement, à ne sortir que lorsque c'était strictement nécessaire, il me faut du temps pour me réadapter à être au milieu d'une foule.

Mais je m'y fais plus vite que je ne le pensais, à tel point que mes pas me guident jusqu'à ma librairie. Nous sommes samedi, il est donc normal qu'elle soit fréquentée, mais lorsque je la découvre bondée, je m'arrête une seconde.

Bon sang, mais qu'est-ce que...

Au fond de la boutique, j'aperçois un pupitre derrière lequel se tient une jeune femme, un livre à la main. Face à elle, une quinzaine de personnes installées sur des chaises l'écoutent attentivement.

Une séance de lecture, voilà ce qui a attiré tant de gens à la librairie.

Je m'approche doucement, émerveillée. Les yeux de Lauren s'écarquillent lorsqu'elle me voit et elle quitte discrètement l'estrade, laissant l'auteure seule, pour venir à ma rencontre.

– Ella ! me chuchote-t-elle.

– Lauren, c'est incroyable, lui dis-je en montrant d'un geste les clients qui abondent.

– N'est-ce pas ? Et c'est comme ça tous les week-ends. Ça ne désemplit pas. Nous sommes ravis du succès des séances de lecture.

– Nous ?

– Ah, oui. J'ai embauché un nouveau libraire, Max. Il est arrivé il y a un peu plus de deux mois et il s'en sort très bien.

Remarquant ma surprise, Lauren m'explique :

– Comme je me suis retrouvée seule aux commandes, j'ai dû prendre la décision de recruter quelqu'un parce que cela devenait vraiment trop compliqué pour moi de tout gérer toute seule. J'espère que ça ne te dérange pas.

– Oh, Lauren, je suis tellement désolée de t'avoir laissée de cette manière…

Maintenant que j'y vois plus clair, je réalise à quel point mon comportement a été incorrect. Mais j'étais trop bouleversée, trop éteinte pour réussir à raisonner avec lucidité.

– Ça va, dit mon ancienne collègue en haussant les épaules. J'ai compris ta réaction, tu sais. Tu as subi un tel choc… Peut-être que j'aurais réagi de la même manière à ta place.

Heureuse qu'elle ne m'en veuille pas, je pose une main amicale sur son bras et je reprends l'exploration des allées. Elle me suit, enthousiaste.

– Alors, tu es de retour ? me demande-t-elle. Pour de bon ?

La question piège dont je ne suis même pas certaine de connaître la réponse…

– Non, je ne reviens pas travailler, dis-je. Je crois que je vais me prendre quelques vacances.

– Si tu penses que ça peut t'aider, fonce.

Inévitablement, je repense au jour où je suis venue à la librairie en compagnie de Snow. Il me manque tellement…

Perdue dans mes pensées, il me faut un certain temps pour m'apercevoir que Lauren paraît mal à l'aise. Elle triture ses doigts et cela fait plusieurs fois qu'elle semble sur le point de dire quelque chose avant de refermer la bouche brusquement…

– Qu'est-ce qui se passe ? je finis par lui demander.

– Je préférerais qu'on parle dans un endroit plus discret, répond-elle en se tortillant.

Intriguée, je la suis dans la réserve. Elle s'installe sur une chaise, avant de se relever et de commencer à arpenter la pièce.

– Voilà… ça fait quelques semaines que j'y pense, se lance-t-elle. Jusqu'à maintenant, je ne savais pas comment te joindre mais ta venue ici est un signe du destin, je crois.

– Qu'est-ce que tu as, Lauren ? Crache le morceau.

– J'aimerais te racheter la librairie.

Sa réponse me prend de court. Je reste muette, si bien que mon ancienne collègue commence à paniquer et plaide :

– J'adore bosser ici, et la fréquentation a augmenté ces derniers mois. J'ai appris à gérer la librairie, les clients sont maintenant habitués à moi et j'ai plein d'idées pour rester dans l'air du temps.

J'ai vraiment envie de tenter ma chance et comme tu ne revenais pas et que tu comptes prendre des vacances, je me dis que, peut-être, la librairie ne t'intéresse plus.

Étonnamment, même si je ressens un petit pincement au cœur à l'idée de m'en séparer, je ne me sens pas autant affectée par son éventuelle vente que je ne l'aurais cru. Peut-être parce que si je la laisse entre les mains de Lauren, je sais que tout se passera bien.

– Si je me suis trompée et que tu comptes revenir la diriger, alors je serais ravie de continuer à travailler avec toi, s'empresse-t-elle d'ajouter.

Je lui souris alors, m'approche d'elle et prends ses mains.

– Tu as fait un travail formidable ici, lui dis-je. Tu t'en es sortie comme une chef, je suis impressionnée. Et tu as raison, je suis dans l'optique de prendre soin de moi plutôt que de me réinvestir dans la librairie pour l'instant. Je n'avais pas envisagé de vendre et tu te doutes que je ne peux pas décider si oui ou non je suis prête à le faire en un claquement de doigts. Mais je vais y réfléchir et je te donnerai ma réponse aussi vite que possible.

– Oui, bien sûr, je comprends. Je suis contente que tu ne rejettes pas l'idée en bloc et que tu me fasses assez confiance pour l'envisager.

– Évidemment. Lauren, j'ai toujours eu confiance en toi.

– Merci. Et sache que si tu décides de me céder cet endroit, tu y seras toujours chez toi, quoi qu'il arrive.

Je lui souris, pose à nouveau ma main sur la sienne puis quitte la librairie le cœur léger.

CHAPITRE 37

RYAN

Novembre

– Vous êtes sûrs de vous ?

– Absolument certains.

J'attire Rain contre moi et je l'enlace pendant plusieurs secondes. Puis je me tourne vers Night et Thunder et nous nous donnons une accolade.

– Faites bien attention à elle, leur dis-je.

– T'inquiète, me répond Thunder. On la gardera à l'œil.

Puis il me regarde et sourit, malgré l'émotion que je perçois dans ses yeux.

– Merci pour ces sept ans, mec, ajoute-t-il. C'était une sacrée aventure.

– Tu m'étonnes. Mais ce ne sera jamais vraiment terminé entre nous.

– Évidemment, renchérit Night. On sera toujours les Seven, même dispersés dans le monde entier.

Et si un jour tu as besoin de nous pour quoi que ce soit, on répondra toujours présents, Storm.

Night, Thunder et Rain ont décidé de partir loin des États-Unis. Il y a quelques jours, j'ai donné à mon revendeur une petite partie des bijoux que nous avons collectés lors du braquage de Boston. J'ai remis à mes trois frères d'armes la somme que j'ai obtenue en échange, un peu comme une avance pour les aider à démarrer leur nouvelle vie. Ils ont envie de nouveaux horizons et ils vont prendre le large tandis que Snow, Ice, Sky et moi resterons ensemble ici, à Portland. Nous avons dans l'idée de changer d'endroit encore une ou deux fois au cours de l'année, même si nous sommes maintenant certains qu'Ella ne nous a pas trahis.

Ella…

Mon cœur se serre, mais je décide d'ignorer la douleur.

Les embrassades vont bon train, et Rain s'approche à nouveau de moi pour me serrer contre elle. Elle tient son pseudo du fait qu'on l'a rarement – pour ainsi dire jamais – vue pleurer. Mais là, ses yeux sont remplis de larmes, que je devine être de joie. Je lui souris tendrement.

– Merci de m'avoir sorti de la merde dans laquelle j'étais et de m'avoir donné ma chance, Storm, me dit-elle. Je n'oublierai jamais tout ce que tu as fait pour nous.

– Arrête un peu, n'importe qui serait intervenu pour t'aider en voyant ce qui se passait.

– Non, pas n'importe qui, justement… toi, oui.

Bon, il va falloir que ça cesse, sinon je ne vais pas tarder à me mettre à chialer moi aussi. Voir trois des membres du gang s'en aller est déjà déstabilisant, si en plus Rain, qui ne laisse jamais ses émotions prendre le dessus en temps normal, se met à jouer avec la corde sensible, on ne va pas s'en sortir.

– Pour ce que ça vaut… reprend-elle. Je n'ai jamais été sa plus grande fan, mais je crois qu'Ella est vraiment une fille bien. Elle aurait pu nous jeter en pâture aux flics des dizaines de fois et elle ne l'a pas fait… C'est ce qu'il faut retenir de ses actes, à mon avis.

Je soupire, puis j'attrape Rain par le cou et je dépose un baiser sur son front. Elle me fait un clin d'œil, et cette fois, Thunder, Night et elle grimpent en voiture.

– On s'écrit, les gars ! lance Snow en faisant de grands gestes.

– Oui, par textos, lui répond Thunder.

– Non, de vraies lettres, déclare mon frère avec aplomb. Je me suis vachement amélioré, vous savez ?

– Tu peux taper sur ton téléphone, soupire Night.

– C'est nul, les textos. Les lettres rendent tout de suite les choses plus intéressantes. Pensez-y, les gars.

– On y pensera, petit Snow, on y pensera, dit Rain en lui souriant.

Puis Thunder démarre la voiture et ils s'éloignent. Nous les regardons jusqu'à ce qu'ils disparaissent à l'angle de la rue. Ice, son gros bras musclé posé autour du cou de Sky, presse mon épaule de sa main dans un geste de soutien. Puis ils rentrent tous les deux dans la maison en s'embrassant comme des adolescents. J'entends les gloussements de Sky lorsqu'ils passent la porte et je lève les yeux au ciel.

– Qu'est-ce que tu vas faire ? me demande Snow.

Je hausse les épaules.

– Lire un peu, je réponds avant de rentrer à mon tour dans la maison.

Puis je me dirige jusque dans ma chambre et attrape le carnet d'Ella. Je ne l'ai plus touché depuis que j'ai découvert ce qu'il contenait, mais je crois que si Rain, qui n'a jamais porté Ella dans son cœur, est capable de reconnaître qu'elle est une fille bien, je peux mettre mon ressentiment de côté et faire un effort pour comprendre ce par quoi elle est passée, suivre l'évolution de ses pensées.

J'ouvre le cahier au hasard et lis ce qu'Ella y a écrit :

Sam,

J'y suis arrivée, je l'ai fait. Je viens d'intégrer les Seven. Après des semaines, des mois de préparation, je viens enfin d'entrer dans la partie.

Maintenant, il ne me reste plus qu'à placer mes pions et à fixer les règles.

Tu me manques.

Je t'aime tant.

Ella

Ressentir la haine qu'elle nous porte à travers ces lignes est difficile à encaisser, mais je décide de passer outre et poursuis ma lecture.

Voyons ce qui s'est passé dans ta jolie petite tête, Sunshine…

CHAPITRE 38

ELLA

Novembre

Je repousse la tonne de documents devant moi en soupirant d'énervement. Rien, pas une piste, pas le début d'un indice. Je suis dans une impasse et je commence à croire que jamais je ne réussirai à mettre la main sur l'assassin de Sam.

J'ai épluché tous ses rapports d'enquête deux fois, je les ai relus encore et encore à la recherche de quelque chose qui m'aurait échappé, mais je ne trouve aucune mention d'une arrestation qui aurait mal tourné ou de criminels qu'aurait arrêtés Sam et qui auraient été relâchés, déterminés à se venger.

C'est vraiment étrange. Pourquoi quelqu'un voulait-il le tuer s'il n'avait de toute évidence de problèmes avec personne ?

Je me rends dans la cuisine pour me servir une tasse de café. Je crois qu'il est temps de passer à la vitesse supérieure…

Je m'installe à table, allume mon ordinateur et me connecte au système de la police. Ce n'est pas la première fois que je craque leurs sécurités, je l'avais déjà fait du temps où Sam était encore vivant… Mes vieux réflexes me reviennent rapidement. Et puis, il est déjà vingt et une heures, il y a peu de chance que quelqu'un se trouve encore là-bas et remarque ce qui se passe.

Une fois entrée dans la base de données, je navigue entre les dossiers importants et trouve un accès à chacun des ordinateurs de la brigade. Poussée par l'instinct, j'entre immédiatement dans celui de Scott.

Cela fait près de quatre mois qu'il ne m'a pas donné de nouvelles et même si je lui en veux toujours pour ce qu'il a osé me dire la dernière fois qu'on s'est vus, j'ai pris l'initiative de lui écrire un message il y a trois semaines, pour lui demander si nous pouvions nous voir. Ma vie a beau avoir sombré dans le chaos, Scott fait partie de mes constantes depuis quelques années et j'ai du mal à accepter l'idée que l'un des liens qui me rattache encore à Sam se brise.

Mon message est resté sans réponse, mais j'ai retenté le coup quelques jours plus tard. J'avais besoin de dire à Scott qu'en unissant nos forces nous réussirions à venger Sam. Là encore, silence total.

Il ne me laisse donc pas le choix. Puisqu'il ne m'adresse pas la parole et ne me donne aucune réponse, je vais devoir les trouver par moi-même.

Une fois dans son ordinateur, je passe en revue les dossiers qui s'affichent. Très vite, j'en repère un qui fait battre mon cœur un peu plus vite, intitulé simplement « Samuel ». Je tente aussitôt de le transférer sur mon propre appareil, mais un message de sécurité s'affiche et me bloque. J'essaye de forcer l'ouverture, sans succès.

Je fronce les sourcils, bois quelques gorgées de café puis repars à l'assaut. Après vingt bonnes minutes, je dois cependant me rendre à l'évidence : ce dossier est rudement bien protégé. Il est illisible depuis un ordinateur extérieur. Et cela attise encore plus ma curiosité. Pourquoi Scott a-t-il sur son PC un fichier qui concerne Sam et qui est gardé comme s'il s'agissait des codes de l'arme nucléaire ?

Je suis tentée de demander de l'aide à mon père pour faire sauter ces sécurités qui me bloquent, mais je me refuse finalement à l'enrôler dans une action de ce genre une fois de plus. Je n'ai donc plus qu'une seule solution : me rendre au commissariat pour consulter le dossier qui m'intéresse directement depuis l'ordinateur de Scott.

J'attrape mon téléphone, une veste et mon PC, puis je quitte mon appartement et je fonce en direction du poste de police. Arrivée sur place, je me gare à quelques mètres et rallume mon ordinateur pour désactiver l'alarme. Je descends ensuite de voiture et, armée d'une lame, je crochète la serrure de la porte du commissariat. À pas de loup, je m'introduis à l'intérieur et j'avance à l'aveugle jusqu'au bureau de Scott. Je me glisse sur le siège, toujours dans l'obscurité que brise seulement la lampe torche de mon téléphone.

Une fois derrière l'ordinateur, je commence à pianoter pour l'apprivoiser. J'ai un petit sourire lorsque je réussis à craquer le mot de passe… au bout du second essai seulement.

Je clique alors sur le dossier qui concerne mon Sam et, miracle, je réussis enfin à l'ouvrir.

Des dizaines d'images, de notes et de comptes rendus s'affichent sur l'écran. Au départ, je ne comprends pas vraiment ce qu'ils signifient… jusqu'à ce que je trouve un cliché de Sam et de Scott pris en pleine intervention. Puis un autre, montrant Sam quittant le commissariat un soir.

Une tornade d'émotions s'empare de moi face à ces images. Je découvre Sam sur des photos que je n'avais encore jamais vues et j'ai le sentiment de le revoir « vivre » pendant un court instant.

Une fois les premières minutes de choc passées, je me dis cependant que tous ces clichés ne sont pas anodins. De même que les notes concernant ses horaires, ses habitudes…

Sam était suivi ? Mais par qui ?

En poursuivant mes recherches, je trouve des mots clés inscrits au bas des images. « Règlement de comptes » m'interpelle, mais ce qui me glace vraiment le sang, c'est la mention « le faire taire », en dessous d'une photo qui date du jour de la mort de Sam.

Il se tient debout devant ma librairie à la vitrine explosée et je suis à ses côtés.

Prise de court, il me faut un instant pour reprendre mes esprits. Voir cet instant volé, pour toujours figé dans le temps, est une rude épreuve. C'est la dernière photo de Sam en vie…

Une fois que je suis un peu apaisée, j'insère une clé USB dans l'ordinateur et je copie le dossier dessus. J'ai besoin de rentrer chez moi et de réfléchir à tout ça au calme.

Malgré tout, je ne peux m'empêcher de trouver étrange que Scott possède tous ces éléments, lui qui n'a eu de cesse de me répéter que les indices étaient inexistants sur ce dossier.

Et si…

Non, impossible. Inenvisageable.

Mais alors, pourquoi me cacherait-il tout cela ?

Plus j'y pense, plus j'angoisse à l'idée d'avoir réussi à trouver ma réponse.

Non, je n'arrive pas à le croire, c'est…

Mais, et si…

– Ella ?

Je sursaute et recule dans le fauteuil. Scott se tient sur le seuil de son bureau, une lampe torche rivée dans ma direction, la main sur son arme de service.

D'ordinaire, le voir aurait été un grand soulagement, mais pas maintenant. Pas après ce que je viens de découvrir.

– Qu'est-ce que tu fous ici, bordel ? gronde-t-il à voix basse en s'approchant de moi.

Je retire la clé USB, la fourre discrètement dans ma poche et me lève pour reculer aussi loin de lui que possible.

– Je te retourne la question, dis-je d'une voix que je m'efforce de maîtriser.

– Comment ça ? C'est mon lieu de travail, je te rappelle. J'ai reçu une notification qui m'indiquait que quelqu'un essayait de pénétrer dans mon ordinateur, alors je suis venu voir ce qui se passe.

Merde… Il me semblait pourtant avoir pris toutes les précautions pour passer inaperçue.

– J'ai essayé de te joindre, je lui lance. Mais tu n'as pas répondu à mes messages. Ça m'a obligée à chercher des réponses moi-même.

Le regard de Scott voyage entre l'écran de son ordinateur et mon visage, et j'ai l'impression de voir sa main se resserrer encore un peu plus sur son arme.

– Je ne crois pas que tu puisses trouver quoi que ce soit ici, Ella, grogne-t-il.

Après le choc et la frayeur, la colère prend place au creux de mon ventre. Comment peut-il encore se regarder dans une glace après ce qu'il a osé faire ?

– Il faut que tu t'en ailles, maintenant, ce n'est pas sûr pour toi, ici, ajoute-t-il.

– Que veux-tu qu'il m'arrive ? C'est un commissariat !

– Je te dis que tu dois t'en aller immédiatement.

– Pourquoi, Scott ? Tu as peur que je découvre le dossier qui contient des tonnes d'informations sur Sam dans ton ordinateur ? Trop tard !

Son corps se tend instantanément et une lueur d'angoisse passe dans ses yeux.

– Ella… ne fais pas de scandale et va-t'en d'ici, insiste-t-il.

– De scandale ? Tu… tu te fous de moi ?

– Ce n'est vraiment pas le moment d'en parler, alors…

Tandis qu'il s'approche pour attraper mon bras, je me dégage et me mets en position d'attaque, prête à frapper.

– Ne me touche pas, je le préviens. Pas après ce que je viens de découvrir.

– Tu n'as rien découvert du tout. Maintenant, va-t'en.

– Tu as tué Sam !

Mon cri résonne dans le petit bureau. Scott, abasourdi par mon accusation, me dévisage sans dire un mot. En réalité, je ne suis pas certaine de ce que j'avance mais ce que je viens de trouver sur son ordinateur, de même que son attitude étrange, me pousse à tenter le tout pour le tout.

– Comment… bredouille Scott.

Puis il reprend son souffle et son expression devient si froide que c'est à mon tour d'être déstabilisée.

– Sam était mon ami, dit-il. Je n'ai jamais eu l'intention de lui faire le moindre mal.

– Alors, qui était-ce ? je m'écrie, à bout de patience.

Au même moment, la fenêtre du bureau éclate en morceaux dans un bruit retentissant. Scott se précipite sur moi et me plaque au sol. Mon dos percute le parquet, mais j'ai le réflexe de protéger mon visage des éclats de verre. Une balle atterrit près de Scott, qui se redresse sans perdre de temps, éteint sa lampe torche et attrape mon bras pour me tirer hors de la pièce.

– Qu'est-ce que…

Ma voix se meurt lorsque j'entends une autre fenêtre éclater.

– Suis-moi, Ella, m'ordonne Scott. Dépêche-toi.

Nous rampons sur le sol en direction d'un autre box. Scott me montre un bureau et me dit :

– Cache-toi là-dessous, vite.

– Mais, Scott…

– Fais ce que je te dis.

Je décide de lui obéir. Scott s'approche et m'intime d'un geste de faire silence. La porte du commissariat claque, et des pas lents se font entendre dans le couloir.

– Je n'ai pas tué Sam, me chuchote Scott malgré la tension qui règne.

Et je le crois, je me demande même comment j'ai pu douter de lui.

– Ne bouge pas d'ici, quoi qu'il arrive, ajoute-t-il. Ne bouge surtout pas.

Puis il me tend son arme de service et me force à la prendre, avant de se relever et de revenir vers la porte du bureau. Terrifiée, je reste immobile.

– Tiens, tiens, Scott, enfin.

Je ne reconnais pas immédiatement la voix qui vient de s'élever, mais mes yeux s'écarquillent de stupeur lorsque Scott lâche en réponse :

– Jacob…

Jacob ? Son nouveau coéquipier ?

– Tu ne sembles pas surpris de me voir, lance-t-il.

– Tu n'as pas été aussi malin que tu le croyais, réplique Scott. Au fait, comment va ton frère ? Sa peine n'est pas trop dure à supporter ?

Le rire mauvais de Jacob me donne froid dans le dos.

– Juste parce que ça m'intrigue… comment as-tu su que c'était moi ?

– Que tu as tué Sam, tu veux dire ?

Je frissonne d'effroi tandis que Scott reprend :

– T'es pas un vrai flic, Jacob. Tu en as l'uniforme, l'insigne, et tu en as endossé le rôle pendant un temps, mais tu n'en as pas l'étoffe. Tu as essayé de brouiller les pistes mais tu n'as pas réussi à empêcher ta vraie nature de ressortir. Au début, j'avoue que je ne me suis pas méfié de toi. Mais ces derniers mois ont été très instructifs pour moi. À force de me trouver dans une impasse avec cette enquête, j'ai commencé à chercher des informations en interne. Et un jour, j'ai appris que c'était *toi* qui avais demandé à être en binôme avec moi. Alors qu'à part les deux affaires rapidement réglées sur lesquelles on avait travaillé, on n'avait pas vraiment de liens, toi et moi. J'ai décidé de faire quelques recherches, pour en savoir plus sur le mec avec qui je risquais ma vie en intervention et qui, étrangement, avait totalement délaissé l'enquête sur la mort de Sam depuis qu'Ella était revenue de chez les Seven sans preuves.

La voix de Scott est calme et maîtrisée. Je suis suspendue à ses paroles.

– J'ai découvert de plus en plus de choses, poursuit-il. Par exemple, que tu es arrivé dans notre commissariat l'année où ton frère a été arrêté et condamné pour trafic de drogue. Tu étais de mèche avec lui et grâce à ton statut de flic tu couvrais ses arrières, pas vrai ? Un soir, je suis revenu ici, je suis entré dans ton ordinateur avec l'aide d'un ami pour trouver des preuves et te foutre en taule. J'ai découvert un dossier qui portait mon nom. Tu l'avais supprimé, mais quand on est entouré des bonnes personnes, rien ne disparaît jamais vraiment. J'ai rapidement compris que tu avais tué Sam… sauf que quelque chose ne collait pas. Pourquoi lui, alors que c'est moi et moi seul qui me suis occupé de coffrer ton frère ? Sam n'avait rien à voir avec ça. J'ai longtemps cherché quel était le rapport entre cette affaire et son meurtre. Et il n'y en a pas, n'est-ce pas, Jacob ?

J'entends des mouvements, un bruit de tissu froissé. J'ai l'impression qu'un des deux hommes s'est mis à arpenter le couloir.

– Et puis, une nuit, après avoir épluché le dossier une énième fois, j'ai compris, reprend Scott. Ce n'est pas Sam que tu visais, mais moi. Je suis sur chacune des photos que tu as prises, sans exception. Ce sont *mes* horaires, *mes* habitudes que tu notais, mais comme Sam et moi étions co-équipiers, nous avions le même rythme. Tu voulais me faire payer, moi, pour l'arrestation de ton frère. Pas vrai ?

Pendant une poignée de secondes, je n'entends que leurs respirations, puis la voix de Jacob s'élève :

– C'était un accident. Le soir de sa mort, j'avais tout prévu. J'ai envoyé un message au stagiaire pour qu'il t'appelle et que tu ailles vérifier que l'alarme était bien en marche. Et il l'a fait… mais malheureusement, ce soir-là, tu as toi-même demandé à Sam d'y aller à ta place. C'était un bon gars, je n'ai jamais rien eu contre lui. Il s'est malheureusement trouvé au mauvais endroit au mauvais moment. C'était toi que j'attendais, toi qui aurais dû mourir devant le commissariat ce soir-là. Pas lui.

L'information est un véritable choc. J'ai beaucoup de mal à l'intégrer et à la digérer. Savoir que la mort de Sam aurait pu être évitée, qu'elle n'est due qu'à un concours de circonstances…

Je n'arrive pas à y croire, putain, je ne peux pas *le croire.*

Il est mort. Pour rien. Ce n'était pas lui qui était visé.

Bouleversée au plus haut point, je plaque une main sur ma bouche pour tenter d'étouffer mes sanglots.

Depuis le début, j'étais persuadée de traquer quelqu'un qui voulait du mal à Sam, qui avait voulu le punir pour une raison inconnue. Mais il se trouve que ce n'était pas du tout le cas.

Si Jacob avait pris le temps de bien le regarder avant de l'abattre, il se serait rendu compte qu'il n'était pas la bonne cible. Et alors Sam serait encore en vie.

Stop. Il est maintenant trop tard pour rejouer la partie. Sam est mort... pour rien.

– Je me demandais ce qui avait bien pu te pousser à vouloir à tout prix bosser avec moi… mais il y a eu un petit contretemps dans ton plan, non ? reprend Scott. Tu ne t'imaginais pas qu'Ella se lancerait dans une telle mission pour venger son mec. Quand tu as vu qu'elle cherchait des réponses et qu'elle ne lâchait pas l'affaire, tu m'as incité à accepter de la former pour qu'elle intègre les Seven… Tu voulais qu'elle grille sa couverture et qu'ils se débarrassent d'elle.

– C'est chiant, les gens qui fouinent, ricane Jacob. Une personne qui en sait trop est un vrai problème.

Un nouveau silence s'installe, puis Scott lance :

– Et maintenant ?

– Maintenant, je ne vais pas te louper, réplique Jacob.

La détonation qui retentit dans le commissariat me fait sursauter. Je plaque plus fort ma main contre ma bouche et je reste tétanisée. Le bruit mat d'un corps qui s'écroule me crispe tout entière. Je n'ose pas regarder, je ne veux pas voir ce qui se passe dans le couloir. Mais j'entends des pas qui s'éloignent, et soudain, des objets qui tombent et se fracassent sur le sol. Je rassemble mon courage pour ramper jusqu'à la porte mais je n'ai pas besoin d'aller bien loin… J'aperçois le corps de Scott étendu par terre. Inerte.

– Scott !

Mon murmure est brisé par mes larmes et ma douleur.

Non…

J'ai l'impression d'être projetée en arrière, quand je me trouvais près du corps de Sam quelques secondes après son meurtre. Je ne peux pas revivre une chose pareille, je ne le supporterai pas.

Un bruit à ma gauche attire mon attention. Jacob est en train de détruire tout ce qui se trouve sur les bureaux des policiers, certainement pour faire croire à un cambriolage. Je m'empresse de regagner ma cachette. J'ai besoin de calme. Besoin de réfléchir. Après des mois à le traquer, je me trouve à quelques mètres de l'assassin de Sam… et de Scott.

Oh, Scott…

Stop, ce n'est pas le moment, Ella. Tu dois prendre une décision.

J'essuie rageusement mes larmes, puis je réalise que je tiens encore l'arme de service de Scott dans la main. En un éclair, tout se met en place dans ma tête. Je ne peux pas laisser Jacob s'en aller. Son acte m'a jetée dans un monde d'où j'ai bien failli ne jamais revenir… Il doit payer pour ça.

Je ferme un instant les yeux, imagine le visage de Sam, ses yeux pétillants. Puis je pense à Ryan, à son regard sombre, intense et à son sourire charmeur. Ils ne sont pas près de moi mais je puise dans leur image une force incroyable.

Pour eux, je dois agir.

Je me redresse, enjambe Scott, puis je m'élance à travers le commissariat.

– Hey !

Jacob se retourne, surpris par mon hurlement. Il lève son arme, mais c'est trop tard… J'ai déjà tiré dans sa direction. La balle se loge dans le haut de sa cuisse, lui faisant perdre l'équilibre, et il bascule en arrière.

– Ella !

J'ai l'impression d'entendre quelqu'un m'appeler, mais tout est brouillé et flou autour de moi. Je continue d'avancer en direction de Jacob et je le vise à nouveau.

– Ella, non !

Je tire une seconde balle, dans son épaule, cette fois.

La haine qui m'aveugle n'a plus aucune limite. Je vise une troisième fois. J'ai besoin de faire mal à ce monstre, de lui causer une souffrance physique telle qu'elle le marquera toute sa vie.

– Stop !

L'arme que je tiens m'est soudain arrachée des mains. On me prend par les épaules et on me secoue brutalement. Je quitte mon état second et je me reconcentre sur ce qui se passe… Je vois Scott en chair et en os, debout devant moi. Je bredouille :

– Scott ? Mais tu… tu étais… là… j'ai…

Je suis incapable de formuler une phrase cohérente, à bout de souffle. Ma tête bourdonne ; pire, elle se met à tourner. Mon cœur bat plus vite, le sang bout dans mes veines. Après tous ces mois à avancer par la simple force de ma détermination, je sens que mon corps est en train de me lâcher, comme s'il savait que ce pour quoi je l'ai contraint à tenir était enfin accompli.

– Tu… tu… je souffle.

– Ella, regarde-moi.

J'obéis… et je vois un gilet pare-balles à travers la chemise de Scott. Il faisait semblant… il n'était pas vraiment… pas vraiment…

– Ella ? Ella, non !

Je me sens partir en arrière, tomber dans le vide.

Et c'est le néant.

CHAPITRE 39

ELLA

– Bonjour, ma douce.

Mes paupières lourdes se soulèvent avec lenteur. Cette voix… je la connais. Je l'aime. Mais je ne l'ai plus entendue depuis…

– Réveille-toi. Allez, fais un effort.

– Samuel ?

– Salut.

Je me redresse lentement sur un coude. Ces murs beiges, cette bibliothèque dans le coin de la pièce, et cet uniforme de police posé sur le fauteuil… Je reconnais cet endroit, où je ne suis plus revenue depuis la mort de Sam.

Je tourne la tête dans la direction de ce dernier, abasourdie.

– Comment… c'est impossible. Tu n'es plus…

– Tu m'as manqué, me dit-il de sa voix si tendre.

Au ralenti, j'approche une main de son visage et je touche sa peau du bout des doigts. Une larme dévale le long de ma joue alors que je murmure :

– C'est vraiment toi ?

– Qui veux-tu que ce soit d'autre ?

Incapable de croire ce que je vois, je palpe le visage de Sam pendant de longues minutes. Un large sourire finit par étirer ma bouche quand je constate que c'est bien lui, qu'il est bien là…

Une minute.

S'il est là, ou plutôt si je suis avec lui, ça veut dire que…

– Est-ce que je suis morte ? je lui demande soudain, terrifiée.

Sam hausse les sourcils et éclate de rire.

Oh, son rire…

– Bien sûr que non ! m'assure-t-il. Qu'est-ce que c'est que cette question ?

– Mais je ne comprends pas…

– Bon, tu te lèves ? J'ai préparé le petit déjeuner.

Il saute du lit et s'éloigne vers la cuisine. Effrayée à l'idée qu'il ne disparaisse, je bondis à mon tour et sors de la chambre en courant. Comme je le pensais, nous nous trouvons dans son appartement… dont les clés ont pourtant été rendues à son propriétaire une semaine après sa mort.

Mais enfin, qu'est-ce qui se passe ?

– Je sais que tu m'avais demandé de te laisser faire, mais j'ai peur que tu fasses brûler toute la cuisine, me dit Sam. Installe-toi.

Je prends place sur la chaise qu'il me montre. Lui-même s'installe et commence immédiatement à manger. Je le dévisage, incapable de détourner mon regard de lui.

– Tu n'as pas faim ? s'inquiète-t-il.

– Si, si.

Je m'oblige à piquer un morceau d'omelette et à le porter à ma bouche.

– Je me disais qu'on pourrait commencer à préparer nos valises après ça, reprend-il.

– Nos valises ? On part en voyage ?

Il s'esclaffe avant de prendre une gorgée de café.

– Tu as déjà oublié que je t'emmène à Paris ? me lance-t-il.

– À Paris…

Ma gorge se noue et je repose ma fourchette. Je me lève, m'installe sur les genoux de Sam, prends doucement son visage entre mes mains et le dévore des yeux.

– Tu es beau, dis-je.

Il sourit, et je ne résiste pas à l'envie de l'embrasser. Après plus d'un an à souffrir de son absence, à tenter de me convaincre qu'il est parti pour de bon, pouvoir à nouveau goûter ses lèvres est indescriptible. Je m'accroche à sa nuque, bien décidée à ne pas le laisser disparaître. Puis, après avoir rompu notre baiser, je continue de caresser son visage tout en plongeant dans ses yeux noisette.

– Je sais que ce n'est pas réel, que tu n'es pas vraiment là, mais je vais quand même profiter de ce moment pour te dire que tu me manques terriblement et que je t'aime.

Sam reste silencieux, me regardant sans cesser de sourire tendrement.

– Paris aurait été magique avec toi, je murmure.

– Ça le sera. On va y aller, à Paris, je te le promets.

Dans une autre vie, peut-être...

Il se penche et m'embrasse. Je profite de ce nouveau baiser, mais il y met fin beaucoup trop tôt à mon goût. Il me fait glisser de ses genoux et quitte la table.

– Je t'ai acheté un petit quelque chose pour fêter notre départ, annonce-t-il. Ne bouge pas, je vais te le chercher.

Je le regarde quitter la cuisine pour retourner dans la chambre, sans parvenir à réaliser que je peux le voir, le toucher, l'embrasser.

Quelques instants passent et le silence me fait soudain frissonner. J'appelle :

– Sam ?

Je me lève, m'approche de la chambre dans laquelle il a disparu et pousse la porte.

– Sam ? je répète.

Mais il n'est plus là. Et la pièce dans laquelle je pénètre, ce n'est pas sa chambre. C'est le vaste salon du loft des Seven.

– Sam ? je tente une dernière fois, bien que je sache au fond de moi que sa présence s'est évaporée.

Seul le silence me répond, alors je m'écrie :

– Ryan ?

Lui aussi me manque follement. Mais personne n'apparaît. En fait, le loft est totalement vide. Il n'y a même plus de meubles pour habiller la pièce.

Un vif élancement me vrille soudain la tête. Je me prends les tempes dans les mains, sans parvenir à contenir la sensation qui me torture. Autour de moi, la pièce se trouble, à tel point que les murs finissent par disparaître… et que j'ouvre les yeux.

Les néons de l'hôpital m'aveuglent et accentuent la douleur dans mon crâne.

– Ella ?

La voix de Scott me ramène à l'instant présent. Je réalise que ce que je viens de vivre ne s'est produit que dans mon esprit, et une immense déception m'envahit. J'ai envie de pleurer, mais ça ne ferait qu'accentuer mon mal de tête.

– Comment tu te sens ? me demande Scott en prenant ma main.

– Ça va, dis-je avec peine. Et toi ?

Je me redresse soudain, bien plus alerte.

– Et Jacob ? j'enchaîne. Est-ce qu'il s'est enfui ? Dis-moi que vous avez réussi à l'attraper !

– Calme-toi, Ella, respire, m'apaise Scott. Jacob a été effectivement interpellé et vu toutes les preuves que j'ai amassées contre lui, il ne reverra plus jamais autre chose que les quatre murs de sa cellule.

Rassurée, je me laisse de nouveau aller contre les oreillers. Après quelques instants, je lâche :

– Je pense que tu me dois quelques explications.

Scott soupire, tire une chaise près du lit, s'assied dessus et commence à me raconter :

– Tu as déjà entendu une partie de l'histoire au commissariat. Jacob était un ripou. Il travaillait dans la police depuis quelques années, mais il trempait dans le trafic de drogue géré par son frère. Le jour où je l'ai débusqué et fait enfermer, il a demandé un transfert dans notre commissariat pour m'avoir à l'œil et se venger de moi. Malheureusement…

– Sam s'est trouvé au mauvais endroit au mauvais moment, je sais, je complète.

Je n'ai pas spécialement envie d'entendre à nouveau le récit de la nuit du drame…

– Pourquoi a-t-il éveillé tes soupçons ? je demande plutôt.

– Parce que, comme je l'ai dit, le fait que ce soit lui qui ait demandé à être mon binôme m'a semblé étrange, me répond Scott. Ça ne se passe jamais comme ça. Ce sont les capitaines qui décident, personne d'autre. Et puis, il posait parfois des questions sorties de nulle part, il avait l'air de très bien s'y connaître en matière de trafic de drogue… Quelques jours après ton rapatriement de Boston, il a complètement lâché l'enquête à propos de la mort de Sam, comme si elle ne le concernait plus. Nous sommes retournés en intervention ensemble, et je l'ai surpris en train de tenter de marchander avec un prévenu. Il lui a proposé de le payer s'il balançait ses complices. Mais ce n'est pas comme ça que ça se passe chez nous. Alors j'ai commencé à mener ma propre enquête. Quand j'ai trouvé le dossier sur son ordinateur, tout s'est éclairé.

– D'ailleurs, comment as-tu réussi à mettre la main dessus si Jacob l'avait supprimé ? Je ne veux pas te vexer, mais je ne crois pas que tu sois un as de l'informatique.

Scott sourit et secoue la tête.

– Non, en effet, confirme-t-il. Eh bien, puisque ma hackeuse préférée n'était pas disponible, j'ai dû me tourner… vers son père.

Mes yeux s'écarquillent.

– Tu as demandé de l'aide à *mon père* ?

– Et il m'a été d'un grand secours, déclare Scott. C'est grâce à lui que j'ai su que quelqu'un était entré dans le commissariat ce soir. Je lui ai demandé d'installer un mouchard sur mon ordinateur. C'était Jacob que je voulais piéger, mais…

Oh, je comprends mieux, maintenant… Il me semblait étrange qu'il ait pu savoir que je me servais de son ordinateur alors que j'avais pris mes précautions… mais mon père est très talentueux en matière de hacking. Il a ses petits secrets.

– Après ça, j'ai remarqué que Jacob me filait parfois jusque chez moi, reprend Scott. Ce soir, lorsque je suis venu au commissariat, je savais pertinemment qu'il me collait au train. Je me doutais qu'il allait bientôt passer à l'action et tenter de se venger de moi pour de bon. C'est pour cette raison que je ne sortais plus sans mon gilet pare-balles, et aussi pour ça que je n'ai pas répondu à tes messages. Je voulais t'éloigner de tout ça, mais…

– Mais je me suis jetée toute seule dans la gueule du loup, une fois de plus.

– Tu as vraiment le don de te mettre dans des situations impossibles.

Je laisse échapper un petit rire sans joie. C'est vrai, cela semble être mon nouveau super pouvoir.

– Pourquoi m'as-tu laissé ton arme alors que tu savais très bien que Jacob t'en voulait ? je demande.

– Parce que j'ai promis à Sam de te protéger… me répond Scott. Je devais te donner de quoi te défendre, Ella.

Touchée et émue, je prends sa main dans la mienne.

– Merci, dis-je.

Les traits de son visage se chargent soudain de tristesse.

– Pardonne-moi pour tout ce que je t'ai jeté au visage la dernière fois, soupire-t-il. Je n'aurais jamais dû te balancer ces horreurs, tu ne le méritais pas. J'étais frustré et énervé. Je ne pensais rien de tout ça.

– Je te pardonne. Et excuse-moi de t'avoir giflé.

– Mais je dois quand même te dire… je n'approuve pas tes sentiments… ta relation… ou peu importe ce que tu fais avec ce Storm. Dans ma tête, c'est un criminel, et il le sera toujours.

Ma gorge se noue.

– Je ne veux pas te perdre, Ella, ajoute Scott. Tu es très importante pour moi et notre amitié aussi. Mais je vais te demander une faveur : ne me présente pas cet homme, ne me parle pas de lui, fais en sorte que nous ne nous rencontrions jamais. Je ne vous mettrai pas de bâtons dans les roues, mais je serais incapable de lui faire face sans avoir envie de le coffrer. J'espère que tu comprends…

À mesure que Scott parle, j'ai de plus en plus de mal à respirer. Je mesure l'effort qu'il doit faire pour accepter de laisser courir un hors-la-loi.

– Je comprends… dis-je. De toute façon, Storm et moi, on n'est pas… Il est loin et je… Enfin, si un jour on se retrouvait, je te jure que je ne te ferai pas l'affront de te le présenter. Toi aussi tu es important pour moi, Scott. Je ne veux pas te perdre et je te remercie de ce que tu fais pour moi.

Il essuie furtivement une larme sur sa joue, se lève, embrasse mon front, et lâche :

– Je vais aller demander aux médecins si tu peux sortir. Je reviens.

Il quitte ma chambre et je rejette la tête en arrière en poussant un soupir. C'est terminé. Toute cette histoire est vraiment terminée.

– Tout va bien ?

Je me redresse en entendant une infirmière entrer dans la pièce. Elle pousse un chariot et s'approche de moi, tout sourire.

– Vous avez émergé, c'est une bonne nouvelle, ajoute-t-elle.

– Qu'est-ce qui m'est arrivé ? je lui demande, parce que je me rends compte que Scott ne me l'a même pas dit.

– Une grosse dose de stress, couplée à une importante hausse de tension et à une crise d'angoisse. Vous avez fait un malaise et vous vous êtes cogné la tête en tombant.

Bon, cela explique mon mal de crâne...

Elle prend ma tension, m'annonce qu'elle est parfaite, puis place un capteur à mon doigt avant de dire :

– Mais ne vous inquiétez pas, vous n'aurez aucune séquelle.

– Est-ce que j'ai été plongée dans le coma ? j'enchaîne.

Surprise par ma question, la jeune femme hausse les sourcils.

– Pas du tout, pourquoi pensez-vous ça ?

Elle prend ma température tout en tâtant le côté de ma tête, ce qui me fait grimacer de douleur. Lorsqu'elle finit de vérifier le mouvement de mes yeux, je lui réponds :

– Parce qu'il m'est arrivé quelque chose de bizarre... Mais c'est ridicule, oubliez ce que je viens de dire.

– Racontez toujours. Vous savez, j'ai déjà entendu et vu beaucoup de choses ici, je ne crois pas que vous me choquerez.

Après tout, je n'ai rien à perdre… Et puis, si je vois que cette infirmière me prend pour une folle, je mettrai ça sur le compte de ma chute.

– Pendant que j'étais inconsciente, j'ai rêvé de quelqu'un qui… est mort, je commence. Enfin, je ne sais pas si c'était un rêve, parce que ça avait l'air vraiment très réel. J'avais parfaitement conscience que cet homme ne devait pas se trouver là, que c'était impossible. Alors, je ne sais pas, je suis un peu perdue…

La jeune femme m'écoute attentivement tout en remballant son matériel.

– Malheureusement, je crains de ne pas pouvoir vous renseigner, déclare-t-elle.

– C'est bien ce que je pensais…

– En revanche, ce que je peux vous dire, c'est que si c'est un rêve, c'est votre inconscient qui vous a parlé. En soi, c'est déjà une réalité.

Je penche la tête, les sourcils froncés. L'infirmière s'installe sur la chaise et croise les jambes.

– Êtes-vous croyante ? me demande-t-elle.

– Pas vraiment.

– Eh bien, cette explication vous paraîtra certainement absurde, mais dans certaines religions, on prétend que lorsqu'on rêve d'une personne décédée, c'est qu'elle essaye de nous faire passer un message. Faites-en ce que vous voulez…

Elle se lève et pousse son chariot en direction de la porte en ajoutant :

– Je suis comme vous, je ne crois pas en Dieu, mais l'une de mes patientes m'a raconté ça la semaine dernière et j'ai trouvé l'explication mignonne. J'espère en tout cas qu'elle vous aidera. Bonne journée.

Elle sort de la pièce, me laissant seule avec mes pensées.

Un message… et si c'était ce que Sam avait voulu me faire passer ?

Non, c'est ridicule, pourquoi prendrais-je soudain pour argent comptant ce que me dit une femme que je ne reverrai jamais plus ? Et puis, je ne crois même pas en Dieu.

Mais je crois en Sam…

Je ferme les yeux et me remémore ce rêve si beau, si doux, si réel dont je me suis réveillée tout à l'heure.

Si Sam avait voulu me faire passer un message, quel serait-il ?

La version de lui que j'ai vue dans ce rêve était semblable à celui qu'il était le jour de sa mort : heureux, plein d'énergie et impatient à la perspective de notre voyage à Paris. Nous nous trouvions dans son appartement quand il a soudain disparu et que je me suis retrouvée dans le loft des Seven.

En y repensant, j'ai l'impression que ce rêve est un condensé en accéléré de ce qui m'est arrivé ces derniers mois. Mais il y avait autre chose dans les yeux, dans le sourire de Sam. Comme s'il savait lui aussi qu'il n'était présent que parce que je l'avais décidé et qu'au fond nos retrouvailles n'étaient que de l'ordre du fantasme. Pourtant, il avait l'air si serein, si apaisé…

Et si finalement c'était ça qu'il avait voulu me montrer ? S'il m'avait fait visiter sa nouvelle réalité pour me prouver que pour lui, tout va bien ? Si sa brusque disparition et mon atterrissage au milieu du loft étaient sa façon à lui de me montrer à quoi ressemblera ma réalité à moi ?

Et s'il me disait que je dois retrouver Ryan ?

Lorsque je rouvre les yeux, une larme solitaire coule sur ma joue mais je souris… parce que je décide que c'est ainsi que j'ai envie d'interpréter ce rêve.

Comme un message de la part de Sam m'indiquant qu'il est temps pour moi de tourner la page, à présent.

CHAPITRE 40

ELLA

Janvier

Tennessee.

– Bonjour, Sam.

Je dépose un bouquet de fleurs sur la pierre tombale et je m'installe par terre, près de lui. Le cimetière est calme. Le ciel gris décourage certainement les familles, les énormes nuages menaçants aussi. Il va pleuvoir d'un instant à l'autre, mais je m'en fiche. Je compte bien rester ici aussi longtemps que j'en ai envie.

– Je sais, ça fait longtemps que je ne suis pas venue te rendre visite, dis-je. Depuis ton enterrement, en fait.

Du bout des doigts, je caresse les brins d'herbe qui ont commencé à pousser tout autour de la tombe avant de reprendre :

– Ça fait dix-huit mois aujourd'hui. Un an et demi. C'est long. Ça m'a même paru interminable par moments. Mais j'ai survécu. Tu y crois, toi ? Peut-être que tu savais que j'allais y arriver, mais en ce qui me concerne, je n'aurais pas misé un centime sur moi.

Un petit vent se lève, s'engouffrant dans le col de ma veste.

– Je t'ai écrit toute cette année, j'espère que tu le sais. Je voulais que tu puisses encore être avec moi, que tu marches à mes côtés. Je voulais qu'on vive encore certaines choses à deux. Et j'y ai pris goût. Je crois que, même dans dix ans, j'aurai toujours besoin de t'écrire.

J'ose enfin lever les yeux sur la petite photo incrustée dans la pierre tombale. Le visage souriant de Sam me fixe et je ne peux m'empêcher de tendre la main pour le caresser.

Le rêve que j'ai fait à l'hôpital et le message que j'en ai tiré m'ont donné envie de lui rendre visite ici, dans ce cimetière. C'est là que je souhaite prendre mon nouveau départ, en lui disant au revoir.

– Je t'aimerai toujours, Sam, j'affirme. Quoi qu'il arrive, tu seras toujours dans ma mémoire et je chérirai infiniment les souvenirs que j'ai de toi.

J'aime le calme et le silence qui m'entourent. Ils me donnent l'impression que Sam m'entend vraiment, qu'il m'écoute.

– Scott et moi, on a réussi, on a trouvé celui qui t'a fait du mal et il va passer un bon bout de temps en prison, dis-je. Je n'arrive toujours pas à croire que le drame qui t'a coûté la vie a failli se répéter… Aujourd'hui, Scott reprend du poil de la bête. Il commence à se pardonner de t'avoir appelé cette nuit-là, de ne pas être allé vérifier l'alarme du commissariat à ta place. Il n'imaginait pas une seconde ce qui allait se produire, il ne peut donc décemment pas se sentir coupable, même si je peux comprendre que ça ait été son premier réflexe.

Je me surprends à sourire.

– Je ne compte plus le nombre de discussions que nous avons eues à propos de ton métier, toi et moi. En partant en mission, tu m'as embrassée tant de fois comme si c'était la dernière, juste au cas où… Si on avait su ce soir-là que notre temps ensemble touchait à sa fin, si on avait su que c'était destiné à arriver… je t'aurais embrassé moi aussi à en perdre le souffle, juste pour que tu partes avec ce souvenir de moi.

Tandis que les larmes affluent dans mes yeux, j'inspire pour tenter de me reprendre.

– Tu sais, quelqu'un m'a dit : « cesse de ressasser ce qui appartient au passé et ne peut plus être modifié ». Je crois qu'il a raison… C'est ce que j'ai décidé de faire : aller de l'avant. Parce que, quoi que je dise, quoi que je fasse, quoi que je tente, tu ne me reviendras jamais… et je me suis faite à cette idée. C'est d'ailleurs pour ça que je me trouve devant toi aujourd'hui. Parce que j'ai décidé de lâcher prise.

Je laisse les larmes couler et je poursuis, la voix brisée :

– Quelque part, ça me terrifie. Même si cette année a été difficile, au moins, je l'ai vécue pour toi, encore un peu avec toi. Mais je sais que c'est la bonne décision, que je dois réapprendre à vivre pour moi désormais. Je le mérite. Ça ne veut pas dire que je t'oublierai, Sam. Mon Dieu, jamais je ne le pourrai.

Je remonte le col de ma veste, puis je me blottis contre la pierre tombale. Pendant un instant, je reste ainsi, appréciant le silence des lieux. Les yeux fermés, je me sens plus près de Sam que je ne l'ai été durant toute cette année.

Et puis enfin, je murmure :

– J'aimerais te parler de Ryan.

Alors qu'il y a quelques mois j'aurais eu l'impression de trahir Sam en prononçant ce prénom, aujourd'hui, cela me semble naturel.

– Comment aurais-je pu imaginer une seconde ressentir quelque chose d'aussi fort pour lui, en si peu de temps, surtout vu l'état émotionnel dans lequel j'étais lorsque je l'ai rencontré ? Tu sais pourquoi je me suis rendu compte que ce que j'éprouvais était réel et pas seulement une envie de t'oublier avec lui ? Parce qu'après avoir passé plusieurs mois loin de lui, je continue à espérer qu'il revienne. Je l'espère si fort, Sam… J'ai *besoin* qu'il revienne.

Le vent souffle de plus en plus fort et des gouttes de pluie commencent à tomber. Perdue au milieu du cimetière, je souffle :

– J'aimerais tellement savoir ce que tu penses de tout ça, si tu approuves ou pas… J'aurais besoin de ta sagesse.

L'averse s'intensifie, mais ça ne m'empêche pas de rester où je suis. Rien qu'une heure ou deux.

Je veux juste un moment de plus auprès de Sam avant de repartir et de recommencer ma vie loin de lui…

CHAPITRE 41

RYAN

Six mois plus tard

– Ne vous habituez pas trop à cet appart', on ne restera peut-être pas longtemps, dis-je alors que Sky et Snow commencent à s'extasier sur ses moindres recoins.

– Storm, écoute, ça fait un an qu'on n'arrête pas de bouger, réplique Ice en s'installant confortablement dans le canapé. On ne s'est pas posés plus de trois mois d'affilée quelque part. On pourrait peut-être rester un peu, cette fois ? On a enfin touché l'argent du braquage… On n'a plus à se soucier de rien.

En effet, il y a un mois, nous avons reçu les derniers versements issus de la vente des bijoux. Une fois soustraite la commission que nous devions à mon revendeur, nous avons obtenu plus de onze millions de dollars chacun. Une somme colossale qui va nous mettre à l'abri pour de nombreuses années.

Pour l'instant, j'ai gardé la part d'Ella. Après une longue discussion avec le reste du gang, nous en sommes venus à la conclusion que cet argent lui revenait, même si elle a choisi de nous quitter. C'est d'ailleurs à cause d'elle que nous sommes de retour à Saint-Louis, même si mes compagnons d'armes ne le savent pas…

Enfin, je crois qu'ils s'en doutent.

L'année qui s'est écoulée depuis notre gros coup de Boston a été étrange de bien des manières. D'abord parce que nous ne planifions plus de braquages. Au début, nous avons eu du mal à savoir qui nous étions désormais, après avoir passé tant d'années à n'être définis que par nos actes. Et puis nous avons dû déménager sans cesse, jusqu'à être sûrs que nous étions hors de danger, que les flics n'avaient rien pour nous coincer. Nous aurions pu quitter le pays, nous installer sur un autre continent, mais je me suis senti incapable de m'éloigner autant d'Ella. Nous savoir tous les deux aux États-Unis, même si nous vivions dans deux fuseaux horaires différents, me rassurait… tout en m'agaçant profondément. Les premiers mois, j'ai refusé catégoriquement de parler d'elle avec les autres membres du gang, je refusais même qu'ils l'évoquent entre eux, au point que j'en étais devenu invivable.

À ma grande surprise, quand je leur ai expliqué ce qu'Ella me disait dans sa lettre, ils ne se sont sentis ni trahis, ni offensés, et encore moins en colère contre elle. C'était à n'y rien comprendre. J'étais le seul à trouver son comportement ignoble !

Et puis, le temps a passé. Petit à petit, j'ai accepté de me confier à eux, de les laisser partager des souvenirs d'elle. En voyant mon petit frère continuer à apprendre à lire, à entretenir ce qu'Ella lui avait transmis, en écoutant Sky parler d'elle comme d'une amie… et en sentant mon cœur faire des bonds à chaque mention de son prénom, j'ai compris qu'il ne servait à rien de continuer à me voiler la face.

Surtout, j'ai fini de lire les lettres qu'elle avait écrites à Sam. J'ai souvent dû faire des pauses de quelques semaines voire de quelques mois, lorsque ses mots étaient trop virulents à notre encontre, lorsque la haine que les Seven et moi lui inspirions s'exprimait avec trop de force. Mais ce n'étaient même pas les pires lettres. Non, celles qui m'ont fait le plus mal, ce sont celles où elle déclarait passionnément son amour à cet autre homme…

Avec le temps, j'ai fini par réussir à la comprendre et à la plaindre.

Récemment, je suis arrivé à la toute dernière lettre, rédigée juste avant le braquage. Il m'a fallu du temps avant d'avoir le cran de la découvrir. J'avais peur d'y lire qu'Ella regrettait tout ce que nous avions vécu, qu'elle s'était rendu compte qu'elle ne pourrait jamais m'aimer et que c'était pour cela qu'elle devait partir.

Mais il y a deux jours, j'ai trouvé la force de rouvrir ce carnet, pour enfin savoir ce que dit cette lettre. Elle était courte, concise, claire… et dévastatrice de la plus merveilleuse des façons pour moi.

Sam,

J'ai tout fait pour que ça n'arrive pas, mais j'ai échoué. Je suis tombée amoureuse de Ryan. Et j'espère que tu pourras me pardonner pour ça.

Tu me manques tant,

Ella

À l'instant où mon regard s'est posé sur ces mots, j'ai enfin accepté que j'ai toujours Ella dans la peau, malgré le temps qui s'est écoulé, malgré tout ce qu'elle a fait – ou à cause de cela, je n'en sais rien. Tout ce dont je suis sûr c'est qu'elle me manque, que je la veux.

Sa lettre arrachée au carnet dans la poche arrière de mon pantalon, je suis prêt à aller la retrouver. J'espère seulement que ses sentiments pour moi n'ont pas faibli au cours de cette année.

– Est-ce que tu as eu des nouvelles des trois autres ? me demande Sky, me tirant soudain de mes pensées.

– Night et Rain sont arrivés à Cuba cette nuit, je réponds.

– Ils n’ont pas aimé la Nouvelle-Zélande ?

– Si, mais ils ont envie de voyager, de voir un maximum de pays. Quant à Thunder, il s’est définitivement installé à Auckland. Il paraît que quelque chose… ou plutôt quelqu’un l’a décidé à rester.

Nous sourions tous. Les choses changent pour tout le monde. Night et Rain ont d’ailleurs eu le cran de s’avouer leur attirance réciproque – que nous n’avions jamais perçue – après toutes ces années, et ils ont décidé de poursuivre leur route ensemble.

Oui, les membres des Seven avancent et font leur vie… À présent, c’est à mon tour.

– Je suis prêt à parier qu’ils vont passer leur temps à faire la fête, lâche Snow en s’installant sur le canapé, près d’Ice.

Ce dernier renchérit :

– Les Cubaines te donnent envie de danser jusqu’au bout de la nuit, c’est certain.

Sky lui lance un regard noir.

– Excuse-moi, tu veux que je te prenne un billet d’avion pour aller les rejoindre ? grogne-t-elle.

Mon ami éclate de rire puis bondit du canapé en se précipitant sur Sky lorsqu’il voit que celle-ci se détourne, contrariée. Dès qu’il l’approche, elle ne peut s’empêcher de sourire. Il l’enlace, la faisant disparaître dans ses bras immenses, et la couvre de baisers.

Snow grogne et lève les yeux au ciel. Quant à moi, laissant les amoureux à leur réconciliation, j'attrape les clés de ma voiture. Je m'apprête à sortir lorsque mon petit frère m'arrête :

– La prochaine fois, je viens avec toi et c'est non négociable. Moi aussi j'ai envie de revoir Ella.

Je secoue la tête puis quitte l'appartement, direction celui qu'elle occupait il y a un an. Je pénètre à l'intérieur de l'immeuble et grimpe jusqu'à son étage avant de toquer à la porte. Après quelques secondes, un homme grand et mince m'ouvre.

– C'est pour quoi ? me demande-t-il.

Je reste figé bêtement un instant. A-t-elle tourné la page ? Est-il trop tard pour nous ?

– Je viens voir Ella Williams, dis-je.

Le mec fronce les sourcils, puis son visage s'éclaire et il m'apprend :

– Oh, c'est l'ancienne locataire. Elle n'habite plus ici depuis plusieurs mois.

Le soulagement qui m'envahit lorsque je comprends que ce type n'a aucun lien avec Ella me donne envie de sourire béatement.

– Est-ce que vous savez où elle est maintenant ? j'enchaîne.

– Désolé, non.

– Très bien, merci quand même. Bonne journée.

Je quitte l'immeuble et prends le temps de réfléchir un instant. Au moment où Ella est entrée dans notre gang, j'ai fait un maximum de recherches sur elle. J'ai notamment appris qu'elle possédait une librairie. C'est là que je décide de me rendre ensuite, en espérant l'y trouver.

En poussant la porte de la boutique, je suis saisi par l'atmosphère feutrée, douce et chaleureuse qui y règne. Des clients déambulent entre les rayonnages, d'autres sont assis sur des poufs et lisent en silence, absorbés par leur roman. Un homme avec un badge, certainement un employé, renseigne un couple, tandis qu'une jeune femme encaisse un paiement au comptoir. Je m'approche ; quand elle a terminé, elle se tourne vers moi.

– Bienvenue, je m'appelle Lauren, puis-je vous renseigner ?

– Je cherche la gérante de la librairie.

– C'est moi, me répond la jeune femme, enjouée.

Je fronce les sourcils.

– Non, je cherche Ella Williams, je précise. Cette librairie lui appartient.

Le visage de Lauren devient un peu plus sérieux.

– Je suis désolée, mais Ella ne travaille plus ici, me dit-elle.

Mon sourire se crispe. Elle a déménagé et quitté son job… Ça ressemble fortement à un nouveau départ.

– D'accord… est-ce que vous pourriez me dire ce qu'elle fait à présent ? Où elle vit ?

Lauren fronce les sourcils.

– Excusez-moi, mais je ne peux pas communiquer ce genre d'informations à un inconnu. Qu'est-ce que vous lui voulez, d'abord ?

Bon… Apparemment, Ella sait assurer ses arrières. J'en suis heureux.

– Écoutez, je viens de passer à son appartement et on m'a dit qu'elle n'y habitait plus depuis un petit moment, j'explique. Alors je suis venu ici. Je commence à m'inquiéter…

– Vous ne devez pas être très proches, pour ne pas savoir qu'elle a déménagé et vendu sa librairie.

Vendu sa librairie… Et si Ella avait quitté la ville, l'État ? Ou même le pays ? Et si elle avait tout recommencé ailleurs ?

– Nous ne nous sommes pas revus depuis plus d'un an, je précise. Ella avait besoin de… faire le point, de se remettre de ce qu'elle traversait, alors nous nous sommes éloignés. Mais je vous assure que je ne lui veux aucun mal, simplement reprendre contact et savoir comment elle va.

Les sourcils toujours froncés, Lauren m'étudie longuement avant de lâcher :

– Je ne vous donnerai pas sa nouvelle adresse. Tout ce que je peux vous dire, c'est qu'à cette heure-ci, vous la trouverez à l'école élémentaire Dunbar.

– Merci beaucoup.

Je quitte la librairie et je fonce en direction de l'école. Savoir que je suis sur le point de revoir Ella fait monter la tension en moi…

Arrivé devant l'établissement scolaire, je m'engage dans l'allée et slalome entre les enfants qui sortent pour rejoindre leurs familles. Une fois à l'intérieur, je demande à un parent où se trouve Ella, et heureusement pour moi, il me répond sans poser de questions. Je traverse l'école pour rejoindre le niveau que l'on m'a indiqué. Je penche la tête dans chacune des classes devant lesquelles je passe, mais elles sont toutes vides.

Enfin, j'entends sa voix qui s'échappe d'une porte ouverte.

– C'est parfait, Lucy, tu t'en sors de mieux en mieux.

Lentement, je m'approche pour voir ce qui se passe à l'intérieur de la pièce… et mon putain de cœur se met immédiatement à cogner comme un fou dans ma cage thoracique.

Ella est accroupie près d'une petite fille concentrée sur une feuille devant elle. Vêtue d'une longue robe d'été, la peau légèrement hâlée, elle a relevé ses cheveux blonds en un chignon dont quelques mèches s'échappent… Je sens mon souffle se raréfier.

– Billy, à ton tour, dit-elle en se relevant et en se dirigeant vers un garçon qui semble contrarié. Voyons voir ce qui te tracasse.

Sa voix est douce et posée, le bas de sa robe vole autour d'elle à chacun de ses pas… Bordel, c'est une apparition divine.

Je reprends ma respiration et je décide d'attendre que la classe soit terminée avant de l'aborder. Je poireaute dans le couloir une bonne vingtaine de minutes, puis soudain, des parents commencent à arriver, et quelques minutes plus tard, les enfants quittent la classe, leur petit sac sur le dos. Dès qu'il n'y a plus personne, j'entre tout doucement dans la salle de classe. Ella est occupée à ramasser les cahiers sur les tables. Je me tiens un instant sur le seuil et je la contemple en silence. Puis je toque deux petits coups à la porte.

– Désolée, mais les cours sont terminés… commence-t-elle.

Au moment où elle m'aperçoit, son corps tout entier se fige. Pendant un instant, elle n'a aucune réaction, je crois qu'elle ne respire même pas et son visage dénué d'expression est loin de me rassurer.

Mais soudain, sur ses lèvres, je distingue qu'elle articule silencieusement mon prénom.

– Salut, Sunshine, dis-je en lui souriant.

Ella revient alors à elle… Elle s'élance dans ma direction et se jette dans mes bras. Je la rattrape et la serre contre moi. Instinctivement, mes yeux se ferment lorsque je sens son corps pressé contre le mien, et j'enfouis mon nez dans son cou pour la respirer.

– Ryan… murmure-t-elle comme si elle n'y croyait pas.

Notre étreinte dure plusieurs minutes, mais elle me semble tout de même bien trop courte lorsque Ella me relâche et recule.

– Désolée, je… qu'est-ce que tu fais ici ? me demande-t-elle.

Je meurs d'envie de caresser son doux visage, mais même si son accueil peut sembler encourageant, il est possible qu'elle n'ait agi que sous le coup de la surprise.

– On est de retour à Saint-Louis pour quelque temps, alors je me suis dit que j'allais passer voir comment tu allais, je lui réponds.

– Vous êtes tous là ?

– Seulement Ice, Sky, Snow et moi. Les trois autres ont décidé de mettre les voiles vers d'autres aventures.

– Oh, c'est super. Est-ce que Snow va bien ? Est-ce qu'il lit toujours ? Et Sky, comment va-t-elle ? Oh, et Ice…

– Ella, tu ne voudrais pas qu'on aille boire un verre pour discuter de tout ça ?

Son visage s'éclaire.

– Si, bien sûr.

Elle attrape son sac et nous quittons l'école côte à côte.

***

– Et tout ce temps, vous n'avez fait que bouger ? s'étonne Ella.

– Je n'arrivais pas à trouver un endroit où je me sentais bien, je réponds. Et puis, ce n'est pas parce qu'il s'est passé plusieurs mois que la police a arrêté d'enquêter.

Ella avale une gorgée de jus de fruits sans pour autant dévier son regard du mien.

– Et vous êtes ici pour combien de temps ? enchaîne-t-elle.

– On ne sait pas encore. On se laisse porter, tu sais.

Elle hoche la tête tout en essuyant ses lèvres, sur lesquelles un peu de jus a coulé.

Merde...

Je me redresse sur ma chaise et gigote un peu.

– Et toi alors ? je demande. Je suis passé à ton appartement, personne, je suis allé à la librairie, personne…

– Oui, j'ai pris un nouveau départ. Quelques mois après mon retour de Boston, j'ai vendu ma librairie. Je l'adorais, mais je n'avais plus assez de temps à lui consacrer alors j'ai préféré passer le flambeau à Lauren, mon employée. Ensuite, je me suis rendu compte que j'avais du mal à me sentir bien chez moi. Trop de souvenirs de Sam me revenaient sans cesse, et même si certains me faisaient du bien, d'autres m'empêchaient vraiment d'avancer. J'ai donc rendu l'appartement et je m'en suis trouvé un autre.

– Et du coup, maintenant, tu es… institutrice ?

– Non, s'esclaffe Ella, il faut les diplômes spécifiques pour ça. Je fais du soutien aux enfants qui ont des difficultés à lire et à écrire. Au départ, j'étais bénévole, mais de plus en plus de parents demandaient à inscrire leurs enfants à mes cours, et comme ça se passait bien, l'école a décidé de m'embaucher. Depuis peu, j'interviens aussi au collège. J'adore ça.

Et ça se voit : son visage s'illumine.

J'ai le réflexe de vouloir tendre la main dans sa direction, mais je m'abstiens. Ella a l'air vraiment heureuse et libérée des poids qu'elle traînait. Et si mon retour n'était pas une aussi bonne idée que je le pensais ? J'ai l'impression qu'elle a enfin repris sa vie en main : il est clair qu'elle est décidée à aller de l'avant. Et si je ne lui faisais penser qu'au passé, à la période sombre dans laquelle elle était prise au piège ?

– Je suis aussi allée à Paris, il y a trois mois… poursuit-elle. Je t'avais dit que Sam avait prévu de nous y emmener, je ne sais pas si tu t'en souviens… J'ai retrouvé un petit programme de ce qu'il avait préparé dans ses affaires. J'ai décidé que partir là-bas était une bonne façon de lui rendre hommage. J'ai adoré cette ville, elle est si romantique…

Étrangement, l'entendre parler de l'homme qu'elle a perdu ne me fait pas aussi mal que je l'aurais pensé. Parce qu'elle a le droit de l'aimer encore, elle a le droit de faire vivre son souvenir, et surtout parce que je vois sur son visage qu'elle a accepté le fait qu'il soit parti pour toujours. Elle est allée de l'avant.

– J'ai aussi pensé à toi pendant ce voyage, dit-elle en sortant son téléphone portable de son sac.

Elle fait glisser plusieurs fois son pouce sur l'écran puis elle me le tend.

– Je suis allée au Louvre voir ta copine Mona, m'indique-t-elle.

Je m'esclaffe en regardant la photo sur laquelle Ella pose le plus près possible de la Joconde, protégée par une épaisse vitre blindée.

– J'ai visité ce musée exprès pour elle et je comprends ce que tu lui trouves. Elle est impressionnante… et elle nous nargue un peu, j'ai l'impression.

Je ris une fois de plus, ravi qu'Ella ait pensé à moi pendant qu'elle était à Paris, heureux qu'elle ait pris le temps de se rendre au Louvre et de me faire ce petit clin d'œil en rapport avec le portrait tatoué sur mon bras.

– Et alors, comment vont les autres ? reprend-elle.

Nous parlons pendant des heures de tout ce qui s'est passé au cours de l'année de notre séparation. Je lui explique le stress des premiers mois, la joie de nous savoir à l'abri financièrement. Je raconte que Snow passe son temps à engloutir des bouquins, à s'entraîner à écrire tout ce qu'il peut, qu'il évoque même l'idée de faire des études. Ella me décrit son retour compliqué à Saint-Louis, la manière dont elle a coincé l'assassin de son ex avec son pote flic, puis son périple au Tennessee. Elle me dit avoir eu du mal à partir, mais qu'elle a eu l'impression de sentir un poids s'envoler en quittant la ville.

Je suis frappé de la voir si à l'aise alors qu'elle évoque tout ce qu'elle s'est évertuée à me cacher pendant des mois.

Soudain, elle se lève, réalisant que nous avons discuté si longtemps que le soir est tombé.

– Je ferais mieux d'y aller, dit-elle.

– Je te raccompagne chez toi, je décide.

Nous arpentons les rues jusqu'à son nouvel appartement. Étrangement, alors que notre conversation était intarissable au café, nous restons silencieux en marchant. Je sens qu'Ella me jette des regards de temps en temps, mais sans ouvrir la bouche.

Quand elle s'arrête et sort ses clés de son sac à main, je lâche, abasourdi :

– Non… c'est ici que tu vis ?

– Eh oui, me confirme-t-elle, tout sourire. Je loue le loft.

Amusée, elle me propose :

– Je te fais visiter ?

Je la suis à l'intérieur, toujours aussi surpris. Ella a refait la déco des lieux, mais l'agencement des pièces est resté le même. Me retrouver ici fait rejaillir en moi une multitude de souvenirs.

– Quand j'ai intégré votre gang, je me suis tout de suite sentie bien ici, m'explique Ella. Au moment où j'ai cherché un nouvel endroit où vivre, j'ai appris que le loft était disponible et j'ai sauté sur l'occasion. Avec la vente de ma librairie, je peux me permettre de payer le loyer, même s'il est un peu cher pour une personne seule.

– Tu pourrais te permettre beaucoup plus si tu le voulais.

Ella hausse les sourcils. Je lui dis :

– On a vendu tous les bijoux qu'on a récoltés à Boston, et on s'est réparti équitablement ce qu'ils ont rapporté. Ta part t'attend. Plus de onze millions de dollars…

– Ah oui, quand même…

– C'est aussi pour ça que je tenais à te voir.

Elle soupire, puis pince les lèvres et déclare :

– Je ne veux pas de cet argent.

– Quoi ? Mais pourquoi ? Il te revient, tu as participé au braquage, comme nous tous.

– Je sais, mais il n'empêche que je ne le mérite pas.

Je comprends où elle veut en venir mais alors que je m'apprête à protester, elle reprend :

– Ce que j'ai fait avec vous, ce n'était pas pour les bonnes raisons. Oui, j'ai changé de plan en cours de route, mais il n'empêche que plus j'y repense, plus je me sens mal à l'aise avec mes choix. Alors je ne peux pas accepter cet argent. Je ne veux rien qui me rappelle ces mauvais souvenirs.

Outch… mes doutes sont bel et bien confirmés. Ella a repris sa vie en main. Elle a tourné la page sur son deuil, mais aussi sur les Seven, et certainement sur moi. Elle est heureuse aujourd'hui et il est normal qu'elle ne veuille pas mettre son bonheur en péril après avoir eu tant de mal à l'atteindre. Seulement, ça me tue de constater qu'il ne m'inclut pas, que je fais partie des « mauvais souvenirs ».

– Comme tu veux, lui dis-je en me levant. Dans ce cas, je vais te laisser.

– Tu es sûr ? demande-t-elle, surprise par mon brusque changement d'attitude. On pourrait peut-être dîner ensemble ou…

– Je ne peux pas. Ils m'attendent tous, il faut qu'on planifie notre départ de la ville.

En réalité, nous étions censés rester un peu ici, à Saint-Louis, mais après ce qu'Ella vient de dire, je me rends compte que ça ne servirait à rien.

– Oh, je vois… souffle-t-elle.

Je m'approche d'elle et je la prends dans mes bras. Cela va me faire un mal de chien de me faire à l'idée qu'elle ne sera pas mon avenir. Il le faut, pourtant…

Je sens que je la serre plus fort que je ne le voulais, que mes mains sont crispées dans son dos. Je décide de la relâcher avant de lui faire mal ou de la supplier de nous redonner une chance.

– Ça m'a fait plaisir de te voir, Ella, dis-je. Je suis content de savoir que tu vas mieux.

– Moi aussi, ça m'a fait plaisir.

– Prends soin de toi.

– Ryan…

Je caresse rapidement sa joue, puis je tourne les talons et je quitte le loft. Je marque un temps d'arrêt sur le trottoir pour soupirer et me reprendre.

Cette rencontre ne s'est pas du tout déroulée comme je l'espérais, mais je ne peux pas aller contre la volonté d'Ella. Après m'être passé une main sur le visage, je reprends la direction de l'appartement dans lequel Ice, Sky, Snow et moi nous avons posé nos valises.

– Ryan !

Je me fige quand la voix d'Ella retentit derrière moi… Je me retourne et je la dévisage. Elle se tient devant la porte d'entrée du loft, les bras le long du corps, la tête légèrement penchée sur le côté.

– Écoute, Ella, je…

Sans me laisser le temps de poursuivre, elle s'approche d'un pas déterminé, se plante face à moi, attrape mon visage et plonge sur mes lèvres.

CHAPITRE 42

ELLA

Ryan est là. Il est revenu. J'ai du mal à y croire et en même temps, c'est comme si j'avais toujours su qu'il finirait par le faire.

Je l'embrasse à perdre haleine, complètement sous son charme. Je fourrage dans ses cheveux noirs, je caresse son beau visage. Et je ne peux retenir un petit gémissement qui le fait immédiatement réagir. Il me soulève et m'emmène à l'intérieur du loft, grimpe à l'étage et entre dans la première chambre qu'il trouve. Mais lorsque la porte claque derrière nous, il se fige un instant et recule.

– Je croyais que tu voulais tout oublier de cette période… que tu voulais m'oublier.

Je me doutais qu'il avait mal interprété mes mots, voilà pourquoi je lui ai couru après. Parce que, bordel, il était hors de question qu'il m'échappe à nouveau.

– Je veux oublier ma profonde tristesse, les angoisses qui me rongeaient, ma rage extrême et la vengeance qui me servait de moteur, dis-je. Je veux oublier que je vous ai menti, à toi et au reste des Seven, que je voulais vous trahir et que je t'ai abandonné. Mais je ne veux certainement pas t'oublier toi, ni tous les souvenirs que nous avons construits ensemble. Tu m'as tellement manqué, Ryan… Et je t'aime.

Sa pomme d'Adam tressaute dans sa gorge. Je répète :

– Je t'aime tellement…

Je n'ai plus peur de le penser, de me l'avouer et de le lui dire. Cela faisait un an que nous ne nous étions pas vus, mais tout à l'heure, quand il est apparu dans la salle de classe, c'est comme si mes poumons s'étaient remis à respirer après tout ce temps passé loin de lui. Quant à mon cœur, il s'est emballé si fort que j'ai eu peur de faire une crise cardiaque.

– Oh, Ella… moi aussi je t'aime, me dit-il. Le jour où je suis parti de chez ma mère, j'ai promis à Austin de lui offrir la plus belle des vies. Il avait six ans, et pendant des années, j'ai vécu pour lui, pour le protéger, pour le maintenir en bonne santé. Aujourd'hui, il a toutes les cartes en main pour bâtir sa propre vie, et je tiens dans mes bras la meilleure raison de commencer la mienne. À partir d'aujourd'hui, on plonge dans le grand bain, toi et moi, la tête la première, sans masque à oxygène. On saute ensemble et on vit pour nous.

J'acquiesce en souriant avant de reprendre sa bouche avec force. Cette fois, plus de pauses, nous avons du temps à rattraper et il est hors de question de perdre encore une minute. Ryan me plaque contre le mur de la chambre, agrippe mes fesses à travers ma robe et les presse fermement dans ses mains avant de coller mon bassin contre le sien.

– Putain, je vais te maintenir éveillée toute la nuit, Ella, fait-il en passant ses doigts sous les bretelles de ma robe, qui tombe à mes pieds.

– Qui te dit que ce n'est pas moi qui vais te maintenir éveillé ?

Il dégrafe mon soutien-gorge, et après l'avoir jeté à travers la pièce, il plonge sur mes seins, en suce furieusement les tétons tendus. Tout en agrippant ses cheveux d'une main, je m'active à déboutonner son pantalon et à descendre sa braguette. Il se redresse rapidement pour jeter son t-shirt et son jean à travers la pièce. Nos gestes sont saccadés, avides, presque maladroits tant l'impatience nous consume. Mais alors que je devrais me laisser aller, une pensée m'assaille soudain. Cela fait un an que Ryan et moi ne nous sommes pas vus. En douze mois, il peut s'en passer, des choses… Même si le moment est terriblement mal choisi, je ne peux m'empêcher de me remémorer les fois où il est allé voir des prostituées. Je ne lui en voudrais – presque – pas s'il avait recommencé au cours de cette année, mais j'ai besoin de le savoir.

– Attends une seconde, dis-je.

Les yeux de Ryan sont si noirs… Ce sont deux puits sans fond emplis de désir.

– Est-ce que tu as eu quelqu'un d'autre durant… notre séparation ?

Il hausse un sourcil et secoue lentement la tête.

– Personne. Je n'en avais pas envie et même si je l'avais voulu… Ella, je ne pensais qu'à toi. Je n'étais bon à rien d'autre.

Le soulagement m'envahit.

– Moi non plus, je n'ai eu personne d'autre, je précise en me serrant contre lui.

Il sourit doucement. Je comprends qu'il s'en doutait… Nous recommençons à nous embrasser et il ne faut pas longtemps avant que l'incendie sous nos peaux se rallume.

– Viens par ici.

Il me soulève avec une telle force… Puis il me pose sur le bord du lit et m'incite à m'allonger. Il s'agenouille alors, écarte mes cuisses d'un coup et aspire mon clitoris.

– Oh mon Dieu, je m'écrie en posant les pieds sur ses épaules.

C'est comme s'il était pris d'une sorte de frénésie, qu'il était incapable d'attendre et de se contenir… et j'adore ça. Je perds complètement les pédales à mesure qu'il lèche et mordille mon intimité. Tournant la tête de droite à gauche, serrant la couverture dans mes poings, je gémis et clame son prénom. Je me cambre à plusieurs reprises lorsque sa langue me pénètre tandis que son pouce masse mon clitoris. C'est un déluge de sensations qui s'abat sur moi et qui me fait perdre la raison.

– Je n'ai pas arrêté de penser à toi, de t'imaginer comme ça, belle et sauvage, me souffle Ryan.

– Continue… continue…

J'ai conscience de griffer ses omoplates, mais je ne suis plus maîtresse de mon corps. Je me contente de ressentir sans me retenir, de toucher, goûter sa peau tatouée. Je tourne la tête vers son avant-bras pour le mordiller, mais soudain, je me fige. Je ne sais pas comment mon cerveau est capable de se concentrer à cet instant, mais ce que je vois est beaucoup trop important pour ne pas être relevé.

– Ryan… c'est…

Il se redresse et regarde ce qui a attiré mon attention. Un sourire empli de fierté apparaît sur sa bouche magnifique et délicieuse tandis que je trace du bout du doigt la forme ronde du soleil aux rayons flamboyants tatoué sur sa peau.

– Ça t'étonne, *Sunshine* ? me lance-t-il.

Son clin d'œil me confirme que ce beau soleil, c'est moi. Mon surnom, ce que je représente pour lui. Mais également notre histoire, parce que Ryan a décidé de se le tatouer à côté de la tempête détruisant tout sur son passage et formant son propre pseudonyme.

À côté de lui.

Mon Dieu, c'est...

Mon ventre se tord d'un tel désir et de tellement d'amour que j'en tremble presque. J'attrape brusquement le visage de Ryan et je plaque ma bouche contre la sienne.

– Tu es fou… je gémis contre ses lèvres.

– Mais tu m'aimes…

Je hoche vigoureusement la tête et confirme :

– Mais je t'aime.

Ryan se redresse soudainement, me soulève à nouveau, puis il prend ma place et me positionne sur ses hanches. Il me faut une seconde pour reprendre mes esprits et réaliser que je sens son érection dure et brûlante sous moi. Sans attendre, je l'attrape et je le masturbe tout en le dévisageant. Face à sa réaction, je me mords la lèvre.

– Oh, bordel, Ella…

En le voyant ainsi, si excité et prêt pour moi, je ne peux résister plus longtemps. Je glisse son sexe en moi dans un râle.

– C'est bon… trop bon, Ryan, trop…

– Ce n'est jamais trop, dit-il d'une voix rauque.

Il attrape mes hanches et commence à me faire aller et venir de haut en bas, mais je lui fais lâcher prise, plaque ses bras sur le lit, serre mes doigts autour de ses poignets et imprime moi-même ce mouvement tout en plongeant mon regard dans le sien.

– Merde, Ella… Ella !

Le visage de Ryan se crispe de plaisir. Il libère une de ses mains et la plaque contre ma nuque pour attirer ma bouche contre la sienne. Notre baiser m'embrase encore davantage : je sens le feu du désir crépiter sous ma peau.

Ryan enroule son bras autour de ma taille pour accompagner mes mouvements de bassin et leur donner plus de force. J'arrache mes lèvres aux siennes pour reprendre mon souffle, mais aussi parce que la boule de plaisir qui grossit dans mon ventre me fait gémir de plus en plus fort. Je rejette la tête en arrière et me redresse. Ryan en profite pour faire glisser ses mains sur ma peau. Il caresse mon cou, mes seins, mon ventre du bout des doigts, puis il agrippe mes cuisses et les presse dans ses mains.

– Je ne vais pas pouvoir tenir plus longtemps, dis-je, essoufflée.

– Personne ne te demande de te retenir.

Pour appuyer ses mots, il agrippe ma poitrine à deux mains et la masse délicieusement tout en donnant de grands coups de bassin.

– Ryan, je soupire, les yeux fermés.

– T'es belle, bordel… si tu te voyais.

Ses caresses combinées à ses mots m'envoient une décharge de plaisir qui me fait exploser entre ses bras. Sous moi, il profite que je ne touche plus terre pour me retourner et reprendre les commandes. Lorsque je redescends de mon nuage, je le vois au-dessus de moi, les yeux rivés aux miens, le visage concentré, les muscles tendus. Il me prend avec fureur et une pointe de désespoir. Je tends alors la main près de son visage pour lui caresser la joue avec tendresse… Un contraste fou avec la passion qu'il met à me faire l'amour.

– Toi aussi, tu m'as manqué, je réponds à son regard intense.

Il cale un instant sa pommette contre mes doigts, puis je plaque mes talons contre ses fesses et je l'aide à atteindre son plaisir.

Je ne perds pas une miette de ses expressions, de ses râles, de son corps tendu. Je capture chaque instant et je les range dans ma boîte à souvenirs mentale, dans laquelle se trouve Sam dans son entièreté, et où, depuis le départ, j'avais laissé une place pour Ryan.

ÉPILOGUE

ELLA

Sam,

Pardonne-moi : cela fait six mois que je n'ai pas pris le temps de m'asseoir pour t'écrire, mais il faut dire que j'ai été bien occupée. J'ai hâte de tout te raconter.

Pour commencer, Ryan et moi vivons ensemble au loft désormais. Je sais, ce n'est pas une surprise mais c'était important que je te le dise. Nous ne sommes pas seuls : Snow, Sky et Ice ont également emménagé avec nous... Ah, je parie que tu ne l'avais pas vue venir, celle-là ! La décision a été prise à l'unanimité et elle nous a semblé naturelle. Nous avons aménagé le loft pour que tout le monde puisse avoir son espace et son intimité, et le sous-sol qui servait pour les entraînements a été remplacé par une immense bibliothèque. Austin y passe tout son temps, et j'admets que, moi aussi, j'y descends très souvent... C'est d'ailleurs de là que je t'écris, de cet endroit où je me sens toujours plus sereine et, va savoir pourquoi, plus proche de toi également.

Pour l'instant, tout se passe très bien entre nous tous, même si nous savons que notre cohabitation ne durera pas éternellement. En attendant, nous profitons les uns des autres.

Sky est devenue une véritable amie. Nous pouvons passer des heures à discuter de tout et de rien, à nous balader dans les rues de Saint-Louis, à faire du shopping et à tester chaque jour de nouvelles recettes de cuisine. Je me suis beaucoup améliorée dans ce domaine, tu serais fier de moi.

Pour l'instant, Sky a décidé de savourer la vie comme elle vient, entourée de l'amour de son Ice, mais la connaissant, elle ne tiendra pas indéfiniment comme ça. Elle aura rapidement besoin de se trouver une activité, une passion ou même un emploi pour évacuer son énergie.

De son côté, Austin (qui demande de plus en plus à être appelé par son prénom) est obsédé par les études. Il ne pense plus qu'à ça. Il a même engagé des professeurs particuliers pour lui faire rattraper son retard. Son objectif : obtenir les diplômes nécessaires pour pouvoir entrer à l'université. Je sais qu'il y arrivera, il est bien plus intelligent qu'il ne le pense. Et, tu sais... il ne change pas. Il est toujours aussi souriant, doux et attendrissant.

Ice, lui, a décidé de reprendre les combats de boxe, mais légalement cette fois. Il s'entraîne comme un fou ! Même s'il m'intimide encore un peu, surtout quand quelque chose le contrarie, il est devenu un ami précieux.

Ryan aussi fait beaucoup d'exercice physique. Il sert de partenaire à Ice de temps en temps à la boxe, mais il aime explorer toutes sortes d'autres sports de combat. Il en apprend certains et en enseigne d'autres à temps partiel. Mais son passe-temps préféré, c'est de prévoir les voyages que nous allons faire tous les deux. Nous partons dans un mois en Italie. Tu peux imaginer à quel point j'ai hâte, n'est-ce pas ?

Quant à moi, je donne toujours des cours pour les enfants en difficulté, mais pas seulement. J'ai décidé de reprendre mes études afin de pouvoir enseigner à plein temps. Je me suis découvert une véritable vocation, et tout ça grâce à Austin. Sans lui, je n'aurais pas réalisé à quel point transmettre des connaissances était important pour moi. Tu m'imagines, moi, à nouveau sur les bancs de la fac ? Eh bien, c'est bel et bien réel. Ne ris pas, Sam, je me débrouille très bien, si tu veux tout savoir.

J'ai enfin décidé quoi faire des onze millions qui me revenaient à la suite du braquage de Boston. Je n'ai pas voulu les garder, alors j'ai décidé d'en donner une partie à tes parents... mais ça, tu dois déjà le savoir, n'est-ce pas ? Puisque je leur ai rendu visite et que j'en ai profité pour passer te voir toi aussi. J'ai prévu de refaire un petit voyage chez eux d'ici quelques semaines.

Le reste de l'argent, je l'ai versé à une association qui aide les veuves de policiers à s'en sortir. Moi, face à l'immense douleur qu'a été ta perte, j'ai eu la chance de trouver sur mon chemin des personnes qui m'ont aidée à me relever, mais je sais que ce n'est pas le cas de tout le monde. J'espère que mon don pourra contribuer à leur rendre la vie plus facile.

Dernière chose : mes parents ont officiellement rencontré Ryan le week-end dernier. Il m'a fallu du temps avant d'organiser un déjeuner entre eux, notamment parce que j'avais peur qu'ils ne jugent Ryan par rapport à son passé de chef de gang. Mais tout s'est mieux déroulé que je ne l'imaginais. Bien sûr, j'ai senti quelques réticences du côté de mes parents – de ma mère, surtout –, mais je sais qu'elles s'estomperont avec le temps et qu'elle finira par comprendre pourquoi j'aime autant Ryan, pourquoi il mérite d'être aimé.

Alors tu vois, je n'ai pas menti : nous sommes tous très occupés. Malgré tout, cela ne m'empêche pas de penser à toi.

Vingt-six mois... Cela fait plus de deux ans que tu es parti. Autant de temps que celui pendant lequel nous nous sommes aimés. Je n'arrive pas à y croire.

Certains jours sont plus difficiles que d'autres, surtout parce que ta mort brutale a été un tel choc qu'il m'arrive encore d'être envahie par l'angoisse quand des flashs refont surface. Mais la plupart du temps, j'arrive à sourire en pensant à toi.

J'espère que, peu importe où tu te trouves désormais, tu es heureux, en sécurité et en paix. J'espère que ton monde est beau et que tu penses à moi... que nous sommes enfin allés à Paris tous les deux. J'espère que tu me regardes et que tu arrives à sourire, toi aussi. Plus que tout, j'espère que tu es fier du chemin que j'ai parcouru, fier que je me sois relevée, fier que je sois toujours capable d'aimer.

Me concernant, je n'ai jamais cessé d'être fière de toi et de notre histoire. Rien ne changera cela. Je suis reconnaissante d'avoir partagé un peu de ta vie, d'avoir marché à tes côtés pendant un temps et d'avoir eu la chance d'être portée par ton amour.

Une part de moi sera toujours à toi.

Une part de moi t'aimera éternellement.

J'espère que tu le sais.

Tu me manques encore,

Ella

Tandis que je referme mon carnet, j'apprécie la quiétude et la plénitude de ce moment. Je me sens toujours apaisée lorsque j'écris à Sam, et dehors, le bruit de la pluie qui tombe violemment me berce.

Je laisse passer quelques minutes, puis je quitte la bibliothèque du sous-sol et je monte au rez-de-chaussée. Le loft est silencieux : Sky est allée faire des courses pour tester une énième recette, Ice est à un entraînement de boxe, Austin prend un cours avec son prof, quant à Ryan… il descend les escaliers au moment où je me demande où il se trouve. Les cheveux mouillés, il sort certainement de la douche et son visage s'illumine lorsqu'il m'aperçoit.

– Salut, *Sunshine.*

Ce qui était mon surnom au sein du gang est devenu notre version du « chéri » dont la plupart des couples s'affublent. Je souris en l'entendant, comme toujours. Je tends les bras en direction de Ryan alors qu'il s'approche et je l'enlace dès qu'il est à ma portée. Sa peau sent divinement bon.

– Où étais-tu ? je l'interroge.

– Avec Ice. Il voulait qu'on poursuive l'entraînement, mais j'avais envie de te voir.

J'attire ses lèvres contre les miennes et je l'embrasse tendrement tout en le serrant contre moi.

Ryan… L'homme que j'aime. Je ressens tellement de choses pour lui… Il m'apporte l'amour que je ne pensais plus être capable de connaître un jour. Il est celui qui me donne tout et à qui je me donne sans peur.

Il rompt notre baiser pour prendre mon visage en coupe et poser son front contre le mien. Notre geste rien qu'à nous… J'enroule mes doigts autour de ses poignets et je ferme les yeux en m'imprégnant de lui.

Ces deux dernières années, je suis passée par tant de stades émotionnels que je m'étonne parfois d'être restée saine d'esprit. Les étapes du deuil m'ont fait voyager entre le déni, la colère et le marchandage, avant de me faire prendre le chemin de la dépression, et enfin de m'emmener vers celui de l'acceptation. Cela a été un parcours difficile, mais je comprends maintenant qu'il était nécessaire dans mon processus de guérison.

Aujourd'hui, mon avenir me tient en ce moment même dans ses bras. Pendant des mois, j'ai œuvré pour réparer chaque morceau meurtri de moi, et j'y suis arrivée. Ryan m'a aidée à les emboîter à nouveau pour que je redevienne celle que je suis.

– Je t'aime, Ella, me souffle-t-il.

– Je t'aime, Ryan.

Il dépose un baiser sur mon nez puis me fait pivoter face à la fenêtre avant de me prendre dans ses bras.

– J'ai hâte de vivre les années qui nous attendent, dis-je, tout bas, pour ne pas briser la douceur de l'instant.

Devant moi, la pluie s'écrase contre les vitres tandis que de gros nuages gris se déplacent à toute allure dans le ciel, poussés par le vent.

– Moi, j'ai hâte de constater à quel point je t'aimerai de plus en plus, d'année en année, me répond Ryan.

Il cale son visage dans mon cou et le parsème de baisers tandis que je me blottis contre lui.

– Tu es la lumière qui perce mes ténèbres, je chuchote à son oreille.

– Et tu es mon rayon de soleil, me murmure-t-il en retour.

À l'instant où Ryan dit cela, je l'aperçois au loin, au-delà des immeubles et des toits des maisons. Il est petit, il n'est pas éblouissant et il vient seulement de commencer à apparaître, mais il est bien là et il prouve que le beau temps est en train de revenir, que la lumière gagne du terrain sur les ténèbres, que le froid va laisser place à la chaleur.

Le rayon de soleil qui se fraie un chemin entre les nuages épais.

Le rayon de soleil qui apparaît comme un clin d'œil venu tout droit du ciel.

Le rayon de soleil qui annonce l'arrivée du calme après la tempête.

FIN

REMERCIEMENTS

Ce roman… quelle aventure ! Elle n'a pas été de tout repos, j'ai même eu peur de ne pas réussir à aller jusqu'au bout. Mais un jour, j'ai ressenti une soudaine explosion d'amour pour Ella, Ryan et les Seven. À partir de ce moment, leur histoire a été un véritable plaisir à écrire… une véritable bouffée d'air frais.

Et parce que je suis passée par plusieurs étapes émotionnelles durant l'écriture de ce livre, je souhaiterais remercier les personnes qui en ont été les témoins plus ou moins proches et qui ne se sont pas enfuies malgré cela.

Ma sœur, la première à avoir lu *Après la tempête*, à être tombée amoureuse de ces personnages… et à s'y être retrouvée un peu ? Il y a deux ans, c'est toi qui étais au milieu d'une énorme tempête émotionnelle. N'est-ce pas incroyable qu'à partir du moment où ta fille a ouvert ses beaux yeux bleus, le calme est revenu ? Je te souhaite de garder cette paix pour longtemps encore.

À Fyctia et Hugo New Romance : merci de croire en moi à chaque nouveau projet. Et de quatre ! Vous êtes prêts pour les vingt prochains ?

À Camille, mon éditrice : je n'ai de cesse de te remercier à chaque nouveau roman, et tu le mérites amplement… Je crois qu'on est d'accord pour dire qu'on se rapproche pas mal du duo de choc. Aucune réécriture, aucun édito ne nous fait peur maintenant. On est prêtes à tout affronter.

À Livia, ma petite nièce, qui est la représentation parfaite d'un rayon de soleil. Ce que j'adore, c'est t'entendre répéter ce que je te dis et te voir faire ce que je te montre, en particulier ce qui rend dingue ta mère. #meilleurepartenairedecrimedelaterreentière

À mon entourage : juste un immense merci.

À Snow : puisque tu pourras lire ceci, j'avais envie de te dire que tu fais partie de mes personnages préférés. Tu sais, on manque cruellement de personnes pures et douces telles que toi dans le monde dans lequel je vis. J'aimerais que tu sois réel pour répandre ta joie et ton amour, pour inspirer les autres à ne voir que le côté positif de la vie, à être généreux et à l'écoute. Une chose est sûre, tu n'es pas près de quitter mon esprit. Sache que, dans le monde que je me suis créé, où vivent tous mes personnages, un royaume entier porte désormais ton nom.

Et enfin, à mes lecteurs : chaque année, je mesure ma chance de vous savoir avec moi, de constater que vous me suivez de projet en projet et que vous ne cessez d'être de plus en plus nombreux.

Et de quatre ! Vous êtes prêts pour les vingt prochains vous aussi ?

N'hésitez pas à me suivre sur les réseaux sociaux ou, si le cœur vous en dit, à me contacter par mail pour me partager votre avis sur mes romans.

Instagram : laurawild10
Facebook : Laura S. Wild
Twitter : wildlsr

Mail : mywildworldlsr@gmail.com

PROLOGUE

– Tu es sûre que ça va aller ?

– Ne t'inquiète pas, Gaby, profite de ton voyage.

– Mila, sérieusement, si tu as changé d'avis, je te prends un billet d'avion sur-le-champ et tu pars avec nous.

– Gab, stop. Elliot et toi ne me parlez que de votre projet de visiter l'Europe depuis des mois. Je ne veux pas m'imposer. Et puis tu me connais, j'aime être tranquille chez moi.

Mon amie pousse un long soupir avant de me prendre dans ses bras. Ce voyage promet d'être une aventure incroyable pour elle, mais c'est la première longue séparation que nous vivrons depuis que nous nous connaissons. Cela fait deux ans que nous sommes voisines et nous avons vite noué une relation très forte. Depuis tout ce temps, elle me parle de son rêve : aller découvrir les capitales européennes. Aujourd'hui, ça y est, après des semaines de préparation, son petit ami et elle s'apprêtent à s'envoler pour Rome, la première ville inscrite sur leur itinéraire. Leur périple va durer près de huit mois, autant dire une éternité.

Comme elle semble hésiter à me laisser, je l'y encourage :

– Allez, vas-y, sinon tu vas louper ton vol.

Elle me prend dans ses bras encore une fois.

– On essayera de se parler toutes les semaines sur Skype, hein, dit-elle, les larmes aux yeux.

– Évidemment. Amuse-toi un maximum. Tu vas me manquer.

– Toi aussi. Je t'aime, trésor.

Je la serre contre moi.

– Je t'aime aussi.

– C'est l'heure, chérie, intervient Elliot. À plus, Mila, prends soin de toi.

– Prends soin de Gaby, je réponds.

Mon amie et moi nous séparons. Je vois les larmes s'accumuler dans ses yeux et les miennes ne tardent pas à faire leur apparition. Elle me fait signe de la main en se dirigeant vers la porte d'embarquement. Lorsqu'elle disparaît de mon champ de vision, je prends une longue inspiration pour tenter de faire partir la boule grossissante dans ma gorge.

Dès l'instant où Gaby m'a annoncé la date de son départ, j'ai su que j'allais avoir du mal à vivre seule avec moi-même pendant qu'elle serait en Europe. Entre nous deux, le courant est tout de suite passé. Elle est un peu la sœur que j'aurais adoré avoir, le foyer qui me manque tant. J'ai perdu mes parents dans un accident de voiture lorsque j'étais encore enfant. Dès lors, j'ai été ballottée de famille d'accueil en famille d'accueil, chez des gens qui ne me recueillaient que parce que cela leur valait un chèque en fin de mois.

Lorsque j'ai eu seize ans, cependant, ma vie a radicalement changé. Un huissier de justice m'a retrouvée et m'a appris qu'à ma naissance, mes parents avaient ouvert un compte en banque à mon nom et qu'ils l'approvisionnaient régulièrement avant leur décès. Ils avaient également souscrit à une assurance-vie, dont j'étais la bénéficiaire.

Aussitôt, j'ai demandé mon émancipation sans remords, et j'ai commencé à mener ma vie d'adulte alors que je n'étais encore qu'une adolescente… Avec l'argent que mes parents m'ont laissé, j'ai pu m'acheter un appartement et entreprendre des études, jusqu'à obtenir un diplôme en commerce international l'année dernière.

Aujourd'hui, à vingt-deux ans, je suis fière de m'assumer seule, fière de m'être sortie du système des services sociaux, fière de la vie que je me construis petit à petit.

J'essuie mes larmes du revers de la main lorsque l'avion de Gaby décolle.

Merde, je suis beaucoup trop émotive.

Je remonte dans ma voiture, allume mon autoradio et lance une playlist pour me détendre. Huit mois sans ma meilleure amie… Seules quelques dizaines de minutes ont passé, et le temps me semble déjà long.

Lorsque j'arrive devant mon immeuble, je me gare, je prends mon sac et les clés de l'appartement, puis je coince mon téléphone portable dans mon soutien-gorge, une habitude que j'ai depuis l'adolescence. Quand j'ai les mains chargées, je le cale dans cet endroit où il ne bouge pas et où il ne me gêne pas.

Ma rue est vide à cette heure-ci. Je regarde ma montre, qui indique une heure trente du matin. Je n'ai qu'une envie : me coucher.

J'atteins la porte de mon bâtiment et compose le code d'entrée.

– Bonsoir.

Je sursaute et pousse un cri de surprise. Je me retourne vivement et, dans la pénombre, j'aperçois la silhouette d'un homme.

– Excusez-moi, je viens rendre visite à un ami et son interphone est cassé, ça vous embêterait de me laisser entrer ?

Les mains dans les poches, l'inconnu s'approche de moi en souriant. Quelque chose dans son attitude m'alerte immédiatement. Peut-être que je me fais des films et que le départ de Gaby me rend parano, mais je suis presque sûre que ce mec est louche.

J'entrouvre la porte à l'aide de mon coude histoire de me mettre plus rapidement en sécurité.

L'homme remarque mon geste.

La seconde d'après, il bondit sur moi. Il me soulève brusquement et sa main s'abat sur ma bouche, étouffant les cris que j'ai commencé à pousser.

Je suis si choquée que j'ai le sentiment d'observer la scène de l'extérieur. De voir une fille se faire agresser, comme dans un film. Sauf que cette fois, la fille, c'est moi.

Horrifiée à cette pensée, je me débats de toutes mes forces en essayant de faire entendre mes cris, mais la rue est toujours déserte.

L'homme m'entraîne jusqu'à un gros 4 x 4 noir aux vitres teintées. Il ouvre la portière, je me débats comme je le peux. Malheureusement, mes jambes battent dans le vide et mes bras sont coincés dans l'étau des siens.

– Chut. Tout va bien se passer, poupée, souffle l'inconnu à mon oreille.

Des larmes jaillissent de mes yeux. Mon agresseur me jette à l'arrière du véhicule et y entre aussitôt avec moi. Je me rue sur la banquette, les mains tendues en direction de la poignée de la portière opposée, mais je ne réussis qu'à l'effleurer, car l'homme m'attire brusquement contre lui et plaque sa large paume contre ma bouche.

– Fais de beaux rêves.

Je sens une piqûre dans mon cou.

Il ne faut pas plus d'une poignée de secondes pour que les ténèbres m'emportent.

Composition et mise en pages
Nord Compo à Villeneuve-d'Ascq